동화독법

• 일러두기

본문의 인용문은 아래의 책을 참고하여 지은이가 번역하거나 재집필한 것이다.

1. 미운 오리 새끼, 인어공주
   Fairy Tales, Hans Christian Andersen, Barnes & Noble Classics, 2007
2. 신데렐라
   The Great Fairy Tale Tradition: From Strapabola and Basile to the Brothers Grimm, ed. Jack Zipes, Norton & Company, 2000
3. 솔로몬의 지혜
   새번역 성서, 대한성서공회, 1993
4. 토끼전
   토끼전, 구인환 엮음, 신원문화사, 2007
5. 이솝 우화
   Aesop's Fables, Barnes & Nobles, 2003
6. 헨젤과 그레텔
   Grimms' Fairy Tales, the Brothers Grimm, Barnes and Noble Classics, 2003
   The Annotated Brothers Grimm, the Brothers Grimm, ed. Maria Tatar, Norton & Company, 2004
7. 바보 이반
   러시아 독본, 톨스토이 지음, 고일, 강세일 옮김, 작가정신, 2009
8. 바보들의 나라 켈름
   The Fools of Chelm and Their History, Isaac Bashevis Singer, Farrar Straus & Giroux, 1973
9. 심청전
   심청전•흥부전 , 구인환 엮음, 신원문화사, 2002
10. 모모타로
   일본 옛날 이야기, 다락원, 2007

동화독법

유쾌하고도
섬세하게
삶을
통찰하는 법

김민웅 지음

이봄

"그만 둬!
이 애를 좀 가만히 내버려둘 수 없어?
남들에게 어떤 짓도 하지 않았잖아?"
"무슨 소리야?
이 녀석은 오리치고는 너무 크잖아?
게다가 괴상하게 생겼고 말이야.
그러니까 혼 좀 나봐야 해."

「미운 오리 새끼의 자존감 회복을 위하여」 중에서

“들쥐가 마부가 되고 호박이 마차로 변신하는 것은 신데렐라와 함께 달라지는 세상을 보여줍니다. 미미한 존재들이 권력의 중심과 이어지는 겁니다. 보잘것없는 이들이 자유와 함께 새로운 위상을 얻어 목표를 향해 달려가는 모습을 떠올리게 합니다.” _「재투성이 소녀를 무도회의 주인공으로 세우기 위해」 중에서

"내가 너에게 무엇을 주기를 바라느냐? 나에게 구하라."

"지혜로운 마음을 주셔서 주의 백성들을 재판하고
선과 악을 분별할 수 있도록 해주시기를 바랍니다."

_「솔로몬의 지혜가 생명의 정치로 이어지기 위해」 중에서

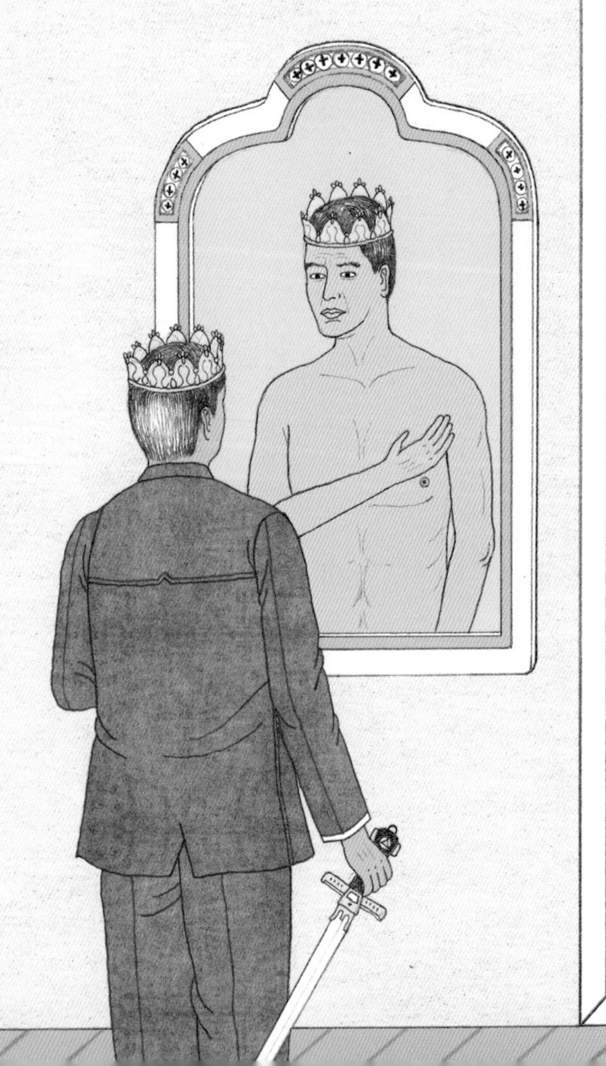

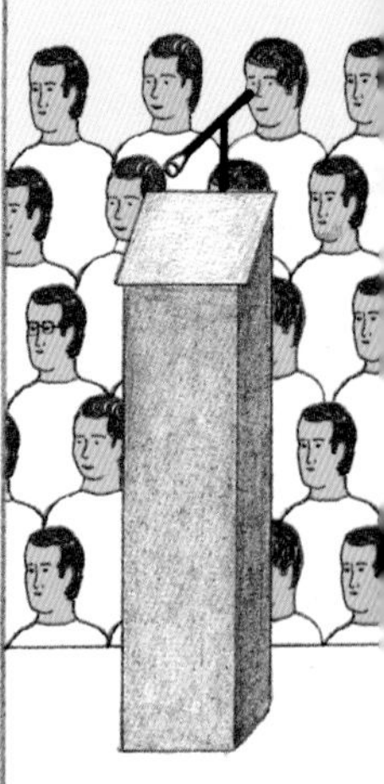

"현실의 슬픔을 되풀이하지 않으려면 들리지 않는 목소리를 들을 수 있어야 합니다. 인어공주가 잃어버린 목소리는 희생당한 이들의 존재를 일깨웁니다. 표현하고 싶어 하는 누군가의 진실에 귀 기울이고 격려하며 미소를 짓는 것이야말로 세상 도처에 생명의 기쁨을 만끽하게 해줍니다."

_「인어공주여, 공기의 딸로 태어나라」 중에서

"너의 용왕더러 내 말이라고 이렇게 전하여라.
세상 만물이 어찌 간을 자기 마음대로
꺼냈다 넣었다 하겠는가.
신출귀몰한 꾀에 미련한 용왕이
잘도 속아 넘어갔더라고 일러라."

한참 이리 노닐 적에 난데없는 독수리가 살 쏘듯 달려들어
사족을 훔쳐들고 하늘에 높이 나니, 토끼 정신이 또 위급하도다.
토끼 스스로 생각하되, '간을 달라 하던 용왕은 좋은 말로 달랬거니와
미련하고 배고픈 독수리는 무슨 수로 달래리요?'

_「간을 놓고 다녀야 하는 토끼들을 위하여」 중에서

"이 이야기는 있지도 않은 공포를 꾸며 기존의 권력을 강화하고 유지하려는 모든 시도에 대한 조롱과 경고입니다. 권력의 거짓말이 공동체 내부의 신뢰와 결속을 붕괴시키고 권력 자체에 대한 민심의 이반과 함께, 결과적으로 늑대에 의한 양들의 희생으로 마을이 황폐해지는 것을 무섭게 보여줍니다."

_「세 가지 풍자를 통한 의식의 성장」 중에서

"아, 귀여운 아이들아. 여기에 어떻게 왔니?
이리 들어오거라. 나와 함께 있자구나.
아무도 너희를 해치지 않는단다."

_「인생의 숲에서 실종당한 헨젤과 그레텔을 위해」 중에서

"바보 이반의 이야기는 '거룩한 바보에 대한 예찬'이라 할 수 있습니다. 우직하고 미천해 보이는 바보가 도리어 새로운 세상의 문을 여는 주인공임을 일깨워줍니다. 잘난 척 하다가 머리에 혹이 생기는 것보다는 손으로 일해 물집이 생기는 편이 아무래도 훨씬 나은 것 같다는 것도 바보 이반이 전해주는 깨달음입니다." _「땀 흘려 일한 자, 손에 물집 잡힌 자의 우선적 권리」 중에서

"이제 켈름에서는 남자들이 부엌에서 설거지를 하는 것이 하나의 유행으로 자리잡았는데, 켈름에서는 유행이 법보다 강했기 때문이다." _「내 안의 어리석은 현자를 경계하라」 중에서

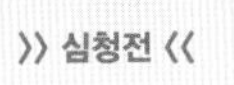

"심청이는 알고 보니 우리 안에 살아 숨쉬는 새로운 역사의식이로군요. 세월의 급류에 휩싸여 가라앉은 줄로만 알았던 희망이 꼭 다시 떠오를 것임을 알려주는 하늘의 약속입니다. 역사에서도, 현실에서도 그 생환이 우리의 눈을 새롭게 뜨게 할 겁니다. 부디 진정한 인당印堂의 힘이 솟구치는 세상이 되었으면 합니다." _「인당수에 빠진 심청이를 돌려보내노라」 중에서

모모타로는 청했습니다.
"이 개와 원숭이, 그리고 꿩은 도깨비를 무찌르는 데 저를 도와 공을 세웠습니다.
오늘부터 이 집에 있게 해주세요."
"아, 좋고말고."
할아버지와 할머니는 선뜻 허락했습니다.
모모타로는 이들과 같이 마을에서 평화롭게 살았답니다.

_「그들은 오합지졸이 아니었다!」 중에서

차 례

이 한 권의 책이
여러분께 오랜 벗이 되기를 바랍니다

한 권의 책이 태어나면, 그 운명이 어찌 될지 도무지 알 수가 없습니다. 태어나자마자 사라지는 책이 있는가 하면, 고전의 영예를 누리는 경우도 있습니다. 사라졌다고 여겼으나 다시 눈길을 받아 소생하는 책도 존재합니다. 한때 베스트셀러 목록에 올라갔다 해도 시대가 바뀌면서 망각의 창고에 파묻히는 것도 있지요.

책의 미래는 저자가 아니라 결국 독자가 결정합니다. 독자를 만나지 못하는 책은 목소리를 잃은 처지가 되어, 언젠가 형체 없이 증발해버릴 수도 있다는 고독에 휩싸이기도 합니다. 『동화독법』이 세상에 태어난 지 꼬박 5년의 시간이 흘렀습니다. 출판계의 어려운 상황 속에서도 독자들의 꾸준한 사랑과 성원 덕분에 외롭지 않은 책이 되었습니다.

이 책을 읽은 독자들은 대체로 이런 소감을 제게 전해주었습니다. 아이들만 읽는 것으로 알고 있던 동화, 옛날이야기 정도로 생각했던 민담, 은유와 풍자의 단편으로 이해했던 우화 속에 담긴 진실을 『동화독법』이 보게 해주었다고 말이지요.

단순하고 쉽다고 여겼던 텍스트 안에서 인간의 고뇌, 역사의 맥박, 미래에 대한 뜨거운 갈망을 읽을 수 있어 기뻤다는 이야기를 들으면서, 저자로서 크게 보람을 느꼈습니다.

동화와 민담에 대한 이야기를 처음 들고 나왔을 때 주변에서는 많이들 의아해 했습니다. 문명사, 세계체제론, 정치경제학, 사회윤리, 신학과 성서해석을 가르치는 사람이 동화와 민담이라니 난데없다는 생각이 들었을 법합니다. 그러다 차츰 『동화독법』이 기록한 목소리에 귀를 기울이는 이들이 늘어갔습니다. 무엇보다도, 이야기 안에 이미 있는데 놓친 것들을 발견하는 즐거움을 얻게 되었다고들 합니다. 고마운 이야기이지요.

이번에 다시 펴내는 개정판에는 일본 민담 「모모타로」를 추가했습니다. 복숭아에서 태어난 소년의 모험담이자 작고 힘없는 이들의 연대와 변화의 의미를 담은 이야기입니다. 어두운 동굴을 빠져나온 것만 같은 이 시기의 우리를 일깨워주는 지점이 있을 것이라 기대하고 있습니다.

『동화독법』은 이 시대의 시민들을 위한 책입니다. 시민으로 커가는 아이들, 청소년들, 대학생들, 청년들도 당연히 여기에 포함됩니다. 대학에서 이 책을 교재 삼아 강좌를 개설하고, 서울시 시민대학에서 시민들을 위한 강의가 이어진 것은 참으로 감사한 일입니다. 독립적인 사유, 성찰이 있는 질문, 시대를 통찰하는 의식의 형성이야말로 이 책이 기대하는 변화입니다. 그리고 무엇보다도 이 책을 읽는 독자들 마음에 따뜻한 마음, 체온을 가진 생각이 자라나면 좋겠습니다.

책을 쓴 사람이라면 당연히 자신의 책이 한 시대의 저작이 되기를 바랄 겁니다. 저도 예외가 아닙니다. 그런 염원의 근저에는 생명과 평화, 정의와 사랑이 강처럼 흐르는 세상에 대한 꿈이 있기 때문입니다. 대단한 책으로 인정받고 싶다는 뜻이 아니라, 한 시대의 정신에 의미 있는 기여를 하고 싶다는 바람입니다. 당대의 삶과 깊이 있게 만나는 책은 행복합니다.

『동화독법』을 읽는 독자분들에게 새로운 희망의 의지가 탄생하기를 기원합니다. 여러분 곁에 『동화독법』이 오랜 벗으로 남아 살아가다 외로울 때, 지치고 힘겨울 때에라도 위로 받고 헤쳐 나갈 힘이 되는 축복 받으시기를 소망합니다.

2017년 5월 18일

김민웅

시작하며

이야기 꼼꼼하게 읽기

볼 것이 그리 많지 않던 시절, 오사카에서 태어나 여섯 살에 고국으로 돌아온 아이에게 동화는 한 척의 소박한 나룻배였습니다. 그걸 타고 햇살이 반짝이는 강줄기를 지나며 바라보는 풍경은 어디나 다 예쁜 삽화였지요. 물론 때로는 마녀가 나오고 도깨비가 출몰하며 늑대가 나타나기도 했지만, 동화는 아름답고 신비한 나라로 가는 흥미진진한 여행이었습니다. 강을 거슬러 집으로 돌아오는 나룻배 안에서는, 노 젓는 걸 잊은 어린 소년이 바람결에 몸을 맡기고 꿈을 꾸며 잠들곤 했습니다.

어느 덧 세월이 흘러 유년의 나루터를 떠난 사춘기 소년은 문학의 세계에 빠져듭니다. 『레미제라블』 『개선문』 『양치는 언덕』 『마농 레스코』 『몽테크리스토 백작』 등등의 이야기들은 입시제도에 질식해 가고 있던 당시의 현실에서 숨을 틔워주는 출구였습니다. 청년의 시간으로 들어선 이후 오늘에 이르기까지도 문학은 여전히, 자유의 평원을 향해 달리는 영혼을 연마시키는 숲 속의 사원으로 존재하고 있습니다.

그러다가 문득, 동화와 민담, 우화의 세계에 새로이 눈뜨게 되었습니다. 인생의 중반을 넘는 고개에서 마주친 귀한 깨우침이었어요. 그건 동화를 읽던 어린 시절로 추억처럼 돌아가는 귀환이 아니라, 문학에서 입체적 상상력을 한참이나 배우고 인생과 역사의 벌판에서 체험한 갖가지 사연들이 새로운 시선을 만들어낸 다음의 일이었지요. 무엇보다도 성서를 통해 깊이 훈련된 "읽기의 힘" 덕분이었습니다.

그건 경이로운 발견이었어요. 얼핏 단순한 듯 보이나 심오한 이야기에 대한 눈뜸이었던 거지요. 동화나 우화, 또는 민담이 모른 척 하면서 슬며시 담아낸 현실의 긴장과 역사적 생동감도 놀랍거니와, 당대의 권력자들은 눈치채지 못하도록 치밀하게 숨겨놓은 반전反轉의 비수는 아무리 시간이 흘러도 번뜩이는 광채를 뿜고 있었습니다. 톨스토이가 말년에 이르러 자신의 『전쟁과 평화』라는 대작보다, 여기저기서 수집하고 다시 꾸며 펴낸 러시아 민담을 더욱 깊이 사랑했다는 말이 무엇인지 나름 알아들을 만하게 되었던 겁니다.

톨스토이가 전해주는 민담 가운데 하나를 소개해드리죠.

어느 용맹한 사나이 하나가 워낙 힘이 세고 빨라, 이제 이 세상에는 자신과 겨룰 상대가 더는 없다고 여겼습니다. 그러던 어느 날 초라한 행색의 누군가가 봇짐 하나를 메고 평원을 가로질러 가고 있었는데, 말을 타고 있던 이 용사가 그 사람을 아무리 빨리 뒤쫓아 가려 해도 따라 잡을 수가 없는 거예요. 용사는 큰 소리로 그 사람을 불러 멈추게 했습니다. 그는 봇짐을 내려놓고 용사를 기다렸습니다.

용사가 봇짐을 한번 들어봐도 되냐고 물었습니다. 봇짐의 주인이 고개를 끄덕이자 용사는 두 손으로 무진 용을 써보았지만, 꼼짝도 하지 않는 것이었어요. 결국 힘이 다해 무릎을 꿇고 말았습니다. "이 봇짐 속에 무엇이 들어 있는 것이오?" 용사의 질문이었습니다. "우리의 어머니, 러시아의 대지가 들어 있소." 이 대답에 놀란 용사는 다시 묻지요. "대체 당신은 누구요?" "나는 농부요. 어머니의 땅, 러시아의 대지를 사랑하는 사람이오."

농부로 불리는 민중의 힘과 지혜가 용사보다 더 강하고 낫다는 겁니다. 오랜 세월 땅에 뿌리박고 살아온 이들이 인간의 역사를 이끌어 간다는 말이지요. 제아무리 용사라도 이 민중을 앞질러 갈 수 없고, 이들의 봇짐에 담긴 그 거대하고 광활한 생명의 무게를 이겨낼 수 없다는 거예요. 톨스토이의 이러한 믿음은 그 자신에게 민담이나 우화 또는 동화의 가치를 새삼 주목하게 했습니다. 그리고 그 안에 있는 번뜩이는 슬기와 재치, 그리고 통쾌한 풍자와 혁명적인 사고방식의 여유를 이 대문호는 사람들에게 일깨워나갔지요.

바로 이 톨스토이에게 민담의 세계를 다시 주목하도록 선생이 되어준 이는 고대 그리스의 이솝이었답니다. 과연 그의 우화를 거듭 읽으면서, 예전부터 배워왔던 이야기의 교훈이라는 것이 얼마나 고정관념의 틀 속에 묶여 있고, 우리의 뇌를 마비시켜왔는지 깨달아 가게 되었습니다.

'양치기 소년과 늑대'나 '개미와 베짱이'같이 잘 알려져 있는 이야기가 날카롭기 그지없는 현실풍자와 새로운 공동체에 대한 열망을 그득 지니고 있다는 걸 알아채기 시작한 거지요. 소년의 거짓말에 대한 규탄이나, 게으른 자의 비극적 말로에 대한 경고로만 읽혀져 온 이 우화들이, 사실은 치열한 정치적 논쟁, 그리고 미래의 진로 선택과 관련한 메시지를 은닉하고 있었던 겁니다.

굳이 순서에 따라 읽지 않아도 됩니다만, 이 책의 첫 번째 이야기 「미운 오리 새끼」는 어린 백조가 미운 오리 새끼 취급받고 고생하다가 마침내 백조의 꿈을 이루게 된다는 건데, 백조가 된 이후의 삶이 궁금하지 않나요?

「신데렐라」 이야기 하면 으레 신분상승이라는 단어가 정답처럼 나오곤 하지 않습니까? 그런데 미천한 소녀에서 왕자비가 되는 행운의 드라마로 읽고 말면 과연 모든 게 다 깨끗이 정리되는 걸까요? '솔로몬의 지혜'는 성서에 나오는 이야기인데, 한 아이를 두고 두 여자가 서로 자기 아이라고 다투자 솔로몬이 칼을 꺼내 들고 반쪽으로 가르겠다고 하면서 모두가 경악하는 상황이 벌어지죠. 이 이야기에서는 진짜 엄마의 모성애가 주제가 되곤 하는데, 솔로몬이 주목한 것이 만일 다른 것이었다면?

「인어공주」는 생각보다 '에로틱'합니다. 일종의 성장소설이기도 하면서 성에 눈뜨는 사춘기 소녀의 일기와도 같은 이야기지요. 당시로선 상당히 충격적인 이야기가 오늘의 시선으로 보면 또 어떻게 읽혀질까요?

우리의 전래 동화 내지 민담인 「토끼전」과 「심청전」은 그야말로 포복절도할 풍자와 현실에 대한 예리한 각성이 숨겨져 있어요. 어진 용왕의 병환을 구하기 위해 토끼를 꼬여 용궁으로 데려가는 별주부의 충성이나, 자기를 희생시킨 심청이의 효성으로 마무리 지어지는 옛날 얘기로만 읽으면 우리 조상들의 탄복할 만한 지혜가 가슴에 절절하게 다가오지 않게 됩니다.

「헨젤과 그레텔」은 기근에 시달렸던 시대의 비극을 뚫고 살아난 존재의 내면세계를 꿰뚫어보게 해주고 있습니다. 하잘것없다고 우습게 여겨진 이들의 승리와, 억압적인 기존질서의 혁명적 격변을 내다보는 민중의 갈망이 전개되는 이야기입니다.

「바보 이반」과 「바보들의 나라 켈름」은 세상의 진정한 현자賢者와 바보들이 누구인지 우리에게 거침없이 묻고 있지요. 우리나라의 '바보 온달과 평강공주'도 이 바보 이야기와 같은 맥락에서 나온 이야기죠. 누구나 똑똑하고 현명한 자가 되려 하지만, 바보라고 짓밟히는 이들의 슬기로움을 당하지 못합니다.

단순한 이야기인 듯한 동화와 민담들을 보다 정밀하게 읽어나가면 얼마나 많은 깨우침과 행복을 가져다주는지 놀라게 됩니다. 그건 우리에게 새로운 상상력과 통찰력이 더해지는 체험이며, 이야기가 가지고 있는 축복의 힘입니다.

이 이야기들을 세상과 만나게 해준 출판사 이봄의 고미영 대표, 적지 않은 세월의 인연으로 애써준 이현화 편집자, 그리고 책에 시각적 사고의 의미를 더해준 노준구 일러스트레이터와 김이정 디자이너, 모두에게 감사드려요.

아침이 서서히 깨어나는 소리를 듣지 못하고 살아가는 시대입니다. 꽃들이 노래하는 계절의 아름다움도 자칫 놓치고, 속도의 원리에만 몸을 맡기며 주마간산走馬看山의 경험에 만족하고 마는 현실이 되었어요. 보다 정밀해진 액정화면에 고정시킨 시선으로 세상의 정보를 모두 알았다고 착각하는 기술사회의 우화가 우리의 머리를 녹슬게 하고 있는 건 아닐까요? 마음이 사막으로 변모하고 있어도 알아차리지 못하고, 풀 한 포기 나무 한 그루 없는 길을 곧바로 달리는 것이 성공이라고 여기는 이들이 주류가 되는 것은 모두에게 비극입니다.

다시 나룻배를 타고 강으로 나서니, 작열하는 태양이 은빛 물살을 출렁이게 합니다. 붉은 노을로 물든 산등성이는 어느 사이에 시가 되고 술 익는 마을의 세월이 되네요. 사는 일로 이리 채이고 저리 밀리며 낡아진 마음이 생기를 얻어 기분 좋은 기지개를 폅니다. 이 책이 그런 기운을 나누는 기쁨이 되기를 바랍니다.

존재 자체가 진정한 명품이 되는 길이 그렇게 열려갔으면 좋겠습니다.

2012년 봄

김민웅

"고정관념은 때로 세상을 공평하고 따뜻하게 만드는 일을
가로막는 장애가 됩니다.
우리에게 익숙한 동화나 민담에서 고정관념을 걷어내고,
새로운 생각의 단서를 발견하는 것.
그것이야말로 이 이야기를 독자들께 건네는 이유입니다."

김민웅

첫 번째 이야기

미운 오리 새끼

미운 오리 새끼의 자존감 회복을 위하여

이것은 안데르센의 자전적인 이야기

「미운 오리 새끼」는 안데르센의 대표적인 동화 가운데 하나로, 이야기의 골자는 매우 간단합니다. 우연히도 오리들 틈에 끼어 태어난 아기 백조가 자기도 오리인 줄 알고 자라지만, 주변에서 아무리 봐도 오리 같지 않은 밉상이라고 놀림을 받으면서 힘겹게 지냅니다. 그러다가 어느 날 자기의 진정한 모습을 발견하게 된다는 겁니다. 미운 오리 새끼가 아니라 사실은 어떤 오리도 그 품격을 따를 수 없는 우아한 백조였다는 거죠. 호수 위에 떠다니는 백조와 물속에 비친 자기 모습이 같다는 것을 알고 나서 말이에요. 이를테면 충격적인 자아의 확인이라고 할 수 있습니다.

그런데 이 「미운 오리 새끼」 이야기만큼 안데르센의 자전적 현실을 생생하게 그려준 동화도 없답니다. 1805년 덴마크의 오덴세라는 도시에서 태어난 안데르센은 집안이 너무나 가난하고 얼굴도 못생겨 깊은 열등감을 안고 살았습니다.

아버지는 제화공이었지만 나폴레옹 전쟁 당시 돈을 받고 다른 사람의 징집을 대신하고 돌아와 앓다가 파산한 채 세상을 떠났고, 엄마는 알코올 중독자였다고 합니다. 게다가 이모 가운데 하나는 코펜하겐에서 창녀촌을 운영하는 등, 그야말로 누구에게도 떳떳하게 내놓을 수 없는 수치스럽고 비참한 가정환경에서 성장했습니다.

그래서 안데르센은 현실에서 벗어날 수 있는 방법을 찾습니다. 예술적 상징의 세계로 뛰어든 것입니다. 그는 연극배우, 가수, 무용가나 작가의 길을 걷기로 결심합니다. 일곱 살 때 엄마와 아버지가 데리고 간 연극 무대에 빠져든 안데르센은 겨우 열다섯 살의 나이에 코펜하겐의 연극계에 발을 들여놓게 됩니다. 대단한 용기였고, 야심 찬 데뷔였지요. 그건 자신의 정신적 상처를 치유하는 방법이기도 했습니다. 하지만 성과는 시원치 않았고, 귀족사회가 지배하던 당시 코펜하겐에서 안데르센이 상류사회의 일원으로 받아들여진다는 것은 거의 불가능했어요.

그러다가 부유한 법률가 요나스 콜린의 후원을 받게 되는데요, 이때부터 그의 인생은 전혀 다른 궤도에 오르게 됩니다. 그의 도움으로 사립학교에서 교육도 받고, 본격적으로 전업 작가로서의 생활을 시작합니다. 서른 중반이 되는 1840년부터 그는 서서히 명성을 얻어가게 되었지만, 귀족가문 여인들과의 결혼은 실패하고 맙니다. 코펜하겐의 귀족사회는 그의 인기에는 주목했지만, 자신들의 일원으로 받아들일 생각은 없었던 것이죠.

이런 인생을 살면서 그는 엄청난 스트레스와 신경질적인 우울증에 시달렸고, 이걸 해결하기 위해서라도 스스로를 격려하고 일으켜 세워줄 이야기가 지속적으로 필요했습니다. 역설적이게도 고통스러운 현실은 가상의 공간에서나마 꿈을 이룰 수 있는 작품의 탄생을 가져온 동기가 되었고, 안데르센 동화의 척추가 되었던 겁니다.

그렇기 때문에 안데르센 동화를 잘 읽어보면 곳곳에서 우리는 그의 곡절 많은 생애와 만나게 되는데, 「성냥팔이 소녀」의 비극적인 이야기 역시 안데르센의 아픈 과거와 절망적 상태를 떠올리게 합니다. 「미운 오리 새끼」도 한때 이리 몰리고 저리 쫓겼던 그의 젊은 시절을 보여주면서, 세계적 명성을 가지게 되는 동화작가로 우뚝 서는 백조의 꿈을 그대로 묘사했다고 할 수 있을 겁니다. 백조는 안데르센이 작가로서 찬사를 받게 되는 모습을 상징하는 셈이지요. 원작은 짧은 동화로 알려진 것과 달리, 이야기 전개가 다채롭고 풍부합니다. 미운 오리 새끼가 겪게 되는 위기와 고비가 단순하지만은 않았기 때문이에요.

녀석이 태어나기 전엔 평화로웠습니다

이야기는 아주 아름다운 시골의 한 농장에서 시작합니다. 때는 여름. 만물이 역동적인 생명력을 과시하는 시기이지요. 분위기는 희망찹니다. 그 어디에도 예기치 못한 소동이 일어날 기미는 보이지 않았아요. 드넓은 들판과 울창한 숲, 그리고 깊은 호수가 있는 농장 한 귀퉁이에서는 오리 한 마리가 둥지에서 알을 품고 있습니다. 이제 농장에는 곧 오리 새끼들의 삐약거리는 소리가 경쾌하게 들릴 판이에요. 마침내 오리 새끼들이 차례차례 알에서 깨어 나옵니다.

"와, 이 세상은 정말 크네요!"

오리 새끼들은 이구동성으로 삐약거립니다. 지금껏 살아왔던 알의 세계와 비교하면 눈앞에 펼쳐진 세상은 완전히 다르니까요.
그러자 엄마 오리가 이렇게 말합니다.

"너희들 지금 보고 있는 세상이 전부인 줄 아니? 천만의 말씀. 세상은 저편 건너 정원까지 뻗쳐 있고 오른쪽으로는 이 마을 교회의 목사관에까지 이른다고 하지. 하지만 나는 거기까지는 아직 가보지 않았단다."

엄마 오리는 처음 보는 세상의 크기에 경탄하고 있는 오리 새끼들에게 더 넓은 세상을 상상하게 합니다. 그러나 엄마 오리에게 '더 넓은 세상'은 그래봐야 '저편 건너 정원'과 '마을 교회의 목사관'이 그 경계선입니다. 이쪽에 속해 있지 않은 '저편 건너'의 지점과 종교적 한계를 넘지 않는 선까지인 거죠.

안데르센이 태어나 살았던 작은 도시 오덴세가 바로 이런 모습이었습니다. 기껏 그곳에서 알 수 있는 세상의 크기는 그만큼에 불과했던 것입니다. 더군다나 종교적 엄격성이 그어놓은 선 안에서 살아가야 하는 겁니다. 그 정도를 보고도 오리 새끼들은 '와, 크다!'라고 감탄하지요. 엄마 오리도 더 넓은 세상에 대해 무언가 들어서 알 뿐, 한계가 분명했습니다. 오덴세는 안데르센에게 너무나 좁고 자유롭지 못한 곳이었어요.

겉으로 보기에는 아름답지만, 그곳에 사는 동물들은 농장주의 손에 길들여져 있고 농장 밖의 세계에 무지합니다. 안데르센은 바로 그런 곳에서 한 마리 미운 오리 새끼처럼 자라게 된 겁니다. 오덴세 사람들의 생각이나 관습으로 볼 때 그는 못생긴 오리 새끼에 불과했던 것이에요.

출산부터 애먹이는 녀석

그런데 이 이야기의 주인공이 되는 미운 오리 새끼만이 아직 알에서 깨어날 생각을 하지 않고 있습니다. 물론 이것은 오리의 입장에서 볼 때 그런 거지요.

"아, 이런! 저기 가장 큰 알은 아직 깨어나지 않았구나. 도대체 얼마나 걸려야 되는 거지? 다시 알을 품는 건 너무 지쳐."

마침 그곳에 들른 어느 늙은 오리가 "잘 되가나?"하고 물었습니다.

"한 녀석이 시간이 너무 오래 걸려요. 도대체가 알에서 깨어 나오질 않네요. 먼저 나온 저 애들 좀 보세요. 어찌나 예쁘고 멋있는지. 아빠랑 꼭 닮았어요. 아, 참, 그런데 그 아빠라는 물건, 망할 놈의 작자! 이런 때에도 날 찾아오는 법이 없어."

오리보다 큰 존재는 오리보다 더 많은 시간이 걸려야 알에서 나올 수 있다는 것을 모르는 세상에 대한 풍자죠. 이에 더해 가정에 무책임한 가장에 대한 힐난도 잊지 않고 있네요. 육아는 아내에게 맡기고 자기는 하고 싶은 대로 사는 남성들에 대한 은근한 비판입니다. 그런데 엄마 오리를 찾아온 이 늙은 오리의 관심은 여전히 깨어날 생각을 하지 않는 알에 있습니다.

"이거 아무래도 칠면조 알 같지 않아? 나도 예전에 한번 속은 적 있어. 알에서 깨어 나온 뒤, 물속에 들어가질 못하더라고. 이거, 이거 칠면조 알 확실히 맞아. 이 알은 그냥 내버려 두고 다른 오리 새끼들 헤엄이나 가르치는 게 낫지. 쯧쯧."

출생 이전부터 미운 오리 새끼는 세상의 편견과 몰이해의 시선에 놓여 있는 겁니다. 살기도 더 오래 살고 경험도 많은 늙은 오리가 아직 깨지 않은 알을 칠면조 알이라고 단정한 것은 잘못이지만 오리 알이 아니라고 본 것은 결국 맞는 이야기가 됩니다. 뭔가 애초부터 다른 태생적 기원을 가지고 있다는 것을 암시하는 거죠.

그런데 이 늙은 오리가 알고 있는 큰 알은 칠면조 알 외에는 없군요. 자기가 알고 있는 경험만이 답입니다. 오리들의 세계에서 제아무리 노련한 존재라고 하더라도 넘지 못하고 있는 인식의 한계를 보여주는 대목입니다.

그에 더해 우리는 칠면조를 자신과 구별하고 있는 이 늙은 오리의 생각에도 주목할 필요가 있어요. 칠면조와 훗날 우리가 만나게 될 백조는 대조적입니다. 칠면조는 오리에 비해 몸집도 크고 색도 다채롭지만, 오리에게 동경의 대상은 아니죠. '알이 커봐야 기껏 되는 것이 칠면조 말고 뭐가 있겠어?' 하는 식이니 말이에요. 그건 안데르센이 살았던 오덴세에서 도달할 수 있는 성장의 수준을 보여주고 있기도 합니다. 오덴세에서 커봐야 뭐 대단한 인물이 되겠어?

이렇게 늙은 오리가 분명 칠면조 알이니 뭐니 하면서 타박을 놓지만, 엄마 오리는 그래도 한 가닥 기대를 걸고 좀 더 알을 품겠다고 합니다. 사실 이 알이 어떻게 해서 오리 둥지에 굴러 들어왔는지는 알 길이 없어요. 그러나 일단 자기 둥지의 알에 대한 엄마 오리의 책임감이 느껴지는 대목입니다. 이런 엄마 오리에게 늙은 오리는 "그럼 그렇게 하시든지." 하면서 뒤도 돌아보지 않고 그 자리를 떠납니다. 마침내 그 큰 알에서 오리 한 마리가 삐약거리면서 나왔습니다. 수놈이었어요.

그런데 이 녀석은 오리 새끼로 보기에는 엄청 크고 생긴 것도 봐줄 수가 없었습니다. 게다가 예쁜 노란빛이 아니라 거무튀튀한 회색빛이라니… 동화 밖 현실에 나와서 보자면 안데르센이 자기의 얼굴 생김새에 자신을 갖지 못했다는 것을 떠올리게 하는 대목이기도 합니다.

엄마 오리는 이제 막 태어난 새끼 오리를 보면서 갑자기 의구심을 갖게 됩니다. 늙은 오리의 말이 마음에 걸린 거죠. '아니, 이렇게 큰 것을 보면, 정말 칠면조 새끼인가? 그렇다면 어디 물속에 처넣어봐야지.' 라고 생각합니다. 다음 날, 오리 가족 모두가 물속에 들어가 신나게 놀았습니다. 그런데 문제의 그 큰 회색빛 오리 새끼도 함께 물에서 헤엄을 치고 노는 것이었어요. 이걸 본 엄마 오리는 칠면조 새끼가 아니라는 것을 확신하고 안심하게 되지요. "저 애는 내 새끼야!" 그렇게 생각하고 다시 녀석을 보니 지금과는 전혀 다르게 보이기 시작합니다.

"이 아이를 가까이서 잘 보면, 얼마나 매력적으로 잘 생겼는지 알게 된다니깐. 꽥, 꽥, 꽥. 얘야, 나를 따라오렴. 내가 너에게 세상 구경을 시켜줄게. 암탉이 있는 곳도 보여주고 말이지. 하지만 내 옆에 바싹 붙어 쫓아와야 한다. 그렇지 않으면 누가 너를 밟거나 고양이가 채갈 수도 있거든."

엄마 오리는 이제 이 큰 오리 새끼의 보호자요, 교육자로 나섭니다. 다른 오리 새끼들에게도 그랬던 것처럼 세상이 어떤 곳인지 가르치는 거죠. 위험한 일들이 여기저기에 도사리고 있다는 것을 일러주는 것도 빼놓지 않았습니다. 언제 어디서 어떤 곤혹스러운 일을 당하게 될지 모르는 것이 세상이니까요.

저 녀석은 틀렸어!

이 엄마 오리 머리에 가장 먼저 떠오른 곳은 암탉이 사는 마당이었는데, 막상 거기 가서보니 암탉 식구 두 가족이 뱀장어의 머리 하나를 두고 서로 소리를 지르며 다투고 있었습니다. 그러는 사이에 어느새 그 뱀장어의 머리는 고양이가 슬며시 가져가버리고 말았어요. 엄마가 보여준 세상의 첫 장면은 치열한 생존경쟁과 그 틈을 탄 교활한 도둑질이 벌어지는 자리였습니다. 날씨는 어디 하나 부족할 게 없으리만치 좋았지만 마주한 현실은 좀체 긴장을 풀 수 없는 모습을 하고 있었던 겁니다.

바라는 것이 있어도 쉽게 얻을 수 없고, 그걸 얻기 위해서는 싸워야 하며 자칫 그러다가 못된 놈에게 빼앗길 수도 있다는 것을 이 미운 오리 새끼는 이렇게 해서 배우게 된 것이지요. 세상은 냉혹했고 마음을 놓고 살아가기 어려운 곳이었습니다.

"자, 잘 봤지? 이게 세상 돌아가는 꼴이다."

엄마는 세상살이의 비극성을 강조합니다. 미래를 꿈꾸고 자신의 포부를 실현할 수 있는 여지는 어디에도 없어 보입니다. 바로 이렇게, 매일 매일이 서로 다투면서 먹고 사는 문제를 해결해야 하는 게 안데르센이 본 세상의 진실이었습니다.

그러나 여기까지는 남들이 겪고 있는 생존경쟁의 현실이었답니다. 이번에는 미운 오리 새끼가 직접 겪게 되는 일이 벌어집니다. 엄마 오리는 미운 오리 새끼를 데리고 오리들이 있는 곳으로 갑니다. 거기에는 어떤 늙고 풍채 당당한 오리 한 마리가 다른 오리들과 함께 놀고 있었습니다. 그 오리는 모두가 존경하는 오리였지요. 그때 미운 오리 새끼를 본 다른 오리들이 말합니다.

"야, 이게 뭐야? 형편없이 못생긴 녀석이잖아. 이거 참을 수가 없군."

그 순간, 어떤 오리 한 마리가 미운 오리 새끼에게 날아들어 목을 쪼아댔습니다. 엄마 오리가 급하게 막고 나섰어요.

"그만 둬! 이 애를 좀 가만히 내버려둘 수 없어? 남들에게 어떤 짓도 하지 않았잖아?"

그러자 미운 오리 새끼를 괴롭힌 오리가 대꾸합니다.

"무슨 소리야? 이 녀석은 오리치고는 너무 크잖아? 게다가 괴상하게 생겼고 말이야. 그러니까 혼 좀 나봐야 해."

이때 옆에 있던 모두가 존경하는 그 늙은 오리마저 한 마디 거듭니다.

"다른 오리 새끼들은 참 예쁘더군. 그런데 저 녀석은 영 틀렸어. 아예 다시 좀 제대로 만들어 낳아 보지 그래."

마침내 미운 오리 새끼에 대한 집단적인 따돌림과 괴롭힘이 시작된 것이지요. 생긴 모습이 다르다는 것 하나로 내몰릴 지경이 된 것인데, 오리 공동체에서 가장 권위 있다는 늙은 오리마저도 미운 오리 새끼의 존재를 정면으로 부인합니다. 오리 세계에서 오리라는 인정을 받지 못하는 처지가 된 데에다, 거기에 그치지 않고 핍박의 대상이 된 거예요. 그래도 엄마 오리는 그런 그를 옹호합니다.

"존경하는 노인장, 그렇게 할 수는 없지요. 이 아이는 그다지 예쁘지는 않습니다. 하지만 성격이 아주 훌륭하고 다른 오리보다 훨씬 헤엄을 잘 친답니다. 두고 보시면 아시겠지만 이 아이는 자라면서 더욱 더 멋있어질 겁니다. 또 시간이 지날수록 키가 작아질지 누가 압니까? 이 아이가 알 속에 너무 오래 있다 보니까 이런 모양이 되어버린 건데, 지금 꼬락서니는 이래도 나중에는 자기 힘으로 강하게 이 세상을 헤쳐 나갈 거예요."

엄마 오리는 미운 오리 새끼의 성품과 능력이 탁월하다는 것을 강조합니다. 그에 더하여, 그 잠재적 가능성까지도 아울러 치켜세우고 있지요. 지금 이렇게 오리들 눈에 별 볼일 없이 보이는 까닭도 다 태어날 때의 환경 탓이지 당사자의 책임이 아니라면서, 이 오리 새끼의 장래에 대한 굳건한 믿음까지 적극적으로 표현하고 있습니다.

하지만 늙은 오리는 완고했습니다.

"다른 오리 새끼들이 더 예뻐. 그냥 집에나 잘 가시게. 그리고 가다가 혹시 뱀장어 머리라도 보거든 내게로 가져와."

이 늙은 오리가 권위를 독점하고 있는 오리 세계는 낡은 생각에 사로잡힌 노욕에 빠진 자들이 지배하는 현실을 상징하는 거죠. 낡고 욕심 많은 자들이 기존질서를 움켜쥐고 있는 겁니다. 이런 곳이 스스로 변해 새로운 질서를 만들어낸다는 것은 기대하기 힘듭니다.

미운 오리 새끼는 오리만이 아니라 심지어 닭들에게도 물리고 밀리고 놀림당하는 신세가 되었습니다. 강한 발톱의 숫칠면조는 미운 오리 새끼에게 무슨 쾌속 함정처럼 달려들어 큰 소리로 골골대고 성깔을 부렸습니다. 그런 식으로 매일매일 미운 오리 새끼는 그 시골 농장 전체에서 모두에게 닦달당하고 쫓겨 다녔어요. 형제들은 "고양이나 물어가라!"하고 욕설을 퍼부었고, 가축들에게 먹을 것을 나누어주는 소녀까지도 미운 오리 새끼에게 발길질을 했습니다. 급기야 엄마 오리마저 이제는 "네가 좀 멀리 떠나버렸으면 좋겠다."라고 할 지경이 되고 맙니다. 아, 갈 데까지 갔네요. 다른 오리들과의 차이가 차별이 아니라 개성과 특유함으로 인정받을 수 있는 세상은 아니었습니다. 차이는 곧 공동체에서 내쫓기는 것을 의미했던 것입니다.

유년기와의 결별

미운 오리 새끼의 유년기는 이렇게 막을 내립니다. 자신이 태어난 둥지를 떠나야 할 때가 온 거예요. 새로운 꿈을 좇아서 떠나는 것이 아니라, 추방과 다를 바 없는 탈출을 선택하지 않으면 안 될 형편에 놓인 것이지요. 그래서 미운 오리 새끼는 울타리를 넘어 엄마도 가보지 못한 세상을 향해 홀로 길을 떠납니다. 미운 오리 새끼 삶에 새로운 장이 열리는 시작이었습니다.

> 미운 오리 새끼는 울타리 쪽으로 달려가더니 마침내 몸을 날려 그걸 넘었습니다. 울타리 바깥에 있던 작은 새들이 깜짝 놀라 푸드득 거리며 날아올랐어요. 순간, 미운 오리 새끼는 "아, 내가 못생겨서 저 새들도 저러는구나."라고 생각했습니다.

작은 새들의 움직임조차도 미운 오리 새끼는 여전히 자기 탓이라고 여기며 위축되어 있네요. 농장에서 매일같이 들던 '못생긴 오리 새끼'라는 말의 주술에 사로잡힌 그의 의식세계는 열등감과 슬픔이 지배하고 있습니다. 외부적 충격에 의한 '정신적 외상'이 심각한 상태입니다. 그렇기에 그는 감당하기 쉽지 않다고 여겨지면 무조건 도망가는 것 외에는 다른 방법이 없다고 믿은 겁니다. 두 발에 힘을 주고 얼굴을 똑바로 들고서 자신에게 벌어지는 사건들과 당차게 마주할 수 있는 자신감을, 지금의 그로서는 도저히 생각할 수 없는 것이지요.

이 미운 오리 새끼가 열심히 달려 이르게 된 곳은 야생 오리들이 살고 있는 늪지대였어요. 그는 너무 지치고 슬픈 나머지 밤새 누워 있었습니다. 그런데 농장과는 달리 이곳은 야생의 공간입니다. 더 큰 어려움이 기다리고 있을지, 아니면 자신의 과거와 정체를 알지 못하는 이들과 부대끼지 않아 오히려 편할지 아직은 가늠할 수 없습니다.

아침이 되자 야생 오리들이 늪에 날아들어 그곳에 새로 온 이 오리를 빤히 쳐다보았습니다. "대체 뭐하는 녀석이지?"

미운 오리 새끼는 이리저리 뒤뚱거리더니 자신의 최선을 다해 야생 오리들 모두에게 인사를 했습니다. 그러자 야생 오리들이 말했습니다.

"야, 너 참 정말 못생겼다. 그렇지만 뭐, 여기 우리 식구들 중에 누구랑 결혼하겠다고 하지 않는 한 상관없어."

아니 이런, 이 상황에서 가당치 않게 결혼이라니? 미운 오리 새끼는 그저 단지 늪의 물을 마시고 풀숲에 몸을 쉴 수만 있으면 좋겠다고 바랄 뿐이었어요.

야생의 늪지대는 누구에게나 열려 있는 공간인 것 같지만 생존의 최소 조건을 확보하는 것 이상을 기대하지 못하는 거예요. 그의 존재는 인정되지 않았고, '주변인'이긴 하지만 함께 살 수 있게 해주는 것만 해도 다행으로 여겨야 하는 상황이었어요. 그저 못생겼다는 시선만 견디면 됩니다. 그건 마음 상하고 자존심이 한없이 구겨지는 현실이었지만 어쩌면 이미 익숙한 일이기도 했겠지요. "아냐, 난 못생기지 않았어."라고 반박하거나 저항하지 않기로 합니다. 그러는 중에도 친구가 생깁니다.

"여어, 친구. 자네 참 못생겼네 그려. 다들 꽤나 좋아하겠는 걸? 우리랑 저기 저편 다른 늪으로 옮겨 가지 않겠나? 거긴 말일세, 잘도 꽥

꽥거리는 야생 거위 아가씨들이 잔뜩 있는데, 운이 좋으면 아마 자네처럼 못생긴 아가씨 하나 낚아 챌 수 있을 텐데."

노숙 생활 이틀 만에 야생 수놈 거위 두 마리가 나타나 말을 걸어 옵니다. 오리나 거위가 겉으로는 얼핏 구별이 가지 않는 경우가 있어서 이들 거위가 미운 오리 새끼를 자기들과 같은 과라고 생각한 모양이에요. 계통상으로 보면 당연히 야생 오리에 더 가까움에도, 야생 오리들은 결코 '주변인' 이상의 상황을 내줄 수 없다고 한 반면에, 이 야생 거위들은 못생겼다고 하면서도 거위 아가씨를 소개해주겠다고 합니다.

그러나 그 순간, 총성이 두 발 빵, 빵 하고 울리더니 이 야생 수놈 거위 두 마리는 피를 흘리며 풀숲에 쓰러지고 말았습니다. 사냥꾼의 희생물이 된 것입니다. 사냥은 그걸로 그치지 않고 대대적으로 이루어져 숲 전체의 야생 거위들은 피난하기에 바빴습니다. 더군다나 이빨이 날카로운 사냥개까지 나타나니 사태는 그야말로 위급했지요. 농장에서 보았던 고양이 정도가 아니었습니다. 전에는 상상할 수도 없었던 사냥꾼의 총과 개까지 등장하면서 미운 오리 새끼는 처음으로 누군가 목숨을 잃는 광경을 목격합니다.

이건 농장에서 다른 오리들이 물고 때리던 차원과는 비교할 수도 없는 일이었지요. 집을 나와 울타리를 넘어 열심히 달려서 간신히 도착한 야생의 세계는 개를 거느리고 총이라는 권력을 가진 존재가 모든 것을 압도하고 지배하는 현장이었던 겁니다.

그런데 야생 거위의 뒤를 쫓던 사냥개는 미운 오리 새끼 바로 옆에 다가와서도 이 오리 새끼를 물어 죽이지 않았습니다. 그러자 미운 오리 새끼는 중얼거립니다.

"내가 하도 못생겼으니까 사냥개도 나를 물어가질 않네."

야생 거위가 아니라서 위험을 모면한 것이지만, 미운 오리 새끼 입장에선 이제 못생긴 게 언제나 불리하기만 한 것이 아니라는 걸 알게 됩니다. 위험한 순간이 오면 눈에 띄지 않는 편이 낫다는 처세술을 익힌 격이라고나 할까요. 사냥꾼의 총이 숲속의 야생 거위들을 향해 계속 불을 뿜자 미운 오리 새끼는 그 자리에 얼어 붙은 듯 꼼짝하지 않습니다. 총알이 빗발치는 상황에서 미운 오리 새끼처럼 약자가 살아남는 길은 일단 엎드리는 겁니다. 상대는 생각보다 무섭고 강하며 잔혹하기까지 합니다. 그렇다고 언제까지나 엎드려 숨죽이고 있을 수는 없는 노릇이었지요.

그렇게 몇 시간을 더 기다렸다가 슬슬 주위를 둘러보고는 이내 전속력을 내어 들판을 달렸습니다. 그러나 맞바람이 몹시 불고 있어서 그걸 뚫고 뛰는 일은 너무나 힘들었습니다.

미운 오리 새끼가 매우 조심스러워졌지요? 야생의 힘겨움이 가르쳐 준 지혜입니다. 주변을 살필 줄도 압니다. 상황이 종료되었어도 마음을 쉽게 놓지 못합니다. 사냥꾼의 출현도 예상치 못했으니, 어떤 다른 위험이 예기치 않게 벌어질지 모르는 겁니다. 당연히 겁이 날 만도 하지 않겠습니까? 그러나 일단 이 위험에서는 빠져나와야 합니다. 그래서 또다시 달립니다. 목표가 따로 정해져 있는 것은 아니에요.

처음에는 농장의 울타리만 넘으면 되었는데, 이번에는 보이는 울타리는 없었지만 보이지 않는 바람이 거세게 몰아치고 있습니다. 보이는 것만이 장애가 아니라, 바람처럼 보이지 않는 것도 장애가 되는 것이었어요. 그걸 이겨내는 일이 더욱 힘들었습니다.

안전한 집 vs 야생의 들판

그렇게 밤새 달리고 새벽녘이 되어서야 어느 작고 허름한 오막살이 집에 도달하는 미운 오리 새끼. 다행히 집 문이 살짝 열려 있어 그 틈으로 살며시 들어갑니다. 그 집은 너무 오래되고 낡아서 언제 무너질지 모를 판이었지만, 그래도 그나마 이제 안전해진 겁니다. 그러나 문제는 그 집 안에 누가 있는가 하는 것이겠지요. 그 낡고 초라한 오막살이 집에는 노파가 고양이랑 암탉 한 마리랑 살고 있었어요. 고양이는 몸을 활처럼 구부리면서 그르렁거렸고 땅딸막한 암탉은 알을 잘 낳아 노파가 마치 자기 자식처럼 귀여워하고 있었습니다.

아침에 미운 오리 새끼를 발견한 고양이와 암탉이 소란을 피웁니다. 노파는 "이거 수놈만 아니라면 오리 알까지도 얻게 생겼네."라면서 미운 오리 새끼를 이리저리 살펴봅니다. 수놈인 줄도 모르고 노파의 오리 알에 대한 기대 덕분으로 미운 오리 새끼는 그곳에서 3주간 별 탈 없이 지낼 수 있었습니다. 하지만 그런 시간은 오래 가지 않았어요.

고양이는 그 집을 통치자처럼 주름잡고 있었고, 암탉은 그 고양이의 애첩이었습니다. 전혀 궁합이 맞지 않는 묘한 동거였지요. 이들은 자기들의 생각이 곧 온 세상의 진리라고 주장하고 있었습니다. 다른 견해는 인정할 수 없다는 거였어요. 고양이같이 몸을 활처럼 구부리고 그르렁거릴 수 없거나, 암탉처럼 알을 낳을 수 없으면 입 닥치고 있어야 한다는 것이었습니다. 그것 외의 세계는 알지도 못했고 평가도 해주지 않았습니다. 좁은 견해와 독선, 그리고 폐쇄적인 사고에 갇혀 사는 존재들이었던 거죠. 고양이는 다 쓰러져 가는 조그만 집안에서 별것도 아닌 걸로 위세를 부리는 자를, 땅딸막한 암탉은 대단한 능력도 아닌 것을 대단하게 내세우는 유형을 의미합니다.

안데르센은 대도시 코펜하겐이 마치 사냥꾼과 사냥개가 여기저기서 나타나고 맞바람이 거세게 부는 곳이라는 걸 알게 되면서 안전한 곳을 찾아 나서게 됩니다. 그러나 그를 따뜻하게 환영하는 곳은 어디에도 없었죠. 코펜하겐의 예술계는 그의 재능에 관심이 없었고, 그의 연극무대는 실패하기만 했던 것입니다. 당시의 주류 연극계가 보기에 우스운 것이었습니다. 거드름을 피우며 이따금 그를 도와주겠다는 이들에게 경제적으로 기대야 했는데, 그건 그에게 힘겨운 일이었어요. 뭔가 새로운 탈출구가 필요한 시기가 온 거예요. 미운 오리 새끼 역시 그러했습니다.

그간 너무 오래 집안에만 있었다고 여긴 미운 오리 새끼는 바깥의 맑은 공기와 햇살이 그리워졌고 물위를 떠다니는 게 얼마나 유쾌한 일인지를 떠올렸습니다. 점차 자신이 어디에 있어야 할 것인지를 의식하기 시작한 겁니다. 주체적인 성찰의 능력이 아주 조금은 성장하면서 강풍을 막아줄 집이 있어 좋긴 하지만, 그렇다고 이곳이 오랫동안 머물 곳은 아님을 안 거지요. 물론 또다시 위험이 닥칠 수도 있겠지만 집밖으로 나가는 편이 그래도 낫다고 생각하게 된 거예요. 고양이와 암탉은 그를 비웃습니다. 그러나 미운 오리 새끼는 결심합니다.

"나는 저 넓은 들판으로 가고 말 거야."

이해받지 못하는 곳에 더 이상 있을 이유가 없고, 자기 자신이 아닌 다른 존재로 살아가고 싶은 생각일랑은 더더욱 없었습니다. 자신의 억눌린 내면의 그 무언가를 실현시키기 위한 선택과 행동입니다. 이는 농장 울타리를 넘었던 일보다 진일보한 행동이었습니다.

미운 오리 새끼는 물이 있는 곳에 가서 둥둥 떠다녔습니다. 그간 집에 머물러 있느라고 망각하고 있던 자신의 타고 난 몸짓을 풀어내는 것이지요. 그러나 야생의 들판과 물가는 여전히 호의적이지 않았습니다. 못생긴 모습 때문에 모든 동물들이 그를 피했고 함께 어울리려 하지 않았던 겁니다. 전처럼 적대적으로 구는 자들은 다행히 없었지만 그는 여전히 외톨이였습니다. 자유롭지만 고독이라는 대가가 요구되었던 것이죠.

그런데 이 고독은 단지 '혼자라는 고독'만은 아닙니다. 자기의 모습으로 말미암아 다른 이들에게 외면당하고 소외받는 '상처 투성이의 고독'입니다. 그런 그에게 더욱 어려운 시련이 찾아옵니다. 가을이 온 거예요. 숲속의 이파리들은 노랗게 변하고 바람이 불면 낙엽이 되어 어디론가 사라졌습니다. 공기가 점차 차가워지면서 어느새 서리가 끼고 눈이 내릴 기세가 보였습니다. 커다란 까마귀가 울타리 위에 걸터앉아서 "꺄욱, 꺄욱" 음산하게 울고, 냉기는 몸속으로 자꾸만 스며들어 왔습니다. 생존 환경이 열악해져가고 있었던 것입니다.

위기는 겨울처럼 차갑고

그러던 어느 날 저녁, 아름다운 석양이 깔린 숲속에서 한 무리의 아름답고 커다란 새들이 모습을 드러냈습니다. 미운 오리 새끼는 그렇게 우아하고 하얗게 빛나는 목이 긴 새들을 본 적이 없었어요. 백조였습니다. 미운 오리 새끼와 백조의 첫 만남이었어요. 아니 미운 오리 새끼가 백조라는 새를 처음 목격한 거지요. 백조의 우는 소리는 이제껏 들어본 바 없는 놀라운 것이었고, 그들은 훌륭한 날개를 쭉 펼치고 하늘 높이 날아올랐습니다. 따뜻한 곳으로 집단 이동하는 중이었던 겁니다.

이 광경에 미운 오리 새끼는 저도 모르게 행복해졌답니다. 그래서 자기도 목을 높이 들어 올려 멀리 날아가는 백조들을 향해 울었습니다. 그러나 자기 목소리임에도 불구하고 자신이 듣기에도 깜짝 놀랄 만큼 기괴한 소리였어요. 그는 이 아름다운 새들의 비상하는 모습을 도저히 잊을 수가 없었습니다. 이 새들을 뭐라고 부르는지, 어디로 가는지, 아무것도 알지 못했지만 미운 오리 새끼는 그들이 너무 사랑스러웠습니다. 이제껏 누구도 사랑해보지 못했던 그가 다른 누군가를 사랑하게 된 겁니다.

그렇다고 백조를 부러워하지는 않았어요. 아니 그렇게 할 수 없었던 거죠. 자신은 아무리 봐도 미운 오리 새끼에 불과했고, 백조와는 출신 자체가 달랐으며 그처럼 된다는 것은 애초부터 가당치도 않은 일이라고 생각했으니까요. 감히 오르지 못할 나무인 거지요. 안데르센이 자기가 태어난 작은 도시 오덴세에서는 상상도 할 수 없었던 코펜하겐의 귀족사회와 만나면서 느꼈던 경탄과 충격, 그리고 놀라움이 환기되는 장면입니다. "아, 이런 세상도 있구나!"라고 탄복했겠지요. 하지만 그는 귀족사회에 속한 존재는 아니었습니다. 무소속과 주변인으로서의 운명이 강요된 존재였어요.

가을이 지나고 겨울이 왔습니다. 그는 호수 주위를 빙빙 돌면서 헤엄쳐야 했습니다. 그러지 않으면 물이 꽁꽁 얼어버리기 때문이에요. 그러나 날이 갈수록 호수가 얼어붙어서 헤엄칠 수 있는 공간은 좁아져만 갔습니다. 미운 오리 새끼는 열심히 발장구를 치면서 물이 얼지 않게 하려 했지만 역부족이었어요. 마침내 탈진했고 꼼짝 못하고 누워 차가운 호수와 함께 얼어갔습니다.

호수 속에서 그렇게 죽을 판입니다. 집을 나와 온갖 고생 다하면서 지금까지 버텼는데 모든 것이 수포로 돌아가기 직전입니다. 그때 근방을 지나가던 어느 농부가 얼어 죽어가는 미운 오리 새끼를 발견하고는 자기 집으로 데려갔습니다. 오리를 보자 그 집 아이들은 데리고 놀고 싶어서 와락 달려들었어요. 겨우 목숨을 건진 미운 오리 새끼는 안타깝게도 여전히 피해의식에 사로잡혀, 아이들이 자기를 해치는 줄로만 알고 놀라서 푸드득 날아 오릅니다. 그러다가 그만 온 집안을 엉망진창으로 만들고 말았어요.

위험에 빠질지도 모른다는 두려움에 과도하게 민감해진 거죠. 집안에 이 난리가 나자 농부의 아내는 소리를 지르며 미운 오리 새끼를 때리려 들었고, 아이들은 웃고 떠들면서 미운 오리 새끼를 잡으려 들었습니다.

이렇게 된 데에는 미운 오리 새끼의 책임이 있긴 하나, 농부의 집에도 문제는 있었습니다. 목숨을 구해준 것은 고맙지만, 얼어 죽기 직전의 상황에 처했던 미운 오리 새끼에게 아픔과 상처가 있으리라는 것을 이해했더라면 사태는 달라졌을 거예요. 농부의 아내가 아이들에게 이제 겨우 몸이 회복되어가는 오리 새끼를 아주 조심스럽게 대하라고 가르쳤더라면 말이지요.

이 대목에는 자신을 후원해준 집안이나 가문, 또는 그 사회의 구성원 전부가 다 자신에게 우호적이지만은 않았다는 안데르센의 뼈아픈 경험이 녹아 있습니다. 그건 문화적 갈등과 충격이었을 수도 있고, 타인의 몰이해가 가져온 참기 어려운 심리적 통증일 수도 있습니다. 자신의 몸을 의탁한 곳마다 멸시받거나 이해받지 못한 채, 주변과 조화를 이루지 못한 쓰라림을 맛보았던 것이죠.

누군가는 그것을 히스테리나 과민반응이라 여기겠지만, 미운 오리 새끼의 입장이 되어보면, 충분히 너그럽게 대해줄 수 있는 일이었습니다. 진정 타인의 목숨을 구해주려면 살아난 다음에 더욱 깊은 애정과 따뜻함으로 보살펴주어야 하는 건데 말이에요.

결국 미운 오리 새끼는 이 집에서도 도망쳐 나옵니다. 바람을 피하기 위해 들어갔던 집에서도 나오고, 얼어 죽을 뻔했다가 구조를 받아 들어간 집에서도 나왔습니다. 제아무리 안락하고 먹을 것이 넉넉하다고 해도 자신이 무엇을 정말로 원하는지, 또 무엇에 아파하고 무엇에 기뻐하는지를 이해하고 공감하지 못하는 곳에서는 결코 살아갈 수 없었던 것입니다. 그래서 그는 언제 다시 얼어 죽을 지도 모르는 야생의 들판으로 돌아갑니다. 정신적 상처가 치유될 수 없다면 어디든 그가 있을 곳은 아니었던 거죠. 미운 오리 새끼는 그렇게 집을 나갔다가 눈 내린 들판에서 기절하고 맙니다. 동화 원작에서는 혹독하게 추웠던 그 겨울, 미운 오리 새끼가 얼마나 고생을 했는지는 말하기조차 너무 슬퍼 전할 수가 없다고 말합니다. 작가 자신이 바로 그랬던 것이지요.

백조의 호수

이윽고 종달새 지저귀는 아름다운 계절이 왔습니다. 여름을 거쳐 가을과 겨울을 나고 만물이 기지개를 켜는 봄이 드디어 온 것입니다. 그러고는 미운 오리 새끼에게 예상치 못한 변화가 일어납니다.

미운 오리 새끼는 날개를 한꺼번에 들어 올렸습니다. 날개는 전보다 훨씬 강해졌고 한 번 날면 어느새 힘차게 멀리 날아갔습니다.

겨울을 나는 동안 미운 오리 새끼는 자기도 의식하지 못하는 사이에 부쩍 자라났네요. 오래전 엄마 오리가 자기를 변호하면서 "이 아이가 지금 꼬락서니는 이래도 나중에는 자기 힘으로 강하게 이 세상을 헤쳐 나갈 거예요."라고 했던 말이 맞아 떨어진 셈입니다. 그렇게 날개를 펴고 날아든 곳은 아주 멋진 곳이었어요. 붉은빛 사과열매가 그득 열려 있고, '라일락 향기가 풍겨오는 아름다운 정원'이었습니다. 작가로서 나름 명성을 얻게 된 안데르센의 변화가 여기서 엿보입니다. 그는 이전과는 다른 세계에 발을 들여놓게 된 것이지요. 풍경만 아름다운 것이 아니었습니다.

아, 그런데 미운 오리 새끼 바로 앞으로 세 마리의 아름다운 백조가 미끄러지듯 헤엄쳐 떠다니는 것이 아니겠어요?

미운 오리 새끼가 백조와 다시 마주치게 되네요. 지난 가을 쓸쓸한 어느 저녁에 백조를 보았던 미운 오리 새끼는 어리고 약했지만 이제는 강하고 힘찬 성숙한 수놈이 되어 있었습니다. 그런데 그 전에 백조를 보았을 때에는 뭔지 모르게 기쁘고 행복했는데, 지금은 도리어 이상하게도 한없이 우울하기만 했어요. 미운 오리 새끼는 속으로 생각했습니다.

'위풍당당한 모습을 하고 있는 저들에게 날아가야지. 그러면 부리로 나를 죽을 때까지 쪼아버리겠지. 이렇게 못생긴 게 감히 자기들에게 가까이 다가왔다고 말이지. 그래도 상관없어. 오리들한테 물리고 암탉한테 쪼이고 암탉 모이 주는 계집아이한테 발길질이나 당하고 겨울이 오면 죽을 둥 살 둥 하면서 고통을 당하느니, 차라리 저이들에게 죽는 게 나아.'

처음 백조를 목격했을 때 미운 오리 새끼는 그 아름다운 모습으로 말미암아 경탄에 젖어 있었습니다. 그러나 백조와 두 번째 마주친 지금은 자포자기 상태입니다. 이상한 대목이에요. 이만하면 자신감도 생기고 독자적인 삶을 살아가는 데 문제가 없을 것 같은데 자기 비하의 극치에다 죽을 생각까지 하니 말이지요. 예전보다 강해졌으며 발을 디딘 세계 또한 아름다운데, 그것을 기뻐하지 못합니다. 백조를 보는 순간, 자신은 너무도 보잘것없고 더는 살 가치가 없다고 여긴 것입니다.

안데르센의 삶을 보면, 작가로서 명성도 얻었고 세상을 헤치고 나갈 능력도 그만하면 남부럽지 않은 상태라고 할 수 있어요. 그러나 그에게는 최종적인 장벽이 있었던 겁니다. 아무리 작가로 이름을 날려봐야 코펜하겐 주류 사회에는 끼지 못한다는 사실 말이지요. 자기 앞에 나타나 유유히 호수 위를 움직이는 백조는 그가 죽었다 깨어나도 될 수 없는 존재입니다. 귀족의 성채 안으로 안데르센은 들어갈 수 없습니다. 다만 그 주변을 맴돌 뿐입니다. 그렇게 부딪히고 깨어지면서 거듭 실패했고, 그런 실패가 되풀이되면서 이럴 바에야 아예 죽어버리는 편이 나은 게 아닌가 할 정도로 그의 마음은 폐허가 되어버린 것이지요.

그렇게 마음먹고는 우아한 백조 곁으로 헤엄쳐 갔습니다. 백조들도 미운 오리 새끼를 발견하고는 깃털을 흔들면서 돌진해왔습니다. 불쌍한 미운 오리 새끼는 "그래 이제 나를 죽여만 다오." 하고는 죽음의 시간을 기다리면서 물위로 머리를 숙였어요.

예상대로 충돌 직전입니다. 그는 조용히 죽음을 받아들이며 고개를 떨굽니다. 모든 것이 일순에 정지하는 듯했습니다. 바로 그때. 깨지지 않을 것 같던 정적을 깨고 온 세상이 흔들리는 듯한 충격이 미운 오리 새끼의 가슴을 강하게 치고 들어왔습니다.

미운 오리 새끼는 그 맑고 투명한 물속에서 무엇을 보았을까요? 아니, 이게 누구지?! 호수에 비친 자기 모습이었습니다. 그 물에 비친 미운 오리 새끼는 더는 못생기고 세련되지 못한 어두운 회색의 더러운 새가 아니었어요. 그 자신이 다름 아닌 백조였던 겁니다.

더는 길이 없다고 여기고 목숨을 끊으려는 순간에 발견한 자신의 진정한 모습 앞에서 미운 오리 새끼는 비로소 눈을 뜹니다. 남들이 알아보기 전에 자신이 깨우친 자화상입니다. 누가 뭐래도 그는 백조였던 겁니다. 백조는 그에게 세상에서 가장 존귀하고 우아한 최고의 가치를 상징합니다. 그건 자기와 하등 상관없는 가까이 할 수 없는 선망의 세계일 뿐이었고, 자기로서는 살아생전 도달할 수 없는 행복의 절정이지요. 그런데 알고 보니 자기 자신이 바로 그 행복한 존재 자체였던 것입니다. 그것도 죽음을 목전에 두고 생을 접으려 하는 찰나에 깨닫다니!

커다란 백조들이 그의 주변에 몰려와 부리로 그를 툭툭하고 부드럽게 쳤습니다. 이제 미운 오리 새끼는 혼자가 아니라 백조의 식구이고 함께 할 이웃이 생긴 것입니다. 그가 자랑스러워하면서 속할 공동체가 말입니다. 상처투성이의 고독은 막을 내렸고, 세상은 온통 그의 존재가치에 경탄을 표합니다. 바로 이런 모습으로 귀족이 되고 싶었던 안데르센은 정작 현실에서 백조가 되지는 못했습니다. 하지만 이 이야기는 이야기로써 충분한 기쁨을 작가에게 선사합니다. 지난 세월의 고통이 이로써 보상을 받고 있으니까요.

아이들이 웃고 떠들며 이 젊고 싱싱한 백조가 최고라고 칭찬하자 늙은 백조들이 이 멋진 청년 백조에게 머리 숙여 경의를 표해줍니다. 미운 오리 새끼였던 이 백조는 그만 부끄러워져 머리를 날개 사이로 숨겼습니다. 왜 그런지는 몰랐으나 너무나 행복했어요. 하지만 오만해지지는 않았습니다. 본래가 오만한 성품은 아니었으니까요.

모든 것이 바뀌었습니다. 모멸과 핍박의 대상이었던 그가 온 세상의 환호와 인기를 모으고 있습니다. 태양은 따뜻하게 비추고 있었고, 향기와 함께 라일락 나뭇가지들이 이 백조가 지나는 물 위에 드리워진 채 호수를 아름답게 만들고 있었습니다. 백조는 깃털을 푸르르 턴 뒤 그 날씬하고 긴 목을 세우고는 마음 깊이 이렇게 기뻐했습니다.

"내가 못생긴 미운 오리 새끼였을 때에는 이런 엄청나게 행복한 날이 오리라고는 꿈에도 생각하지 못했어."

미운 오리 새끼 이야기는 이렇게 끝이 납니다. 해피엔딩이죠. 가장 불행하고 절박하다고 생각했던 순간에 찾아든 예상치 못했던 행복으로 미운 오리 새끼는 자기 자신을 뿌듯해합니다. 자존감을 회복한 거예요. 애초에 백조로 태어난 것을 몰랐고, 세상 또한 알아보지 못했을 뿐입니다.

시골 농장에서만 지냈다면 미운 오리 새끼는 계속 그 좁은 세계에 갇혀 있었을 겁니다. 그러나 그는 농장을 감연히 탈출했습니다. 엄마 오리도 경험하지 못했던 '저편 정원'과 '마을의 목사관' 정도가 아니었습니다. 그는 야생의 세계 속에 뛰어듭니다. 시련도 이겨내고 죽음의 고비도 넘겼습니다. 그러다가 이제는 더 이상 견디지 못하겠다고 자살을 시도하려는 순간, 비로소 자기가 누군지 발견합니다. 수많은 위기의 순간을 통과하면서 미운 오리 새끼는 어느새 훌륭한 백조로 성장해 있었던 겁니다.

안데르센은 바로 그 백조의 세계에 가장 가까이 다가선 미운 오리 새끼였습니다. 그는 우리에게 상처받은 마음을 치유하고 내면의 백조를 떠올리라고 격려하고 있습니다. 남들이 뭐라던 자신이 백조임을 발견하라고 응원합니다.

「미운 오리 새끼」는 현실이 낙오자, 또는 열패자로 취급하는 이들의 아픔을 함께 나누는 이야기입니다. 문제는 이런 이들의 재능과 진실을 알아보지 못하는 세상의 시선이라고 반격합니다. 또한 본래 백조인 존재를 몰라보고 괴롭히며 멸시하고 추방한 세상을 향한 보복과 과시이기도 하지요.

봤지? 나 백조야!

미운 오리 새끼야, 좀 더 날아올라!

그런데 안데르센의 이 「미운 오리 새끼」에는 몇 가지 짚고 넘어갔으면 하는 것이 있습니다. '알고 보니 재벌 회장의 숨겨진 아들이었다.' 식의 드라마가 이 안에 깊숙이 담겨져 있기 때문입니다.

이 이야기의 결론대로라면, 농장의 동물들이 미운 오리 새끼에게 "어이쿠, 지체 높으신 분인 걸 미처 몰라 뵈어서 죄송합니다."라고 해야 할 판입니다. 그러면 백조는 높고 오리는 낮은 신분으로 설정되는 셈이 됩니다. 신분의 위계질서가 당연한 것처럼 받아들여지게 되는 거지요. 백조 앞에서 오리는 열등한 존재로 남아야 하는 거예요. 이는 대단히 차별적인 세계관입니다.

그렇기에 이 이야기는 첫째, 오리와 백조에게 신분차이가 있다는 전제에서 출발하고 있습니다. 오리는 아무리 애를 써도 백조보다 못한 오리일 뿐이고 백조는 그 성장과정에서 인정을 받지 못한다고 해도 고귀한 백조입니다. 서로 다른 생명체로 어우러지는 존재들이 아니라 누구는 못나고 누구는 잘난 겁니다. 못난 오리는 알고 보니 잘난 백조고, 잘난 오리는 뭘 해도 못난 오리일뿐인 거지요.

안데르센의 자전적 동화라는 점에서 보자면 그는 백조로 태어났는데 오리 가족의 일원이 되는 바람에 그토록 고생을 한 셈입니다. 애당초 코펜하겐의 특권계층에 속해 있는 존재였지 자신의 부모나 형제들과는 다른 인물이라는 겁니다. 태생이 백조인 자신을 알아보지 못하고 깔본 세상을, 그는 이 동화를 통해 열심히 조소하고 있습니다. 물론 이 이야기는 자기와 다르게 생긴 오리를 못살게 구는 오리들의 고정관념이 가한 폭력과 배타의식을 분명하게 고발하고 있습니다. 그러나 그에 못지않게 백조의 특권적 위상을 설정해놓은 거예요.

이는 백조로 태어나지 못한 존재에게 본질적 절망과 상처를 줄 수 있습니다. 현실에서 오리로 판정되는 존재는 죽었다 깨어나도 백조와 달리 차별받는 세상을 넘어설 수 없게 되는 것이지요. 백조로 태어나거나, 백조 비슷하게 위장하거나 또는 어떻게든 백조와 결혼해서 백조의 가문에 비집고 들어가는 길밖에 없습니다. 작가 자신 또한 그랬으니까요.

백조의 세계에서 환영받는 것 외에는 행복한 길이 없다는 식의 결론은 승자 위주의 논리이자, 자칫 오리들에게는 제 아무리 노력해도 영원한 패배가 있을 뿐이라는 판결을 내리는 셈이 됩니다.

둘째, 엄마 오리에 대한 이야기입니다. 미운 오리 새끼를 알에서 깨어나게 해주고 세상에 대한 첫 가르침을 주었으며, 나중에야 결국 손을 놓아버리긴 했지만 그래도 남들의 비난과 공격 앞에서 자신을 강력하게 엄호해준 엄마 오리 아니었나요?

그 엄마 오리가 없었다면 남의 둥지에서 부화한 미운 오리 새끼의 백조라는 미래는 존재할 수 없습니다. 사정이 어떻게 된 것인지는 알 수 없으나, 사실 그는 '백조 고아'였지 않습니까? 그러니 자신이 백조라는 것을 깨우치게 되었을 때 가장 먼저 떠올렸어야 할 존재는 이 엄마 오리가 아니었을까요? 다른 오리 알보다 커서 시간이 걸리는 그 알을 고생하면서 품고 깨어나게 하고 지켜주지 않았다면, 그에게 백조라는 오늘은 애초에 불가능했을 테니까요. 안타깝게도 지금까지의 이야기로 보면 그런 생각을 떠올리는 미운 오리 새끼는 상상할 수 있을 것 같지가 않습니다.

셋째, 그는 자신이 백조가 되었다는 것만으로 그저 행복합니다. 모두의 선망의 대상이 되고 우아한 위상을 지니게 되었다는 것이 그를 기쁘게 합니다. 그간의 고생을 떠올려 보면 충분히 이해가 가고도 남습니다.

그러나 그가 백조가 되었다 해도 뱀장어 머리를 놓고 싸움박질하는 닭들은 여전히 존재하고, 고루한 사고방식에 매여 자기와 조금 다르다 싶으면 배타적으로 대하는 집단들이 아직도 누군가를 괴롭히고 있으며, 사냥꾼의 총과 사냥개는 지금도 누군가의 목숨을 겨냥하고 있습니다. 또한 보잘것없는 위세를 떠는 고양이와 대단치도 않은 능력을 과시하고 떠벌이는 암탉, 오리알을 탐내는 노파, 들판을 달리기 힘들게 만드는 강풍과 추운 겨울의 고난도 계속되는 것이지요. 더군다나 깊은 정신적 상처에 대한 몰이해로 마음이 아프고 황폐해진 이들을 함부로 대하는 자들도 도처에 있습니다.

이런 현실에 대해 미운 오리 새끼는 자신이 겪었던 일들이 다른 누구에게도 더는 반복되지 않기를 바라는 마음이 강하게 열망되면 좋았을 텐데, 자기가 백조인 것을 확인한 것으로 이런 문제들은 모두 다 그와는 상관없는 일이 되고 말았습니다.

좀 신랄하게 말하자면 남들이 어떤 처지에 놓이든 이제 자기만 좋으면 되는 것이죠. 지금 우리가 너무 많은 것을 미운 오리 새끼였던 백조에게 요구하는 것일까요? 안데르센은 이 미운 오리 새끼가 자신이 백조라고 하지만 그걸로 오만해지지 않았다는 정도로 마무리합니다. 그러나 미운 오리 새끼가 백조임이 판명되었다고 해서 세상이 그만큼 달라지는 것은 아닙니다. 백조는 백조의 세계로 귀환했을 뿐이에요. 그가 전에 속해 있던 농장의 현실은 백조의 덕을 본 게 없습니다.

넷째, 그렇기 때문에 미운 오리 새끼의 성장과정에는 그 의식의 발전이 어느 한계를 넘지 못하고 있는 것을 발견하게 됩니다. 우선 엄마 오리가 세상을 처음 보여줄 때 세상이 결코 만만치 않다는 것을 알게 되지요. 그러나 끝끝내 이 미운 오리 새끼는 그런 세상과 마주하는 의지와 의식을 길러내지 못합니다. 그가 관심 갖는 것은 오직 하나, 자기가 못생긴 오리라는 낙인에서 벗어나는 일뿐입니다. 농장의 오리 집단에서 쫓겨나듯이 도망 나올 때 그는 깊은 열등감에 사로잡힌 상태였습니다.

이 피해의식은 나중에도 지속되면서 새로운 세계를 경험하는 가운데 극복되기보다는 사실상 더욱 예민해지고 말았습니다. 그렇기 때문에 고난의 세월로 길러진 힘과 변화에 스스로 주목하지 못하고 백조를 보았을 때 그들에게 죽여 달라고까지 한 것 아닙니까? 오죽하면 그랬겠어요? 트라우마가 워낙 깊어서라고 할 수도 있습니다. 현실에서는 그걸 견뎌내는 것만으로도 힘듭니다.

미운 오리 새끼가 겪은 그 비참했던 과거의 상흔에 대한 극복의 의지가 약했다고 일방적으로 비난하려는 것은 아닙니다. 대개의 사람들은 그런 고난을 경험하면 치유되기 어려운 정신적 외상에 시달리면서 죽음의 목전까지 가는 경우가 적지 않을 겁니다.

그런 차원에서 보자면 이 이야기는, 자신의 내면에 아름답고 행복한 가치를 압축해주는 백조의 가능성이 있다는 희망을 불어넣어 치유의 힘을 길러줄 수 있을 것입니다. 또한 모든 인간의 내면에 아름답고 멋진 백조의 가능성이 있음을 알아보고 그것을 발견해주면서 응원하는 세상을 바란다면 이 역시 이 이야기의 기여가 되겠지요. 그뿐만 아니라 아무리 애초에 백조로 태어났다 해도 진정한 백조가 되기 위해서는 고난의 세월을 이겨낼 수 있어야 한다는 교훈도 여기에 있는 까닭에, 힘겨운 세월을 마주하는 자세에 힘이 보태질 것입니다.

그러나 여기서 만족하고 그냥 멈추어도 될까요? 좀 더 이야기를 밀고 나갈 순 없을까요? 미운 오리 새끼가 통과해온 역경의 의미가 너무 쉽게 정리되고 만 것 같지는 않나요?

미운 오리 새끼는 물위에 비친 모습을 통해 자기가 누군지 알게 됩니다. 자기성찰의 순간이 그렇게 왔다는 이야기입니다. 하지만, 그 성찰은 정신의 든든한 힘줄을 만들어내지 못했습니다.

자기처럼 다른 누군가가 괴롭힘을 당하는 것을 보고 그냥 지나칠 수 없어 위험을 무릅쓰고 행동했다거나, 어려운 시절에 구원 받은 것을 잊지 않고 누군가를 구하는 희생적인 선택을 통해 자기가 누구인지 발견할 수 있었다면 어땠을까요? 더욱 감동적이지 않았을까요? 그게 바로 백조의 우아함과 품격이 갖는 진정한 뜻이라면, 미운 오리 새끼가 백조가 된 의의가 있지 않을까요?

부디 겉모습만 백조처럼 되려 하지 말고 어떤 내면을 지닌 백조가 되려는지, 그런 백조가 되면 이 세상은 얼마나 더, 함께, 행복해지는지 생각할 수 있으면 좋겠습니다.

오늘의 현실에서 진정한 "미운 오리 새끼"는 바로 이런 질문을 귀찮을 정도로 자꾸 던져서 우리에게 자기 영혼을 맑은 물속에 비춰 진정한 실체를 보게 만드는 존재가 아닐까 합니다. 그로써 절망에 빠진 이들이 그 순간, 자신에게 주어진 희망의 가능성에 눈뜨도록 말입니다. 모두가 "저기를 어떻게 가?" 하면서 주저했던 울타리 너머 넓은 세상을 바라보며 강하고 힘차게 날아오르는 미운 오리 새끼 백조의 모험을 우리 자신에게도 기대해보면 어떨까요?

두 번째 이야기

신데렐라

재투성이 소녀를
무도회의 주인공으로 세우기 위해

재투성이 소녀의 신분상승 이야기

신데렐라는 흔히들 '신분상승', 그러니까 미모 하나로 권력과 재력 있는 남자를 만나 팔자가 달라진 여자의 운명을 상징하는 대표적인 존재로 여겨집니다. 지금이야 고생하지만 왕자님을 만나기만 하면 인생 대박이라는 식의 기대가 압축되어 있는 거죠. 오죽하면 '신데렐라 신드롬'이라는 말까지 나왔겠어요.

우리가 잘 알고 있는 신데렐라 이야기는 여러 판본을 하나로 엮어낸 것입니다. 그런데 책마다 내용이 조금씩 다르기는 하지만 엄마를 일찍 여의고 고생했던 신데렐라가 무도회에서 잃어버린 신발을 단서로 왕자와 다시 만나 지금까지와는 전혀 다른 지위의 여인으로 살아간다는 것은 어느 판본이나 모두 같습니다.

이건 우리의 「콩쥐 팥쥐」 이야기에서 콩쥐가 새엄마와 팥쥐에게 구박을 받다가 모함에 걸려 죽기까지 하지만 결국 환생해서 지체 높은 평양감사의 아내로 복귀하는 내용과 많이 닮았지요. 둘 다 전근대적인 봉건질서 하에서 상류층이 되는 것으로 마무리됩니다. 「신데렐라」의 경우 두 자매는 발이 망가지며 눈까지 머는데, 새엄마와 팥쥐가 유배를 가게 되는 「콩쥐 팥쥐」의 결론도 이와 비슷합니다.

신데렐라 이야기로 가장 유명한 것은 17세기 프랑스의 샤를 페로 Charles Perrault, 1628-1703 판본과 19세기 독일의 그림 형제 Brothers Grimm, 활동시기 1812-75의 것이 있습니다.

17세기 말에서 18세기 초, 프랑스는 봉건질서의 억압과 착취에 항거하는 농민들의 반란과 봉기로 기존질서가 서서히 흔들리고 있었어요. 이는 1789년 프랑스 혁명이 일어나기 근 100년 전 프랑스 사회 내부에서 끓어오르던 역사적 현실이었습니다. 이 시기 프랑스에서는 민중들의 삶에 뿌리를 둔 동화와 전설이 꽃을 피웠는데요. 그것은 정의와 공평함이라는 기초 위에 새로운 사회가 세워지기를 열망하는 민중들의 꿈을 대변하고 있었답니다. 기존 질서를 뒤엎지 않으면 더는 희망이 없다는 확신이 이들 동화 속에 이런 저런 모습으로 담겨진 것이지요. 극심한 가난, 고통스러운 노동, 참담한 영양 상태로 말미암은 가족들의 죽음, 어떻게든 살아남아야 하는 위기의 연속 등이 민중들이 겪었던 비극이었습니다.

프랑스 혁명이 일어난 이후, 이와 같은 프랑스 동화의 맥은 유럽 전역으로 퍼져 나갔고 특히 프랑스의 변화에 민감하게 반응하던 독일에서 그 영향이 매우 컸습니다. 그림 형제가 민담이나 동화를 수집하던 19세기는 바로 이런 상황이 펼쳐진 시기였으니, 샤를 페로 판본보다 현실의 모순과 억압에 대해 좀 더 치열한 의식을 보여줄 수밖에 없었지요. 그런 까닭에 샤를 페로가 전하는 이야기의 결말이 적대적 관계가 화해를 이루는 것에 반해, 그림 형제 판본은 악한 자들에 대한 반격이 날카롭고 단호합니다. 악을 끝끝내 용납하지 않습니다.

그런데 두 판본의 가장 큰 차이는 우선 신데렐라하면 먼저 떠오르는 유리구두가 그림 형제의 판본에는 황금구두라는 점입니다. 두 번째는, 신데렐라를 도와주는 요정 할머니가 샤를 페로본에는 나오지만, 그림 형제본에는 돌아가신 어머니 무덤가에 심은 나무와 그 나무에 깃든 새들이 요정 할머니를 대신하고 있다는 겁니다. 그렇기 때문에 마차가 되는 호박, 말이 되는 생쥐 등의 이야기나 밤 12시까지 집으로 돌아와야 하는 내용은 그림 형제 판본에는 없습니다.

세 번째는 신데렐라가 새엄마와 두 자매에 의해 학대를 받는 장면입니다. 샤를 페로의 이야기에서는 아주 간략하게 처리되지만, 그림 형제본에서는 훨씬 구체적으로 표현됩니다. 네 번째는 신데렐라의 집에 가서 유리구두를 신기는 것이 샤를 페로의 판본에서는 신하지만, 그림 형제 판본에서는 왕자가 직접 나서고 있다는 것이지요. 다섯 번째로, 샤를 페로 이야기에는 아버지의 존재가 거의 보이지 않는데, 그림 형제 이야기에는 아버지가 딸 신데렐라의 청에 따라 죽은 엄마의 무덤에 심을 나뭇가지를 가져다줍니다. 그리고 집에 찾아온 왕자에게 아직 신발을 신겨보지 않은 신데렐라는 죽은 전처의 딸이라면서 못생기고 불구이기조차하다고 말하는 역할을 하지요.

마지막으로, 샤를 페로본에서는 신데렐라가 두 자매를 용서하고 나서 저택을 주고 귀족과의 결혼을 주선하는 반면에, 그림 형제는 이 두 자매가 새들에게 눈이 쪼여 평생 앞을 보지 못하도록 만들었습니다.

샤를 페로와 그림 형제의 판본을 서로 대조하면서 신데렐라 이야기를 읽으면 그 차이가 명확해지고 각 이야기의 초점을 비교할 수 있습니다. 그러나 우리가 보려는 것은 두 판본의 차이가 아니고, 또 그 작업에 치중하면 주제 정리가 다소 복잡해질 수 있어요. 그래서 여기서는 두 판본을 구별하지 않고 하나의 이야기처럼 엮어서 생각해보기로 하겠습니다.

핍박의 시작

엄마가 돌아가시고 나서 아버지가 새엄마를 들였는데 이 여자, 장난이 아닙니다. 결혼식이 끝나고 얼마 있지 않아 새엄마는 본성을 드러냅니다. 새엄마가 데리고 온 두 딸들도 마찬가지였지요. 얼굴도 예쁘고 몸매도 아름다웠지만 마음씨는 추악하고 더러웠다고 묘사되어 있습니다. 더군다나 남편의 친딸은 어느 모로 보나 착하고 아름다워 자기의 두 딸들과 비교되는 바람에 더더욱 그 꼴이 보기 싫었던 거지요.

이렇게 한 가정에 새로운 권력관계가 만들어지면서 졸지에 핍박당하는 신세가 된 소녀의 운명이 시작됩니다. 이 이야기를 듣고 있었던 당대의 민중들이 어떤 느낌을 받았을까요? 새로운 주인이 들어서니 좋아지기는커녕 이전에는 상상할 수도 없었던 능멸과 착취를 당하게 된 자신들의 모습을 떠올리게 할 만한 장면입니다.

"아니 어떻게 저런 바보 같은 거위가 우리랑 함께 앉아서 이야기를 하는 거야? 빵을 먹고 싶으면 일을 해, 일을. 부엌에나 가 있으란 말이야, 이 멍청아!"

일하는 자가 바보취급당하고 일하지 않는 자가 빵을 먹을 권리를 누리는군요. 손가락 하나 까딱하지 않고 무위도식하는 자와 일만 잔뜩 하고도 계속 빼앗기고 사는 자로 나뉘는 현실이 펼쳐지는 거지요. 신데렐라의 신세가 말이 아니게 됩니다.

게다가 새엄마와 두 자매는 신데렐라의 아름다운 옷을 모두 빼앗고, 대신 남루한 옷을 입히고 나막신을 신깁니다. 그러고는 다락방으로 쫓아버리고 말았습니다. 아버지는 있지만 고아나 다름없고, 자기 방도 빼앗기고, 혼자 집 꼭대기 다락방 신세가 된 겁니다. 옥탑방 소녀입니다.

혹시 옥탑방에 살아보셨나요? 겨울에는 춥고 여름에는 더운 곳이 그곳입니다. 그런데 아버지는 이 사태를 가만히 두고 보았느냐고요? 그랬습니다.

아버지에게 이런 사정을 말씀드리려 했지만 아버지는 화만 내고 야단만 칠뿐이었습니다. 어느새 새엄마의 손아귀에 단단히 들어가 있었던 것입니다. 결국 그녀는 참고 지낼 도리밖에 없게 되었습니다. 이제 호소할 데라고는 어디에도 없이 완전히 부엌데기가 되고 만 거지요.

새엄마와 두 자매는 그녀가 아침부터 밤늦게까지 진종일 일하도록 만들었습니다. 동이 트기 전에 일어나 물을 길고 장작을 패서 불을 피우고 음식을 하고 빨래를 해야 했어요. 온 집안 청소와 마룻바닥을 닦는 일도 그녀의 몫이었습니다.

두 자매는 그녀가 비참하게 느낄 만한 일이라면 모두 궁리해냈었답니다. 조롱거리가 되도록 하는 일도 꾸며냈습니다. 어느 날은 아궁이 잿더미 속에 콩을 잔뜩 쏟아놓고는 그걸 죄다 골라 줍는 일을 시키는 거예요. 저녁이 되어 피곤에 잠겨 잠을 자려 하면 침대에서 끌어내는 바람에 굴뚝 연기가 가득한 아궁이 옆 잿더미 속에서 잘 수밖에 없었습니다.

그러니 그녀의 얼굴과 모습이 언제나 더럽고 먼지투성이인 것은 당연했습니다. 그녀가 신데렐라라고 놀림을 받게 된 것도 다 이런 이유 때문이었습니다. 신데렐라는 재를 뒤집어 쓴 소녀라는 뜻이라고 합니다.

그 나이에 아름다움을 가꿀 기회는 모두 짓밟히고 이제 그녀의 이전 모습은 알 길이 없게 되고 말았네요. 신데렐라의 아름다움을 사라지게 하려는 이들의 계략은 빈틈없이 성공한 겁니다.

신데렐라는 무도회에 갈 수 없어

이런 현실에서 그녀에게 소망이 있다면, 좀 더 잘 수 있을까? 좀 더 쉴 수 없을까? 좀 더 편히 누울 자리는 이 집안에 없는 걸까? 하는 것이었겠지요.

잿더미란 무엇입니까? 모든 것이 다 타버리고 남은 절망의 흔적입니다. 그녀의 꿈과 희망은 재가 되었습니다. 거기서 무언가 새로운 것이, 생명력 넘치는 미래를 기대하는 일은 불가능해보입니다. '재를 뒤집어쓴 소녀 신데렐라'는 그런 점에서 어떻게도 빠져나올 수 없는 절망의 구렁텅이에서 어제와 오늘이 같고, 오늘과 내일이 달라질 전망이 보이지 않는 삶의 암담함을 의미합니다.

그녀에게 유일한 위로가 있다면, 엄마의 무덤가에 심은 개암나무 가지가 자라서 아름다운 나무가 되었고 거기에 새들이 깃든 것입니다. 장에 가시는 아버지에게 다른 두 자매가 예쁜 옷과 장신구를 사다달라고 할 때, 신데렐라는 아버지가 집으로 돌아오는 길에 처음 마주치는 개암나무의 가지를 꺾어다 달라고 부탁합니다. 그 가지를 엄마의 무덤가에 심었더니, 나무가 자라났고 새가 찾아든 겁니다. 죽은 엄마의 마음이 나무와 새로 환생한 것일까요?

그 즈음, 임금님이 무도회를 연다고 온 나라에 알립니다. 누군가는 사실은 왕자가 무도회의 초청자인데 단 하루만 여는 무도회라 하기도 하고, 또 누군가는 임금님이 자기 아들인 왕자의 신붓감을 물색하기 위해 마련한 3일간의 무도회라 말하기도 했습니다. 어쨌거나 무도회 소식에 온 나라 처녀들이 들뜨지요. 이 집의 두 자매도 마찬가지였습니다.

"신데렐라, 이리 와서 내 머리 좀 빗겨봐. 신발 잘 닦아놔. 허리띠 좀 잘 죄란 말이야."

그 나라 처녀라면 누구나 다 초대받았는데 신데렐라만 갈 수 없었습니다. 신데렐라는 새엄마에게 호소해봅니다. 그러나 새엄마는 "신데렐라, 너는 너무 더럽고 먼지투성이인 데다가 옷이랑 신발도 없는데 가긴 어딜 가냐."하고 야단칩니다. 그래도 신데렐라는 물러서지 않아요. 그러자 새엄마는 수를 씁니다.

"내가 아궁이 잿더미 속에다 완두콩을 한 바가지 쏟아놓았으니 그걸 두 시간 안에 모두 골라서 정리해. 그러면 갈 수 있도록 해주지."

새엄마와 딸들은 이렇게 해놓으면 신데렐라가 결국 무도회에 갈 수 없으리라 믿었을 겁니다. 허락을 해줬는데 조건을 채우지 못한 건 어디까지나 신데렐라니까요. 무도회에 가지 못한 것을 모두 신데렐라 스스로의 탓으로 돌리라는 것이죠. 하지만 신데렐라에게는 이들이 전혀 모르는 비밀 조력자가 있었습니다. 그 즉시 신데렐라는 엄마 무덤가에 심은 개암나무에 찾아드는 비둘기를 비롯한 새들에게 도움을 청합니다. 사실 비둘기는 콩을 좋아해서 보기만 하면 먹어치웁니다. 그런데 이들이 신데렐라의 뜻을 따라 말끔한 해결사가 되어주는 장면은 신비롭기까지합니다.

두 시간을 주었는데 한 시간도 채 되기 전에 일이 끝나자 새엄마는 앞서의 약속을 깨고 이번에는 콩 두 바가지를 잿더미 속에 쏟고는 그걸 한 시간 안에 정리하라고 윽박지릅니다. 분량은 아까보다 두 배나 많고 시간은 아까의 절반입니다. 이번에도 새들이 도와주어, 반시간도 채 되지 않아 상황종료입니다. 이제 무도회에 갈 수 있겠지 했는데, 웬걸요.

애초에 무도회에 보내줄 뜻은 없었습니다. 그러니 무슨 구실을 붙여서라도 가로막는 겁니다. 그렇게 이러면 해준다, 저러면 해준다, 하는 식의 헛된 약속을 민중들은 수없이 들어왔습니다. 혹시나 하고 기대하면서 이를 악물고 참아가며 권력자의 요구에 기력을 다해 응하지만, 돌아오는 것은 속임수와 냉대인 겁니다. 아무리 노력하고 애를 써도 이들과는 함께 자리를 같이 할 수 없는 천대받는 존재가 확인될 뿐인 거지요. 이 대목은 당대에 힘없는 이들의 처지를 그대로 보여줍니다.

"아무리 가고 싶어도 소용이 없어. 널 우리와 함께 무도회에 데려갈 수 없다. 넌 입을 옷도 없고 춤도 출 줄 모르잖아. 같이 갔다간 우리가 너 때문에 창피만 당하고 말 거야!"

입고 갈 옷은 달라하고, 춤은 출 줄 안다고 시범을 보이기라도 하면 어쩌려고요. 어찌 보면 뭐든지 잘해내고 놀라운 능력을 보이는 그녀가 내심 무서웠겠지요. 아무리 짓밟아도 다시 일어나는 억센 풀과도 같은 신데렐라를 이기는 방법은 그녀의 자존감에 상처를 내는 일밖에 없었는지도 모르겠습니다. 그래서 "넌 못났잖아."라고 상대를 험악하게 내리깎습니다.

이런 식의 말을 계속 들으면 인간은 자기가 정말 그런 존재밖에 안 되나 하고 자기 최면에 걸릴 수 있습니다. 자존감이 낮아지는 겁니다. 모든 지배자들이 동원하는 악랄한 차별주의지요.

신데렐라, 숨겨진 미모가 드러나다

결국 새 엄마와 그의 딸들은 자기들만 무도회에 쏙 가버리고 말았습니다. 이때 요정 할머니가 나타나지요. 신데렐라에게 정원에 가서 호박 하나를 따오게 합니다. 그러자 호박은 마차로 변합니다. 쥐덫에 걸려든 생쥐 여섯 마리는 훌륭한 말이 되고 마지막으로 들쥐 한 마리는 마부가 됩니다. 이들은 쥐덫에 꼼짝없이 갇혀버린 미물과 다름없는 백성들의 현실을 상징합니다. 민중들이 쥐덫에서 해방되어 말과 마부가 되어 달리고, 이들이 일상 식량으로 먹는 호박이 왕궁으로 가는 마차로 변신하는 것은 신데렐라와 함께 달라지는 세상을 보여주는 셈입니다.

미미한 존재들이 왕궁, 그러니까 권력의 중심과 이어지게 되는 겁니다. 신데렐라가 무도회로 가는 것은 그래서 현실세계에서 보잘것없으며 여차하면 덫에 걸려 목숨이 위태로워지는 이들이 자유와 함께 새로운 위상을 얻어 목표를 향해 달려가는 모습을 떠올리게 합니다.

요정 할머니 덕분으로 이제 신데렐라는 아름다운 드레스에 유리구두를 신고 무도회에 갑니다. 마차에 올라타는 신데렐라에게 요정 할머니는 한 가지 경고를 합니다. 밤 12시, 그러니까 자정이 넘도록 무도회에 머물러 있지 말라는 것이었습니다. 만일 시간을 조금이라도 넘기면 마술의 효력이 풀려서 마차와 말 그리고 마부는 본래의 정체를 드러내고 드레스도 그 전에 입던 누더기로 변하고 말 것이라는 겁니다.

그런데 여기서 우리가 얼핏 놓칠 수 있는 대목이 하나 있어요. 마술의 효력이 풀리는 것 중에서 유리구두 이야기는 빠져 있다는 점입니다. 그건 자정이 넘어도 여전히 유리구두로 남아 있을 것임을 암시하고 있습니다.

또한 이 밤 12시라는 시간의 경계 이야기는 흥미롭습니다. 인간이라면 누구든 12시가 넘어도 자신의 행복이 계속될 것을 바라겠지요. 자정을 알리는 종이 울려도 행복한 현실은 바뀌지 않기를 희망할 겁니다. 「신데렐라」는 그런 의미에서 12시가 넘어도 지속되는 행복을 갈망하는 이야기입니다.

신데렐라가 드디어 무도회장으로 떠납니다. 그녀가 모습을 드러내자 무도회에 모였던 이들은 순식간에 침묵했고 춤을 추던 이들도 춤을 멈추었습니다. 음악을 연주하던 이들도 더 이상 연주를 할 수가 없게 된 거예요. 누군지 모르는 어떤 여인의 아름다움에 모두들 흠뻑 빠지고 만 것이죠. 새엄마와 두 자매도 그녀가 바로 그 신데렐라일 거라고는 꿈에도 생각할 수 없었습니다.

잿더미와 낡고 해진 옷 그리고 먼지구덩이로 지워버렸다고 여긴 신데렐라의 아름다움이 이 무도회에서는 도저히 감출 길 없이 빛을 내고 있습니다. 은폐되었던 신데렐라의 진면목이 모두에게 드러난 것이지요. 그리고 그녀의 아름다움은 강렬한 매력을 가지고 왕자의 마음을 빼앗습니다. 왕자의 온 영혼은 그녀에게 집중되었어요.

왕자의 마음을 받은 신데렐라는 역사의 주도권을 단숨에 쥐게 되는 존재의 위력을 상징하고 있습니다. 변방에서 무명의 삶을 살아내던 그녀가 무대의 중심에 우뚝 서서 모두의 시선을 받는 것은 물론이고, 왕자는 신데렐라가 자신의 파트너라고 공언까지 합니다.

모두를 초대한 이상한 무도회

그런데 참 묘해요. 이 무도회는 그 나라의 모든 처녀들을 초대한 무도회입니다. 중세 봉건의 왕정체제가 지배하는 현실에서 이런 무도회는 없습니다. 귀족의 딸처럼 지체가 높은 집안의 딸들 정도는 되어야 왕 또는 왕자가 베푸는 무도회에 참여할 수 있죠. 게다가 왕자의 신붓감, 그러니까 장래의 왕후를 고르는 국가의 중대사에 아무나 부를 수는 없는 일이지 않습니까.

하지만 이 무도회는 이른바 회원권이 있는 이에게만 기회가 주어지는, '멤버스 온리members only'의 특권적인 성격이 없습니다. 누구에게나 열려 있는, 그래서 누구나 차별 없이 기회를 누릴 수 있는 자리입니다. 기존의 봉건적 질서에서는 상상할 수 없는 대단히 혁명적인 현장이죠. 이런 무도회를 열어 나라 안의 모든 처녀들을 부른 왕과 왕자는 현실에서 발견하기 어려운 이상적 존재입니다. 그래서 신데렐라 이야기의 무도회에는 파격성과 혁명성이 있습니다. 힘 있는 자들에게 짓밟히고 천대를 받는 민중들이 꿈꾸는 세상, 갈망하던 무도회는 바로 이런 무도회였던 것입니다.

그러나 아직 이 무도회가 일상의 현실이 될 만한 때는 아니었습니다. 12시를 알리는 종이 울리면 신데렐라는 자기의 현실로 빨리 돌아가야 했으니까요. 그러다가 그만 유리구두 한 짝이 벗겨져 왕궁에 남게 됩니다. 그건 아주 작은 신이었습니다.

그런데 말이에요. 신데렐라는 집으로 돌아가기 전에 자기를 사랑하는 왕자에게 왜 자기가 누구인지 말하지 않았을까요? 왕자가 자기를 그렇게까지 좋아한다면 그건 일이 이미 성사된 것이나 다름없는 걸 텐데 말이죠. 하기사 자신이 없었을지도 몰라요. 무도회에서야 화려한 그녀의 모습에 취해 왕자가 매혹되었겠지만 막상 그녀가 어떤 현실에 놓여 있는지, 그리고 평소에는 어떤 모습으로 사는지를 알게 된다면… 자신을 멸시하고 왕자는 당장이라도 돌아설 가능성이 있다고 여기지 않았을까요?

그런데 왕자는 남은 한쪽 유리구두가 발에 꼭 맞는 여인을 찾아 신부로 맞이하겠다는 포고령을 내립니다. 왕자에게 있어서는 신데렐라를 다시 만나고 싶다는 의지의 표현이지요. 그리고 이는 신데렐라의 입장에서 왕자가 신부를 맞이하는 기준이 뭔지를 분명히 알 수 있는 기회가 됩니다.

모두가 신어볼 수 있는 유리구두

왕자의 유리구두 주인찾기가 시작됩니다.

신하들은 나라 안의 모든 여인들에게 유리구두를 신겨보기 시작했습니다. 누구도 예외는 있을 수 없었어요.

유리구두의 주인을 찾는 과정에서도 무도회의 무제한적 개방성의 원칙이 그대로 보입니다. 상대의 처지나 출신 등의 조건에 얽매이지 않겠다는 기준이 명확합니다. 오로지 신발에 발이 맞는가만 확인하겠다는 거죠.

그런데, 이 왕자님 너무 무모하지 않습니까? 어찌해서 신발에 발 크기가 맞으면 그 여인을 자기 아내로 삼겠다고 한 걸까요? 물론 확실한 단서가 그거 하나밖에 없으니 그랬을 수 있어요. 하지만, 만약에 발은 구두에 맞는데 얼굴은 아무래도 그날 본 그녀가 아닐 수도 있고, 그나마 예쁘기라도 하면 다행인데 못난 여인이라도 걸리면 어쩌려고 그랬을까요?

이건 왕자의 입장에서 상당한 위험부담이 따르는 방식이 될 수도 있습니다. 또는 신데렐라는 저기 있는데 엉뚱한 여인이 왕자의 신부가 되어서 신데렐라만 괜히 억울해지는 결론이 날 수도 있는 겁니다. 그런데도 왕자는 이 방식을 밀고 나갑니다. 굉장한 확신에 차 있거나, 하나만 알고 둘은 모르는 좀 모자란 청년이거나 둘 중에 하나겠죠.

이제 유리구두는 주인을 찾아 온 나라를 돌고 돌다가 결국 두 자매까지 차례가 돌아왔습니다. 맞을 리가 없지요.

"발가락을 잘라라. 일단 왕자의 부인이 되고 나면 더는 발로 걸어다닐 필요가 없게 되고 말 거니까."

새엄마의 말이었습니다. 첫째 딸은 발가락이 잘려나가는 아픔을 참고 그렇게 해서 발을 유리구두에 맞춥니다. 신발 치수가 맞는다고 여기자 왕자는 속습니다. 그러고는 이 첫째 딸을 말에 태우고는 왕궁으로 향하지만, 두 사람이 신데렐라의 엄마 무덤가를 지나자 그곳에 있던 새들이 큰 소리로 지저귑니다.

"저 봐, 저 여자가 신고 있는 신발을 보란 말이야. 온통 피가 흐르고 있잖아. 신발이 작아 발에 맞지도 않는다네. 왕자여, 그 여자는 당신이 무도회에서 본 그 여자가 아니라네."

첫째 딸의 속임수는 들통이 나고 말았습니다. 이번에는 두 번째 딸 차례였습니다. 역시 맞질 않자, 새엄마는 발뒤꿈치를 베어내라고 하면서 먼저와 똑같이 말합니다. 그러나 성공할 리 만무합니다.

두 자매는 생살과 뼈를 잘라내고 베어내는 바람에 애꿎은 발만 상하고 말았습니다. 늘씬하고 예쁜 다리와 지금까지 아무런 고생도 하지 않고 아름답게 다듬어온 발이 흉측하게 변했고 멀쩡했던 발이 불구가 되고 만 거예요. 그건 달리 말하자면, 악행을 저질러 오면서 좋은 것은 모두 자기들 차지로 삼으려 하는 자들에 대한 민중들의 분노가 얼마나 날선 대가를 요구하는지 보여주는 겁니다.

이렇게 두 자매의 유리구두 신기 시도가 실패로 돌아간 뒤, 신데렐라 이야기에서 흔히 잘 알려지지 않은 장면이 하나 나옵니다. 바로 신데렐라 아버지의 태도입니다. 유리구두를 더 신겨볼 사람을 찾기 위해 이 집에 다른 딸은 없느냐는 질문에 그녀의 아버지는 없다면서, 신데렐라를 가리켜 자기 딸이라고 하지 않고 "죽은 전처의 소생"이라고 말합니다. 덧붙여 못생기고 몸도 "기형deformed"이라 왕자의 부인으로서는 자격이 없다고 하지요. '추녀에 병신'이라고 말한 셈인데, 신발을 신겨봐야 소용이 없다는 거죠.

그런데 이 말에서 주목할 대목은 몸이 '기형'이라고 한 점입니다. 이는 민중이 오랫동안 고생하면서 겪은 온몸의 고난을 그대로 표현하는 말이기도 합니다. 신데렐라의 아버지는 신데렐라가 유리구두를 신어볼 수 있는 기회를 막기 위해 그렇게 말한 것이겠지요. 그러나 그는 자기도 모르게 그 말 속에서 신데렐라가 살아오며 감당해야 했던 험한 세월의 무게를 드러내고 있습니다. 그의 눈에는 만날 잿더미 속에서 더러운 모습으로 사는 신데렐라가 추녀로 보였는지 모르지만, 그렇게 되었다고 신데렐라의 아름다움이 사라진 것은 결코 아니었습니다.

사실 신데렐라의 아버지가 고른 새엄마가 얼마나 무서운 악녀였는가를 생각해보면, 그의 미와 추의 구분능력은 전혀 믿을 것이 못 됩니다. 이 아버지의 시선과 안목은 자기의 딸로 상징되는 가난하고 차별받는 백성들의 고통을 알아채기는커녕 멸시하기만 하는, 당대 권력집단의 눈 먼 정신을 상징하고 있습니다.

결국 누구도 예외 없이 유리구두를 신어봐야 한다는 것 때문에 신데렐라에게도 차례가 왔습니다. 우리가 무도회에서 보았던 공평한 기회가 주어지는 차별 없는 원칙이 여기서도 다시 확인됩니다.

신하는 신데렐라에게 앉아보라고 합니다. 그러고는 유리구두를 그녀의 발에 신겨 보았습니다. 그 순간, 그 유리구두가 신데렐라의 발을 미끄러지듯이 감싸더니 꼭 맞는 것이 아닙니까? 그런데 이보다 더 놀라운 일이 곧이어 일어났어요. 신데렐라가 입고 있던 옷 주머니에서 나머지 유리구두 한 짝을 꺼내어 신어보인 것입니다. 그 순간 요정 할머니가 그곳에 나타나 마술 지팡이로 신데렐라의 옷을 아름답게 만들어주셨어요.

이로써 바라고 바라던 세상이 옵니다. 밤 12시가 넘어도 괜찮은 것입니다. 그동안 그녀를 괴롭히던 자들이 무릎을 꿇고 항복하지 않으면 안 되는 처지가 되고 말았습니다. 이 이야기를 듣던 당대 사람들은 속이 시원 후련 통쾌했을 겁니다.

새엄마와 두 자매의 엇갈린 운명

이후 새엄마와 두 자매의 처지는 어떻게 되었을까요? 누군가는 두 자매가 스스로 죄를 뉘우치고 자기들을 용서해달라고 신데렐라에게 엎드려 빌자, 신데렐라가 두 자매를 일으켜 세우고는 앞으로 서로 사랑하며 지내자고 했다고 합니다. 그러고는 두 자매에게 살 저택을 마련해주고 자기와 왕자가 결혼하는 같은 날에 귀족 자제와 혼인하도록 해줬다고 전합니다. 끝까지 착하기만 한 신데렐라죠.

그러나 또 다른 누군가는 전혀 다른 이야기를 전해줍니다. 두 자매는 당연히 살기 위해서라도 신데렐라에게 용서를 구했고, 신데렐라가 결혼식을 올리는 날 그녀의 오른편과 왼편에 서서 교회로 걸어들어 갑니다. 그때 갑자기 하늘에서 비둘기 두 마리가 날아들더니 두 자매의 눈을 한쪽씩 쪼아 눈알을 뽑아버리고 말았다고 합니다. 동화라고 하기에는 너무 잔혹한 장면입니다. 두 자매가 발걸음을 돌이켜 교회에서 나오자 이번에도 비둘기 두 마리가 나머지 눈을 마저 쪼아 뽑아버리고 말았다는데요. 두 눈이 다 없어지고 만 거예요. 아이고, 무서워라!

이는 새엄마가 잿더미 속에 쏟아버린 완두콩을 비둘기들이 쪼아내서 그릇에 담아두었던 바로 그 광경의 역설적인 재현이기도 합니다. 신데렐라는 잿더미 속의 콩을 쪼아대는 비둘기의 도움으로 곤경에서 빠져나왔지만, 두 자매는 비둘기에 의해 그 인생이 잿더미 속에 파묻히고 만 격이 된 것입니다.

이렇게 해서 두 자매는 악함과 교활함에 대한 벌을 받고 평생 눈이 먼 채로 살아가야 했다는데요. 악한 자들에 대한 심판을 신데렐라가 아니라 새들이 한 것이죠. 죽은 자들의 원혼을 풀어주고 하늘의 뜻을 지상에 전하는 존재들이 그 역할을 맡은 셈인데, 악한 세력에 대한 징벌과 청산은 그래서 하늘의 뜻이라는 겁니다. 신데렐라가 두 자매와 잘 지내게 되었다는 것과 이렇게 두 자매가 벌을 받는 결말 중에서 어느 쪽 이야기가 더 마음에 드세요?

새엄마와 두 자매는 누구를 말하고 있는 건가요? 그건 힘없는 민중을 짓밟는 악한 권력입니다. 그에 반해 아무런 차별 없이 누구에게나 기회를 공평하게 주는 왕자는 그 악한 권력을 뒤엎는 힘의 실체라고 할 수 있습니다. 따라서 가난하고 무력한 이들이 하늘의 축복과 보호하심으로 권력의 중심에 서는 순간, 악한 세력은 몰락하고 영원한 어둠 속으로 추방당하는 겁니다. 그래야 왕자와 신데렐라가 살아가는 새로운 세상이 안전해지기 때문이지요.

프랑스 혁명을 겪기 전에 전해진 샤를 페로 판본의 신데렐라 이야기에서 신데렐라는 힘든 상황에 부딪히면 혼자 훌쩍훌쩍 울면서 어쩔 줄 모르고 불쌍하게 살다가 요정 할머니의 도움을 받아 처지가 달라진 존재였습니다. 그리고 상황을 그냥 좋게좋게 풀어가려 합니다. 그러나 프랑스 혁명 이후의 그림 형제 판본의 신데렐라 이야기는 달라집니다. 악한 자들의 잠시의 회개는 살아남기 위한 기만일 뿐이며, 이들의 역사적 청산이 아니고서는 새로운 세상은 완성되지 못한다는 생각이 이야기 속에 투영됩니다. 엄마의 무덤가에 심은 나무에 깃든 새들이 두 자매의 응징을 맡는 것은 역사에서 희생되어갔던 이들이 요구하는 심판을 보여주는 거예요.

17세기에서 19세기로 넘어가면서, 신데렐라 이야기는 얼굴 하나 예쁘다고 그걸 무기로 삼아 괜찮은 남자 하나 만나 팔자를 고친 운 좋은 신분상승의 모델에서, 온갖 억압과 천시와 차별의 벽을 넘어 역사의 무대 중심에 당당히 선 존재의 영광과 위력을 상징하는 모습으로 진화해 간 겁니다.

유리구두의 비밀

신데렐라 이야기를 읽고 있으면, 아무래도 신데렐라의 아름다운 미모에 관심을 갖게 됩니다. 물론 이야기 속에서 그녀는 엄청나게 아름답다고 나오지요. 하지만 신데렐라가 왕자의 아내가 되는 결정적인 계기는 그녀의 외형적 아름다움이 아니었습니다.

신데렐라 이야기의 결말 부분에 가면, 신데렐라가 손과 얼굴을 깨끗이 씻고 왕자 앞에 나가 신발을 신어보였다고 되어 있습니다. 그런데도 왕자는 그녀가 누구인지 전혀 알아보지 못합니다. 이상하지 않나요? 그렇게 애타게 찾고 싶어했던 여인을 눈앞에 두고도 누군지 모르다니요.

이게 무슨 의미일까요? 신데렐라의 미모는 경탄스러울 정도이지만, 이 이야기가 우리에게 보라고 일깨우는 것은 다름 아닌 그녀의 발입니다. 왕자는 신데렐라가 구두를 신자 그제야 비로소 알아봅니다. 그때까지도 보이지 않았던 눈을 뜨는 것입니다.

신데렐라 이야기에는 몇 가지 종류의 신발이 나오는지 아시나요?

하나는 가죽 신발입니다. 가죽으로 만든 신은 발치수가 꼭 맞지 않아도 신을 수 있습니다. 신데렐라가 신데렐라라고 불리기 전에 신었던 신발이죠.

두 번째는 당연히 유리구두입니다. 그런데 유리구두는 가죽신과는 달리 발의 치수가 정확하게 맞아 떨어져야 합니다. 게다가 유리는 환히 들여다보입니다. 발이 구두에 맞는지 아닌지. 물론 구두보다 작은 발이라면 그 구두를 신는 것은 좀 헐겁더라도 일단 가능하겠죠. 하지만 신데렐라 이야기는 거듭 강조하기를 유리구두가 매우 작았다고 합니다. 신데렐라는 그러니까 작은 발을 가진 소녀입니다. 그런 작은 발의 소녀가 아침 일찍 일어나 밤늦게까지 물을 긷고 장작을 패고 불을 피우며 빨래를 하고 식사를 차리며, 온 집 안 청소를 도맡아 했답니다.

그리고 세 번째는 그런 그녀가 신고 있던 신발입니다. 무거운 나막신. 그걸 신고 물을 길어야 하고 그걸 신고 장작을 패서 불을 피워야 했습니다. 그걸 신고 온갖 허드렛일을 해야 했으니 그 발이 어떻게 되었을까요?

이쯤에서 한 가지 질문을 던져보지요. 신데렐라의 발은 얼굴만큼이나 예뻤을까요? 나막신을 신고 매일 중노동에 시달리던 소녀. 여름에는 진물이 났을 테고, 겨울에는 동상에 걸려 고생을 했을 소녀의 발 말이지요.

그러니까 신데렐라 이야기에 등장하는 유리구두는 단지 신분상승의 상징이라기보다는 그토록 힘들게 살면서 부당하게 모욕당하며 짓밟히며 살아온 삶을 보상해주는 마음과 힘의 상징입니다. 맑은 유리구두를 통해 들여다보이는 발에는 지난 세월의 삶이 투명하게 드러납니다. 그 삶을 따뜻하게 감싸 안아 무도회에 오르게 하는 세상이 바로 신데렐라 이야기가 꿈꾸는 희망입니다.

특권과 차별과 과시의 욕망으로 뭉쳐 허황된 선망의 대상이 되는 유리구두가 아니라, 지금까지 살아온 시간 동안 흘린 눈물과 아픔을 그대로 담아내는 구두가 바로 신데렐라의 발에 정확하게 맞는 신발입니다. 힘겨웠던 세월이 도리어 그녀에게 영광을 가져다줍니다. 남들 앞에 내놓기 부끄럽고 감추고 싶었을지도 모를 그녀의 발, 다시 말해 신데렐라의 삶이 모두에게 그대로 드러나면서 오히려 부러움을 사고 있잖아요?

버림받고 짓밟히며 극심한 노동에 시달렸던 고난의 시간을 보내지 않았다면 요정 할머니가 나타나지도 않았을 것이고, 유리구두도 등장하지 못했을 겁니다. 왕자가 이 구두에 맞는 발을 가진 여인을 찾는다고 한 것은 아무도 거들떠보지 않았고 호소할 길 없었던 인생을 화려한 스포트라이트를 받게 하면서, 역사의 중심에 세울 것임을 공언한 것입니다.

어렵게 살았던 것이 힘이 되었으면 합니다. 짓밟혔던 마음이 오히려 의지를 기를 수 있으면 좋겠습니다. 그러면서도 선함을 지켜낼 수 있다면 무얼 더 바라겠습니까? 신데렐라는 그래서 결이 곱고 아름답고 고난을 통과한 강인한 존재입니다.

현실은 무대에 성실하게 오른 이들도 끌어내리려 안달인 경우가 허다합니다. 신분과 출신을 보고 무대 위에 오를 자격을 주기도 하고, 뺏기도 합니다. 그러다보니 "유리구두"는 차별적인 세상에서 특권을 가진 사람들에게만 신을 권리가 주어지는 것처럼 되어버렸습니다. 그래서 그 "유리구두"는 겉보기에 예쁜 발만 골라서 신겨집니다. 우리가 원하는 신발들은 그런 것이 아닙니다.

어떤 세상을 갈망하고 있나요? 모두에게 기회가 열린 무도회를 바라나요? 우리는 지금 어떤 유리구두를 만들고자 하나요? 이름만 들어도 혹할 명품 구두인가요?

상처투성이의 작은 발로 이 힘겨운 세상을 감당하며 사는 오늘의 모든 신데렐라가 잿더미를 털어내고 무도회의 주인공으로 등장하는 세상을 보고 싶습니다. 고된 짐을 버티며 살아온 발에 어느 누구도 빼앗아 갈 수 없는 유리구두가 신겨진 것을 보고 싶습니다. 사랑의 체온이 스민 구두 말입니다. 나막신을 신고 고생하며 살던 이들이 이로써 외롭지 않게 될 것입니다.

신데렐라 이야기는 우리에게 꿈을 멈추지 않게 하는, '잿더미를 뚫고 솟아오른 희망'의 소식입니다. 그건 모든 것이 다 타버리고 재가 되어도 그 속에 숨 쉬고 있는 생명의 소리입니다. 그런 신데렐라가 있는 세상은 어느 때에도 절망하지 않을 것입니다.

이제 우리 모두 설레는 마음으로 무도회에 갑시다. 바람에 흩날려버려 흔적조차 없어진 줄 알았던 재가 어느새 반짝거리는 행복의 입자가 되어 별처럼 우리의 머리 위로 쏟아지는 황홀한 기적 같은 풍경이 펼쳐질 겁니다. 나막신을 신었던 것이 부끄러운 이유가 되지 않습니다. 누구나 초대되었습니다. 12시가 넘어도 괜찮습니다. 어디선가 흥겨운 마법의 주문이 들려오는 듯 하지 않나요?

비비디 바비디 부~~ 얏! 어라, 호박이 넝쿨채!

세 번째 이야기

솔로몬의 지혜

솔로몬의 지혜가

생명의 정치로 이어지기 위해

「열왕기 상」 3장 16절에서 28절까지의 이야기

'솔로몬'은 성서에서 가장 현명한 군주로 알려진 인물입니다. 그의 총명함을 뚜렷하게 부각시킨 유명한 사건은 재판입니다. 군주가 지배한 시대는 왕 자신이 곧 사법부였으니 왕이 똑똑하지 못하면 그가 내리는 판결은 백성들의 원성을 사게 마련입니다. 솔로몬이 정의로운 재판장 노릇을 했다고 전해지는데, 도대체 어떤 판결이었기에 그러는지 한번 보기로 하지요.

'솔로몬의 지혜'라고 알려진 이야기가 기록된 성서의 대목은 『구약성서』라고 흔히들 부르는 히브리 성서의 「열왕기 상」 3장 16절에서 28절까지입니다. 두 여자가 어떤 아이를 서로 제 아이라고 하면서 솔로몬의 판결을 요구하는 내용이에요.

재판은 아이의 진짜 어머니를 가려내는 것이 목적이었습니다. 왕은 칼을 꺼내들고 분쟁의 대상이 된 아이를 반으로 가르라고 합니다. 똑같이 나눠가지면 되지 않겠느냐는 거지요. 방식으로만 보면 '공평한 분배'입니다. 그러나 그렇게 하면 아이는 죽습니다.

결국 양보한 쪽에 아이가 주어집니다. 성서 본문에 따르면, "살아 있는 그 아이의 어머니는, 자기 아들에 대한 모성애가 불타올라" 자기 아들이 칼에 죽기 전에 상대에게 양보했다는 겁니다. 모성애에 대한 시험인 셈이었지요. 인위적으로 아이의 위기를 만들고, 이에 대한 엄마의 절박한 대응을 대조시키면서 재판은 어렵지 않게 결론에 이르렀습니다.

겉으로 보기에 난해했던 이 사건을 해결하자 솔로몬의 위상은 매우 높아집니다. 이야기의 결말이 "왕을 두려워하였다."로 되어 있는 것을 보면, 이 사건이 미친 파장을 짐작할 수 있습니다.

그런데 공정한 판결을 내린 지혜로운 왕을, 사람들은 자랑스럽게 여겼다가 아니라 두려움의 대상으로 대했다? 이름 없는 두 창녀의 친자확인 소송을 해결한 재판의 반응치고는 쉽게 이해가 되지 않습니다. 그렇다면 재판의 현장으로 직접 들어가 볼까요?

왕은 왜 친자확인 소송에 관심을 보였나

왕의 판결을 요청하는 두 여인이 등장하는데, 이 여인들의 직업과 신분이 주목됩니다.

> 하루는 창녀 두 사람이 왕에게 와서, 그 앞에 섰다.

사회적으로 천시당하는 여인들이 왕을 마주 대합니다. 예사롭지 않습니다. 솔로몬으로서는 이름 없는 창녀의 사정까지 돌보는 자애로운 군주의 이미지를 보일 수 있는 기회입니다. 이 이야기에는 솔로몬을 치켜세우고 그의 능력을 과시하면서, 왕권을 강화하려는 목적이 숨겨진 것은 아닐까 의심이 갈 수도 있어요. 하지만 국가의 중대사가 얼마나 많은데 무명의 창녀들이 자기들 문제를 해결해달라고 했다 한들 응할 왕이 어디 있겠으며, 그런 일을 풀어주었다고 뭐 그리 대단하게 주목받을 일인가 싶기도 하지요. 그런데 성서는 이들의 하소연을 자세히 기록하고 있습니다. 이는 왕이 이 이야기를 하나도 빼놓지 않고 듣고 있었음을 말해줍니다. 대충 듣고 속단한 것이 아니라는 뜻입니다. 두 창녀 가운데 한 여인이 자기들의 관계를 밝힙니다.

"저희 두 사람은 한 집에 살고 있습니다."

일단 서로 모르는 사이는 아니나, 가까운 친구인지 관계가 그저 그런지 또는 먼 사이인지는 아직 판단할 수 없습니다.

"그 집 안에는 우리 둘만 있을 뿐이고, 다른 사람은 아무도 없었습니다."

한 집에 살고 있다고 했는데, 그 집에는 이 두 여인 말고는 누구도 없다고 합니다. 이게 무슨 의미일까요? 이제 말하게 될 사건과 관련해서 당사자들 각자의 일방적인 증언 외에는 객관적인 증인이 되어줄 제3의 인물이 없다는 거죠. 왕으로서는 이 두 여인의 말에만 의존해서 상황을 판단해야 하는 처지가 된 겁니다. 재판관의 입장에서 정신을 바짝 차려야 합니다. 상대가 거짓말을 하는지, 진실을 말하는지 정확하게 알아차려야 하니까요. 대체 무슨 사건을 가져온 것일까? 왕은 궁금했을 겁니다. 처음 말을 꺼낸 여자가 계속 말을 이어갑니다.

"제가 아이를 낳을 때에, 저 여자도 저와 함께 있었습니다. 그리고 제가 아이를 낳은 지 사흘 만에, 저 여자도 아이를 낳았습니다."

두 사람은 3일 차이로 각자 자신의 아이를 낳았다는 겁니다. 그 집에 아무도 없었다는 것을 떠올려보면, 이 두 여인은 정말 힘든 처지에서 산고를 치른 셈이죠. 서로 형편이 비슷하니 동병상련할 만한 사이입니다. 그러나 상황은 그렇게 굴러가지 않았습니다.

창녀들, 왕 앞에서 다투다

계속되는 여인의 진술입니다.

"그런데 저 여자가 잠을 자다가, 그만 잘못하여 자기의 아이를 깔아 뭉개었으므로, 그 아들은 그날 밤에 죽었습니다."

상대방 여인의 실수로 인해 그 자식이 그만 죽고 말았다는 겁니다. 너무나 안타깝고 마음 아픈 일입니다. 자식 가진 입장에서, 그것도 한 집에 사는 이들 두 여인 모두가 함께 슬퍼할 상황이 벌어진 거죠. 여기까지만 들으면, 얼핏 진술 중인 여인은 상대방 여인이 아이를 과실치사시킨 혐의를 고발하는 듯 보입니다. 그러나 본격적인 사건의 내용은 이제부터 밝혀집니다.

"그런데 이 종이 깊이 잠든 사이에, 저 여자가 한밤중에 일어나서, 아이를 바꾸었습니다. 저의 옆에 누워 있는 저의 아들을 데리고 가서 자기 품에 두고, 자기의 죽은 아들은 저의 품에 뉘어 놓았습니다."

아이가 밤사이에 몰래 바뀌었다는 겁니다. 그러나 사건의 당사자가 이걸 직접 목격한 것은 아니에요. "깊이 잠든 사이"에 벌어진 일이니 아이 바꾸는 걸 직접 본 것이 아님은 분명합니다. '아이를 바꾸었다.'는 것은 아직 일방적인 추론에 불과합니다. 여기서 의문이 하나 떠오릅니다. 이 여인은 아이가 바뀐 걸 어떻게 알았다는 걸까요?

> "제가 새벽에 저의 아들에게 젖을 먹이려고 일어나서 보니, 아이가 죽어 있었습니다. 아침에 제가 자세히 들여다보았는데, 그 아이는 제가 낳은 아들이 아니었습니다."

품에 안고 있던 아이가 죽어 있었답니다. 그러나 날이 밝자 자세히 들여다보니 자기 아이가 아니었다는 걸 확인하게 되었다는 거죠. 이제 막 태어나 얼마 되지 않은 아이들은 구별하기 어려운 경우가 많아, 친엄마라고 해도 잘 모를 수 있을 거예요. 그래서 '자세히 들여다보았다.'고 하는 거지요. 그러나 이 주장은 아직까지 이 여인의 시각일 뿐이지 다른 누군가가 객관적인 확인을 한 것은 아닙니다. 그건 '댁의 사정'이지 이쪽에서 그렇구나, 하고 동의해줄 만한 일은 아직은 아니라는 겁니다. 게다가 창녀가 낳은 아이는 아버지를 알 수 없는 경우가 태반일 텐데, 그게 누구 자식이면 어떻고 살았는지 죽었는지가 왕에게 뭐 그리 중요한 일이겠습니까? 혹시 여인이 이 아이는 사실 궁궐 내 고위직 무슨무슨 인사의 아이라고 한다면 사건의 파장이 일파만파로 번질 수도 있겠지만, 그런 것도 아니에요. 정작 듣고 보니 골치만 아프고 사건의 진상을 가려내기도 어렵고 낯도 빛도 나지 않을 만한 일입니다. 하지만 당사자에게는 매우 절실한 사안인 겁니다.

이 말이 끝나기 무섭게 상대방 여인이 곧 격하게 반발합니다.

그러자 다른 여자가 대들었다. 그렇지 않다는 것이었다. 살아 있는 아이가 자기의 아들이고, 죽은 아이는 다른 여자의 아들이라고 우겼다. 먼저 말을 한 여자도 지지 않고, 살아 있는 아이가 자기 아들이고, 죽은 아이는 자기의 아들이 아니라고 맞섰다. 그들은 이렇게 왕 앞에서 다투었다.

어느새 두 여자는 감히 왕 앞에서 싸우기까지 합니다. 아, 이거 헷갈립니다. 누구 말이 맞는 걸까요? 요즈음 같으면 별로 어려운 일이 아니죠. 의학적으로 친자확인을 할 수 있으니까요. 하지만 그럴 방법이 없는 솔로몬은 온갖 추리와 상상력을 동원해야 합니다.

누구의 말이 더욱 진실하게 들리는지, 그 말하는 태도나 서로 다투는 모습으로 보아 미루어 짐작할 수 있는 것은 없는지, 달리 증거가 될 만한 것이 혹시 있는지, 이웃의 결정적인 증언을 확보할 수는 없는 것인지, 목격자는 정말 없는지, 살아 있는 아이가 누구를 닮았는지, 그래서 여인들과 아이의 발가락을 검사하고 대조해본다든지, 또는 두 여인 가운데 누가 아이의 신체적 특징에 대해 더 자세히 말할 수 있는지, 현장 검증을 한다면 실마리가 잡히는 것은 아닌지 등등 여러 가지 경우를 살펴봐야 하는 거죠.

모두가 솔로몬을 주시했을 것입니다.

아이는 소유물인가?

솔로몬은 궁리합니다.

'두 여자가 서로, 살아 있는 아이를 자기의 아들이라고 하고, 죽은 아이를 상대방의 아들이라고 한다. 그렇다면 좋은 수가 있다.'

누구의 말이 옳은지 겉으로는 판가름하기 어렵습니다. 그런데 좋은 수가 있다? 왕은 신하들에게 명을 내려 칼을 가려오라고 합니다. 칼이라니? 그걸 가져와서 어떻게 하겠다는 것인지 도무지 짐작할 수 없습니다. 여기는 법정이지 형장이 아닙니다. 법의 논리로 문제를 푸는 곳이지 칼로 누군가를 베는 자리가 아니지 않습니까? 그런 곳에 칼을 대령하라 했으니 모두가 의아했을 겁니다. 신하들이 왕의 명령을 이행합니다. 그러자 솔로몬이 끔찍한 말을 꺼냅니다.

"살아 있는 이 아이를 둘로 나누어서, 반쪽은 이 여자에게 주고, 나머지 반쪽은 저 여자에게 주어라."

재판 현장에 있던 사람들은 왕의 판결에 모두 질겁을 했을 겁니다. 이 장면에서 우리는 아이가 법정에 함께 있는 것을 알게 됩니다. 이 사건은 무엇보다도 아이의 운명을 결정하는 사안입니다. 아이가 누구에게 돌아가게 되는가가 판결의 핵심인 것이지요. 두 여인 가운데 하나가 이 아이의 엄마로 확인되어 그 품에 안기도록 하면 되는 겁니다. 현장에 있던 모두가 다 그렇게 예상하고 솔로몬이 멋진 결론을 내려주기를 기대했을 거예요.

그러나 정작 솔로몬의 입에서 나온 말은 충격적이고 어처구니없습니다. 아이를 칼로 갈라 똑같이 반씩 나눠 주면 공평하지 않겠는가 하는 겁니다. 문제가 된 것이 아이가 아니라 물건이나 재산이라면 분쟁이 첨예할 때 이 방식이 가장 손쉬울 수 있을 테지만, 이건 아이의 목숨을 빼앗는 결정입니다.

이 사건은 갓 태어난 아이 둘 가운데 하나가 죽었기 때문에 시작되었는데, 판결대로라면 나머지 살아 있는 아이도 죽여야 합니다. 이렇게 되면 법정은 아이에게 사형을 선고하는 셈입니다. 아이가 살아 있어서 문제가 됐으니 죽으면 사태는 깨끗이 해결된다는 겁니까? 그러면 누구도 아이에 대한 소유권을 내세울 수 없게 될 터이니 말이지요. 문제를 해결할 생각은 않고 문제 자체를 없애면 된다는 식의 사고가 바로 이런 겁니다. 정작 일은 더 커지는데요.

법리적으로만 보면 이 사건은 아이에 대한 소유권 분쟁입니다. 그런데 어느 쪽에도 일방적인 소유권을 인정할 수 없을 경우 똑같이 나누는 것이 가장 공평해보일 수 있습니다. 그러나 그 공평한 분배라는 게 가령 하루는 이 여인이, 다음날은 다른 여인이 이 아이의 엄마가 되는 식이 아니에요. 왕의 명령대로라면 아이는 그 자리에서 생명을 잃게 되는 겁니다.

그런데 왕의 명령에 대해 반응하는 두 여인의 방식이 현격한 차이를 보입니다. 둘 가운데 한 여인이 애절하게 호소합니다.

> "제발, 임금님, 살아 있는 이 아이를, 저 여자에게 주시어도 좋으니, 아이를 죽이지는 말아 주십시오."

이 여인은 아이에 대한 소유권을 포기하는 대신, 아이를 살리고자 합니다. 그녀의 최대 관심사는 아이의 생명입니다. 아이에 대한 소유권 주장에서 완벽하게 물러서는 거예요. 본래 이 재판에서 가려내달라고 했던 목적을 스스로 접는 겁니다. 상대방 여자는 다릅니다.

"어차피, 내 아이도 안 될 테고, 네 아이도 안 될 테니, 차라리 나누어 가지자."

왕의 판결에 따르겠다는 겁니다. 한 여인은 왕의 결정을 뒤집으려 하고, 다른 여인은 그 결정을 지지하고 나섰습니다. 어차피 누구의 것도 되지 못한다면 아이가 죽어도 문제가 될 게 없다는 태도입니다. 사태는 이미 한쪽으로 기운 것 같습니다.

저 여자가 그 아이의 어머니이다!

이 순간 왕이 마지막 판결을 내립니다.

"살아 있는 아이를 죽이지 말고, 아이를 양보한 저 여자에게 주어라. 저 여자가 그 아이의 어머니이다."

생각지도 않은 반전이 이루어집니다. 양보한 쪽이 이긴 겁니다. 왕은 자신이 아이에 대한 소유권을 포기할 테니 아이의 생명을 살려달라고 애원한 여인에게 아이를 주라고 합니다. 판결의 결과는 "저 여자가 그 아이의 어머니이다."였습니다.

사람들은 왕이 칼을 들어 아이를 반으로 갈라 나누어 주라는 것이 최종 판결인 줄로 알았다가 그걸 뛰어넘는 판결이 하나 더 기다리고 있었음을 알게 된 겁니다. 알고 보니 칼은 직접 그것을 사용해서 피를 보려 했던 것이 아니라, 상대를 칼 위에 세워 그 속마음을 시험하려 했던 것입니다. 그렇게 해서 두 여인과 아이와의 관계를 파악해보려 한 것이죠.

이 판결의 정치적 결과는 솔로몬을 향한 백성들의 경외였습니다.

> 모든 이스라엘 사람이, 왕이 재판한 판결 소식을 들었다. 그리고 백성들은, 왕이 재판할 때에, 하나님께서 주시는 지혜로 공정하게 판단한다는 것을 알고, 왕을 두려워하였다.

두려움에 찬 존경이라고 할 수 있습니다. 그냥 공포로 무서워한 것이 아니라 '하늘이 내린 카리스마가 있다는 점'으로 해서 솔로몬의 통치가 눈에 보이지 않는 힘의 위력을 발휘하게 된 것입니다. 이로써 그의 왕권은 백성들의 마음속으로부터 인정을 받았습니다. 강압적 물리력이 아닌 정신적 카리스마로 상황을 압도한 것이지요. 창녀의 친자확인 소송이 그의 왕으로서의 권위를 한껏 세운 것입니다. 사안 자체의 중요도 때문이 아니라 그 사안을 푸는 솜씨에 경탄했을 겁니다. 그렇다면 이야기는 여기서 이렇게 마무리 지어지는 것일까요?

성서의 본문은 "살아 있는 그 아이의 어머니는, 자기 아들에 대한 모성애가 불타올라" 아이를 살리는 대신 양보했다고 적고 있습니다. 하지만, 이 서술은 판결의 결과를 모두가 알게 된 이후에 쓰여진 기록인 것이고, 이 사건의 전개 과정 상에는 그 어디에도 살아 있는 아이의 친엄마가 바로 이 여인이라고 단정지을 수 있는 객관적 증거는 나타나 있지 않습니다.

다만, 정말 그 아이의 친엄마라면 아이의 생명을 그 누구보다 더 귀중히 여길 것이라고 생각할 수는 있습니다. 그게 정말 옳다면, 우리는 이 성서의 본문과 솔로몬의 판결이 맞다고 믿을 수 있을 겁니다. 그러나 재판 현장에서는 아직 그런지 아닌지 결론내릴 수 없습니다. 친엄마라고 해서 언제나 모성애가 앞서고, 그렇지 못한 경우는 모성애가 없다고 말할 수는 없으니까요. 그렇지 않다면, 아이를 버리는 친엄마와 아이를 입양해서 친자식처럼 기르는 양엄마의 차이를 우리는 설명할 도리가 없게 됩니다. 누가 아이의 진짜 엄마인지는 말만 듣고는 도무지 알 수가 없는 상황입니다. DNA 검사에 의한 과학적인 친자확인은 당시로서는 불가능했기 때문입니다.

두 여인은 서로 살아 있는 아이가 자기 아들이라고 주장했습니다. 친엄마에게 아이를 돌려달라는 겁니다. 그런데 솔로몬은 아이에게 엄마를 찾아준 겁니다. 그게 그거지, 다 같은 이야기가 아닌가 할지 모르나, 이는 대단히 중요한 차이입니다. 누구를 중심으로 이 문제를 바라보는가가 결정되기 때문입니다.

솔로몬의 초점은 이 아이가 누구에게 돌아가는 것이 아이 자신을 위해 좋은지에 맞춰진 겁니다. 이것이 솔로몬의 특별한 시선입니다. 솔로몬에게는 아이의 행복이 최우선의 가치였습니다. 그렇기 때문에 아이의 생명이 위기에 처했을 때 그 모든 것을 다 뒤로 하고 위급한 지경에 놓인 아이의 생명을 구하려는 이가 아이의 엄마가 될 자격이 있다고 본 거죠. 그것은 친엄마의 모성애가 발동한 결과일 수도 있고, 인간의 생명에 대한 근본적인 사랑이 있기 때문에 그런 걸 수도 있습니다. 친엄마라면 더더욱 다행스럽고 좋은 일입니다. 자신의 친자식과 떨어지지 않게 되기 때문이지요. 아이의 입장에서도 다르지 않습니다.

그러나 이때 그 엄마는 아이의 친엄마인가 아닌가가 판결을 내리는 데에 결정적이었던 게 아닙니다. 친엄마라도 아이의 생명보다는 자기 소유권이 우선적일 수 있고, 친엄마가 아니라도 위험에 처한 아이의 생명이 더욱 귀중하다고 여기고 그걸 위해 만사를 제쳐놓을 수도 있는 겁니다. 왕은 그걸 확인하려 한 것 아니겠습니까?

솔로몬은 “이 아이는 저 여자의 아이다.”라고 하지 않았습니다. 누구의 아이인가가 초점이 아닙니다. 누구에게 속하는 소유권인가의 차원에서 접근한 것이 아니라는 뜻입니다. “저 여자의 아이다.”라는 말 속에는 여자가 중심이 되고 아이는 그 소유물이 되는 관계가 만들어지기 때문이에요. 서로 ‘자기 아들’이라고 했던 걸 떠올리면 솔로몬은 이러한 논리를 깨고 있다는 걸 알게 됩니다.

대신 솔로몬은 “저 여자가 그 아이의 어머니이다.”라고 했습니다. ‘그 아이의 어머니’가 과연 누구인가가 초점입니다. ‘그 아이의 어머니’라는 표현은 엄마에 대한 아이의 소유권을 확정짓는 어법이 아니지요. ‘그 아이의 어머니’라는 말은, 그 아이에게 어머니가 누구인지를 분명히 하는 의미입니다.

여자들은 애초에 아이에 대한 소유권의 문제를 들고 나왔는데 솔로몬은 생명의 문제를 최고의 가치로 내세운 겁니다. 이는 소유와 생명이 대립하는 상황에서, 생명을 선택하는 이에게 소유가 저절로 따라붙게 하는 방식이었습니다.

그런 까닭에 이 사건의 진상을 놓고 추리로 현장을 재구성해서 진상을 밝힘으로써 최종판결을 내릴 이유가 전혀 없었던 것입니다. 설사 아이가 친엄마가 아닌 여인에게 돌아간다 하더라도 생명의 가치를 우선으로 생각하는 여인이 엄마가 되는 쪽이 그렇지 않은 쪽보다 당연히 낫다는 것은 달리 거론할 필요도 없는 일이었겠지요.

그래서 솔로몬이 그의 법정에 등장시킨 칼은 누군가의 목숨을 빼앗기 위한 것이 아니라 생명을 살려내기 위한 수단으로 변모한 겁니다. 칼은 사용하기에 따라 사람의 목숨을 살리기도 하고 죽이기도 하니, 칼 자체가 문제가 아니라 그 칼의 주인이 어떤 마음을 먹느냐에 달려 있는 문제인 것이지요.

바로 여기에 이 사건의 결정적 의미가 담겨 있습니다. 솔로몬 체제의 전격적인 변화가 이 사건을 통해 예고된 것이었고, 이제 사람들은 창녀처럼 신분이 미천한 존재의 문제조차도 생명의 원리에 의해 해결되는 것을 목격하게 된 것입니다. 이 재판은 신분이 무어든 간에 상관없이 최고 권력자에게 하소연할 수 있는 문이 활짝 열려 있을 뿐만 아니라, 해결의 기준도 '생명'임을 말해주는 사건이라고 할 수 있지요. 그건 지금까지 칼로 피를 흘리며 권력을 잡았던 솔로몬의 과거와 결별하는 이정표였습니다. 그리고 이제 이 솔로몬 체제가 무엇을 가장 존귀하게 여기고 어떻게 새로운 시대를 열게 될 것인지를 보여주는 대목인 겁니다.

애초에 단지 창녀들의 친자확인 소송으로만 보였던 문제가, 사실은 솔로몬의 시대가 누구를 상대로 해서 어떤 가치를 최고로 놓고 나라를 꾸려나갈 것인지를 알리는 출발점이었던 거예요.

'솔로몬의 재판' 이전에 어떤 일이 있었을까

이를 더욱 명확하게 이해하기 위해서는 솔로몬의 재판 이전에 일어났던 일련의 일들을 하나로 꿰어 생각해볼 필요가 있습니다.

역사적으로 볼 때 솔로몬의 아버지 다윗이 이스라엘의 국가적 기틀을 마련했다면 솔로몬은 이를 계승해서 정비하고 확장하는 시기를 맞이합니다. 다윗은 전제군주 사울과 맞서 싸운 인물이었지요. 사울의 추격을 피해 아둘람 굴에 이런 저런 이유로 고난 받는 백성들이 모여들었고, 그들이 다윗을 떠받들면서 다윗은 민중의 지도자로 부상합니다. 그리고 마침내 왕권을 차지하게 됩니다. 아둘람 굴은 다윗의 젊은 시절, 오늘날로 치면 게릴라 부대를 창설하고 산채를 차린 현장이기도 합니다. 마치 『수호지』에 나오는 양산박 같은 곳인 셈이에요.

그렇게 시작했던 다윗 왕조는 시간이 지나면서 점차 본래의 정신을 잃어버리고 민중 위에 군림하는 정권이 되어갔습니다. 사울의 전제정치와 투쟁했던 다윗 자신 역시 전제군주가 되어가는 사태를 피하지 못했던 것입니다.

그러니 어떻게 되었겠습니까? 민심이 멀어지면서 다윗의 맏아들 압살롬이 아버지 다윗에게 반기를 들고 반란을 일으킵니다. 하지만 맏아들은 아버지를 제치고 권력을 차지하려다가 목숨을 잃는 비극이 생깁니다. 그렇지 않아도 정세가 어지러워지면서 남쪽의 유다 지방과 북쪽의 이스라엘이 서로 반목하며 국가적 분쟁이 그치지를 않았습니다. 힘겹게 잡은 권력을 지켜내는 일이 점점 어려워졌던 것이지요. 이곳 저곳에서 일어난 반란을 겨우 평정하고 권력을 힘으로 안정시키게 된 다윗의 말년에, 이스라엘은 후계자를 선정하는 문제로 또다시 혼란을 겪게 됩니다.

배다른 형제 아도니야와 솔로몬 사이에 권력투쟁이 일어나게 되었던 겁니다. 조선조 초기 이성계의 아들 이방원이 그의 형제들과 피비린내 나는 권력투쟁을 벌이고 왕권을 차지했던 역사와 크게 다르지 않지요?

다윗은 일단 솔로몬을 후계자로 정하고 숨을 거두었지만, 솔로몬의 왕권이 쉽게 안정된 것은 아니었어요. 도전자 또는 경쟁자들이 가만히 있지 않았기 때문이었습니다. 결국 솔로몬은 이복형 아도니야를 죽이고 그를 지지했던 세력을 모두 제거합니다. 무서운 칼부림이었고 유혈의 권력투쟁이었습니다. 이렇게 왕권을 놓고 치열한 쟁투가 끝난 뒤, 솔로몬은 어느 날 기이한 꿈을 하나 꾸게 되지요. 하나님이 꿈에 나타나신 겁니다.

> 꿈속에서 하나님이 그에게 말씀하셨습니다.
>
> "내가 너에게 무엇을 주기를 바라느냐? 나에게 구하라."
>
> 솔로몬이 대답합니다.
>
> "지혜로운 마음을 주셔서 주의 백성들을 재판하고 선과 악을 분별할 수 있도록 해주시기를 바랍니다."

권력을 더 달라, 나라의 영토를 더 늘려 달라, 재물을 더 많이 달라, 그렇게 말한 것이 아닙니다. "지혜로운 마음"을 달라고 한 거예요. 지혜 그 자체가 아니라 그 지혜를 태어나게 하는 마음을 원했고, 그 마음으로 선악을 구별하고 공정한 판결을 내려 백성들을 잘 다스릴 수 있기를 소망했습니다.

여기서 "재판"이라고 번역된 단어는 본래 성서 원문에서 '다스림, 통치, 또는 정치'라는 뜻을 가지고 있습니다. 그러니 올바른 정치를 통해서 백성들이 편안하고 선함을 추구하는 나라를 세워나가겠다는 의지를 밝힌 것입니다. 피비린내 나는 권력투쟁을 거치긴 했으나 국가의 권력을 일단 잡고 난 후 그가 어떤 정치를 펼쳐나갈 것인지를 예고하고 있는 것이지요. 공평하고 공정하고 옳은 길로 가겠다는 것입니다.

꿈에서 깨어난 솔로몬은 하나님과의 관계를 새롭게 세우는 제사인 화목제를 드린 후 모든 신하들을 모아 잔치를 베풉니다. 이로써 그동안 칼을 들어 피를 흘렸던 권력투쟁의 시대가 끝나고, 나라 안에 화목과 평화의 시대가 열리게 됩니다. 솔로몬의 칼에 벌벌 떨었던 과거는 지나고, 이제 그의 현명한 판단과 지혜로운 마음이 중심이 되는 시대를 기대하라는 겁니다.

솔로몬은 지금까지 오로지 권력을 잡기 위해 칼을 들어 상대가 누구이던 가리지 않고 그의 피를 흘리는 것에 주저함이 없었고, 상대가 자신과 어떤 관계인가를 중심으로 편을 나누었습니다. 자신이 권력을 잡고 소유하기 위한 가치가 우선이었지 상대의 생명이나 처지 같은 것은 아랑곳 하지 않았던 거지요. 그건 공포의 시대였으며 폭력의 시대였습니다. 유혈의 정치였고 죽음의 통치였던 거예요.

바로 이러한 시기에 하늘로부터 주어진 '지혜'란 단지 영특한 머리나 지략, 또는 누구도 따를 수없는 탁월하고 총명한 판단력을 말하는 게 아니었습니다. 그건 이 모든 폭력과 죽음의 정치로부터 떠나 생명의 정치를 향해 가겠다는 결단인 겁니다. 같은 칼이라도 사람의 목숨을 겨냥하는 것이 아니라, 생명을 구하는 목적으로 그 일대 방향전환이 이루어지는 것이 이 지혜의 요체였던 것이지요.

이 재판은 그런 까닭에 새로운 시대의 가치 기준이 어디에 있는지 보여주고 있습니다. 그것은 두 가지입니다. 누구도 미미하다고 업신여김을 받지 않으며, 생명의 존귀함이 무엇보다도 앞선다는 겁니다. 이로써 왕의 권위를 받아들이는 근거가 달라진 것입니다.

한 가지 더 살펴보자면, 이 아이의 어머니가 누구인가를 놓고 재판하는 사건에는 보다 큰 역사적 맥락이 있습니다. 그것은 이스라엘의 남과 북 사이에 되풀이 되었던 반목과 대립을 넘어서는 생명의 정치에 대한 선포입니다. 두 창녀와 아이의 문제는 당시 이스라엘의 정치사회적 현실을 압축하는 상징적 의미도 함께 가지고 있었던 겁니다.

아버지 다윗 때에도 남과 북 사이의 충돌이 국가의 통합을 흔들고 반란과 전쟁을 일으키고 말았는데, 그런 식으로 서로 나라가 반쪽이 되는 한이 있다 해도, 죽음의 폐허 위에서라도, 권력을 차지하겠다고 하는 생각이 팽배해 있었습니다. 솔로몬의 재판은 이러한 생각과 맞선 결과지요. 생명의 가치를 존귀하게 여기면, 이미 칼로 정해져 어떻게 할 수 없게 된 것처럼 보이는 일도 새롭게 바꿀 수 있다는 뜻이 이 사건에 담겨 있습니다.

더군다나 서로 같은 민족이자 혈통이었던 남쪽 유다 지파는 북쪽 이스라엘 지파가 시리아를 비롯한 북부 제국의 지배 아래 창녀가 되었다고 비난하고, 북쪽 이스라엘 지파는 남쪽 유다 지파가 이집트 제국의 지배를 받아 창녀가 되었다고 지탄해왔습니다. 한집에 살면서 서로 창녀라고 손가락질하는 것과 다를 바 없었던 거지요.

이 재판은 그러한 반목을 종식시키겠다는 것입니다. 이스라엘 민족의 반이 죽어나가도 좋으니 어느 한쪽이라도 기어코 차지하겠다는 쪽과, 자신이 희생되어도 좋으니 어떻게든 생명을 지켜내겠다는 쪽이 대치하고 있는 상황에서 내린 결론입니다. "전쟁을 불사하고라도"라는 논리를 내세우는 쪽과 "어떻게든 전쟁을 피하고 민족의 생명을 지켜내려는" 쪽의 논리가 충돌하고 있는 순간입니다.

그때 솔로몬의 재판은 어느 쪽이 진정한 역사의 주인이 되어야 하는가를 생각하도록 만들고 있습니다. 이야기에 나오는 두 여인들처럼 "한 집에 살고 있는 두 사람"이 칼로 피를 보기까지 하면서 문제를 해결하려 들지 말라는 것이지요.

솔로몬의 지혜는 깨지지 않는 거울이어야 한다

그런데 현실에서 솔로몬은 이 재판으로 선포된 생명의 가치를 그대로 끝까지 실천해나갔을까요? 안타깝게도 그렇지 못했습니다.

그는 날이 갈수록 사치와 방탕에 빠졌고 화려한 궁정생활을 유지하기 위해 백성들의 고혈을 짜내는 포악한 군주로 변모해갑니다. 그가 간구하고 받았던 '하늘의 지혜'는 오래가지 못했던 겁니다. 그 결과 그가 죽고 나서 남과 북은 드디어 분열하고 차례차례 큰 나라에게 망해버린 채, 오랜 유랑생활과 바빌론 제국의 포로가 되는 비극을 피하지 못하고 말지요. 성서는 솔로몬의 그러한 모순을 가감 없이 기록합니다. 솔로몬의 통치를 일부러 미화하거나 그의 권력을 정당화하려 들지 않습니다.

그런 의미에서 이 이야기는 솔로몬이 이후에 저지른 변절을 두고두고 질타하는 역할을 하게 됩니다. '너 그땐 그렇게 하나님 앞에서 맹세

해놓고 나중에는 어떻게 그럴 수 있어?' 하는 비판이 이 이야기가 전해지는 과정에서 끊임없이 되풀이 되는 겁니다. 하나님으로부터 받은 지혜로 '생명의 정치'를 펼치겠다고 해놓고, 실제로는 자기 자신의 영화를 위해 백성들을 착취해버린 역사의 위선과 모순을 고스란히 폭로하는 증거가 된 거죠.

따라서 '솔로몬의 지혜'는 자기 자신의 진실을 고스란히 비추는 거울인 거예요. 거울을 한번 보고 마는 사람은 없습니다. 우리는 하루에도 수없이 거울과 마주해서 자신과 만나고, 자신을 거울에서 읽어내지요. 하루하루 달라져가는 자신의 모습을 발견하면서 아쉬워하기도 하고, 기뻐하기도 합니다.

그러나 거울은 단지 유리로 만든 거울만 있지 않습니다. 진짜 거울은 우리의 마음과 영혼에 있답니다. 자기만이 볼 수 있는 거울이죠. 그래서 그건 깨지지 않는 거울입니다. 진정한 지혜는 바로 이 거울 앞에 서서 자신을 투명하게 보는 사람에게서 나옵니다. 생명의 가치를 가장 존귀하게 여기는 지혜 말이지요.

서로 어떻게든 자기가 갖겠다고 아우성을 치고 싸우다가 정작 아이는 누구의 것도 되지 못하고 죽고 마는 그런 세상을 만들 수는 없지 않겠습니까?

'솔로몬의 지혜'는 그래서 이 시대를 살아가는 우리들 누구에게나 있어야 할 깨우침이자 능력입니다. 이 마음의 능력이 없으면 결국 칼부림이 해결책이 되고 말겠지요? 칼로 선 자 칼로 망한다는데…….

네 번째 이야기

인어공주

인어공주여,
공기의 딸로 태어나라

인어공주 다시 읽기

동화에서 공주가 등장하면 사람들은 결말이 행복한 이야기를 상상합니다. 그런데 1837년, 안데르센이 쓴 동화 「인어공주」는 그렇지 않습니다. 여러분이 알고 있는 그 동화가 맞는지 처음부터 이야기를 해볼까요?

바다는 신비를 간직한 곳입니다. 물결이 일면 바람이 부는 것을 알게 되고, 바람이 불면 그건 하늘의 기운이 어디선가 모였다가 흩어지는 건 아닐까 하고 느끼게 됩니다. 그렇다면 바로 그 바닷속에는 무엇이 있는 걸까요?

어느 깊은 바닷속에 사람들이 살고 있었습니다. 그건 지상에 살고 있는 사람들은 상상도 하지 못한 바였습니다. 그 바다 한가운데 가장 깊숙한 곳에 있는 왕궁에는 아내가 세상을 떠나 홀아비 신세가 된 바다의 왕과 그 왕의 어머니, 그리고 여섯 명의 아름다운 딸들이 살고 있었지요. 그 중에서도 막내 인어공주가 가장 예뻤어요. 하지만 이들은 땅 위에 있는 사람들과는 달리 그 몸의 하반신이 물고기의 꼬리 모양으로 되어 있었답니다.

할머니는 이들 여섯 명의 인어공주에게 바다 위를 떠다니는 배와 지상의 세계에 대해 이야기해주곤 했습니다. 모두 그 세계가 궁금했겠지요. 인어공주들은 열다섯 살이 되면 바다 위로 헤엄쳐 올라가 항해하는 배와 숲과 마을을 볼 수가 있었습니다. 그렇게 해서 한 명씩 매해 바다 위의 세상을 구경하게 되었어요. 때로 바다에는 폭풍이 불고 배가 난파해 타고 있던 사람들이 물속에 빠져 죽기도 했습니다. 인어공주가 사는 바닷속은 이 사람들에게는 죽음의 자리가 되었던 것입니다.

막내 인어공주의 순서가 되었습니다. 열다섯 살이 된 거죠. 마침 바다 위로 커다란 배가 지나가고 있었는데, 그 배에는 정말 멋지게 생긴 왕자가 있었어요. 인어공주는 한눈에 이 왕자에게 반해버렸답니다. 그런데 얼마 뒤 무서운 폭풍이 몰아쳐 태산만 한 파도가 솟아오르면서 배는 침몰할 지경이 되었습니다. 이 광경을 보고 있던 막내 인어공주는 이들이 위험에 처해 있다는 것을 알아차리고는 물속에 빠진 왕자를 구해 파도에 몸을 실었습니다.

아침이 되자 폭풍은 잔잔히 가라앉았습니다. 정신 잃은 왕자를 부여잡고 아직 바다 위에 있던 막내 인어공주는 왕자에게 키스를 하고 머리를 쓰다듬으며 그를 살려내기 위해 애를 썼답니다. 드디어 해안가에 상륙했습니다. 그때 그 해안에서 그리 멀지 않은 곳에 수도원이 있었는데, 종이 울리면서 아름다운 아가씨들이 쏟아져 나오는 것이었어요. 이들에게 들키지 않으려고 인어공주는 몸을 숨기고 어떤 일이 벌어지나 보았습니다. 수도원에서 나온 아가씨들 가운데 한 명이 쓰러져 있는 왕자를 발견하고 사람들에게 도움을 요청해서 그를 안으로 들여갔습니다.

마음에 두었던 왕자가 시야에서 사라지자 막내 인어공주는 슬펐습니다. 그 왕자는 자신이 왕자의 목숨을 구해준 당사자인 줄 알지 못할 뿐만 아니라, 다시는 보지 못할 수도 있기 때문이었지요. 막내 인어공주는 왕자가 너무나 보고 싶었어요. 바다 왕궁으로 돌아온 뒤 그녀는 점점 말을 잃어갔습니다. 그러다가 언니들에게 왕자 이야기를 하자 언니들이 왕자가 살고 있는 곳을 알아내주었습니다. 막내 인어공주는 그리로 가 왕자를 아무도 몰래 쳐다보곤 했지요.

결국 막내 인어공주는 지상의 사람들처럼 살고 싶어졌어요. 할머니 인어는 막내 인어공주에게 인어는 300년을 살다가 죽으면 물거품이 되어 사라지지만 사람들은 그보다 짧게 살아도, 영원한 영혼이 있다고 말해주었습니다. 그 사람들처럼 살고 싶다면 지상에 살고 있는 어떤 남자에게 사랑을 받고 결혼하면 된다는 것도 말해주었지요. 게다가 사람들처럼 두 다리도 있어야 한다고 가르쳐주었습니다. 그렇지만 할머니는 지상의 사람들을 부러워하지 말고 바닷속에서 만족하는 마음으로 살자고 권합니다.

그런데 막내 인어공주의 생각은 달랐습니다. 그녀는 아무도 모르게 왕궁을 빠져나가 소용돌이 속에 살고 있는 바다의 마녀에게 찾아갑니다. 두 다리를 얻기 위해서였지요. 마녀는 막내 인어공주가 한 번 두 다리를 갖게 되면 다시는 인어가 되어 바다로 돌아올 수 없고, 왕자의 사랑을 얻지 못하면 왕자가 다른 여자와 결혼한 다음 날 물거품으로 사라지게 될 것이라고 경고합니다. 그럼에도 불구하고 지상의 인간처럼 되겠다고 하자 마녀는 인어공주의 목소리를 대가로 요구합니다. 인어공주의 노랫소리는 그 누구보다도 아름다웠습니다. 너무나 사람처럼 되고 싶은 그녀는 두 다리를 갖기 위해 목소리를 마녀에게 주고 맙니다.

그렇게 해서 바다 위로 올라간 인어공주는 그토록 보고 싶던 왕자와 만나게 되지요. 하지만 목소리를 잃어버렸기에 자신이 누구인지 말할 수 없었습니다. 그렇다 할지라도 왕자는 인어공주의 아름다움에 반해 그녀를 자신의 궁으로 데려갑니다. 왕자도 날이 갈수록 이 인어공주를 사랑하게 되지만, 그의 마음속에는 폭풍에 떠내려갔을 때 자신을 구해주었다고 여긴 한 여자가 내내 지워지지 않았습니다. 왕자가 말하기를 그 여인은 어느 수도원에 있는데 일단 들어가면 그곳을 다시는 떠날 수 없어 만날 수 없다는 것입니다.

왕자는 인어공주를 사랑하지만, 마음속의 여인을 잊지 못한다고 말합니다. 인어공주가 그녀를 닮았다면서 결코 서로 헤어지는 일이 없도록 하자고 하지요. 인어공주는 왕자 곁에 언제나 함께 있으면서, 그를 사랑하고 그를 위해 자신의 삶을 바치겠다고 생각합니다. 그러던 어느 날, 왕자가 이웃 나라의 공주와 결혼한다는 소문이 떠돌게 되었습니다. 왕자가 그 나라로 가기 위해 거창한 항해를 준비하고 있다는 것입니다.

왕자는 인어공주에게 이 여행은 할 수 없이 가는 것이며 이웃나라 왕의 딸인 공주를 자신은 사랑할 수 없다고 말합니다. 만일 신부를 맞이해야 한다면 그건 인어공주라고 하는 거예요. 그녀에게 온갖 애정표현을 다 하면서 말이죠. 인어공주는 너무나 행복해졌어요. 그리하여 왕자의 청에 따라 그 항해에 함께 합니다. 마침내 이웃나라 왕의 딸이 연회장에 나타났습니다. 그녀는 먼 곳에 있는 성전에서 왕녀로서의 모든 것을 교육받고 있었다고들 했습니다.

누가 봐도 그 공주는 참으로 아름다웠답니다. 인어공주마저도 그녀의 아름다움을 부인할 수 없었어요. 왕자는 기쁨으로 가득차 그녀가 바로 자신을 구해준 그 여인이라며 자기의 소원이 드디어 이루어졌다고 합니다. 왕자는 인어공주에게 이 감격에 동참해달라면서 그 공주와 결혼하기로 했다고 말합니다. 이들이 결혼한 다음 날 인어공주가 죽게 되는 걸 모르는 거죠. 때맞춰 언니들이 인어공주 앞에 나타나 마녀에게 자기들의 머리카락을 주고 대신 칼을 얻었다면서 그것으로 왕자를 찔러 죽이라고 합니다. 그래야 인어공주가 산다는 겁니다.

그러나 인어공주는 왕자가 이웃나라 공주와 결혼한 다음 날 새벽, 칼을 바닷속에 버리고 두 사람이 잠든 사이에 마지막 작별 인사를 합니다. 그러고 나자 그녀는 어느새 물거품이 되더니 이내 공기방울로 변해 하늘로 떠오르는 것이었어요. 그녀가 죽은 것입니다. 하지만 죽음을 느끼지 못했습니다. 아침 태양은 바다 위에 빛나고 있었고 인어공주처럼 하늘로 떠오르는 무수한 생명체들을 보게 되었어요. 인어공주는 자신이 어디로 가고 있는지 알 수 없었습니다.

이들 가운데 누군가가 인어공주에게 말해줍니다. 그건 참 기이한 이야기였습니다. "300년 동안 선한 일을 행하면 인간처럼 영원한 영혼을 얻게 된단다. 하나님 나라에 가는 세월은 우리가 하기에 따라 늘어날 수도 있고 줄어들 수도 있단다. 온 가족에게 기쁨을 주는 어린 아이가 사는 집에 들어가 함께 행복해하고 웃으면 그 미소 하나로 300년에서 1년이 줄어들지만, 말썽을 피우는 버릇이 없는 아이 집이라고 해서 울고 슬퍼하면 그 눈물 하나로 300년에 1년씩 더해진단다."

아주 깊은 바닷속에서 할머니 손에 자라다

끝나는 부분이 묘하지요? 디즈니의 애니메이션이 워낙 잘 알려져 있다 보니, 원작도 행복하게 끝나는 줄 압니다. 그러나 인어공주의 사랑은 이렇게 비련으로 끝나고 마지막에 나오는 이야기도 얼른 쉽게 이해가 가지 않습니다.

「인어공주」는 인어공주가 살고 있는 바닷속에 대한 묘사로부터 시작합니다. 어느 먼 바다였는데, 그곳 바닷물은 푸르기 한이 없었고, 티

없이 맑은 유리잔처럼 깨끗했답니다. 순수의 결정체입니다. 게다가 깊기는 또 무한정이었어요.

그곳은 너무도 깊고 깊어서 어떤 배의 닻을 내려도 닿기 어려운 곳이었습니다. 그 바다 밑에서 수면 위까지는 뾰족한 첨탑을 가진 수많은 교회들을 한 줄로 쭉 이어나가야 할 만한 거리였습니다. 그 바닷속에는 바닷사람들이 살고 있었어요. 그리고 그 한가운데에는 바다의 왕이 살고 있는 궁전이 있었습니다.

바다 밑바닥과 수면까지의 거리를 첨탑이 솟아 있는 교회들을 한 줄로 이어 나가는 것으로 표현하고 있지요? 이 대목은 「인어공주」 이야기가 영혼의 세계와 관련이 있다는 것을 암시하는 복선이기도 합니다. 다른 건물도 아닌 교회가 등장하고 있기 때문입니다. 바닷속 궁전 이야기 다음에 우리는 인어공주의 가족관계에 대해 듣게 됩니다.

바다의 왕은 몇 년 전 아내를 잃어 홀아비로 지내고 있었습니다. 하지만 그에게는 늙으신 어머니가 계셔서 집안일을 돌봐주셨습니다. 이 왕의 어머니는 지혜로운 여인이었고 그녀가 귀족 혈통임을 자랑스럽게 여겼습니다.

그래서 이 어머니 인어는 그 꼬리에 열두 개의 굴 껍데기를 달고 다녔는데, 다른 귀족들은 단지 여섯 개의 굴 껍데기를 달고 다닐 뿐이었습니다.

이 왕의 어머니 인어에게는 여섯 명의 아름다운 손녀가 있었는데 모두가 예뻤지만 그 가운데서도 막내가 가장 미인이었습니다. 그 막내 인어공주의 피부는 장미 꽃잎처럼 깨끗하고 섬세했으며 두 눈은 저 깊고 깊은 바다처럼 푸르렀습니다. 그러나 이들 인어는 사람처럼 다리가 있었던 것이 아니라, 물고기 꼬리모양의 하체를 지니고 있었답니다.

이 이야기의 주인공인 막내 인어공주는 엄마 없이 할머니 손에서 자란 소녀였습니다. 이렇게 보면 인어공주 자매들은 할머니를 통해서 세상을 알고 자신의 미래를 생각하게 되는 처지에 있었던 거네요. 홀로 계신 아버지는 이런 딸들이 여자로서 커가는 일에 관해 뭐라고 일러주기 어렵고, 할머니는 지혜롭기는 하실 테지만 아무래도 이미 여성성과는 좀 거리가 있는 존재입니다. 그러니 인어공주들은 각자 자신이 직접 부딪히면서 내면에서 자라나는 여성성과 마주쳐야 하는 거지요.

게다가 할머니에게는 귀족 혈통이 자신의 자존심이었어요. 열두 개의 굴 껍데기를 장식으로 달고 다니는 것도 남과는 다른 신분이 주는 우월감이 있었던 것을 보여주고 있습니다. '열둘'이라는 숫자는 서양의 전통에서는 '완벽한 질서'를 뜻합니다. 더는 부족한 것이 없는 겁니다. 그러니 이들 인어공주 자매들은 왕족이라는 혈통의식 그리고 고귀한 신분이라는 경계선 안에서 살아야 하는 존재들입니다. 그 경계선을 넘어 다른 세계와 만나 무언가를 주고받는 것은 이들에게 허락되지 않은 것입니다. 그 경계선 바깥의 세계는 완벽하지 못하다고 여겨졌기 때문이죠.

이들 인어공주 자매들 가운데 단연 막내의 미모가 출중했다는데 단 하나, 지상의 시선으로 보면 이상한 점은 몸의 하체가 물고기 모양이라는 것이었습니다. 그러나 이건 바닷속에서야 당연한 형태이니 인어공주의 아름다움을 평가하는 데 문제가 될 것이 하나도 없습니다.

저쪽 세계는 터질 듯한 진홍빛

그렇다면 이 인어공주 자매들은 그곳에서 어떤 생활을 하고 있었을까요? 이들은 궁궐 안의 커다란 홀과 궁궐 밖에 있는 커다란 정원에서 종일 놀면서 지냈습니다. 그것이 이들 인어공주 자매들이 체험하는 세계의 전부였지요.

궁전 안에는 꽃들이 피어 있었고 물고기들이 날듯이 헤엄쳐 다녔습니다. 이들은 인어공주들에게 마치 애완용 동물처럼 굴면서 공주들의 손바닥에 있는 먹이를 먹곤 했다고 합니다. 궁궐 밖 정원에는 적갈색과 감청색 나무들이 자라고 있었고, 황금색 열매와 불타는 듯한 색조를 띤 꽃들이 있었습니다.

> 그 정원에 있으면, 그건 바다 한가운데 깊은 밑바닥에 있다기보다는 공중 높은 곳에 떠 있는 듯한 기분이 들 겁니다. 마치 하늘이 위와 아래에 모두 있는 것같이 말이죠. 아주 고요할 때에는 태양이 얼핏 어떻게 나타나는지 아세요? 그건 그 중심에 있는 모든 빛들이 한꺼번에 섬광처럼 쏟아져 나오는 진홍색 꽃처럼 보인답니다.

태양처럼 빛나는 '진홍색 꽃scarlet flower'은 이 소녀들의 가슴속에서 무엇이 불타오르고 있는지를 상징적으로 보여주는 단어이기도 합니다.

그건 '뜨겁지만 다른 한편으로는 금지되어 있는 열정'이라고 할 수 있습니다. 푸른 바닷물에 굴절되어 비친 태양이 진홍색으로 비추어 보이는 이 대목은 아주 슬쩍 스쳐 지나듯 말해지고 있지만, 인어공주 이야기 전체를 관통하고 있는 주제 의식과 관련이 있습니다.

1850년에 나온 나다니엘 호돈Nathaniel Hawthorne의 『주홍글씨Scarlet Letter』는 17세기 청교도 윤리가 숨 막히도록 지배하고 있던 미국 동부 보스턴을 배경으로 펼쳐낸 이야기입니다. 그 속에서 우리는 이 '주홍색' 또는 '진홍색'에 대해 가졌던 당대의 시선과 분위기를 상상할 수 있지요. 터질 듯 타오르는 붉은색은 성적 매력과 열망, 그리고 그에 대한 금지가 공존하고 있는 세계를 상징하고 있는 것입니다.

진홍색에 대한 이러한 이미지를 떠올려 볼 때, 궁궐 밖 정원은 사춘기를 지나면 이 얘기의 주인공인 막내 인어공주가 겪게 될 세계의 모습을 미리 예감하게 해줍니다. 그렇다면 이 정원에서 인어공주 자매들은 어떻게 자기 나름의 공간을 꾸미거나 즐기고 있었을까요?

이 인어공주 자매들은 각기 정원에 자기의 공간을 가지고 있었습니다. 그들 나름으로 원하는 대로 땅을 파고 꽃이나 뭐든 심었답니다. 어떤 인어공주는 꽃밭을 고래의 모양처럼 만들기도 했고, 또 어떤 인어공주는 자기 꽃밭을 인어공주 모양으로 꾸미기도 했답니다.

그런데 막내는 좀 달랐습니다.

이 인어공주는 자기의 꽃밭을 태양처럼 동그랗게 만들었습니다. 그러고는 꽃들도 태양처럼 붉은빛이 나는 것만 심었어요. 이 막내 인어공주는 좀 묘한 아이였는데 조용하고 생각이 깊었습니다.

그녀가 태양을 닮은 붉은 꽃 말고 원했던 것이 하나 더 있었는데 그건 어느 난파선에서 바다 밑으로 가라앉은 하얗고 투명한 대리석에 새긴 멋진 어떤 소년의 아름다운 조각상이었답니다. 인어공주는 그 대리석 조각상 옆에 장미처럼 붉은색이 감도는 긴 가지를 드리운 버드나무 한 그루를 심었습니다. 그 버드나무는 점점 자라서 더욱 아름답게 되었어요. 한 가지는 길게 뻗어 조각상 위로 걸쳤고, 또 다른 가지는 바다 밑 푸른 모래 쪽을 향했습니다. 버드나무의 그림자는 보랏빛을 띠고 있었고, 그 그림자도 버드나무 가지처럼 움직이는 거였어요. 그러니까 마치 나무와 그 뿌리가 서로 입맞춤을 하고 있는 듯이 보였습니다.

버드나무의 그림자는 그 대리석 조각을 감싸며 키스하는 듯이 움직였다니 이 막내 인어공주의 마음속에 무엇이 남몰래 갈망으로 심겨져 있는지 우리는 감지하게 됩니다. 버드나무는 물결에 흔들리면서 움직이는 듯 보이기도 하지만, 가지가 점차 뻗쳐나가는 모양은 아주 상징적이죠.

우리말에도 여성의 몸매를 가리켜 '버드나무 같은 허리'라는 표현이 있듯이 말이지요. 그러니 버드나무가 팔을 뻗쳐 대리석 조각상에 닿아 내려가는 광경은 인어공주 내면의 심리적 풍경이기도 합니다. 그런데 막내 인어공주는 이 정원에 만족하지 못합니다.

막내 인어공주에게 가장 큰 기쁨을 주는 것은 지상의 인간세계에 대해 듣는 것이었습니다. 할머니는 자신이 알고 있는 배와 마을, 사람들, 그리고 동물들에 관해서 막내 인어공주에게 말해줘야 했습니다.

꽃이 향기를 풍긴다거나 숲이 녹색이라거나 할머니가 한 번도 본 적이 없기 때문에 그냥 물고기라고 부르는 새들이 나무 사이로 날아다니면서 즐겁게 노래를 부른다거나 하는 것들은 모두 이 막내 인어공주에게 이상하고 놀라운 것들이었습니다. 그런데 그 세계를 보기 위해서는 한 가지 조건이 충족되어야 했습니다.

할머니가 막내 인어공주에게 말했습니다.
"네가 열다섯 살이 되면 바다 밑에서 수면 위로 헤엄쳐 갈 수 있도록 허락해줄 수 있단다. 너는 달빛이 비추는 바다 어느 바위 위에 앉아서 지나가는 커다란 배와 숲 그리고 마을도 볼 수 있게 된단다."

나이가 찰 때까지 기다려야 했던 겁니다. 인어공주 자매들은 각자 열다섯 살이 되어 바다 위로 가서 본 것을 모두에게 말하기로 약속했습니다. 할머니가 이들에게 지상의 세계에 대해 충분히 다 말해주지 않았기 때문이었습니다. 모두들 거기가 어떤 곳인지 너무도 알고 싶어 했지요.

지상의 세계가 궁금한 막내 인어공주

첫 번째 언니 인어공주가 열다섯이 되어 바다 위를 보고 돌아왔습니다. 그녀는 해안가에 있는 불빛이 반짝거리는 커다란 도시에 대해 이야기했어요. 마차와 사람들의 소리가 들리고 교회의 첨탑과 종소리를 들었다고 했습니다. 인간의 문명에 대한 관심이었지요.

둘째 언니는 푸른 하늘과 구름 그리고 한 무리의 백조를 보고 감탄했습니다. 자연에 대한 감상이었던 겁니다.

세 번째 언니는 자매들 가운데 가장 용감했는데, 바다에서 강으로 거슬러 올라가 푸른 언덕과 성, 숲과 밭을 보았고 새들이 지저귀는 소리를 들었다고 했습니다. 태양이 어찌나 뜨거웠던지 자주 물속으로 다시 들어가야 했는데, 물에서 벌거벗고 노는 어린아이들과 마주쳐 함께 놀려고 했지만 아이들이 무서워했고 검은색 동물이 달려와 짖는 바람에 놀라서 다시 바다로 왔다고 했습니다. 그 검은 동물은 개였지만 인어공주가 언제 개를 보았겠어요? 그래도 세 번째 언니는 바다를 벗어나 처음으로 인간과 만난 셈이었는데, 용감한 만큼 다른 자매들보다 더 많이 지상의 세계에 대해 알고 돌아온 거지요.

네 번째 언니는 세 번째 언니처럼 용감하진 못했습니다. 그녀는 그저 멀리서 바다 위와 지상의 세계를 바라볼 뿐이었습니다. 배도 보았지만 너무나 먼 거리여서 그건 마치 갈매기처럼 보였고, 커다란 고래가 몸에서 물을 뿜어 마치 수많은 분수가 도처에 펼쳐져 있는 게 아닌가 싶었다고 합니다.

다섯째는 마침 생일이 겨울이라 다른 자매들이 보지 못한 것을 처음으로 볼 수 있었습니다. 그건 커다란 얼음덩어리였어요. 지상의 세계에 있는 교회보다 컸고 다이아몬드처럼 반짝였는데, 그 위에 앉아보기도 했답니다.

이렇게 다섯 자매들은 모두 나이가 차서 바다 위를 보고 왔고, 이제는 언제든 다시 올라갈 수 있었습니다. 그런데 처음에는 그렇게들 지상의 세계가 보고 싶어서 열을 내던 이들도 점차 시들해졌는지 바다 밑 자기가 살던 곳이 가장 아름답고 좋다고 느끼기 시작했어요.

드디어 막내도 열다섯이 되었습니다. 할머니는 그녀의 머리에 하얀 백합화관을 씌워주었는데, 그 꽃잎의 절반은 진주였어요. 그리고 꼬리에는 커다란 굴 껍데기 여덟 개를 달아주었습니다. 신분이 높다는 표시를 하고자 했던 겁니다. 그러나 막내 인어공주는 그런 장식이 불편하기 짝이 없었답니다.

"아, 너무 아파요."

인어공주가 괴로워했습니다.

"고통 없이 얻을 수 있는 것은 없단다."

할머니의 대답이었습니다.

막내 인어공주는 이런 모든 장식과 화관을 얼마나 벗어던지고 싶었던지요. 자기에게는 정원에 피어난 붉은 꽃이 훨씬 어울리는데, 그렇다고 할머니 앞에서 감히 그 꽃으로 바꿔달 용기는 없었어요.

막내 인어공주는 "잘 다녀올게요."하면서 물 위로 헤엄쳐 올라갔습니다. 그건 마치 물거품이 떠오르는 것처럼 가볍고 경쾌한 움직임이었답니다.

할머니는 굴 껍데기를 꼬리에 달아매어서 막내를 바다 왕궁의 신분 질서에 묶어 놓으려 합니다. 정원의 울타리에서 벗어나 바다 위로 올라

가지만 여전히 바닷속 왕궁의 경계선 안에 있음을 표시하기 위한 것이지요. 그러나 인어공주는 그런 질서에 묶이는 것을 원치 않습니다. 그런 모든 것들을 다 훨훨 벗어던지고 거칠 것 없이 나서고 싶은 매우 자유로운 영혼을 가진 존재입니다. 하지만 아직 때가 이르지 않았습니다. 인어공주는 일단 이 질서의 요구에 순응합니다. '금지의 선'을 넘지 않는 겁니다.

인어공주가 바다 위로 올라갔을 때 태양은 막 저물었으나 구름이 붉은색과 황금색으로 빛나고 있었습니다. 별들도 아름답게 반짝였고 공기는 부드럽고 맑았어요. 바다는 고요했는데, 그때 마침 커다란 배가 항해 중이었습니다. 밤이 이슥해지면서 배 안에는 등불이 켜지기 시작했고 파도가 넘실대면서 인어공주를 물 위로 들어 올릴 때마다 그 불빛 덕분에 배 안에 타고 있는 사람들이 보였어요. 예기치 않았던 일이었지요.

인어공주와 왕자는 처음 만나 무엇을 했나

그 가운데 유독 멋지게 생긴 한 소년이 눈에 들어왔습니다. 그 소년은 왕자였습니다. 검은 눈동자를 가진 소년은 열여섯은 넘어보이질 않았고 마침 그의 생일잔치가 배 안에서 벌어지고 있던 중이었어요. 사람들은 춤을 추었고 축하 폭죽이 무수히 쏘아져 밤하늘을 대낮처럼 밝히고 있었습니다.

인어공주는 저물어가는 석양 대신 밤을 훤하게 만드는 폭죽을 본 것입니다. 폭죽으로 하늘이 밝아지는 모양은 마치 별들이 모두 바닷속으로 떨어지고 있는 것처럼 생각되었습니다. 불꽃놀이라는 걸 본 적이 없던 그녀에게 그건 꼭 커다란 태양들이 날아다니는 것같이 보였고 그러는 사이에 그 소년 왕자의 모습이 더욱 분명하게 눈에 들어왔습니다. 그 왕자는 어찌나 잘 생겼던지 인어공주를 황홀하게 만들었어요. 인어공주는 그에게서 눈을 뗄 수가 없었답니다.

그런데 갑자기 폭풍이 몰아쳐 오기 시작했습니다. 배는 전속력으로 항해했지만 파도는 집채만 한 크기가 되어 배를 덮치려 들었고, 이 광경을 보던 인어공주는 처음에는 매우 재미있는 항해를 하고 있구나, 라고 여겼지요. 그러다가 배의 돛이 부러지고 파도가 배를 치자 그때야 비로소 뭔가 잘못되고 있다는 걸 알았습니다. 인어공주는 왕자가 어디 있는지 찾았습니다. 배가 부서지기 시작하자 왕자가 바닷속으로 잠겨가고 있는 것이었어요.

> 처음에는 자기가 살고 있는 바닷속 궁궐로 왕자가 온다고 생각해 매우 기뻤습니다. 그러나 이내 지상의 사람들은 바닷속에서 살 수 없다는 것을 기억해내고는 왕자가 바닷속 궁전에 온다고 한다면 그건 오직 그가 죽었을 때일 뿐이라는 것을 깨달았지요. '아니야, 그 사람이 죽어서는 안 돼!'

그녀가 꿈꾸었던 진홍색 태양은 막상 보지 못했지만 그 태양보다 더 빛나며 그녀의 마음을 사로잡은 존재가 바로 눈앞에서 죽을 위기에 처해 있는 것이었어요. 인어공주는 왕자를 살리기 위해 진력을 다합니다.

그녀가 아니었다면 왕자는 분명 죽었을 겁니다. 인어공주는 왕자의 몸을 받쳐 머리를 물 위로 나오게 하면서 파도에 몸을 싣고 그 파도가 가고자 하는 곳에 그대로 몸을 맡겼습니다.

아침이 되자 폭풍이 가라앉았어요. 인어공주와 왕자는 여전히 바다 위에 있었습니다. 배는 파편 한 조각도 보이질 않았는데, 태양은 다시 떠올라 붉게 빛나고 있었고 그 빛은 물에 반사되고 있었습니다.

왕자의 뺨은 마치 그 태양의 붉은빛에서 생명을 얻은 듯 붉어져 있었습니다. 인어공주는 왕자의 그 아름다운 이마에 입맞춤을 하고 왕자의 젖은 머리카락을 손으로 쓰다듬었습니다. 이제 보니 왕자는 바다 궁전 밖 정원에 있는 인어공주의 대리석 조각을 닮았다고 생각되었어요. 인어공주는 왕자에게 다시 키스를 했습니다. 그리고 왕자가 살아나기를 기원했습니다.

「잠자는 숲속의 미녀」에서는 왕자가 미녀를 입맞춤으로 깨우지 않습니까? 이 경우는 그 반대입니다. 인어공주의 태도가 대단히 적극적이죠. 인어공주 생애 최초의 사랑을 보이는 행위입니다. 바닷속 정원에서 대리석 조각을 통해 꿈꾸었던 이상형과의 만남입니다. 자기도 모르게 갈망했던 사랑의 실체와 생생한 신체적 접촉을 통해 마주하고 있는 거지요. 정원 밖 경계선 너머에 있는 그 꿈 같은 상상의 세계가 타오르는 진홍빛으로 그녀 앞에 펼쳐진 셈입니다. 그녀는 이제 사랑에 눈뜨기 시작한 소녀가 되었습니다.

그러고 나서였습니다. 파도 위에 실려 가다가 앞쪽에 눈 덮인 커다란 산이 있는 육지가 보였어요. 거기에는 숲이 있었고 교회 또는 수도원처럼 보이는 건물도 있었습니다. 인어공주는 아직 의식을 차리지 못한 왕자를 안고 그곳 해안가로 헤엄쳐 갔어요. 육지에 상륙하자 모래사장에 왕자를 누이고 머리가 따뜻한 태양 쪽을 향하도록 했습니다. 바로 그때였어요.

교회인지 수도원인지 알 수 없는 크고 하얀 건물에서 종소리가 울려 퍼졌습니다. 그러자 수많은 젊은 아가씨들이 밖으로 쏟아져 나오는 것이었어요. 인어공주는 바다 쪽 어느 바위 뒤로 헤엄쳐 가서 바닷물 거품으로 머리카락과 젖가슴을 가리고 몸을 숨겼습니다. 아무도 그녀를 보지 못하게 말이지요. 그러고는 누가 와서 모래사장에 누워 있는 왕자를 발견하는지 쳐다보고 있었습니다. 얼마 지나지 않아 어떤 소녀가 왔습니다.

인어공주가 몸을 숨기면서 머리카락과 젖가슴을 가리네요. 머리카락과 젖가슴은 여성의 육체적 아름다움을 보여주는 몸의 일부입니다. 왕자를 구해 여기까지 오는 동안, 그리고 왕자를 모래사장에 누이는 동안 그녀의 머리카락은 바람과 파도에 휘날렸고 젖가슴은 노출된 채였던 겁니다. 바닷물 위에서 인어공주와 왕자의 신체적 접촉이 이런 노출의 수준에서 이루어진 거였네요.

하긴 그랬겠군요. 인어가 바닷속을 헤엄쳐 다닐 때 무슨 비키니를 입고 있을 까닭도 없었을 거구요. 한편, 모래사장에 나온 소녀는 왕자를 발견하게 되지요.

그 소녀는 매우 놀랐지만 그것도 잠시였습니다. 그녀는 사람들을 부르기 위해 황급히 달려갔고 인어공주는 그 사이에 왕자가 살아난 것을 보았습니다. 의식이 깨어난 왕자는 자기 주변에 몰려든 사람들을 둘러보면서 미소 지었지만 인어공주를 향해 미소 짓지는 않았어요. 당연하게도 왕자는 인어공주가 자신을 구해준 당사자인 것을 알지 못했으니 말이지요.

인어공주는 허탈하고 슬퍼졌습니다. 사람들이 왕자를 건물 안으로 들것에 실어 데리고 가자 인어공주는 슬픈 마음을 가누지 못한 채 물속에 들어가 바다 궁전을 향해 헤엄쳐 갔어요. 인어공주는 원래 조용하고 생각이 깊은 소녀였지만 이젠 더더욱 그러했습니다. 언니들은 바다에 나가 뭘 보고 왔는지 자꾸 캐물었지만 막내는 아무 대답도 하지 않았어요.

나의 그 사람이 없는 무도회는 지루해

인어공주는 사랑의 열병에 걸렸습니다. 왕자의 목숨은 구했지만 그의 앞에 나설 수도, 그의 목숨을 구해준 당사자가 자신인 것을 알릴 방법도 없습니다. 왕자에게 자신은 이 세상에 없는 존재입니다. 이런 고민을 언니들과 나눌 수도 없으니 바다 위로 가서 본 것은 자매들 모두가 공유하기로 했는데 그 약속이 처음으로 깨어진 셈입니다. 자기만의 비밀이 생긴 겁니다.

매일 밤과 아침에 인어공주는 왕자를 두고 떠났던 곳에 올라갔습니다. 그러나 돌아올 때에는 점점 더 슬퍼졌어요. 그녀에게 위로를 준 것이 있다면 오직 그것은 왕자를 닮은 대리석 조각을 팔로 안고 가만히 앉아 있는 것뿐이었습니다. 이제 정원의 꽃들도 돌보지 않게 되었습니다. 그 붉은 꽃들은 황무지에서 자라는 잡초처럼 되었고 그 줄기와 꽃잎들이 나뭇가지에 끈같이 얽혀들면서 아주 어두컴컴하게 보였습니다.

한때 태양을 닮아 붉게 빛나던 꽃들은 빛을 잃고 칙칙하게 방치되고 있었습니다. 그녀의 마음이 드러낸 침울하고 삭막해진 풍경이지요. 왕자를 마지막 보았던 자리에 아무리 많이 가 봐도 그녀의 가슴을 채울 길이 없었습니다. 막내 인어공주에게 그나마 위안을 줄 수 있었던 것은 왕자를 떠올리게 하는 대리석 조각상 하나였습니다. 그러나 그건 체온도 없고 말도 하지 못하며 눈길도 서로 주고받을 수 없습니다.

결국 막내는 언니들에게 속마음을 털어놓게 됩니다. 사연을 들은 언니들은 재빨리 친구들을 통해 왕자의 거처를 알아내 왕자가 사는 궁궐로 막내를 데리고 갔는데, 그곳은 정말 화려하고 웅장했습니다. 하얀 대리석과 비단, 그리고 아름다운 분수가 있는 근사한 곳이었어요. 이제 인어공주는 매일 밤 찾아가 왕자를 혼자 몰래, 그리고 깊이 응시했습니다.

물론 왕자는 이 사실을 알 리가 없었지요. 때로 어부들이 밤중에 횃불을 켜고 일하면서 왕자가 참으로 좋은 사람이라고 칭찬하는 걸 듣고는 행복해했습니다. 왕자의 목숨을 구한 것이 얼마나 잘한 일인가 하는 것도 아울러 기뻤어요. 그러고는 생각에 잠깁니다.

왕자의 머리가 자신의 가슴에 얼마나 묵직하고 흔들리지 않게 꼭 안겨 편히 기대어 있었으며, 자기가 왕자에게 또한 얼마나 정열적으로 키스를 퍼부었는지를 돌이켜 생각했습니다. 하지만 왕자는 이런 일을 알 리가 없고 자기를 구해준 인어공주가 이 세상에 있다는 것은 꿈조차 꾸지 못합니다. 인어공주는 날이 갈수록 인간이 좋아졌습니다. 그리고 자기도 그 인간세계에서 함께 살아갔으면 하고 바라게 되었어요.

인어공주의 마음에 '동경의 대상'이 생겨난 거지요. 바다 위 세계에 대한 언니들의 호기심은 금세 사그라들고 바닷속 궁궐이 더 낫다고 여겼지만, 막내의 마음은 달랐습니다. 바닷속 그 어떤 것도 그녀의 마음을 충족시켜주지 못하게 된 겁니다. 인간과 지상의 세계에 대해 알고 싶은 것이 너무 많아 인어공주는 할머니와 이야기를 나눕니다.

"만일 사람들이 물에 빠지지 않는다면 그들은 영원히 살게 되나요? 우리들처럼 죽는 게 아니에요?"

인어공주의 물음에 할머니가 대답하였습니다.

"오, 물론 사람들도 죽는단다. 그리고 그들의 수명은 우리보단 짧지. 우리야 300년이나 살 수 있으니깐 말이다. 하지만 우리는 죽고 나면 단지 물거품이 될 뿐이니 우리가 사랑했던 이들의 무덤조차 가지고 있지 못하지. 우리에게는 영원한 생명을 가진 영혼이라는 것도 없고 한 번 죽으면 다시 살아날 수도 없어. 부활이라는 것은 우리에게 주어져 있지 않은 게지. 마치 한 번 베어지고 나면 다시는 녹색이 되지 못하는 골풀들과도 같아.

그러나 인간은 영원한 생명을 지닌 영혼이 있어서 육체가 죽어 흙먼지가 되면 그건 다시 맑은 공기를 뚫고 하늘로 올라가 저 빛나는 별에 가서 살게 된단다. 그건 우리가 바다 위로 올라가서 이제껏 알지 못했던 인간세계를 보는 것과 비슷하지. 인간들은 자신이 살고 있던 곳에서부터 그 어떤 놀라운 곳으로 떠올라 가게 되니 말이다."

할머니가 들려준 말은 인간과 지상의 세계에 대한 인어공주의 동경심에 부채질만 더해준 셈이 되었습니다. 그런데 할머니의 이 이야기는 서구 기독교의 존재론이자 신앙고백이기도 합니다. 그건 오랜 세월 교회의 가르침인 건데, 인간이라면 누구나가 다 그런 존재가 된다는 것은 아니고 신앙이라는 과정을 통과해야 주어지는 종교적 은총입니다. 그렇지 않아도 이 대목에서 인어공주가 묻습니다. "영원한 생명을 가진 인간"이 되는 길이 무엇인가, 라구요. 그 갈망의 강도 또한 대단히 강합니다.

"어째서 우리에게는 영원한 생명을 가진 영혼이 없는 거지요? 제가 사람처럼 그렇게 단 하루를 살아도 하늘나라에 들어갈 수 있다면 이곳에서 살아갈 300년의 수명을 다 줄 수 있어요."

할머니는 깜짝 놀라 그런 생각하지 말라며 바닷속에서도 충분히 행복하게 지낼 수 있다고 합니다. 그러나 인어공주는 여기서 멈추지 않습니다.

"그러니까 제가 죽고 나면 단지 물거품이 될 뿐이고 파도 소리가 만들어주는 음악도 들을 수 없게 되고 예쁜 꽃들이나 저 붉은 태양도 볼 수가 없게 된다는 거네요. 정말 제가 영원한 생명을 가진 영혼을 얻을 수 있는 방법이 없단 말이에요?"

인어공주의 질문은 성서 안의 종교적 질문과 통하고 있습니다. 그것은 물론 인간이 되고 싶은 인어의 마음을 표현한 것이나, 이는 죽음으로 끝나는 인생의 허무함을 해결할 방법을 찾는 모든 인간의 질문과 다를 바 없습니다. 종교는 이에 대해 신을 믿고 그 구원의 손길에 의지하라고 가르칩니다. 그런데 할머니 인어의 이야기는 그런 가르침과 같지 않습니다.

"당연히 방법이 없지. 없어. 단 네가 누군가 사람의 남자에게 그의 아버지나 어머니보다 더 절실하고 귀중한 의미를 가지게 된다거나 그 남자가 너에게 그의 모든 마음과 영혼을 다 바친다든지 한다면 그건 가능할 수 있겠지.

그래서 성직자가 그의 오른손을 네 손에 얹고는 지금 이 순간으로부터 영원에 이르기까지 부부로서 서로에게 신실할 것을 약속하도록 하면 그 남자의 영혼이 너의 육신에 흘러 들어와 너는 인간이 누리는 행복을 나눌 수 있게 된단다.

하지만 그건 결코 일어날 수 없는 일이지. 더군다나 너의 물고기 꼬리 같은 건 이 바다에서야 얼마나 아름답다고들 그러니? 그런데 지상의 사람들이 그걸 보면 이게 뭐야, 참 흉하다, 그럴 거거든. 지상의 인간들은 정말 뭘 몰라요. 네가 만일 지상에 살게 된다면 인간들이 아름답다고 여기면서 다리라고 부르는 저 꼴사나운 두 개의 버팀목을 갖고 있어야 한단 말이다."

영원한 생명을 가진 영혼이 생겨나는 것을 신에 대한 믿음이라고 하는 게 아니라 사랑하는 이들 사이의 사랑이라고 말하고 있네요. 남자와 여자가 서로에게 가장 귀중한 의미를 가진 존재가 되고 사랑하는 이의 영혼과 하나가 되는 순간, 인어는 인간이 된다는 겁니다. 성직자의 오른손이 얹어지는 장면은 결혼을 뜻하는 것이니 영혼만이 아니라 몸이 하나 되는 것도 당연히 포함하는 것이겠지요. 이런 사랑의 결합이 이루어지기 위해서 필요한 것이 하나 있었습니다. 그것은 '다리'입니다. 그걸 아직은 갖고 있지 않은 인어공주는 슬퍼합니다.

인어공주는 한숨을 쉬고 자신의 꼬리를 슬픈 표정으로 바라다보았습니다.

인어공주의 하반신은 지상의 기준으로 볼 때 그 여성성이 아직 완성되지 않은 상태입니다. 물론 물고기 꼬리 모양을 한 신체적 특성은 바다에 사는 인어공주로서는 당연하겠지만, 그녀에게 '다리'라는 단어로 상징되는 성의 새로운 차원이 열리지 않으면 그녀의 사랑은 영혼과 몸이 하나 되는 길을 만들어 낼 수 없는 것입니다.

당대로서는 상당히 대담하고 충격적인 방식의 표현입니다. 이 이야기는 그 내면에 종교적 엄숙함이 여전히 지배하고 있는 19세기 유럽에서는 쉽게 말할 수 없는 여성성의 핵심을 거론하고 있었던 것이지요. 그건 시대적, 종교적 금기를 깨는 일이기도 했습니다. '진홍색 경계선'을 넘어서는 사건이 시작되려는 찰나였습니다. 이제 무슨 일이 벌어지게 될까요?

할머니는 인어공주의 마음속 갈망을 지그시 누릅니다. 이미 그어진 경계선 안의 삶에 머무르기를 바라는 '전통의 목소리'가 되는 거죠.

"얘야, 우리가 여기서 가진 것으로 만족하면서 살자꾸나."

인어공주가 이대로 만족할 수 있을까요? 그날 밤, 바다 궁전에서는 성대한 무도회가 열립니다. 어느 곳에서도 볼 수 없는 화려한 잔치였어요. 인어공주들의 목소리도 너무나 아름다워 이들이 부르는 노래는 지상의 어느 누구도 따를 수 없을 지경이었습니다. 바다 궁전에서는 모든 것이 완벽하게 갖추어져 마음먹기에 따라 행복할 수 있습니다. 인어공주는 무도회가 열린 궁전에서 몰래 빠져나와 정원에 홀로 있었는데, 그때 저 멀리 어디선가 뱃고동 소리가 들렸습니다.

"혹시 왕자님이 배를 타고 지나가고 계시는 것이 아닐까? 내 아버지와 엄마보다 더 사랑하는 그분이. 내 모든 생각을 사로잡고 있는 왕자님. 내 인생의 행복을 그 분의 손에 온통 맡기고 싶어. 왕자님을 얻고 영원한 생명을 지닌 영혼을 얻기 위해서라면 나는 그 어떤 대가라도 치를 거야.

언니들이 궁전 무도회에서 춤을 추고 있는 동안에 바다의 마녀에게로 가야지. 다른 때 같으면 마녀를 무서워했겠지만 아마도 이번에는 나에게 조언과 도움을 줄 수 있을 거야."

인어공주에게 왕자는 어느새 모든 것이었습니다. 바다 궁전의 그 어떤 화려한 무도회도 이젠 그녀의 마음을 끌지 못합니다. '무도회'는 모든 처녀들의 꿈의 공간입니다. 그러나 자신을 만나 마음을 뜨겁게 해줄 상대가 없는 무도회란 아무런 의미도 없는 것이죠. 인어공주는 지금껏 한 번도 생각해보지 않은 일을 해보려 합니다. 마녀를 만나는 것입니다.

공주, 마녀와 거래를 하다

마녀는 바닷물이 거칠게 소용돌이치는 곳에 살고 있었습니다. 그건 이제 인어공주의 인생이 그렇게 거친 소용돌이 속으로 빠져드는 것임을 암시해주고 있기도 합니다. 거기에는 꽃도 풀도 없었으며 회색 모래 사장이 펼쳐져 있을 뿐이었습니다. 일단 그 영향권에 걸려들기만 하면 어떤 것이라도 소용돌이의 깊고 깊은 흑암 속으로 끌려 들어갔습니다.

그곳에서 자라는 나무와 수풀은 반은 식물이고 반은 동물처럼 된 산호와 같았고 수백 개의 머리를 꿈틀대고 있는 뱀처럼 보이기도 했습니다. 이들은 난파한 배에서 익사한 이들이나 동물들의 해골과 뼈를 쇠로 된 팔처럼 꽉 끌어안고 있었으며 때로는 어떤 인어소녀도 붙잡아 질식

시켜 죽인 뒤 그녀의 몸을 손에서 놓지 않고 있었습니다.

그러니 얼마나 무서운 곳인가요? 한 마디로 지옥의 광경이었습니다. 그런데도 인어공주는 왕자와 영원한 영혼만을 생각하고 용기를 내어 그 길을 화살처럼 빠르게 통과하고 있었습니다. 남들이 보기에는 정신이 좀 어떻게 된 거 아냐? 할 정도로 그녀에게 작동하는 '사랑과 영혼'의 힘이 강렬하게 불타오르고 있었던 것입니다.

인어공주는 마침내 마녀가 사는 곳에 이르렀습니다. 그곳은 난파선에서 익사한 이들의 하얀 뼈로 만든 집이었는데, 거대하게 살찐 물뱀들이 마녀의 가슴을 휘감고 있었고 두꺼비가 마녀의 손에서 먹이를 받아먹고 있었어요. 뱀이야 다른 설명이 필요 없을 테고 두꺼비나 개구리는 서양의 전설이나 민담에서 악한 영, 더러운 영, 주술에 걸린 자를 상징하고 있다는 점에서 마녀의 집과 주변은 온통 죽음과 악과 더러움, 잔혹함과 공포가 가득 찬 곳이었습니다. 마녀가 자신을 찾아온 인어공주에게 말합니다.

"난 네가 무엇을 원하는지 알고 있지. 하지만 그건 어리석은 짓이야!"

마녀는 인어공주가 무엇을 원하는지 미리 앞질러 줄줄이 꿰뚫어 말합니다.

"그렇다고 해도 넌 네가 원하는 것을 결국 얻게 될 거야. 귀여운 공주님, 하지만 그건 너를 파멸로 몰아넣을 거다. 흐흐흐. 너의 그 꼬리를 없애고 대신 사람들처럼 두 개의 다리를 가지고 싶다 이 말이렷다. 그래서 그 젊은 왕자가 너와 사랑에 빠지게 하겠다? 결국 그 왕자를 얻고 영원한 생명을 가진 영혼도 얻으시겠다, 이 말이지? 호호호호호호."

마침내 마녀가 인어공주에게 다리가 생기는 방도에 대해 말해줍니다.

"내일 아침 해가 뜨면 난 1년 동안은 너를 도와줄 수 없게 된다. 그러니 내가 너에게 묘약을 하나 지어주면 너는 내일 해가 뜨기 전, 그 묘약을 가지고 육지로 헤엄쳐가서 모래톱 위에 앉아 그걸 쭉 들이키라고. 그러면 네 물고기 꼬리는 몸에서 떨어져 나가고 사람들이 아름다운 다리라고 부르는 모습이 드러나게 될 거다.

하지만 그게 좀 아프지, 아마. 날카로운 칼이 네 몸을 찌르듯 관통하는 통증이 생길 테니까. 너의 걸음걸이는 마치 공중에 몸이 뜨는 듯할 텐데 그 어떤 무용수도 그걸 따르진 못할 게야. 그러나 한 걸음 뗄 때마다 날카로운 칼 위에 발을 딛는 것 같아 피가 흐르고 말지. 어때, 괜찮겠어? 네가 만일 이런 고통이 있다 해도 감수하겠다면 내가 도와주지."

다리가 생기는 과정에서 통증을 경험할 것이라 말합니다. 피가 흐른다면서 월경과 함께 생리통을 떠올리게 하는 이 대목은 사춘기의 관문을 통과할 때 겪어야 할 여성으로서의 성장통을 예고하고 있지요. 그건 생명의 잉태를 가능하게 하는 절차이긴 하지만 편안한 것은 아닙니다. 언젠가 인어공주의 꼬리에 할머니가 장식을 달아주자 인어공주가 고통을 호소했을 때 '대가를 치루지 않고 얻을 수 있는 것은 없다'고 했는데 그때와는 비교도 할 수 없는 상황입니다. 인어공주는 어떻게 나올까요?

"할 수 있어요!"

마녀는 냉소하며 말합니다.

"그러나 기억해라. 일단 인간이 되면 너는 두 번 다시는 인어로 되돌아올 수 없어. 언니들과 아버지가 살고 있는 이 바다 궁전 속으로 물길을 헤치면서 내려올 수 없게 되는 거지.

게다가 만일 왕자의 사랑을 얻지 못하고, 그가 너를 너무 사랑한 나머지 그의 부모도 잊어버리는 일 같은 것은 생기지 않고 서로 부부가 되는 결혼도 할 수 없게 된다면 너는 그 영원한 생명을 가진 영혼을 갖지 못하게 된다. 왕자가 누군가 다른 여자와 결혼한 바로 다음 날 아침에 너의 심장은 깨져나갈 것이고 너는 물거품이 되고 말 것이야."

두 다리가 생겼다고 해도 그것이 사랑하는 남자와 하나로 결합하는 사건으로 연결되지 못하면 아무 소용이 없게 된다는 경고입니다. '바기나vagina, 질'를 통한 에로스의 완성'이라는 인어공주의 목표가 이루어지지 못하면 그 고통을 치루고 얻은 인간의 모습은 물거품이 되고 만다는 거예요.

인어가 인간으로 완벽해지는 것은 오로지 사랑하는 이의 사랑을 얻어 그와 남편과 아내로 한 몸이 되는 경우만이라는 거예요. 성공할 지 여부는 장담할 수 없습니다. 인어공주는 마녀의 그 말에 두려움으로 창백해졌지만, 그래도 다리를 얻고 싶다고 말합니다. 그런데 인어공주가 치러야 할 대가는 또 하나 있었어요. 마녀는 그렇게 자비롭지가 않았거든요.

"원한다고? 그래? 그럼 너도 나에게 대가를 내놓아야 해. 내가 원하는 건 그리 소소한 게 아니야. 너는 이 바다에서 가장 아름다운 목소리를 가지고 있지 않니? 그 목소리로 왕자를 매혹시키려 생각하고 있겠지. 하지만 너는 그 목소리를 내게 줘야겠어. 내가 만들어주는 그 귀중하기 짝이 없는 묘약을 손에 넣고 싶으면 너에게 가장 소중한 것을 나에게 달란 말이야.

더군다나 난 내 자신의 피를 그 묘약에 타야 돼. 그래야 그 묘약이 양날을 가진 칼날처럼 더욱 날카로워질 테니까."

목소리가 없는 인어공주는 생각할 수 없습니다. 더군다나 모두가 그녀의 아름다운 노랫소리를 칭찬했으니 그건 그녀의 존재 자체와도 같은 것이잖아요. 그러나 이제 다리 대신 목소리를 내줘야 하는 거예요. 마녀의 요구에 인어공주는 반문합니다.

"만일 당신이 내 목소리를 가져간다면 나에게는 뭐가 남지요?"

마녀가 대답합니다.

“너의 아름다운 모습이 있잖니. 너의 그 우아한 걸음걸이와 매력적인 눈도 있고 말이지. 그런 것으로 너는 사람의 마음을 그대로 사로잡을 수 있어.

자, 막상 이야기를 들어보니 왠지 그럴 용기가 사라지고 말았니? 호호호. 너의 그 귀엽고 작은 혀를 내밀어봐. 그래야 내가 그걸 자를 수 있잖니? 그러고 나면 그 효험 있는 묘약을 내주지.”

인어공주는 그렇게 하자고 합니다. 그러자 마녀가 묘약 만들기에 들어갑니다. 솥을 물뱀으로 문질러 닦고는 자신의 가슴을 칼로 베더니 거기에서 나온 검은 피를 솥에 흘려 넣었습니다. 순간 기묘한 증기가 모락모락 피어오르고 마녀는 그 안에 온갖 재료를 섞었어요. 솥이 금세 부글부글 끓었습니다. 그 소리는 마치 악어가 울부짖는 것 같았고 마침내 묘약이 완성되었는데 그건 투명한 물처럼 보였습니다.

“자, 여기 있다.”

그렇게 말하고는 마녀는 인어공주의 혀를 잘랐습니다. 인어공주는 이제 말도 못하고 노래도 못하는 벙어리가 되었습니다.

동화 속 이야기라도 끔찍한 장면입니다. ‘혀가 잘린 공주’가 되고 말았다니요. 마녀에게 묘약을 얻은 인어공주는 이제 지금껏 살던 바다 궁전과 영원한 작별을 합니다. 정원에 들어가 언니들이 기른 꽃 가운데 한 송이씩을 따가지고 궁전을 향해 수천 번 입맞춤을 보내고 나서, 검고 푸른 바다 위로 헤엄쳐 올랐습니다. 바닷속은 소녀에게 유년기의 안전을 보장해주는 자리입니다. 그 안의 정원은 애초에 소꿉놀이를 통한 미래의 연습이 이루어지는 곳이기도 했던 거죠. 그 바다를 떠난다는 것은 금지된 선을 넘어서는 겁니다.

그렇지 않아도 인어공주는 왕자와의 스킨십을 통해 체험했던 기쁨이 있었고, 그걸 매우 적극적으로 받아들였습니다. 이런 모습은 당대의 여성에게 허락되지 않는 모습이지요. 언니들은 여전히 유년기의 정원에서 할머니의 전통적 목소리에 순응하며 살아가고 있으나, 막내 인어공주는 그 정원에서 현실이 아닌 가상의 대체물을 가지고 노는 일과 결별하려 합니다. 생생하고 뜨거운 현실을 마주하고 싶은 것입니다. 그것이 어떤 대가를 치루는 일이라 할지라도 말이에요. 인어공주의 유년기는 여기서 막을 내립니다. 이제 바다 위로 떠오르는 인어공주는 인생의 제2막을 시작하게 되는 거지요.

그 과정에서 마녀의 등장이 독자를 긴장시킵니다. 어, 이거 뭐야? 아무리 사람이 되고 싶어도 그렇지 어떻게 마녀를 찾아가? 생각이 이렇게 이어지겠지요? 인어공주가 두 다리를 얻기 위해 마녀를 찾아갔다고 할 때 이 '다리'는 남자의 다리와는 달리 여성의 '바기나'에 대한 대체어입니다. 그런데 이런 단어를 여성이 이야기하는 것은 쉬운 일도 아니고 불순한 것으로 받아들여지기도 합니다. 여자로서 언급하기 부끄러운 단어이고 음탕한 것으로 오인되는 일이기도 하니까요.

그래서 「인어공주」의 작가 안데르센은 그 단어를 마녀가 먼저 꺼내도록 합니다. 인어공주 자신이 바라는 것을 스스로 말하지 않도록 해준 겁니다. 그럼에도 불구하고 여성의 두 다리가 합쳐 만들어지는 중심에 존재하는 '바기나'에 대해 적극성을 보이는 것은 자칫 '마녀'로 지탄받는 일이 될 수 있습니다. 그것은 헤어나올 수 없는 소용돌이 속에 뛰어드는 것이며 물뱀으로 상징되는 악과 두꺼비로 상징되는 저주를 온몸으로 받아 살아야 하는 고통을 뜻하기도 합니다. 그건 지옥인 거지요.

실제 역사에서 무수한 여성들이 그런 마녀사냥의 지옥 같은 화염에 희생당했습니다. 뛰어난 미모의 여성들은 그 미 자체가 악마의 유혹이라고 지목받아 불태워지기도 했어요. 남자들이 집중하는 욕망의 대상을 제거함으로써 갈등을 해결하는 방식이었습니다. 잔혹한 일이었지요. '노틀담의 꼽추'라는 제목으로 익숙한 빅토르 위고의 『파리의 노트르담』을 보면 대주교 프롤로 신부는 매혹적인 집시 여인 에스메랄다를 차지하는데 실패하자 그녀를 마녀로 몰아 죽이려 듭니다. 에스메랄다는 장교 페뷔스를 사랑하는데 그걸 질투한 프롤로가 음모를 꾸몄던 것입니다.

종교가 지배하던 시대에 더군다나 성에 대한 적극적 표현을 하는 것은 음탕한 악녀의 짓거리로 지탄되었습니다. 그건 마녀의 가슴을 찔러 흘러나오는 검은 피를 먹은 여자들의 소행으로 받아들여졌지요. 성, 쾌락, 여자의 육체를 거론하는 것은 금기의 대상이었고 그걸 여성이 주체적으로 욕망하는 것은 지옥에 떨어지는 일이었습니다.

서구 중세의 종교는 근대에 이르기까지도 이런 자세를 가지고 여성의 성적 갈망과 성적 정체성의 성장을 억압했어요. 그 시기 교회와 수도원은 이른바 조신한 여자를 기릅니다. 성적 생명력에 충만한 여성은 교회나 수도원과 인연이 없다는 거죠. 이런 성적 각성의 문을 여는 자는 마녀가 되는 겁니다.

이 무서운 시련과 핍박을 각오하고라도 자신의 사랑과 자신의 성의 주인이 되려는 인어공주는 중세의 종교적 사슬을 끊고 등장하는 여성의 표상이기도 합니다. 인어공주의 내면을 더듬어 내려가보면 당대의 종교관, 성에 대한 인식, 여성의 주체성 등 여러 가지 주제와 만나게 됩니다. 자신의 성적 생명력에 충실한 여성이 되려면 마치 마녀의 문을 통과하는 것 같은 공포와 고통을 이겨내는 용기가 요구되었던 것이지요.

이 작품이 쓰인 시대는 자신의 여성성을 자유롭게 표현할 수 있는 목소리는 억압되고 있었습니다. 인어공주가 잃어버린 목소리는 그걸 의미하고 있습니다. 보카치오의 『데카메론』은 중세의 현실에서 성에 대한 종교적 위선을 폭로합니다. 『데카메론』이 묘사하고 있듯이 흑사병이 돌아 위기에 처한 중세 유럽을 지배하던 당시 종교는 성이 가진 생명력을 짓밟으면서, 한편으로는 성에 대한 욕망에 남몰래 탐닉하는 모순에 빠져 있었던 겁니다.

문학적으로는 D. H. 로렌스에 와서야 『채털리 부인의 사랑』의 주인공 콘스탄스애칭 코니가 성과 사랑 그리고 그것이 가진 생명력에 대해 눈을 뜨고 이를 솔직하게 갈망하는 모습을 통해 우리는 인어공주가 잃었던 목소리가 시대적으로 복구되는 것을 목격하게 됩니다.

그러나 여기 목소리 없는 인어공주는 자신의 내적 갈망과 성숙해진 성을 표현할 길이 없는 상태에서 과연 사랑을 완성시킬 수 있을지 시험대 위에 오르는 겁니다. 묘약을 받아들고 왕자가 사는 궁전의 대리석 계단을 밟은 인어공주는 이제 어떻게 될까요?

인어공주는 그 약을 마셨습니다. 그러자 마녀가 했던 말대로 날카로운 양면의 칼이 온몸을 자르고 지나가는 듯한 고통을 안겨주었어요. 인어공주는 그만 죽은 것처럼 혼절하고 말았습니다. 그리고 시간이 흘렀습니다.

태양이 바다 위에서 빛나고 있었습니다. 인어공주는 의식이 깨어나면서 찌르는 듯한 통증을 느꼈어요. 그런데 그녀 앞에 멋지게 생긴 그 왕자가 있는 것이 아니겠어요? 왕자는 그 검은 눈동자로 인어공주를 뚫어져라 보고 있었습니다.

인어공주는 자신의 하체를 내려다보았습니다. 아, 물고기 꼬리는 어디론가 사라졌습니다. 대신 인어가 아닌 사람으로 태어난 소녀라면 누구나 가지고 있는 멋지고 늘씬한 두 다리가 있는 거예요. 하지만 그녀는 완전히 벌거벗고 있는 상태였습니다. 인어공주는 그녀의 짙고 긴 머리카락으로 자신의 몸을 감쌌습니다.

새 날이 밝았습니다. 물고기 꼬리가 사라지고 대신 두 다리가 생겼으며, 그녀 앞에는 꿈에도 그리던 왕자가 그녀의 나신을 뚫어지게 바라보고 있었습니다. 그녀의 여성성을 보아버린 것입니다. 공주로서는 두 번째로 왕자를 보는 것이지만 왕자로서는 처음이라고 생각할 수밖에 없는 마주침이 공주의 누드를 보는 것에서 시작합니다.

왕자를 구했을 때 사람들이 나타나자 단지 얼굴과 젖가슴만을 가렸던 때와는 상당히 다른 상황이지요. 이 장면은 사실 당시나 오늘이나 충격적이고 놀라운 대목입니다. 미성년자 관람금지 장면이죠. 왕자가 그저 인어공주의 예쁜 얼굴을 보고 반하기 시작했고 그 다음에 여러 단계를 거쳐 그녀의 벗은 몸까지 보게 되었다가 아닙니다.

인어공주는 왕자에게 자기도 모르게 먼저 자신의 몸을 온통 드러냈음을 알게 되자 머리카락으로 감춥니다. 왕자의 눈에는 그조차 에로틱하게 받아들여질 모습입니다. 그런데 인어공주는 너무도 부끄럽고 수줍은 나머지 왕자로부터 도망치거나 하지는 않습니다. 왕자의 시선을 그대로 받아들이는 겁니다.

왕자는 인어공주에게 도대체 누구인지, 어디서 왔는지 물어보지만 대답할 수가 없었지요. 다만 눈으로 말할 뿐이었습니다. 아무 대답을 듣지 못했으나 왕자는 인어공주의 손을 잡고 자신의 궁전으로 데려갑니다. 그녀의 걸음걸이는 나는 듯했고 왕자와 궁궐의 모든 사람들이 인어공주의 매력과 그 사뿐사뿐한 발걸음에 경탄을 금치 못했습니다. 누구보다도 춤을 잘 추었고 모두가 그녀에게 흠뻑 매료되었답니다. 춤을 출 때마다 발이 날카로운 칼 위에 서는 듯했지만 참아냈습니다. 왕자는 인어공주를 아꼈습니다.

> 왕자는 인어공주가 언제나 그와 함께 있어야 한다고 말했고 그녀는 왕자가 거처하는 방 바로 밖에서 벨벳 베개를 베고 잠 잘 수 있도록 되었습니다.

인어공주의 소망이 거의 실현되는 지점에 온 것입니다. 단지 문 하나 사이의 거리만 있을 뿐이었습니다. 왕자와 함께 사랑을 나누며 잠드는 순간만 오면 되는 것이었어요. 왕자는 인어공주와 승마도 했고, 산에도 올랐습니다. 걸을 때마다 통증이 온몸을 찔러도 기꺼이 참으며 왕자와 행복한 시간을 보냈지요. 밤에는 바다에 나가 차가운 물로 발을 식혔습니다. 언니들이 밤마다 그녀를 찾아와 손을 흔들어주었고, 또 어떤 날은 멀리 할머니의 모습도 보였습니다.

그렇게 지내는 동안, 왕자는 그녀를 사랑하게 되었습니다. 그러나 인어공주를 자기 아내로 삼을 생각은 아직 없었어요. 인어공주의 소망을 풀어줄 마지막 관문은 여전히 열리지 않고 있었던 것이지요. 왕자는 인어공주를 어떻게 생각하고 있었던 걸까요?

왕자가 인어공주를 팔에 끌어안고 그녀의 이마에 키스를 했을 때 인어공주는 왕자에게 눈으로 이렇게 말하고 있었어요.

"왕자님, 당신은 나를 이 세상에서 가장 사랑하지 않나요?"

왕자가 대답했습니다.

"물론, 나는 당신을 이 세상에서 가장 사랑해요. 당신은 어느 누구보다도 따뜻한 마음을 가진 사람입니다. 더군다나 당신은 나에게 너무나 헌신적이고 내가 언젠가 보았지만 다시는 보지 못하는 어느 아가씨와 닮았어요.

어느 날 내가 탔던 배가 가라앉는 바람에 나는 파도에 실려 어느 성전이 있는 해안가에 당도했답니다. 그 성전에 있던 여러 명의 아가씨들 가운데 가장 젊은 아가씨가 나를 발견하고는 내 목숨을 구해주었어요. 난 단지 그녀를 두 번밖엔 보지 못했으나 그녀야말로 내가 이 세상에서 사랑할 수 있는 유일한 사람입니다. 당신은 그 아가씨와 비슷하게 생겼고 내 마음속에 있는 그녀에 대한 기억을 거의 대신해줄 수 있는 존재랍니다. 그 아가씨는 성전에 속해 있으니 운명이 당신을 나에게 보내 준 거지요. 우리 서로 결코 헤어지지 말아요!"

왕자는 인어공주를 세상에서 가장 사랑한다고 고백합니다. 그러나 그의 마음 한복판에는 그를 사로잡고 있는 다른 여인이 있었습니다. 인어공주를 사랑하는 까닭도 그 따뜻한 마음씨와 헌신 때문인 줄 알았는데 사실은 예전에 난파당했을 때 보았던 성전의 어느 아가씨와 닮았다는 이유라는 거예요.

인어공주는 왕자가 해안가에서 보았다고 기억하고 있는 그녀의 대체물입니다. 인어공주 자신으로는 왕자에게 받아들여지지 않은 것입니다. 왕자는 자기 목숨을 구해준 이가 누군지 알지 못했으니 성전의 소녀가 바로 그녀라고 여길 수 있지요. 그렇다 하더라도 인어공주의 눈이 말하는 진실을 알아보지 못합니다. 목소리가 아닌 눈으로 말하는 것을 듣지 못하는 건 이렇게 비극적입니다.

그런데 왕자는 인어공주에 대한 사랑을 고백하면서 결코 헤어지지 말자고 합니다. 참 모순 아닙니까? 자신이 사랑할 수 있는 여인은 해안가 성전에서 본 여인 하나뿐이라면서 인어공주에게 사랑을 고백하고, 그렇다고 왕자비로 맞이할 생각도 없으면서 언제까지나 같이 있자고 합니다.

이 왕자, 그래서 어쩌자는 건가요? 인어공주는 정작 자신이 목숨을 구해준 당사자인 것을 모르는 왕자를 생각하면서 깊은 한숨을 쉽니다. 그러나 속으로 그때 보았던 아가씨는 성전에 속해 있으니 영원히 그곳을 떠날 수 없을 테고, 결국 왕자와 그 아가씨가 서로 만날 가능성이란 없다고 여기며 안심하지요. 여기서 '성전에 속해 있다'는 것은 그 아가씨가 서원을 해서 성전에 수녀나 수도자로 평생을 사는 경우를 의미합니다. 인어공주는 그래서 이렇게 마음먹습니다.

"지금 왕자님과 함께 있는 건 바로 나다. 나는 그를 매일 보지 않는가? 내가 그를 돌보고 사랑하고 그에게 내 인생을 바칠 거야."

그런데 이상한 소문이 들리기 시작합니다. 왕자가 이웃나라 임금님의 아름다운 딸과 결혼하기로 되어 있다는 겁니다. 그런 소문이 난 까닭은 왕자가 대단한 뱃길 여행 준비를 하고 있었기 때문이었습니다. 공식적으로는 이웃나라 방문이지만 사실은 그 딸을 보러 가기 위한 여행이라는 이야기가 파다하게 퍼진 것이지요. 하지만 인어공주는 왕자의 마음을 누구보다도 잘 알고 있었기에 그런 소문에 웃음만 나왔어요. 그런 그녀에게 왕자가 말했습니다.

"나는 이웃나라에 가봐야 해요. 우리 부모님께서 너무도 성화시라 일단 그 나라의 공주를 봐야만 합니다. 그러나 아무리 부모님이라 해도 그 공주를 이곳에 데려와 억지로 내 아내로 삼도록 할 순 없어요. 난 그녀를 사랑할 수 없습니다. 그녀는 내가 성전에서 보았던 여인과 조금도 닮지 않았어요. 내가 신부를 선택해야 한다면 그건 조만간 당신이 될 겁니다.

아, 비록 말하지는 못하나 언제나 뭔가 말하고 있는 예쁜 눈을 가진 이여!"

그렇게 말하고 왕자는 인어공주의 붉은 입술에 키스를 했습니다. 그녀의 머리카락을 손으로 쓰다듬고 그녀의 가슴에 머리를 파묻었어요. 인어공주는 그 순간 인간이 누리는 행복과 영원한 생명을 가진 영혼을 또한 꿈꿀 수 있었습니다.

왕자가 인어공주에게 이전보다 더 적극적으로 자신의 사랑을 고백합니다. 전과는 달리 이제는 '인어공주를 자신의 신부로 삼겠다.'고까지 합니다. 더군다나 애정표현까지 적극적입니다. 인어공주는 황홀해졌습니다. 왕자의 사랑을 확신하게 된 것이죠. 그건 맹세와 다름없었으니까요. 인어공주의 목적이 달성되려는 찰나였습니다. 조금만 기다리면 됩니다. 사랑하는 남편도, 영원한 생명과 영혼도 그녀의 것이 됩니다. 물거품으로 사라질 운명은 더 이상 그녀의 것이 아닙니다.

그런데 이 왕자의 말 속에서 우리는 여전히 왕자의 마음을 진정으로 사로잡고 있는 것은 해안가에서 본 그 아가씨인 것을 확인하게 됩니다. 그뿐만 아니라 아직 이웃나라 왕의 딸을 보지도 않았는데 자기 마음속의 그 아가씨와는 전혀 닮지 않았다고 단정합니다. 신부에 대한 왕자의 기준은 오직 해안가에서 본 소녀 말고는 없는 것입니다. 왕자는 인어공주의 눈망울 속 깊은 곳까지 들어가 그녀의 존재 자체와 그것이 뿜어내는 진실과 만나지는 못하고 있는 거지요. 자기 기준에 묶여 있는 왕자입니다.

성전에서 자란 이웃나라 공주와 다리를 욕망한 인어공주

왕자는 인어공주를 배에 태우고 이웃나라로 떠납니다. 인어공주가 뱃길은 처음이라고 생각했는지 왕자는 폭풍과 고요한 바다, 또는 잠수부들이 보았다는 그 바닷속 깊은 곳에 있는 진귀한 물고기 등에 대해 말해주었습니다. 인어공주가 너무도 잘 알고 있는 세계에 대해 왕자가 짐짓 대단한 지식이라도 있는 양 말하니 재미있는 일이지요.

그러나 여기서 우리가 눈여겨 볼 게 있습니다. 왕자는 바다에 대한 지식이 있는지는 모르나 그 바닷속 깊은 곳도 자신이 직접 본 것이 아니라 잠수부를 통해 얻어들은 간접 지식에 불과합니다. 그가 스스로 바다에 뛰어들어 자기 두 눈으로 보거나 누군가를 구하기 위해 모험 같은 걸 단 한 번도 한 적이 없다는 사실입니다. 무언가 귀중한 것을 얻기 위해 자신의 목숨이나 다른 소중한 것을 걸어본 적이 없는 남자의 사랑입니다. 인어공주가 사랑한 상대는 안타깝게도 그런 사람이었습니다. 그런 남자의 맹세를 어디까지 믿을 수 있는 것일까요?

마침 그때 언니들이 물 위로 올라와 그녀를 슬프게 바라보았습니다. 막내 인어공주는 모든 것이 다 행복하다고 말하려 했지만 선원이 오는 바람에 언니들은 물속으로 들어가버리고 말았어요. 선원이 본 것은 바닷물에 파문이 일고 난 뒤 생긴 물거품뿐이었습니다.

다음 날 배는 이웃나라의 굉장히 멋진 항구에 도착했습니다. 그곳에 있는 모든 교회에서 종소리가 울려 퍼졌고 나팔소리와 함께 군대가 행진하면서 왕자 일행을 맞이했지요. 매일 잔치가 벌어졌으나 아직 그 나라 공주의 모습은 보이지 않았습니다. 왜 그랬을까요? 그녀는 먼 곳에 있는 어느 성전에서 왕가의 모든 법도와 덕목을 배우기 위해 교육을 받고 있었던 것입니다.

그녀와 인어공주가 분명하게 대조됩니다. 성전이 세운 기준에 따라 길러진 소녀와 마녀에게 찾아가서 다리를 얻고 왕자를 만난 소녀의 차이 말이지요. 하나는 정숙과 법도에 따른 기존 질서의 테두리 안에서 훈련되었고, 다른 하나는 사랑과 성의 표현을 하는데 거리낌이 없었으며, 의도한 것은 아니지만 처음 본 왕자 앞에서 나신裸身으로 바기나의 야생적 생명력을 드러낸 존재지요. 인어공주는 그녀를 보기 위해 열심히 기다렸습니다. 마침내 기다리던 그녀가 나타났습니다.

그녀를 보는 순간 인어공주는 이웃나라 공주의 아름다움을 부인할 수가 없었어요. 그토록 아름다운 여자를 본 적이 없었던 겁니다. 그녀의 피부는 맑고 깨끗했으며 길고 검은 속눈썹 속에는 신실한 느낌을 주는 검푸른 눈동자가 미소 짓고 있었습니다.

인어공주는 당연히 자신과 그녀를 비교해보았겠지요? 그녀는 매우 아름다웠고, 눈동자는 "신실한faithful" 느낌을 준다고 했습니다. 아름답고 정숙한 여인의 종교적 분위기가 그득한 모습이었지요. 이 이웃나라 공주를 본 왕자는 그 자리에서 놀라 소리까지 지릅니다.

"아, 당신이군요! 내가 해안가에서 죽은 시체처럼 누워 있을 때 나를 구해준 사람이!"

인어공주의 운명은 이 순간 결정되고 맙니다. 바닷가에 왕자가 쓰러져 있었을 때 한 무리의 소녀들이 나왔던 장소를 '교회인지 수도원인지 확실하지 않은 건물'이라고 표현했던 까닭을 이제 여기서 알게 됩니다. 교회인지 수도원인지 구체적으로 지목하지 않고 성전까지 추가해서 작가는 인어공주의 사랑을 빼앗아가는 여인과 그 여인을 길러낸 질서를 언급했던 것이죠. 그것이 「인어공주」 이야기에 교회나 성전, 수도원이라는 단어가 등장하는 이유입니다. 에로스적 생명력에 대한 교회 또는 종교의 억압 또는 엄격한 기준으로 말미암아 그걸 내놓고 표현할 수 있는 목소리를 잃은 존재들에 대한 작가의 공감과 동정이 선명하게 드러나는 거지요.

왕자의 선택은 이제 확고해졌습니다.

왕자는 얼굴을 붉힌 신붓감을 그의 팔 안에 껴안았습니다.

"아, 나는 너무나 기뻐!"

그는 인어공주에게 말했습니다.

"내가 그토록 바라던 일이 이루어졌어요. 당신은 이 세상 그 누구보다 나를 사랑하니 나의 이 기쁨을 함께 나누어요."

인어공주는 왕자의 손에 키스를 했습니다.

인어공주의 키스는 축하가 아니라, 상황에 떠밀려 어쩔 수 없이 표하는 예의인 거죠. 인어공주에게는 참으로 잔혹한 순간 아닌가요? 왕자의 그 굳세 보이던 맹세는 순식간에 애초부터 없었던 것이 되어버립니다. 인어공주를 이 세상 그 누구보다 사랑한다면서 애정표현까지 적극적으로 했던 바로 그가, 조금의 망설임도 없이 그 사랑을 배반한 거예요. 왕자에게 인어공주는 대체욕망의 대상일 뿐이었음이 입증된 것입니다. 그것도 자기에 대한 인어공주의 사랑까지 들먹이면서 말이지요.

인어공주는 철저하게 버려집니다. 그 과정도 잔인합니다. 꿈에도 그리던 이웃나라 공주를 만난 기쁨에 동참해달라니 기가 막힐 노릇이지요. 만나기 전에는 이웃나라 공주가 자기 기억 속에 그리워하는 여자와 조금도 닮지 않았다고 단정해놓고는 이제 와서는 완전히 딴소리를 합니다. 자기를 누구보다도 사랑한다면 다른 여자와 결혼하는 것도 기쁘게 받아들이라니 이런 걸 이기주의의 극치라고 부르나요? 인어공주를 감정의 떨림이 있는 한 여자라고 여긴 게 아니라, 마음 내키면 아무 때고 손 뻗쳐서 꺼내 입을 수 있도록 언제나 자기 옷장에 걸려 있는 옷 한 벌 정도로 생각한 걸까요?

인어공주의 가슴은 그만 팡, 하고 터지면서 갈기갈기 찢어질 듯했습니다. 이제 혼인식을 올리는 그 밤이 지나면 인어공주는 죽음을 맞이하고 한낱 물거품으로 사라지게 되는 것입니다. 자신과 함께 해야 할 밤을 다른 여인과 보내는 것은 인어공주에게 이미 죽음이나 마찬가지일 수밖에 없지요. 왕자와의 첫날밤을 위해 다리의 통증이 아무리 심해도 견뎌내면서 그간 고이 간직해왔던 순결한 생명력은 이로써 의미 없게 되었습니다. 오직 사랑하는 이에게만 뜨겁게 열릴 그 문은 단 한 번의 기쁨도 누리지 못한 채 닫혀 있는 채로 끝나는 것입니다.

모든 교회의 종소리가 울리는 가운데 마침내 결혼식이 거행되었습니다. 인어공주는 신부의 옷자락을 받쳐 들고 있었어요. 자신에게 주어질 것이라고 여겼던 그 순간이 엉뚱한 이웃나라 공주의 몫이 되었습니다. 교회의 종소리가 현실을 지배하고 있습니다. 기존의 질서, 관념, 종교,

제도 이 모든 것들이 왕자와 공주를 떠받들고 있는 겁니다. 인어공주 자신도 그 안에서 꼼짝할 수 없었습니다. 한마디 소리도 못 내고 저항도 거부도 못하고 신부의 옷자락을 들고 서서 그녀는 생각에 잠깁니다.

자신의 생명이 끝나는 마지막 날 밤을 생각했습니다. 지상의 인간 세계에 와 살면서 자신이 잃어버린 많은 것들이 하나씩 둘씩 마음을 스쳐 지나가고 있었습니다.

성숙한 여인으로서 사랑하는 남자와 하나가 되어 기쁨을 느끼려 했던 그녀는 자신의 사랑에 목숨까지 걸 줄 알았습니다. 그러나 이러한 노력과 시도는 당대의 종교와 관념에서 벗어난 것이었습니다. 사랑과 성의 욕망을 표현하는 목소리는 여자로서 내면 안 되는 것이었어요. 그건 침묵해야 할 것이었지요. 아니 침묵당했습니다. 더군다나 사랑하는 상대는 눈동자로 말하는 진실의 목소리는 들을 줄 몰랐습니다. 이런 현실의 거대한 벽 앞에서 인어공주의 사랑은 좌절당합니다.

왕자는 결국 이웃나라의 권력과 동맹을 맺었고 동일한 계급과 결혼했으며 바로 자기 눈앞에 있는 사랑의 진실보다는 잘못된 자기 기준을 고집하고 말았습니다. 그러고는 인어공주를 신부로 맞이해서 결혼하겠다던 자신의 맹세 역시 쉽사리 저버렸지요. 인어공주에게 입맞추며 사랑을 표현하던 그 모든 몸짓이 다 기만이 되어버린 겁니다.

이 이야기는 결혼에 대한 당시 기득권 질서의 위선과 기만을 폭로하고 있기도 합니다. 말로는 사랑한다면서 정작 결혼은 다른 기준을 세워 선택해버리는 현실에 대한 분노도 드러내고 있습니다. 뿐만 아니라 여성의 사랑과 성에 대한 당시의 종교적 억압에 대해 작가는 저항하고 있는 것입니다. 그로 인해 무수한 여성들이 마녀처럼 취급받거나 자기 표현이 억제된 현실에 대해 문제 삼고 나선 거지요. 하지만 여성들이 이런 기존의 장벽과 맞서 싸우기에는 그 장벽이 너무도 견고했고 여성들은 약했습니다. 그래서 죽을 운명에 처하게 되는 겁니다.

다음날 아침이면 인어공주는 이 세상에 없습니다.

아무런 생각도 아무런 꿈도 없는 영원한 시간이 기다리고 있을 뿐입니다. 배 위에서는 밤늦게까지 잔치기분이 남아 모두 즐거워했습니다. 인어공주는 다가올 죽음을 생각하고 처연하게 웃으며 춤을 추었어요. 왕자가 사랑스러운 신부에게 입맞춤하며, 서로 팔짱을 끼고 화려한 신방 텐트 속으로 사라졌습니다.

결혼식을 마친 왕자와 공주는 첫날밤을 맞았고 그 밤은 인어공주에게 남은 지상에서의 마지막 시간입니다. 태양이 뜨면 그 첫 햇살에 그녀는 죽게 됩니다. 그때 언니들이 물위로 솟구쳐 올라왔습니다. 언니들의 머리카락이 잘라져 있었어요. 그 아름다운 머리카락을 바다 마녀에게 주고 대신 칼을 얻어가지고 온 것입니다. 언니들이 막내 인어공주에게 말합니다.

"막내야, 해가 뜨기 전, 이 칼로 왕자의 심장을 찔러야 한다. 왕자의 뜨거운 피가 너의 발에 떨어지면 너는 다시 물고기 꼬리를 얻어 인어가 되어 우리에게 돌아올 수 있단다. 그러면 앞으로 300년의 세월을 살 수 있어. 시간이 더 가기 전에 빨리 왕자를 죽여라. 아니면 곧 아침 해가 뜰 텐데 네가 죽고 말아."

언니들은 막내의 생명을 구하러 왔습니다. 그건 사랑을 배신한 왕자에게 복수를 하는 것이자, 그가 죽어야 막내 인어공주가 산다는 겁니다. 인어공주는 어찌해야 하나요?

인어공주는 왕자와 공주가 자고 있는 텐트 안의 자줏빛 커튼을 들추어 올렸습니다. 거기에는 아름다운 신부가 왕자의 가슴에 기대어 자고 있었습니다.

첫날밤을 지낸 신랑과 신부가 옷을 단정하게 입고 자고 있을 리 만무합니다. 눈에 불이 날 광경이었겠지요. 그러나 인어공주는 침착하게 행동합니다.

인어공주는 몸을 기울여 왕자의 멋진 이마에 입맞춤을 했습니다.

인어공주는 하늘을 올려보았습니다. 먼동이 터오고 있었습니다. 더 늦기 전에 결단해야 합니다. 어스름한 새벽빛에 서슬이 퍼렇게 빛나는 칼을 쳐다보고 왕자를 다시 한 번 더 들여다봅니다. 살고자 하면 눈 딱 감고 왕자의 가슴을 찌르면 됩니다. 배신한 사랑이니까요. 하지만 그게 어디 쉽나요?

"아, 이 사람의 숨결 다시는 느끼지 못하고! 그 잘 생긴 이마, 코끝, 뺨 다시는 보지 못하고! 바닷속으로 돌아가 앞으로 300년을 살아간다면, 행복할까? 영원한 암흑 같은 시간이겠지!"

아침 햇살이 점차 밝게 퍼지고 있었습니다.

인어공주는 언니들에게서 받은 그 칼을 저 멀리 바닷속으로 던졌습니다. 그러자 파도가 핏빛으로 붉게 물들었어요.

인어공주는 이제 마지막으로 왕자를 쳐다보았습니다. 가눌 길 없는 슬픔에 잠긴 인어공주의 눈은 반쯤 흐릿한 상태가 되고 있었어요. 인어공주는 배에서 바다로 풍덩 몸을 던졌습니다. 그러자 몸이 어느새 물거품처럼 녹아드는 것을 느꼈습니다.

인어공주의 마지막입니다. 마녀가 경고한 대로 그녀는 물거품이 되어가고 있었던 것입니다. 그녀가 지금껏 살아오면서 쌓아왔던 모든 노력과 희생의 삶이 사라지고 마는 것이지요. 이야기는 이제 여기서 끝나는 것처럼 보입니다.

300년 동안 공기의 딸이 되어

그런데 예상치 않은 기이한 일이 생겨났습니다. 태양이 떠올랐는데 죽음이라 느껴지지 않았습니다. 뿐만 아니라 태양을 똑똑히 볼 수 있었는데, 인어공주의 머리 위로 무언가 아름답고 투명한 수백 개의 생명체들이 공기방울들처럼 소용돌이를 일으키고 있는 거예요. 이들 사이로 하얀 배의 돛과 하늘에 붉은 구름이 떠다니는 것도 볼 수 있었습니다. 이들의 목소리는 좋은 음악과도 같았는데 인간은 그 소리를 들을 수 없었습니다. 지상의 인간 그 누구의 눈에도 그 생명체는 보이지 않았답니다.

이들은 날개도 없이 공기 사이를 아주 가볍게 헤엄치듯 다니고 있었습니다. 인어공주는 자기 자신도 물거품에서 무수히 떠오르는 이 생명체들과 같은 모습을 하고 있다는 것을 알게 됩니다.

"내가 도대체 누구에게로 가고 있는 거예요?"

인어공주가 말했습니다. 그녀의 목소리는 마치 천상의 소리처럼 들렸어요. 그 어떤 지상의 음악도 그 소리를 표현해낼 수 없을 것처럼요.

아, 목소리를 잃어버렸던 인어공주가 말을 하다니요. 그녀의 목소리가 천상의 소리처럼 들리게 되었다니요. 지상에서 인간으로 살아갈 때에는 아무 소리도 내지 못했던 그녀였는데, 물거품으로 끝나지 않고 전혀 다른 천상의 존재로 변한 것입니다. 공기방울처럼 보이는 생명체가 인어공주의 물음에 대답합니다.

"하늘을 채우고 있는 공기의 딸들이 되러 가지! 인어는 인간의 사랑을 얻지 못하면 영원한 생명을 가진 영혼을 얻을 수 없지 않니? 영원히 살려면 그렇게 누군가 외부의 힘에 의지하지 않으면 안 되게 되어 있어. 공기의 딸들도 영원한 생명을 가진 영혼이 없긴 하지만, 선행을 하게 되면 그런 영혼을 가진 존재가 될 수 있단다.

유행병이 도는 더운 나라에 날아가면 우리는 시원한 산들바람을 가져다주는 거야. 공기를 통해 꽃의 향기를 퍼뜨리고 평화로운 안식과 치유하는 지식을 보내기도 하지. 우리가 할 수 있는 모든 선행을 300년에 걸쳐 하고 나면 우리는 영원한 생명력을 지닌 영혼을 얻게 되고 인간의 영원한 즐거움을 나누어 가지게 된단다.

불쌍한 인어공주야, 너도 우리처럼 너의 모든 진심을 다해 살아왔지. 너는 고통을 받았고 그걸 견뎌냈고 네 자신을 마침내 이 공기의 영이 사는 세계로 들어올 수 있도록 하지 않았니? 이제 300년 동안 선행을 베풀면 영원한 생명과 영혼을 얻게 된단다."

끝이 아니었네요.

인어공주는 그녀의 깨끗한 팔을 하나님이 계신 태양을 향해 들어올렸습니다. 생애 처음으로 그녀의 눈에서 눈물이 흘렀습니다.

신에 대한 표현이 처음 등장합니다. 현실의 종교는 인어공주의 편에 서지 않았지만 하나님은 그녀의 편에 서주신 것입니다. 배신당한 사랑에 대해 인어공주는 복수를 택하지 않았고 그 자신의 생명이 소멸되는 것을 마다하지 않았습니다. 그녀를 기다리고 있는 것은 물거품이 되어 사라지는 운명뿐이었지요.

성숙한 여인이 되어 사랑이 완성되는 순간만을 인내로 갈망해온 그녀가 모든 것이 수포로 돌아갔을 때, 원혼이 되어 무서운 앙갚음을 하는 존재로 변한 것이 아니라 세상의 기운을 활기차게 바꿀 수 있는 기회를 얻게 되었던 것입니다. 결국 작가는 사랑이 실패했다고 모든 것이 마지막이 아니라고 말하고 싶었던 거겠지요. 그렇다면 무엇을 더 기대할 수 있단 말인가요?

세상을 생명과 향기와 평화 그리고 치유의 기운으로 채워가는 것이야 말로 사람들의 영혼에 영원한 생명력을 부여한다고 말하는 것입니다. 온몸으로 사랑하다 그로 인해 고통을 받은 이들의 영혼이 허망한 물거품으로 꺼지지 않고 다시 살아나 그 마음이 쏟아내는 기운으로 세상을 구할 수 있다는 거지요.

지상에서는 비록 억눌리고 그 목소리가 제거되어버렸지만 300년이라는 세월이 흐르면 세상도 달라질 것이며 지금 이해받지 못했던 사랑과 성의 그 진홍빛 열정도 언젠가는 받아들여질 것이라고 기대하는 겁니다.

여기서 '300년'이란 꼭 그만한 시간이라기보다 '언젠가 먼 미래에는'이라는 소망이 담겨 있는 표현입니다. 기존의 종교와 기득권 질서에 의해 짓밟힌 사랑, 말뿐인 사랑에 희생된 이들의 영혼에 깃든 모든 선함이 허무하게 끝나지 않는다는 겁니다.

성전에서 훈련되어 길러진 이웃나라 공주는 인어공주의 사랑을 앗아가 버렸지만 인어공주는 그녀에게 원한을 품지 않습니다. 왕자를 죽음으로 몰아가지도 않았습니다.

우리 식으로 말하자면 좋은 기氣를 가진 '공기의 딸'이 되어 온 천지를 진정한 사랑과 맑은 정기로 차오르게 만드는 존재가 되는 겁니다. 그로써 상처가 치유되고, 온화한 기운이 세상에 그득하게 말이지요. 인어공주는 그녀를 찾는 왕자와 그의 신부를 보고는 사랑과 평화의 인사를 합니다.

인어공주는 살며시 왕자의 신부에게 다가가 그녀의 이마에 키스를 했습니다. 왕자를 향해서는 미소를 지었고 다른 공기의 자녀들과 함께 하늘을 가로질러 항해하는 붉은 구름을 향해 올라갔어요.

인어공주의 가슴은 더는 슬프거나 비탄에 빠지지 않습니다. 비록 지상에서의 사랑은 이루지 못했지만 앞으로 300년간 할 일이 생긴 것입니다. 세상을 바꾸는 일말이지요.

누군가 말했습니다.

"300년 동안 이렇게 선행을 하면 우린 하나님 나라로 갈 수 있어."

그러나 또 다른 누군가의 속삭임이 들려왔습니다.

"꼭 그렇게 300년씩이나 걸리는 것은 아니야. 시간을 단축할 수도 있어. 우린 사람들의 눈에 보이지 않게 사람들이 사는 집으로 소용돌이치듯 들어가기도 하지. 아이들도 사는 집 말이야. 부모님에게 기쁨을 주고 그 사랑을 받을 만한 좋은 아이들을 발견하면 하나님은 우리의 시험 기간을 줄여주신다네.

아이들은 우리가 그 방으로 들어가는 것을 알지 못해. 그 아이에게 우리가 기쁘게 미소 지으면 그때마다 하나님은 300년에서 1년씩을 빼

주시지. 그러나 좀 말썽을 피우는 버릇없는 아이 집이라고 해서 울고 슬퍼하면 그 눈물 하나에 1년씩 300년에 더해진단다."

도처에서 자라나는 아이들과 기쁨을 나누면 그로써 세상은 하루라도 더 빨리 변화할 수 있다는 겁니다. 그럴 가능성이 별로 보이지 않는 아이들일지라도 그 때문에 슬퍼하고 절망한다면 그건 변화의 속도를 늦추게 된다는 거죠.

아이들 내면에 담겨 있는 갈망과 그 아이들이 자라나면서 표현하고 싶어 하는 진실에 귀 기울이고 격려하며 미소 지으면 그것이 다름 아닌 하나님 나라를 향해 가는 길이라고 말하고 있습니다. '공기의 딸'이라고 표현한 것은 시대의 기운과 공기가 달라지는 것을 바란 작가의 염원인 것이지요.

인어공주의 비련은 여성의 성적 정체성과 그 적극적 실현 그리고 사랑의 진실이 억눌리고 외면되는 현실의 슬픔을 폭로하고 있습니다. 인어공주의 마지막은, 우리에게 이런 현실을 계속 용납하겠는가, 라고 묻습니다. 그렇지 않은 세상을 만들기 위해서 어떻게 300년이라는 긴 시간을 기다릴 수 있는가, 라고 또한 묻고 있지요. 인어공주와 같은 아픈 이야기가 되풀이되지 않으려면 무엇이 필요한지도 말해주고 있습니다.

무엇보다 먼저 들리지 않는 목소리를 들을 수 있어야 한다는 겁니다. 인어공주가 잃어버린 목소리는 바로 그 희생당한 이들의 존재를 일깨우고 있지 않나요? 그에 더하여 이 세상 도처에 생명의 기쁨을 만끽할 수 있도록 해주는 기운을 확산시켜나가야 한다는 거예요.

그래서 「인어공주」 이야기는 결론적으로 비극이 아닙니다. 슬프지만 슬픔에 계속 잠겨 있지 않습니다. 눈물이 미소로 바뀌고 있잖아요? 인어공주는 공중에 사라질 물거품이 되지 않았습니다. 원한은 그치고 용서와 사랑이 이기는 겁니다. 사랑이 허망한 약속이 아닌, 몸이 되는 사건이 이로써 이루어집니다.

고통과 좌절의 상흔으로 비틀거리던 영혼이라도 그 안에 화해와 평화, 치유와 생명의 기력을 품고 다시 일어설 때 세상의 기운은 변해갈 것입니다. 그것이 인간사를 영원히 사는 길로 인도하는 힘이라고 이야기합니다.

모든 희망이 사라졌다고 여겼을 때, 그래서 울며 슬퍼하는 일에 몰두해버릴 때 우리가 바라는 변화의 시간은 더 연장된답니다. 그런 때일지라도 미소로 기쁨을 만들어내는 노력을 기울이면 '그날'은 속히 온다는군요. 300년에서 1년씩 빠지면서 말이지요.

진정한 사랑, 지고한 사랑, 자신을 내어주는 사랑은 결코 물거품이 되지 않습니다. 소리 없는 소리를 알아듣는 우리의 귀가 열리는 날, 사랑의 눈빛을 알아보는 우리 눈이 뜨이는 날, 대지에 차오른 공기 방울들이 이야기하는 모습을 환히 보게 될 것입니다. 늘 행복한 기운과 선한 미소로 마음을 채워 가노라면 영원한 생명을 살게 된다고…….

다섯 번째 이야기

토끼전

간을 놓고 다녀야 하는
토끼들을 위하여

동해 용왕이 병이 들어 시작된 이야기

「토끼전」은 토끼와 거북이의 경주가 아니라, 토끼와 자라가 한판 겨루는 이야기입니다. 「별주부전鼈主簿傳」 「토생원전兎生員傳」 「수궁가水宮歌」 등 각기 다른 형식과 제목으로도 잘 알려진 이야기지요. 그러나 내용은 서로 크게 다르지 않습니다.

병든 용왕을 구하기 위해 필요하다는 토끼의 간을 얻고자 자라가 육지에 나가 토끼를 꼬여 용궁으로 데려갑니다. 그러나 그제야 속은 줄 알고 죽음의 위기에 처했던 토끼가 순간 지혜를 내 목숨을 건지게 되고, 자라는 빈손으로 돌아가고 말지요.

이 「토끼전」은 또한 아시아 각처의 고대 민담에 '원숭이와 악어', '자라와 원숭이' 등과도 비슷한데, 내용의 차이가 있다 해도 그 핵심은 모두 잠시 유혹에 넘어가 죽을 뻔다가 정신을 차려 기지를 발휘한 끝에 살아남은 자의 지혜를 보여주고 있습니다.

본 내용에 들어가기 앞서 「토끼전」에 대해 몇 가지 질문을 던져보려 합니다. 용왕은 무슨 까닭으로 병에 걸렸을까요? 왜 하필이면 병 구환을 위해 쓸 약이 토끼, 그것도 토끼의 간이었을까요? 토끼를 꼬여 용궁으로 데려가는 역할은 어찌해서 자라가 했을까요? 토끼는 어떻게 해서 간을 빼놓고 왔다고 말도 안 되는 거짓말을 꾸며낼 수 있었던 것일까요? 이제 이 질문들을 하나씩 풀어볼까요? 이야기는 동서남북 네 바다에 각각 용왕들의 이름을 소개하는 것으로 시작합니다.

천하의 모든 바다 중에 동해와 서해와 남해와 북해, 네 바닷물이 제일 큰지라. 그 네 바다에는 각각 용왕이 있었으니, 동은 광연왕廣淵王

이요, 남은 광리왕廣利王이요, 서는 광택왕廣澤王이요, 북은 광덕왕光德王이라.

그 이름대로 서해 용왕 광택왕廣澤王은 수풀이 우거진 넓은 늪지의 최고 권력자이고, 남해 용왕 광리왕廣利王은 세상에 널리 이로움을 끼치는 왕이며, 북해 용왕 광덕왕光德王의 경우에는 덕을 두루두루 끼치는 임금님입니다. 그런데 그 중 광연왕廣淵王이라는 동해 용왕만이 처지가 남다릅니다.

남과 서와 북의 세 왕은 태평무사한데 오직 동해 광연왕이 우연히 병이 들어 천만 가지 약으로도 도무지 효험을 보지 못한지라.

병에 걸린 동해 광연왕은 '넓은 연못을 다스리는 군주'라는 의미를 가지고 있습니다. '광택'이나 '광연'이나 얼핏 그게 그거인 것 같기는 하나 광택은 수풀이라도 우거진 늪지이니 그저 넓기만 한 연못에 비해서는 좀 낫지 않을까 싶기도 합니다. 그러나 남과 북의 용왕에 비해서는 둘 다 아무래도 그 기운이 밀리는 이름이지요. '광리' 또는 '광덕'처럼 널리 이로움이나 덕을 끼치는 명군明君과는 그 격이 다르기 때문입니다. '광택'과 '광연'은 자기들이 다스리는 영역 표시 정도 했을 뿐입니다.

남들은 다 태평세월을 보내고 있는데 광연왕은 고칠 방법이 막막한 병자입니다. 그가 다스리는 나라는 동쪽에서 제일 큰 바다라고 혼자 우쭐거리겠지만 아무리 커봐야 기껏 넓은 연못 수준이고, 불치병에 걸린 신세이니 퍽이나 딱하지요.

여기서 동해 용왕은 누굴 빗대고 있는 걸까요? 동쪽 나라는 조선이라는 걸 알기 어렵지 않고, 그에 더해 왕이 불치의 병석에 있는 것은 조선이 깊은 병에 걸려 있음을 말해줍니다. 그러니 「토끼전」은 용을 상징으로 삼는 당대 최고 권력자를 처음부터 조롱하는 이야기라는 걸 알 수 있지요. 다른 나라들에 비해 혼자 뒤처져 있는 것입니다.

병에 걸린 왕이 신하들을 불러 모아 고명한 의원을 불러들이라고 명합니다.

> 가련토다. 과인의 한 몸이 죽어지면 북망산 깊은 곳에 백골白骨이 진토塵土에 묻혀 세상의 영화며, 부귀가 다 허사로다. 과인의 병세가 심히 위중하니 경들은 아무쪼록 충성을 다해 명의를 널리 구하여 과인을 살려내 군신君臣이 더욱 서로 동고동락하여 지내게 하라.

죽게 생긴 마당에 제일 안타까운 것이 세상의 영화와 부귀를 놓치는 것이랍니다. 백성들의 안위나 미래에 대한 걱정과 염려는 터럭만큼도 없습니다. 병이 낫고 난 다음에도 군신君臣, 즉 왕과 신하 저들끼리의 동고동락만 하자는군요. 백성을 위한 것이 정치의 근본이라는 유교의 민본정치民本政治는 종적을 찾을 수 없습니다. 유교의 정치철학은 '군신동락君臣同樂'이 아니라 백성들과 함께 하는 '여민동락與民同樂'이 원칙입니다.

『맹자』의 「양혜왕」편에 이런 이야기가 있습니다.

> 제나라 선왕이 "주나라 문왕의 사냥터가 사방 70리였다고 하는데 그렇습니까?" 하고 묻자, 맹자가 "전해 내려오는 문헌에 그런 말이

있습니다."고 했다.

왕이 "그렇게 컸습니까?"라고 묻자, 맹자는 "백성들은 오히려 작다고 여겼습니다."라고 답했다.

이에 왕이 "과인의 사냥터는 사방이 40리인데도 백성들이 크다고 생각하니 무슨 까닭입니까?" 하고 물었다.

맹자가 대답하였다.

"문왕의 사냥터는 사방이 70리였으나 풀 베는 사람과 땔나무를 하는 사람들도 들어가고 꿩과 토끼를 잡는 사람들도 들어갔으니, 그것을 백성과 함께 했습니다. 그러니 백성들이 작다고 생각한 것이 당연하지 않겠습니까?(輿民同之 民以爲小)

신이 제나라의 국경에 이르렀을 때에 제나라에서 가장 크게 금지하는 것이 무엇이냐고 물어본 뒤 감히 들어왔습니다. 그때 들은 이야기로는 성 밖과 국경의 관문 사이에 사방 40리의 사냥터가 있는데 거기서 사슴을 죽인 사람은 살인죄와 마찬가지로 사형시킨다고 하더군요. 그렇다면 이는 나라 가운데다 사방 40리의 함정을 파놓은 셈입니다. 백성들이 이를 크다고 여기는 것은 당연하지 않겠습니까?"

저 좋은 것만 누리는 왕을 엄중하게 비판합니다.「토끼전」의 용왕은 바로 그런 왕의 표본인 셈입니다. 이에 더하여 주목되는 것은, 용왕의 "백골이 진토에 묻혀"라는 표현입니다. 이는 보통의 경우, 이방원의 회유에 대해 지조를 지키겠다고 한 정몽주처럼 죽은 몸이 흙먼지가 되는 한이 있다 해도 마음을 바꾸지 않겠다, 라거나 또는 '백골난망白骨難忘이로소이다.'라는 말처럼 은혜를 결코 잊지 않겠다는 식으로 쓰이는 구절이지요.

그러나 동해 용왕은 자신의 죽음에서 욕망의 끝이 왔다며 허무를 강조하는 어법으로 쓰고 있습니다. 지조나 은혜는 관심사가 아닙니다. 그러니 이 용왕이 사는 용궁龍宮은 그런 욕망을 채우는 성채라 할 수 있을 거예요.

한편, 불치병을 고칠 의원이 용궁 안에 없자 수천 년 묵은 잉어인 오나라, 초나라, 당나라의 세 명의를 불러들입니다. 다들 먼 나라에서 온 자들이라는 점에서, 이 동해 용궁은 자기들 내부에서는 해결방법을 찾을 수 없다는 걸 보여줍니다.

초빙을 받은 명의들은 수천 년 묵은 잉어였습니다. 이게 참 재미있습니다. 잉어는 우리 전통 민간요법에서 어떻게 알려져 있나요? 잉어야말로 병 구환에 쓰이는 귀한 약재가 되는 물고기입니다. 병을 앓고 있는 부모님을 위해 자식들이 잉어를 구해오는 옛날이야기가 심심치 않게 전해 내려오는 것도 다 그런 까닭이지요.

그러나 「토끼전」에서는 이들이 거꾸로 명의가 되어 등장합니다. 수천 년 묵은 잉어를 고아 먹는다 한들 고칠 수 없는 병임을 암시하는 대목이기도 하고, 잉어 대신 다른 누군가가 약재로 지목될 것이 예상됩니다. 용왕의 목숨을 구하기 위해 잉어들이 자기 목숨을 내놓겠다고 할 리는 없으니까요.

그런데 이들의 진단 내용이 또한 가관입니다.

> 술은 사람을 미치게 하는 약이요, 색色은 사람의 목숨을 줄이는 근본이라, 대왕이 술과 색을 과도히 하사 이 지경에 이르심이니 스스로 지은 죄악이라 누가 누구를 원망하시오리까마는 이렇듯 중한 병이 한

번 들면 회춘하기 어려운 병이로소이다. 이리저리 아무리 생각해봐도 국운이 불행하고 하늘의 뜻이 미치지 못하는지 대왕의 병환이 낫기가 어려울까 합니다.

한마디로 용왕은 주색酒色에 빠져 스스로 병을 얻은 것이니 어쩌겠는가, 라며 치료의 전망이 밝지 않다는 것입니다. 용왕이 왜 병들게 되었는지 우리는 여기서 확인하게 됩니다. 게다가 치료의 가능성에 대해 대단히 비관적으로 말하고 있습니다.

이 병은 오장육부가 마디마디 녹아나나니 천하의 명의 화타와 편작이 다시 살아나도 별 수가 없고 불사약이 산처럼 쌓여 있다 한들 소용이 없으며 재물이 쌓였다고 해도 누가 대신 아파해줄 수 없고 인삼과 녹용을 장복해도 도리가 없소이다. 용력勇力이 뛰어나다해도 이 병을 막을 길이 없으니, 아무리 생각해도 국운이 불행하고 천명이 다해 대왕의 병환이 낫기가 실로 어렵사옵니다.

끝이라는군요. 하늘의 뜻, 천명까지 들먹이고 나라도 기우는 운이라고 하니 길이 보이지 않습니다. 이렇게 왕 앞에서 누구도 쉽게 할 수 없는 직설적인 발언이 나왔건만 그런 건 지금 왕에게 문제가 아니었습니다. 명의들의 말을 들은 왕은 뭐라고 했을까요?

저렇듯이 아리따운 3천 궁녀의 아름다운 모습을 헌신짝같이 버리고 속절없이 황천객이 되고 말 터이니 이 내 신세 그 아니 가련한가?

기가 막히죠? 주색에 빠져 병이 들었다는데 계속 한심한 소리만 하고 있습니다. 그런 그가 혹 효험이 없다 해도 제발 처방 하나라도 해달라고 애원하자 마침내 이들 명의가 답을 내놓습니다.

> 오직 대왕의 병은 별 이상한 병이라 온갖 약이 다 듣지 않고 다만 한 가지 토끼의 생간이 대단히 효험하니 이 간을 얻어 피가 아직 더울 때에 드시면 즉시 나을 것입니다.

토끼간이 좋은 이유는 이렇게 밝혀지고 있습니다.

> 용왕은 물속에 있어 음陰이고, 토끼는 산에 있으니 양陽인데다가 간은 더욱이 나무 목木 기운이라 이를 얻으면 음과 양을 조화롭게 하는 힘이 있사옵니다.

음양의 화합을 원리로 내세운 셈인데 아무래도 엉터리 처방처럼 들려요. 그렇게 따지면 어디 토끼만 양의 기운이 있는 것이겠습니까? 그것도 생간이니 깡충깡충 뛰어다니는 토끼를 산채로 잡아와야만 하는데 이 역시 쉽지 않은 일이지요. 풀기 어려운 숙제를 던져놓고 이들 세 명의는 벗들과 만나기로 한 약속이 있다면서 총총히 떠나버립니다.

별주부가 토끼를 꼬여내는 비법

용왕의 입장에서는 답은 이미 나왔고 이제 토끼 생포 작전에 나설

자만 있으면 되니 좌중을 둘러보고 묻지요.

나를 위하여 누가 토끼를 산 채로 잡아오겠는가?

이런 용왕의 말에 별주부라 불리는 수천 년 묵은 자라가 나서는데 문어가 비웃습니다.

네 모양이 사방이 넓적해서 나무 접시 모양이고 못생기기로는 둘째 가라면 서러워할 것이다. 그뿐만 아니라 세상 사람들이 너를 보면 잡아다가 끓는 물에 던져 자라탕을 만들 것이니 무슨 수로 살아오겠느냐?

자라 생긴 모양을 비꼬면서 용왕을 위한 약재를 구하러 갔다가 네가 도리어 약이 되겠다고 조롱하는 것입니다. 그러자 자라는 자기 모습이 갖고 있는 장점을 도리어 내세워 반전을 꾀합니다. 아무도 따르지 못하는 재주가 자기에게 있다는 것이지요.

깊은 물에 팔 다리 사족을 바짝 끼고 목을 움츠리며 넙죽 엎드리면 둥글둥글 수박이요, 납작한 솥뚜껑이다. 나무 베는 목동이나 고기 잡는 어부들도 이게 뭔지 모를 것이니 남모르게 다니다가 토끼를 만나면 어린 아이 젖 먹이듯 뚜쟁이가 과부 호리듯 이 패 저 패 두루 써서 간사한 토끼를 두 눈이 벌겋게 사로잡아 올 것이다. 그리 되지 못하면 수궁에 돌아와 내 목을 대신하겠노라.

자라가 이렇게까지 나오니 문어가 뒤로 물러섭니다. 자라는 화공畵工들이 그려준 토끼의 화상畵像, 그러니까 요새 식으로 말하면 토끼 몽타주를 지니고 길을 떠납니다.

물과 뭍 양쪽 다 오갈 수 있는 이른바 수륙양용水陸兩用의 자라가 이윽고 산간벽지에 기어올라 마침내 토끼와 마주칩니다. 이 대목에서 우리는 왜 자라가 토끼를 용궁에 데려가는데 딱 맞는 경우인가를 알게 됩니다. 용궁에 사는 다른 생명체는 물 밖에 나오면 죽게 되니 말이에요. 양쪽 세계 모두 걸칠 수 있는 유리함을 가지고 있는 거지요. 이제부터 자라와 토끼가 서로 수작을 나누는 대목이 펼쳐집니다.

자라가 자기소개를 합니다. 그러면서 토끼를 은근히 추어주지요. 덫을 놓는 겁니다.

> 나는 본디 물속의 호걸이니 뭍에서 좋은 벗을 얻고자 널리 다니다가 오늘에야 비로소 산 속의 호걸을 만났도다. 선생의 벗이 되는 것을 부디 허락하소서.

토끼와 호걸이 어울리는 말인가요? 그러나 칭찬을 듣고 기분 나빠할 자 없습니다. 토끼가 이런 대접을 누구한테 받아보았겠습니까? 깡충거리는 토끼라 경박하다는 소리는 들었어도, 산중호걸山中豪傑 소리는 난생 처음이었을 겁니다. 토끼는 한번 점잖게 튕겨봅니다. 정말 호걸인양 말이죠.

> 그 뉘라서 날 찾는고? 산이 높고 물이 깊은 이 강산 경치 좋은데, 날

찾는 이 그 뉘신가?

이어 문자깨나 늘어놓기 시작합니다. 자기 과시를 하는 겁니다.

고대 은나라의 은둔 처사인 수양산의 백이숙제伯夷叔齊가 고비 캐자고 날 찾는가, 이태백이 글 짓자고 날 찾는가, 소동파가 신선노름하자고 날 찾는가.

온갖 고사를 좔좔 주워섬기며 자기수준을 한껏 높입니다. 그 정도는 되어야 자기와 상대할 만하다는 투지요. 이에 자라가 다시 한 번 머리를 숙입니다.

토 선생의 명성은 들은 지 오래이라, 평생에 한번 보기를 원하였더니 오늘이 무슨 날인지 호걸을 뵈옵나니……

상대는 토끼를 높이고 있는데 이쪽은 한 번 더 짓밟아봅니다.

세상에 나서 내 인물구경 많이 하였으되, 그대 같은 박색薄色은 보던 바 처음이로다. 담구멍을 뚫다가 발꿈치 뼈가 삐었는가, 발은 어이 뭉뚱하며, 양반보고 욕하다가 상투를 잡혔는가, 목은 어이 그리 길며, 색주가에 다니다가 한량패에 밟히셨나, 등은 어이 넓적한고, 사면으로 돌아보니 나무 접시 모양이로다.

자라의 기를 죽이겠다는 거예요. 별주부는 기분이 나빠졌지만 꾹 참고 대꾸합니다.

> 등 넓기는 물에 다녀도 가라앉지 아니함이요, 발 짧은 것은 육지에 다녀도 넘어지지 아니함이요, 목 긴 것은 먼 데를 살펴봄이요, 몸 둥근 것은 형세를 둥굴게 함이라, 세상에 문무를 겸하는 이는 나뿐인가 하노라.

생긴 것을 갖고 시비를 걸자 이내 반격한 거지요. 남들이 보기에는 우스워보여도 다 놀라운 장점이 있다고 으스대는 겁니다. 서로 나누는 논쟁이 만만치 않지요?

그렇게 수인사를 튼 뒤, 자라는 토끼의 나이를 묻습니다. 나이로 상대를 제압해보려는 것인데, 이에 질세라 토끼의 '뻥'이 시작됩니다. 연장전이죠.

> 소년시절에 달나라 궁궐에 가 계수나무 밑에서 약방아 찧은 적이 있지. 그 오래 장수를 누렸다는 옛날 삼천갑자三千甲子 동방삭도 나에 비하면 젖비린내 나니, 내가 그대에게 몇 십 갑절 할아버지 되는 어른 아닌가?

자라도 간단히 물러서지 않고 중국 고대의 요순시대와 주나라 시절까지 거슬러 올라가서 토끼의 기세를 꺾으려 듭니다. 이렇게 나이 논쟁을 한참 한 뒤, 이게 목적이 아니니 화제를 슬쩍 바꾸지요. 뭍에 사는 재미가 뭐냐는 겁니다. 토끼를 낚는 1차 낚시질이라고나 할까요. 토끼는 세상 아름답기 그지없다면서 이렇게 말을 맺습니다.

동서남북 미인들이 시냇가에 늘어앉아 섬섬옥수纖纖玉手 넌짓 들어 한가롭게 빨래를 할 때 물 한줌 듬뿍 쥐어다가 연적硯滴 같은 젖통을 슬쩍 슬쩍 씻는 모습이란……. 풍류 호걸 이내 몸이 저런 절대가인絶代佳人을 구경하니 아마도 세상재미는 나뿐인가 하노라.

토끼가 꽤나 색을 밝히네요. 그러자 자라가 이번에는 용궁자랑을 합니다. 그 1절 마무리가 토끼의 마음을 흔들어 놓을 만합니다.

금 못과 옥섬에서 연뿌리를 캐는 계집들은 사랑 노래를 부르니……

그러고 나서는 토끼가 사는 세상이 토끼에게 얼마나 위험한가를 지적하고 나섭니다.

겨울에는 온갖 곳이 빙판이 되고 삼복더위에 산불이 나면 어쩌겠는가, 독수리가 달려들면 도망 갈 곳 없으며 사냥개가 쫓아오기라도 하면 죽을 지경에 처할 것이며 호랑이가 나타나면 꼼짝 못하지 않는가. 어찌하여 들판을 달려 겨우 살아날 길을 찾았다 해도 아이들까지 창과 망치를 들고 죽이려 드니 토끼 신세가 어디 그리 편안하겠는가?

토끼는 할 말이 없어집니다. 이때를 놓치지 않고 자라는 토끼에게 자기 따라 용궁에 가자면서 그곳에서 온갖 비경을 구경하고 선녀들과 노닐며 글도 짓고 술도 먹자고 꼬입니다. 풍류가 용궁보다 더할 곳이 어디 있겠느냐는 것이지요.

그대는 어찌 이리 소란하고 번잡한 세상에 사는가? 이제 나를 만나 요란한 이 세상을 떠나 나를 따라 용궁에 가면, 선경도 그럴싸하고 천도복숭아는 물론이거니와 불사약과 귀한 술을 매일 마셔 취하고 구중궁궐 높은 집에서 선녀들과 어울려 지내보세.

하지만 토끼가 얼른 넘어가지 않습니다. 물속에서 숨도 못 쉬고 그냥 죽고 말지 않겠느냐는 겁니다. 자라는 그 문제야 자기가 알아서 해결해 줄 테니 걱정하지 말라고 안심시키고는 또 한 번 토끼를 올려 세우지요. 관상을 보니 두 귀가 희고 준수해서 남의 말 잘 들어 부귀를 누릴 것이며 음성이 화평해서 평생에 험한 일이 없을 것이라고 귀골 풍채가 최고임을 강조합니다. 덧붙여 토끼는 팔팔 뛰는 버릇이 있어서 자기가 살고 있던 땅에서만 묻혀 있어서는 빛을 못 보니 외지로 나가야 일이 잘된다고 열심히 설득합니다. 그러고는 자기를 만난 것이 얼마나 괜찮은지 빼기는데, 이게 다 사기 칠 때 쓰는 논리의 전형 아니겠습니까?

정말이지, 나와 같이 친구 잘 인도하는 사람을 만나보기도 그대 평생 처음일걸, 토 선생 댁에 참 복성이 비치었소.

이제 토끼가 슬슬 넘어옵니다. 어찌 그리 자기를 잘 알아보냐고 감탄하면서요.

나의 기상도 그대가 말한 것처럼 출중하고 형의 관상 보는 법도 신통하오.

그러나 관상이 그렇게 좋으면 어디 있어도 다 잘되는 것 아니냐고 또다시 자라의 말에 별 관심 없다는 듯이 튕깁니다. 그러자 별주부가 토끼에게 다시 확신을 주지요. 일이 거의 다 되어갈 형세입니다.

뭐가 그리 무서워 시간만 허비하오? 그대가 바위 구멍에 홀로 있어 무정한 세월을 보내고 초목과 같이 썩어지면 그 누가 토 선생이 세상에 난 줄 알겠는가? 이는 형산의 옥이 진토 중에 묻힌 모양이니 영웅호걸이 초야에 묻혀 있어 때를 만나지 못함이라. 세상 인심은 처음 좋아하다가 나중이면 헌신짝같이 버리거니와 우리는 벗을 한번 천거하면 처음과 끝이 같으니 이렇게 좋은 곳은 어디도 없소.

때를 만나지 못하고 좋은 인연이 없어 무명의 세월을 보내고 있는데 이제 그런 생활은 끝낼 때가 되었다면서 이 기회를 놓치지 말라는 투입니다. 그러자 토끼는 마지막 다짐을 받고자 합니다.

토끼 이 말을 들으니 든든하기가 태산쯤 되는지라. 내 형을 보니 보통 사람이 아니로다. 도량이 넓고 마음이 거룩하고 사람됨이 뛰어나니 평생에 남을 속이겠소? 나 같은 미력한 자를 좋은 곳에 천거하니 감격이 이루 말할 데가 없으나 수궁에 들어가서 벼슬이 그리 쉽겠소이까?

자라 관상에 대한 평까지 달라졌군요. 그렇게 자기를 높이던 토끼가 자신을 미련한 자라고 낮춥니다. 다 바라는 것이 있어서 이러는 것이지요. 「토끼전」의 토끼는 색을 밝히는 것만이 아니라 벼슬 욕심도 있습니다. 허세도 부리고 잘난 척도 합니다. 중국 고전 지식을 과시하면서 가방 끈 긴 것도 이미 별주부에게 자랑했거니와 산간벽지 초야에 묻혀 있다가 이제 벼슬자리 하나 생기는 것이 확실하다면 마음이 움직이겠노라는 의사를 드러낸 겁니다.

토끼야, 도망쳐!

이쯤하면 토끼가 누구를 가리키는지 눈치채셨겠지요? 「토끼전」의 토끼는 아무것도 모르는 산간의 힘없는 민초가 아니라, 세상이 자기를 알아주지 않아 출세하지 못한 초라한 서생書生입니다. 몸은 초야에 있으나 기회만 주어지면 벼슬자리로 달려갈 준비를 하고 있는 자라고 할 수 있습니다. 점잖은 척하지만 속은 엉큼하지 않았나요? 별주부는 토끼의 질문에 속으로 쾌재를 부릅니다.

'요놈 인제야 속았구나.' 하고 흔쾌히 대답하기를……

밝은 임금이 신하를 가리고 어진 신하가 임금을 가리나니 우리 대왕께서는 마음이 성실하시고 문무를 겸비하셨는데 한 가지 능력과 한 가지 재주가 있는 선비라도 벼슬직책을 맡기시고 닭처럼 울고 개처럼 도적질 하는 자라도 버리지 않으시니 나처럼 재주 없는 인물도 벼슬이 주부 일품 자리에 외람되게 있거늘, 하물며 그대같이 고명한 자격이야 들어가면 수군절도사는 떼놓은 당상堂上이지 어디 가겠나?

토끼 가문에 중시조 되기는 염려가 조금도 없을 터라.

주색에 빠져 병이 든 용왕을 대단히 영명한 군주처럼 말하는 자라의 말이 이 이야기를 듣는 이들의 실소를 자아냈을 겁니다. 그 임금에 그 신하입니다. 게다가 자라는 "닭처럼 울고 개처럼 도적질하는 자라도 버리지 않으시니"라고 말하고 있습니다. 바로 이 대목에 이르면 용궁에서 권력을 쥐고 있는 세력들의 비열한 정체가 자기도 모르게 폭로되는 거지요. 거들먹거리는 자들이 벼슬 달린 닭이요, 개처럼 도적질하는 자들이라는 자라의 말에 이 이야기를 듣는 이들은 박장대소拍掌大笑를 하면서 속이 시원했을 겁니다.

수군절도사는 따 놓은 당상이라고 하자 토끼가 기분이 좋아 웃으니 자라가 이제는 다 되었다고 여깁니다. 그런데 토끼가 난데없이 꿈 이야기를 꺼냅니다. 거참, 토끼가 의외로 까다롭지요?

어젯밤 나의 꿈이 불길하여 마음에 내내 거리낌이 있노라.

자라가 자기 해몽실력이 탁월함을 내세우자 토끼가 무슨 꿈을 꾸었는지 털어놓습니다.

빼든 칼이 배에 닿고 몸에 피 칠을 하여 보이니 아마도 좋지 못한 일을 겪을까 염려되오.

자기 운명을 정확히 예언한 꿈입니다. 아마도 자라가 속으로 흠칫 놀랐을 겁니다. 자라는 사태를 재빨리 반전시킵니다. 말은 하기에 따라 쉽게 기만의 도구가 된답니다.

너무 좋은 꿈을 가지고 공연히 걱정하는구려. 배에 칼이 닿았으니 칼은 금金이라 금띠를 띠게 될 것이요, 몸에 피 칠을 하였으니 붉은 홍포紅袍를 입을 징조라, 이 어찌 공명功名할 길吉한 꿈이 아니며 부귀할 좋은 꿈이 아니겠는가?

결국 토끼가 "천만 뜻밖에 그대 같은 군자를 만나 어두운 곳을 버리고 밝은 곳을 찾아간다."며 기뻐하고 "옛 사람이 이르되 하늘에서 재주를 내매 반드시 쓰임이 있다 하더니"라고 자기를 알아준 것에 의기양양해 합니다. 그러고는 자라 등에 올라타려 하는 순간, 너구리가 나서서 경고 한마디 화살처럼 날립니다.

토끼야 너 어디 가느냐? 내가 아까 너희 둘이 하는 수작을 처음부터 끝까지 대강 들었지만, 저같이 졸지에 남의 부귀를 탐내고야 나중에 재앙이 없겠는가? 고기 배때기에 장사지내기가 십중팔구이지.

다 된 밥에 코 떨어뜨리기 격이 되자 벼슬욕심에 달아오른 토끼 속을 더욱 애태울 양으로 별주부는 이렇게 작별을 고하려 합니다.

유유상종類類相從이라더니, 모이나니 졸장부뿐이라. 부귀가 저희에게 뭐 아랑곳 있겠나?

아뿔싸, 이러다가 좋은 기회 놓치겠다 싶은 토끼가 얼른 자라의 등에 타고 결국 용궁으로 향합니다. 기어코 자라가 쳐놓은 덫에 걸려 든 것입니다. 그 다음 수순은 일사천리가 되는 상황이지요. 토끼는 용궁에 도착합니다.

토끼 내려 사면을 살펴보니 천지가 명랑하고 일월이 고요한데 진주로 꾸민 집과 자개로 지은 대궐이 솟았고, 수놓은 창문이 영롱한지라. 마음에 홀로 기뻐 제가 젠 체하더니 이윽고 한편에서 숙덕숙덕하며 수상한 기색이 있는지라.

그런데 뭔가 아차 싶은 겁니다.

순간 용왕께서 분부하되 토끼를 잡아들여라 하시거늘, 물고기들 일제히 달려들어 토끼를 잡아다가 용왕 전에 꿇게 하고 용왕이 하교하시기를,

과인이 병이 중해 백약이 무효하더니 천우신조라 네 간을 먹으면 살아나리라 하기에, 너를 잡아왔으니 너는 죽기를 서러워마라.

이어 군졸에게 명하여 간을 내라 하니 군졸이 명을 받들고 일시에 칼을 들고 날쌔게 달려들어 배를 단번에 째려 하거늘.

세상이 깜깜해지고 정신이 아득해지려는 찰나, 토끼에게 문득 꾀 하나가 떠오릅니다.

> 토끼 족속이란 본디 곤륜산 정기로 태어나, 오장육부와 심지어 똥집 오줌똥까지도 다 약이 된다 하여 막걸리 오입쟁이들을 만나면 간 달라고 보채는 그 소리에 대답하기 괴로워 간 붙은 염통을 줄기째 모두 떼어 내어 청산유수 맑은 물에 설설 흔들어서 고봉준령 깊은 곳에 깊이깊이 감추어 두고 무심중 왔사오니, 미리 알게 했더라면 지녀왔을 텐데, 별주부 네 탓이라.

토끼의 간은 누구나 다 원하는 바라 특별조처를 취해놓았다는 겁니다. 그에 더해 별주부를 궁지로 몰아갑니다. 역습입니다. 하지만 어느 누가 간을 떼놓았다 붙였다 하냐면서 용왕이 이 말을 믿지 않자, 토끼는 자기 밑구멍이 다른 동물과 달리 세 개나 된다면서 이를 확인하라고 합니다. 그 구멍은 각기 정직과 강함과 부드러움 세 가지 덕을 의미한다고 덧붙이는데 정직을 맨 처음으로 내세우네요. 자기는 외유내강外柔內剛한 데다가 무엇보다도 정직한 선비라고 말하고 있는 것이지요.

토끼의 밑구멍이 세 개라는 것은 해부학적으로 설명이 되지 않는 장면이지만 이렇게 믿기지 않는 토끼의 말이 아무튼 사실로 확인되자 용왕은 속히 뭍으로 나가서 간을 가져오라고 명합니다. 이 순간, 토끼는 구사일생으로 살아나게 되지요. 자신이 꾼 꿈대로 칼이 배에 닿으려는 찰라, 생각지도 않은 지혜가 솟아올라 다 죽은 목숨이 산목숨이 된 것입니다. 토끼의 꾀는 권력의 교묘하고 치밀한 지능을 뛰어넘고 있습니다.

사실 「토끼전」은 약자로 여겨지는 토끼를 일방적으로 옹호하지만은 않습니다. 먹물 좀 들었다고 별 것도 아닌 것에 우쭐대고 겉으로는 점잖은 척 하지만 욕심은 많아서 슬쩍 치켜 세워주고 벼슬자리로 꼬이면 술술 넘어가는 자들에 대한 신랄한 해학이 담겨 있습니다.

이들은 산간벽지 초야에 묻혀 지내면서 이름 하나 제대로 떨치지 못하는 것이 자신을 알아보지 못하는 세상 탓이라 여깁니다. 기회만 주어지면 떵떵거리며 부귀영화를 누릴 수 있는데 이 모양 이 꼴로 살고 있다고 믿는 사대부 선비 또는 지식인들이라고 할 수 있지요. 이들이 용궁의 꿈에 취해 저 죽을지 모르는 길로 가는 모습을 「토끼전」은 고스란히 폭로합니다. 그런데 어찌해서 「토끼전」은 이런 토끼가 살아나게 했을까요?

그 질문에 답하기 전, 자라 별주부는 누구인가 좀 더 생각해봅시다. 별주부는 용궁의 권력과, 이 권력에 대한 욕망을 꿈꾸는 자들을 연결시키는 고리입니다. 그런 점에서 별주부는 지상과 용궁을 오가는 기만술책의 대가라고 할 수 있지요. 물과 뭍 사이에 오갈 수 있는 수륙양용의 능력은 그런 모습을 상징해주고 있기도 합니다.

수천 년 묵은 자라는 그 살아온 세월만큼이나 노회하고 음흉하며 상대의 허영과 탐욕을 꿰뚫고 있습니다. 이런 자라 앞에 자기 간이라도 내놓을 자들이 끊임없이 줄을 섭니다. 이 「토끼전」의 토끼도 그런 자들 가운데 하나였습니다. 용궁에 가기 전까지 이리저리 따져보면서 망설이기도 했지만 결국 자라가 내놓은 부귀영화 프로젝트에 기꺼이 자기 미래를 건 거지요.

그러나 그는 용궁의 현실을 알아차린 순간, 이것은 아니다, 하고 깨우칩니다. 그건 살아도 사는 것이 아니라는 것을 뼈저리도록 느낀 겁니다. 그런 점에서 토끼는 용궁의 안락과 권세에 취해 제 간을 내주는 줄도 모르고 사는 자들과 구별되는 존재입니다. 의식의 각성이 있는 거지요. 그래서 그는 이 모든 욕망과 허세와 권력에 줄을 대고 있는 대열에서 과감히 이탈해 버립니다. 그렇게 되자 용궁은 자기 간이라도 내놓을 자를 모아들이는 일에 실패하고 맙니다.

토끼처럼 이탈하는 자가 많으면 많을수록, 그래서 용궁의 실패가 쌓이면 쌓일수록 세상은 좋아집니다. 병든 권력이 스스로 그렇게 병들다가 무너지면 민초들의 삶은 희망을 얻게 될 테니까요. 토끼전은 그런 사대부 지식인들의 용궁 이탈을 촉구하고 있는 셈입니다. 그렇기에 이 이야기가 토끼를 살린 것에는 바로 그 탈출의 길을 여는 시나리오가 깔려 있는 것 아니겠습니까?

「토끼전」에서 용궁이란 부귀영화가 약속된 권력과 재물의 성채입니다. 그곳의 최고 권력자는 술에 취하고 색을 밝히다가 병들어 있습니다. 병든 권력, 탐욕으로 쌓은 재물은 자기들만 아는 이기적인 집단의 정체를 그대로 보여주는 거지요. 거기에 붙어먹고 살겠다는 것은 간을 내놓고 사는 것과 다를 바 없습니다. 그건 살아도 죽은 목숨이지요. 이미 사대부 지식인으로서의 존재감과 그 가치는 사멸해버리는 것과 다를 바 없기 때문입니다.

간 때문이야

그런데 왜 하필이면 용왕의 병을 낫게 하는 약이 토끼의 '간'인가요?

'벼룩의 간을 빼먹는다'는 말이 있습니다. 가진 것 없는 약한 이들이 더 학대받고 착취될 것도 없는 처지에서 가혹한 약탈을 당한다는 뜻하지요. 이들이 가진 것은 힘 있는 자들의 권력과 재물에 비하면 '벼룩의 간'입니다. 그러나 이것마저 빼앗아 가려는 자들이 있습니다. 벼룩의 간을 빼먹는 자들이지요.

또 '간덩이가 부었다'거나 '간이 배 밖으로 나왔다'는 말도 있습니다. 하룻강아지 범 무서운 줄 모르고 겁도 없이 버틴다는 뜻이에요. 그와는 반대로 '간도 쓸개도 없는 놈'이라는 말도 있습니다. 그건 비굴하기 짝이 없는 처신을 하게 되는 상황을 가리킵니다. 이는 벼룩의 간을 달고 다니는 민중들에게는 결코 낯선 일이 아닙니다. 간도 쓸개도 없이 살아야 하는 처지가 일상 아닌가요? 강자들은 이미 이들의 간과 쓸개를 빼앗아 간 지 오래입니다.

'간에 붙었다, 쓸개에 붙었다'라는 말도 있지요. 간신배같이 이리 저리 기회주의적으로 행동하는 것을 비난하는 말입니다. 그런데 이런 일은 하고 싶어서 하기도 하지만 어쩔 수 없이 그러는 경우도 있습니다.

벼룩의 간이건, 간덩이가 부었건, 간도 쓸개도 없건, 또는 간에 붙었다 쓸개에 붙었건, 이 모두는 다 자신의 존엄성을 지켜낼 수없는 이들의 삶에서 나온 이야기입니다. 따라서 토끼가 간을 따로 어디 두고 왔다는 식의 발상은, 생물학적으로는 불가능한 일이지만 힘없는 서민이나 나약한 지식인 또는 지조를 팔아야 살아갈 수 있는 모든 이들의 삶에서는 낯선 것이 아니지요.

그런데 이토록 간과 쓸개를 몸밖에 빼놓고 살아야 하는 고단한 민중의 삶이, 생각지도 않은 위기의 순간에 도리어 토끼를 살리는 지혜의 힘으로 변모합니다. 내가 협력하고 내가 한 패가 되려고 하는 이 자들은 결국 남의 간을 빼먹는 자들이로구나, 내 간까지 앗아가려는 거구나, 하는 깨우침 때문이에요.

그러니 그 다음 단계는 그 간을 지켜내는 일입니다. 어떻게 해야 합니까? 기만하는 자들을 거꾸로 기만하는 것입니다. 이때의 기만은 악을 이기는 능력입니다. 토끼는 이 민중의 지혜가 제 몸이 되는 순간, 살아났습니다. 그 모든 위선과 허욕, 야망과 탐욕이 토끼에게 수군절도사를 떼놓은 당상처럼 여기도록 만들었지만 그건 죽을 길이었고 정작 그를 구한 것은 이름 없는 백성들의 삶에서 나온 깨달음이었던 거지요.

간을 가져오겠다고 약속하자 토끼는 용왕의 극진한 대접을 받고 별주부의 등에 올라타 뭍으로 나옵니다. 발이 땅에 닫는 순간 토끼는 별주부 자라에게 일갈합니다.

> 너의 용왕더러 내 말이라고 이렇게 전하여라. 세상 만물이 어찌 간을 자기 마음대로 꺼냈다 넣었다 하겠는가. 신출귀몰한 꾀에 미련한 용왕이 잘도 속아 넘어갔더라고 일러라.

색을 쫓고 권력을 탐하고 부귀와 영화를 구하려다가 제 간 빼앗기게 생긴 것을 알게 된 이 사대부 지식인의 변모가 주목됩니다. 권력이 이런 저런 미끼로 눈뜨고 코 베어가고 간 빼먹으려는 세상에 자기를 지켜내려 한 민중의 치열한 고투가 여기에 녹아 있습니다. 용왕을 향해 대놓고 '내 말'이라고 하면서 '미련한 자'라고 질타합니다. 이때까지 꾹꾹 참았던 말을 드디어 토해내었습니다. 이 이야기를 듣고 있던 민중들이 꼭 하고 싶었던 말이 터져 나온 것이지요.

용궁에서 살아온 토 선생 뭍에서는 무사하신가?

이제 용왕의 병 구환은 끝난 겁니다. 이 용궁의 장래는 어떻게 되는 것일까요? 「토끼전」은 이렇게 전하고 있습니다.

> 자라 하릴없이 뒤통수 툭툭 치며 무려하게 돌아가니 용왕의 병세와 별주부의 소식을 다시 전하여 알 바가 없더라.

그런 용궁의 소식은 이제 토끼가 살아 돌아온 뭍에서는 더는 관심사가 되지 못하고 만 겁니다. 용궁 이야기라면 용의 'ㅇ'자만 나와도 그 긴 귀를 잔뜩 모아 들으려 했던 토끼도 아는 바 없게 되었더라 하는 건데, 대중의 관심에서 멀어진 권력의 처지가 그대로 보이는 듯합니다.

그런데 「토끼전」을 각색한 이야기 가운데는 인자한 용왕의 병세를 깊이 걱정하고 정성을 다했던 충신 별주부를 기특히 여겨 바다로 돌아가려는 별주부 앞에 산신령 또는 전설의 명의 화타가 나타나 묘약을 주는 것으로 끝맺기도 합니다. 하지만 이는 「토끼전」 본래의 풍자정신을 왜곡시킬 뿐입니다. 「토끼전」의 전체적 줄거리나 그 안에 드러난 생각들과는 전혀 맞지 않기 때문이지요.

그뿐만 아니라 애초에, 세 명의名醫 말이 화타가 나선다 해도 용왕의 병은 고칠 수 없다 했으니 화타의 등장은 이야기 마무리와 맞지도 않습니다. 타락한 권력자 용왕의 편에 서서 어떻게든 사태를 호전시켜보려 한 것이나 도리어 앞뒤가 안 맞는 꼴이 되는 겁니다. 병든 권력, 병든 시대는 이렇게 해서 종말을 고하는 거지요.

한편, 그렇게 살아난 토끼는 어떻게 되었을까요?

> 어화 이제 살아났구나. 수궁에 들어가서 배 째일 뻔하였더니 내 한 꾀로 살아와서 예전 보던 세상 풍경 모두 다시 볼 줄이야 그 뉘 알았으며, 옛적에 먹던 열매를 다시 먹을 줄 뉘 알았을까. 마음 좋기 그지없다.

토끼는 보기 좋게 책략을 써서 구사일생으로 뭍으로 돌아오니 신이 났겠지요. 하지만 이야기는 여기서 끝나지 않습니다. 그에게 또 다른 도전이 기다리고 있었던 것입니다.

> 한참 이리 노닐 적에 난데없는 독수리가 살 쏘듯 달려들어 사족을 훔쳐들고 하늘에 높이 나니, 토끼 정신이 또 위급하도다. 토끼 스스로 생각하되, '간을 달라 하던 용왕은 좋은 말로 달랬거니와 미련하고 배고픈 독수리는 무슨 수로 달래리요?'

뭍으로 돌아오니 '모든 것이 다 평안하더라.'가 아니었던 것입니다. 호랑이를 피하면 늑대가 나타나고 늑대를 피하니 이번에는 곰이 나타나는 격이지요. 용궁에서도 살아나온 목숨인데 여기서 죽으면 살아온 것이 다 헛되게 됩니다. 그런데 가만히 생각해보면 물속 용궁에서는 그 물이 모르는 뭍의 지혜로 살아남았습니다. 독수리의 발톱에 사로잡힌 처지는 반대로 공중전이니 이 역시 뭍의 지혜로 살아남을 수 있는 겁니다. 상대가 모르는 자신만의 삶에서 나오는 힘이 따로 있는 법이니까요.

토끼는 얼른 꾀를 내어 자기에게 병아리 서른여덟 마리와 용궁에서 가져온 진귀한 보물 주머니가 있으니 그걸 주겠다고 꼬입니다. 이번에는 토끼가 독수리의 탐욕을 이용하고 있는 거지요. 이에 결국 독수리는 마음이 솔깃해져서 발톱으로 토끼를 움켜쥔 채 바위틈으로 들어가도록 해줍니다.

토끼가 바위 아래로 들어가며, 조금만 놓아주오, 하니 수리가 가로되, 조금 놓아주다가 아주 들어가면 어찌하게?

토끼는 별주부가 자신에게 그랬듯 설득을 멈추지 않습니다.

그러하면 조금만 늦춰주오, 하니 수리 생각에 조금 늦춰주는 데야 어떠하랴 하고 한발로 반쯤 쥐고 있더니……

토끼는 협상기술도 발휘하고 있네요. '그러면 조금만'이라는 말로 그 조금이 별거 아니지 않느냐는 투입니다. 독수리가 제 발톱의 힘을 믿고 있습니다. 어찌 되었을까요?

토끼가 점점 들어가며 조금조금하다가 톡 재치며 하는 말이, 요것이 그 보물 주머니지, 하며 보이지 않더라.

'조금 조금'이라는, 이 아무것도 아닐 성 싶은 간격, 더군다나 독수리에게는 별것 아닌 것 같은 그 차이가 토끼에게는 엄청난 생명의 공간으로 변합니다. 온 몸이 독수리에게 움켜쥠을 당하고 있어도, 그 약간의 공간이라도 확보하기 위해 치열한 노력과 지혜를 쏟아왔던 민초들의 지혜가 여기서 다시 한 번 그 힘을 드러내는 거지요. 인생과 역사도 미미한 것처럼 보이는 속도와 힘으로 밀고나가는 가운데 세상은 달라질 수 있습니다.

토끼 하나 들어가는 바위틈은 그 순간, 독수리도 파고들지 못하는 견고한 바위성이 됩니다. 으리으리한 용궁에 비해 평소에는 초라하다고 여겼을지 모를 그 좁다란 바위틈새가 알고 보니 무엇으로도 바꿀 수 없는 보물 주머니였던 거예요.

용궁으로부터 토끼가 생환生還해온 것만으로 이 「토끼전」의 이야기가 막을 내리지 않는 점에 「토끼전」의 의미가 주목됩니다. 생환은 새로운 시작의 조건일 뿐이지요. 그가 돌아온 현실에서 다시 마주할 새로운 도전 역시 이겨내야, 살아 돌아온 것이 비로소 가치를 갖게 될 겁니다.

험난한 세상입니다. 하지만 바위 틈 하나 정도만 있으면 됩니다. 포기하지 않고 낙담하지 않으면 되는 거지요. 아무것도 아닌 듯해도 '조금씩' 밀고 나가면 그 바위틈은 어느새 난공불락難攻不落의 견고한 요새가 될 수 있습니다. 미미하게만 여겼던 그 자리가 하늘 독수리의 습격도 지켜내는 보물 주머니가 되는 이 놀라운 역전逆轉, 이걸 깨닫는 순간 새삼 세상에 대한 두려움이 사라지고 용기와 지혜가 쑥쑥 자라날 것만 같지 않나요?

이제 보니 토끼굴, 우습게 볼 게 아니네요.

여섯 번째 이야기

이솝 우화

세 가지 풍자를 통한 의식의 성장

첫 번째 우화. 개미와 베짱이

두 번째 우화. 양치기 소년과 늑대

세 번째 우화. 사자 가죽을 쓴 당나귀

노예 이솝의 우화

바보인 줄 알았던 당나귀가 사람처럼 말을 하고 영리한 여우가 힘만 믿고 으스대는 사자를 속입니다. 코끼리를 이기는 개미와, 황소보다 자기가 더 크다고 뻐기는 개구리가 등장합니다. 강물 위를 떠내려가던 쇠항아리가 흙으로 만든 항아리에게 반갑다며 가까이 가자 흙 항아리가 기겁을 하지요. 늑대 목에 걸린 가시를 빼준 황새는 고맙다는 말을 기대하지만, 늑대 아가리에 머리를 들이밀었다가 살아난 것만으로도 다행으로 여기라는 경고를 받게 됩니다.

모두 '우화寓話'의 주역들입니다. '우화'는 듣는 사람이 그 뜻을 바로 다 알게 하지 않습니다. 말하고 싶은 걸 슬쩍 돌려 표현하지요. 이야기의 의미를 생각하게 만드는 겁니다. 대체 뭘 이야기하려는 거야? 하는 궁금증을 품게 해서 추리와 상상력을 자극하니 재미도 있고, 그러는 가운데 교묘하게 풍자하고 비판합니다. 특히 권력자나 권력 집단에 대한 은근한 조롱은 이런 식으로 하지 않고서는 당장에 곤욕을 치를 수 있으니까요.

그런 까닭에 우화는 다양한 해석의 문을 열어놓지요. 주인공들도 늑대와 원숭이, 토끼와 달팽이, 독수리와 염소 하는 식으로 동물들이 대신 맡아 출연합니다. 아이들이 좋아하기도 하고, 이렇게 하면 누군가를 빗대어 말하는 은유로 빠져나갈 구멍까지 생기니까 말이지요.

「이솝 우화」도 그렇습니다. 특히 이솝의 풍자정신은 매우 뛰어납니다. 그건 그가 남들에게 업신여김 받고 짓밟힌 삶을 살아야 했던 노예 출신의 이야기꾼이었다는 사실과 관련이 있습니다. 노예로 살았던 이솝의 입장에서는 힘을 앞세우는 자들의 기만과 위선을 투명하게 볼 수 있었을 겁니다.

우선 이솝에 대해 잠시 살펴보도록 하지요. 그는 기원전 620년경에 그리스의 어느 도시 국가, 또는 아프리카의 에티오피아에서 태어난 것으로 알려져 있는데, 그의 이름이 이솝Aesop인 것도 일설에 의하면 이씨옵Aethiop, 즉 이씨오피아이디오피아, Ethiopia 출신이라 그렇다는 이야기가 있기도 합니다.

여기서 우리는 이솝이 노예로 팔려 다니느라 본의 아니게 많은 여행을 했고 그런 경험으로 인해 여러 지방에서 전해 내려오는 이야기를 풍부하게 접할 수 있던 것이 아닐까 짐작할 수 있습니다. 「아라비안나이트」가 당시 실크 로드의 중심지였던 사마르칸트에서 인도, 페르시아, 아라비아의 고대 민담들을 집대성해 만들어진 것처럼, 「이솝 우화」도 지중해 지역의 민담이나 여러 이야기들이 이솝의 이야기 솜씨를 통해 버무려진 결과라고 할 수 있겠지요.

이솝에 대해서는 역사학의 아버지로 알려진 헤로도토스가 기원전 425년경에 저술한 『역사』라는 책을 통해 거론할 정도였으니, 그는 이미 고대 문명 세계에서 유명세를 떨친 존재였다고 하겠습니다. 이솝은 그가 가진 다양한 지식과 깊은 지혜로 사람들의 인정을 받아 노예의 신분을 벗고 자유인이 되어 살았는데, 나중에 그리스 지배층들은 그가 그리스 귀족 사회에 대해 비판적이라는 이유로 모함해 살해하고 맙니다. '풍자정신'은 어느 시대에서나 권력자에게는 '위험한 생각', '불온한 사상'으로 여겨지는 법인가 봅니다.

「이솝 우화」는 고대만이 아니라 중세를 넘어 근대로 들어오면서는, 프랑스의 풍자작가 라 퐁텐Jean de La Fontaine, 1621-95과 러시아의 문호 톨스토이가 새로 각색해서 민중들에게 널리 알리는 역할을 했습니다. 이렇게 이솝 이야기는 무려 2,500여 년이라는 긴 생명력을 가지고 오늘날 우리에게까지 전해져 내려오는 고전 민담이자 우화입니다. 이제 첫 번째로 「이솝 우화」 가운데 개미와 베짱이 이야기를 해보지요.

1. 개미와 베짱이

어느 날씨 좋은 겨울날 개미들이 식량 창고에서 비에 젖은 곡식들을 정리해 말리느라 바쁘게 일하고 있었습니다. 그때 누군가가 문을 두드리는 거예요. 개미가 문을 열고 보니 행색이 초라한 베짱이 한마리가 서 있지 않겠어요? 베짱이는 개미들에게 "제가 몹시 배가 고프답니다. 이러다가는 굶어 죽겠어요. 알곡 몇 개만 줄 수 있나요?"하며 하소연 하는 것이었습니다.

일에 몰두하고 있던 개미들은 '원칙적으로는 이러면 안 되는데……'하면서 잠시 일손을 멈추고는 베짱이에게 물었습니다. "한 가지 질문을 해도 되겠소? 지난 여름 내내 당신은 뭘 하고 있었던 거요? 겨울을 나기 위해 미리 창고에 식량을 채워놓는 준비는 어찌해서 하지 않은 겁니까?"

베짱이가 대답했습니다. "사실 저는 노래하고 지내느라 그럴 시간을 갖지 못했답니다."

개미가 즉각 반박하고 나섰습니다. "아니 그렇게 여름에 노래 부르느라 정신없었다면, 이번 겨울에는 춤이나 출 차례 아니요?" 개미들은 베짱이를 보고 껄껄 웃으며 문을 쾅, 하고 닫고는 다시 자기 일들을 시작했습니다. 베짱이는 추운 겨울 숲속 어디론가 오돌오돌 떨면서 혼자 쓸쓸하게 사라졌습니다.

성실을 찬양하고 게으름을 꾸짖는 이야기?

너 이렇게 계속 놀기만 하면 나중에 커서 뭐가 될래? 공부는 열심히 안 하고 뭐하는 거야? 그러면서 어떻게 이 치열한 경쟁을 이길 수 있어? 젊을 때 준비해놓지 않으면 나이 들어 고생하지. 베짱이 좀 봐, 여름내 팽팽 놀다가 겨울이 오니까 거지 신세가 되고 말았잖아. 더운 여름날 누군들 쉬고 싶지 않겠니? 저 개미들 좀 보라니까, 열심히 땀 흘려 일하면 어려운 때 자신을 지킬 수 있어. 엄마들이 아이들 윽박지르는 데 써먹는 곤충 카드입니다.

'베짱이와 개미' 이야기는 이렇게 부지런한 삶의 가치를 중시하고 게으른 자들의 비극적인 말로를 일깨우고 있습니다. 개미는 그 힘든 노동을 묵묵히 견디면서 위기의 때를 극복할 수 있는 성실한 존재로 등장하는 반면에, 베짱이는 해야 할 일 하지 않고 제 편한 것만 골라 하다가 추운 겨울이 닥치자 파산하는 불운한 인생을 보여주는 거지요. 이 우화의 교훈은 그래서 힘들고 고되지만 잘 참고 준비하는 자의 승리와 성공에 있습니다.

그런데 이 이야기는 노예였던 이솝의 처지에서 보자면, 단지 성실하게 일하는 삶의 가치에 주목하는 것에서 그치지 않습니다. 개미는 한때 잘 나가던 베짱이의 처량해진 신세를 보고 조롱하고 있습니다.

노래를 부르느라 겨울 준비를 하지 못했다는 베짱이에게 이제는 춤출 차례가 아니냐며 비웃는 개미의 태도에는, 일한 자에게 응분의 혜택이 돌아가야 하고, 그렇지 못한 자는 그만한 대가를 치러야 한다는 메시지가 담겨 있는 거지요. 따라서 이 우화는 게으름뱅이를 야단치거나, 위기의 때를 미리 준비하라는 경고일 수도 있지만, 사회적으로는 '일하는 자들의 권리'에 주목한 것이라 할 수 있습니다.

이는 '정의'의 문제이기도 합니다. 일하는 자에게 빵이 돌아가야 하고, 일하지 않으면서 일한 자의 것을 가로채려는 자를 비판하고 있거든요. 일하는 자가 노동의 결과물을 빼앗기고, 신분 덕택에 놀며 지내는 자들이 도리어 풍족해지는 모순에 대한 반격인 셈입니다.

> "한 가지 질문을 해도 되겠소? 지난 여름 내내 당신은 뭘 하고 있었던 거요? 겨울을 나기 위해 미리 창고에 식량을 채워놓는 준비를 어째서 하지 않은 겁니까?"

개미는 지금 베짱이에게 뭐라고 말하고 있는 것일까요? '나는 네가 지난 여름에 한 일을 알고 있다.' 그러니 그 결과를 자신 스스로 책임지라고 합니다. 결국 개미는 야멸차게 문을 닫고, 베짱이를 추운 겨울 숲속으로 내쫓아버립니다. 베짱이는 개미들에게 '조롱과 추방'을 당했습니다. 이를 듣고 있던 개미들은 통쾌했을 겁니다. '거봐라, 꼴좋다, 지금은 우리가 이렇게 고생해도 때가 되면 저들은 모두 망하고 말 거야.' 베짱이 귀족들에 대한 개미 노예들의 분이 이렇게 해서 이야기 속의 세계에서나마 풀리는 겁니다.

'개미와 베짱이' 이야기는 이와 같은 각도에서 보자면, 개인적인 성실과 게으름의 대조라는 주제 이전에 일하는 자들의 권리를 엄호하는 내용이 될 수 있습니다.

원칙적으로 일하며 사는 개미

그런데 아무리 일하는 자의 권리가 중요하다고는 해도 베짱이를 대하는 개미의 모습은 도무지 멋있어 보이질 않는군요. 별로 닮고 싶은 마음이 생기지 않네요. 여러분은 어떤가요?

개미들은 당장에 밖으로 나가면 굶어죽게 생긴 베짱이에게 전혀 인정을 베풀지 않습니다. 개미가 베짱이에게 던진 질문 속에는 자신들의 성실과 성취에 대한 자만심마저 보이지 않나요? '나는 이렇게 살았다, 너는 그간 뭐했냐? 지금 네가 겪는 불행이야 네 책임이지 나 알 바 아니다.' 한마디로 자기는 잘났다 이거지요. 게다가 이 사회가 돌아가는 원칙을 한번 보실래요?

> 일에 몰두하고 있던 개미들은 '원칙적으로는 이러면 안 되는데……' 하면서 잠시 일손을 멈추고는 베짱이에게 물었습니다.

'이러면 안 되는데'라고 합니다. '중단 없는 노동'이지요. 이 중단할 수 없는 노동이 강제화된 것이어도, 자발적인 의지가 작용한 것이어도 문제입니다. 휴식의 가치나 타인의 호소에 대한 배려가 없는 사회인 거지요. '바빠 죽겠는데 너는 또 뭐냐?' 하고 짜증을 부리는 겁니다. 일손을 멈추게 된 상황은 이러했습니다.

그때 누군가가 문을 두드리는 거예요. 개미가 문을 열고 보니 행색이 초라한 베짱이 하나가 서 있지 않겠어요?

베짱이는 개미들에게 "제가 몹시 배가 고프답니다. 이러다가는 굶어 죽겠어요. 알곡 몇 개만 줄 수 있나요?"라고 하소연 하는 것이었습니다.

자칫 굶어 죽을 지경이 된 이가 나타났으면 하던 일도 당연히 멈출 수 있어야 하는 거지요. 다른 이유가 있을 수 없습니다. 그러나 이곳은 누군가의 빈궁한 사정에 대해 눈을 돌릴 겨를이 없는 사회입니다. 원칙이 이렇게 정해진 곳에서는 아무리 사정이 딱해도 인정이라는 것은 통하지 않습니다. 일에만 미쳐서 사랑, 관심, 동정 같은 영혼의 힘을 잃어버리고 만 사회인 거예요. 인간의 진정한 행복이 무엇인지 생각하는 걸 멈춘 곳입니다. 이런 데서 살면 기쁠 것 같은가요?

오늘날 자본주의가 치닫고 있는 현실을 이 우화와 대조해서 읽어나가면, 이 이야기는 우리가 살고 있는 사회에 대한 자화상을 그대로 보여줍니다. 어느새 우리 모두 일개미로 변해있지는 않은지요. 마치 카프카의 작품 「변신」처럼 자고 일어났더니 딱정벌레인지 뭔지로 변해 인간구실을 못하고 마는 겁니다.

베짱이가 원했던 건 뭐였지요? 겨우 '알곡 몇 알'입니다. 그런데 개미는 그것도 못 주겠다는 것 아닙니까? 개미들은 창고에서 젖은 곡식들을 말리고 있었던 모양인데, 거기서 알곡 몇 알 주는 것이 뭐 그리 어려운 일입니까? 혹시 몇 알일지라도 한번 주기 시작하면 번번이 찾아와 구걸할까봐 아예 처음부터 매정하게 싹을 잘라야 한다고 생각했을까요? 곤경에 처한 존재에 대해 안타까워하고 아파할 줄 모르는 세계에서 벌어지는 일입니다.

우화에 나오는 개미 공동체는 자기들이 먹을 것은 마련했는지 모르겠지만, 고통받는 이웃에 대한 마음은 잃어버렸습니다. 제 아무리 먹을 것이 풍부하다 해도 그런 사회가 우리의 이상적 세계라고 볼 수 있을까요?

경쟁력을 묻는 사회

베짱이의 삶을 한번 떠올려봅시다. 이 우화대로 여름철 그의 노래가 없었다면, 더운 날 그나마 시원한 기분을 느낄 수 없을 겁니다. 그러니 그건 노는 게 아니라 그 계절에 가장 필요한 일 하나를 베짱이가 감당한 셈입니다.

노래 부르는 것은 베짱이에게 놀이인 동시에 일인 것입니다. 사실 이렇게 노는 것과 일하는 것이 하나가 되는 삶이 가장 바람직한 모습 아닌가요? 그러면서 경제적 안정까지 보장되는 사회야말로 멋진 세상이겠지요.

베짱이의 존재는 예술과 문화 또는 인문학적 기쁨을 상징하거나 의미할 수 있습니다. 이는 인간에게 지극히 필요한 겁니다. 인간의 인간다움은 매일의 양식을 해결하는 노동만이 아니라 인간의 존엄성과 가치를 깨우치고 펼쳐나가려는 노력이 함께해야 이루어지기 때문입니다.

그러니 '개미와 베짱이의 삶'은 서로 배타적인 것이 아니라 공존하면서 보완하고 조화로운 전체가 되는 길을 뜻할 수 있는 거지요. '개미

+베짱이=근면성실하고 풍성하며 유쾌하고 존엄한 삶'이 아닐까요? 오직 일의 가치만 강조하고 앞세우는 사회에서는 베짱이로 상징되는 가치에 눈뜨지 못합니다. 혹 눈을 뜬다 해도 그것이 돈이 되고 밥이 되느냐를 먼저 물을 지도 모릅니다.

오늘날 우리가 살고 있는 사회는 문화도 시장의 경쟁력을 따집니다. 그거 돈 돼? 이 질문이 문화의 가치척도처럼 되고 있습니다. 당장 써먹을 수 있는 실용적 가치가 있는 교육이나 문화에만 관심을 가지는 거지요. 그렇지 않은 것은 다 이 우화에 나오는 베짱이처럼 가치 없거나 노는 것처럼 보이는 모양입니다. 예술에는 잘 노는 것도 포함된답니다. 거기서 새로운 상상력과 삶의 자유가 생겨나거든요.

「이솝 우화」의 개미와 베짱이가 함께 살면서, 서로를 살려주는 사이가 되는 건 불가능할까요? 누군 일하는데 누군 놀면서, 일하는 자의 땀의 소산에 일방적으로 의존하는 것은 분명 문제가 있습니다. 그러나 개미도 베짱이도 서로가 있어서 감사하고 즐거운, 그런 상황은 상상할 수 없을까요?

개미와 베짱이 다시 쓰기

이야기를 한번 이렇게 바꿔보면 어떨까요? 매몰차게 문이 닫히는 것까지는 같습니다.

베짱이는 바깥 추위보다 더 차갑게 닫힌 문 앞에서 잠시 우두커니 서 있었습니다. 깊은 절망감이 엄습해왔습니다. 낙담한 채 고개를 푹

숙이고 그대로 돌아서려 하는데, 개미 가운데 누군가가 다시 문을 열고는 그를 불러 세우는 거예요.

"베짱이님, 베짱이님!"

'야, 베짱이!'도 아니고, '베짱이님?' 뭘 또 놀리려고 이러나 하면서 자기도 모르게 몸을 돌렸는데, 개미가 물었습니다.

"혹시 지난 여름에 말이죠. 그 무더운 날 이 근처에서 열심히 노래 불렀던 게 당신입니까?" 베짱이는 한 순간 대답하기를 주저했습니다. 맞기는 맞는데, 그렇다고 대답하면 '그게 너였어?' 하고 핀잔만 들을 것만 같았습니다.

개미가 다시 물었어요. "그게 당신 맞지요?" 목소리가 부드러웠습니다. 베짱이는 말 대신 숙였던 고개를 들고는 힘없이 끄덕였습니다. 이러나저러나 굶어죽기는 매한가지인데 거짓말까지 하고 싶진 않았으니까요.

그러자 그 개미가 환히 웃으면서 다른 개미들에게 말했습니다. "여러분, 그때 우리가 얼마나 힘들었습니까? 그런데 바로 이 베짱이님 노랫소리에 마음도 즐거워지고 피곤도 풀리고 했던 것이 기억나지 않습니까?"

일손을 바쁘게 놀리던 다른 개미들이 처음에는 '무슨 소리를 하는 거야?' 하고는 잠에서 덜깬 늙은 자라처럼 눈을 끔뻑끔뻑 하고 있다가, 갑자기 '아, 그래' 하는 표정이 되었습니다. 그러나 아직은 무덤덤한 분위기였습니다. 게다가 일을 감독하던 개미가 언성을 높이는 것이었어요. "어이, 쓸데없는 데 정신 팔지 말고 일들이나 하라고." 대부분의 개미들은 그 말에 엉거주춤 다시 일하기 시작했습니다. 문 안에서 벌어지고 있는 장면을 본 베짱이는 개미들이 불쌍하게 여겨졌습니다.

베짱이가 누군지 알아본 개미가 다시 말했습니다. "감독님, 저번부터 말씀드리려 했는데 다음 달 보름이 감독님 생신 아닙니까? 잔치를 벌이려고 계획은 세웠는데, 누가 노래를 부를 줄 압니까, 춤을 출 줄 압니까? 그런 것도 없이 어디 그게 잔칩니까?" 그러면서 그 개미는 베짱이를 향해 한 눈을 찡긋 감아 보였습니다. 그 말에 감독 개미는 "그래서 뭘 어쩌자는 거야?"하고 화를 내는 척 했지만 아까보다는 확실히 소리가 낮아졌습니다.

"하하, 우리 베짱이님을 모시고 노래와 춤을 좀 배우자고요." 그렇게 말하고는 그 개미는 베짱이의 소매를 얼른 붙잡았습니다. 역시 젊은 개미들의 반응이 빨랐습니다. 그 중에 누군가가 박수를 쳤습니다. 짝짝짝. 베짱이는 갑자기 어리둥절해졌지만 뭔가 공기가 바뀌고 있다는 걸 느끼고 마음이 조금씩 편해지기 시작했어요. 베짱이는 어느새 문 안으로 들어서 있는 자신을 발견했습니다. 다른 젊은 개미들도 따라서 박수를 크게 쳤습니다.

이젠 감독 개미도 어찌할 수 없게 되고 말았나 봅니다. 물론 싫진 않은 표정이었지요. 나머지 개미들도 '야, 이거 일이 재미있게 돌아가는걸.' 하면서 빙긋 웃었습니다. 베짱이의 얼굴에도 미소가 번져갔습니다. 거지 취급받던 그가 가수와 악사 대접을 받게 된 것입니다.

그날 밤, 개미 마을에서는 베짱이 환영잔치가 벌어졌고 베짱이는 있는 솜씨 없는 솜씨 다 발휘해 분위기를 한껏 띄웠습니다. 제일 신났던 건 십대 소녀 개미들이었습니다. 베짱이가 기타를 치며 멋지게 노래를 부르고 춤을 출 때마다, 소녀 개미들이 팔짝 팔짝 뛰면서 "꺄악,

꺄악!" 소리를 질렀습니다. 어디서 뭘 보긴 본 모양입니다.

일부 꼬장꼬장한 할아버지 개미들은 소녀 개미들이 그러는 게 영 못마땅했는지 인상을 찌푸렸습니다. 하지만, 할머니 개미가 할아버지 개미 옆구리를 슬쩍 꼬집으면서 '아유, 재들 귀엽지 않수? 우리도 그렇게 하고 싶었는데 못해서 한이었지 뭘.' 하고 손녀들과 함께 신나게 몸을 흔들어 댔습니다.

그날, 개미 마을에서 가장 많이 들려온 소리는 바로 이것이었답니다. "오빠~~!"

2. 양치기 소년과 늑대

이 이야기를 모르는 사람은 아마 없을 겁니다. 이 우화의 교훈도 너무 뻔해 더 이상 따지고 생각할 게 있을까 싶지요? 재미 삼아서라도 함부로 거짓말 하지 마라. 그러다가 그 거짓말로 네 자신이 곤경에 처할 수 있다, 이 이상 뭐 특별한 게 있으려고요?

어떤 양치기 소년이 어느 마을 근처에서 양들을 돌보고 있었습니다. 그러던 어느 날, 늑대가 나타나 양들을 공격하고 있는 것처럼 꾸며 마을사람들을 속이면 상당히 재미있지 않을까 하는 생각이 들었어요. 그래서 소년은 "늑대가 나타났다, 늑대가!"하고 큰 소리를 질렀습니다.

사람들이 이 소리에 놀라 늑대를 쫓아내기 위해 손에 온갖 무기가 될 만한 것들을 들고 언덕 위 들판으로 뛰어올라 왔습니다. 소년은 그걸 보고 키득대며 웃었어요. 사람들을 거짓말로 골탕 먹인 것이 즐거웠기 때문이었습니다. 마을사람들이 자기 말 하나로 이리 뛰고 저리 뛰는 게 보통 신나는 일이 아니었지요.

한번 재미를 보니까 소년은 다시 늑대가 나타났다며 거짓말을 했습니다. 마을사람들은 그 말을 믿고 양들이 있는 곳으로 달려갔지만 또 한 번 속고 말았습니다.

그러던 어느 날 이번에는 정말로 늑대가 나타난 겁니다. 그러자 소년은 있는 힘껏 "늑대가 나타났다, 늑대가!"하고 외쳤습니다. 하지만 어떻게 되었겠어요? 마을사람들은 아무도 귀 기울이지 않았습니다. 소년이 전처럼 거짓말을 하고 있다고 생각했기 때문이지요. 그러는 사이에 늑대는 마음껏 양들을 잡아먹었습니다.

거짓말의 비극

어느 양치기 소년이 처음에는 그저 단순한 장난으로 늑대가 왔다고 거짓말을 해 마을사람들을 놀라게 합니다. 그런데 그 거짓말의 효과가 꽤 신나는 일이 되었습니다. 자기 말 하나로 마을사람들 모두가 멋모르고 총출동하는 게 기분이 좋았던 겁니다. 아마도 소년은 '늑대 출몰'이라는 위험 경보를 발동하면 마을 전체를 좌지우지 할 수 있다는 생각을 한 모양이에요.

그러나 거듭된 거짓말로 골탕을 먹은 마을사람들은 더는 양치기 소년의 말을 신뢰하지 않게 되지요. 반대쪽에서 일어난 학습효과였습니다. 문제는 진짜로 늑대가 나타났을 때입니다. 소년이 진실을 말해도 이미 그 진실은 효력을 잃어버렸고, 양들은 늑대의 밥이 되고 말았으니 말이지요. 거짓말의 결과가 비극적입니다. 신뢰를 잃어버리는 것이 얼마나 무서운 사태를 자초하고 마는가에 대한 경고입니다. 여기까지야 우리가 다 잘 알고 있고 익숙한 내용입니다.

만일 이 이야기의 적용 범위를 넓혀 본다면 어떨까요? 양들을 돌보는 책임, 즉 그 국가나 사회 구성원의 안전을 책임진 권력자들이 하는 거짓말의 경우 말이지요.

그러면 이 이야기는 권력자가, 있지도 않은 늑대의 출몰과 같이 적의 공격이 임박했다면서 공포를 조장해 사람들의 충성심을 시험한다든지 자기 권력을 강화하기 위해 비상체제를 가동시키려 들면 결국 실패한다는 경고로 읽힐 수 있습니다. 처음 몇 차례는 거짓말에 속을 수 있지만, 정작 위기가 왔을 때에는 더 큰 문제가 생기고 만다는 것을 보여주고 있지 않나요?

이솝이 이 이야기를 했던 당시의 고대 그리스 도시국가를 떠올려 보면, 양치는 목동은 백성들을 지키는 지도자이고 늑대는 외적이라고 할 수 있습니다. 목동의 거짓말이 거듭되면서 달라지는 마을사람들의 태도는 외부의 공격 소문에 대해 처음에는 긴장했다가 반복되는 전쟁 위기감 선동에 익숙해진 나머지, 권력자의 이야기를 마침내는 믿지 않게 된 상황을 의미합니다. '도대체 누굴 놀리는 거야, 뭐야.' 하는 분노가 마을사람들의 마음 안에서 끓어오를 수 있는 거지요. 그런 일이 거듭되면 마을의 일원 일부는 양들처럼 당하고 맙니다.

따라서 이 우화는 권력의 거짓말이 공동체 내부의 신뢰와 결속을 붕괴시키고 권력 자체에 대한 민심의 이반과 함께, 결과적으로 늑대에 의한 양들의 희생으로 마을이 황폐해지는 것을 무섭게 보여줍니다. '양치기 소년과 늑대'의 이야기는 이러한 관점에서 보면 있지도 않은 공포를 꾸며 기존의 권력을 강화하고 유지하려는 모든 시도에 대한 조롱과 경고입니다.

양치기 소년과 마을사람들의 관계

그런데 이런 해석과 적용도 여전히 '거짓말'이라는 화두를 붙잡고 있습니다. 적용의 범위에 있어서만 개인적 차원이냐, 아니면 공적 차원이냐 하는 차이가 날 뿐이지요. 개인적 차원에서는 거짓말 하지 말라고 꾸짖는 식이 되고, 공적 차원에서는 권력의 기만에 대한 도전입니다. 둘 다 의미가 있긴 하지만, 그것 말고는 다른 주제와 일깨움은 발견할 수 없을까요? 우선 질문 하나를 던져볼게요. 거짓말은 양치기 소년이 했는데, 직접적인 피해는 누가 입었나요?

> 늑대는 곧바로 양들이 있는 곳에 와서 마음껏 양들을 하나씩 잡아먹었습니다.

이야기의 결말에서, 양들이 죽임을 당하고 말았습니다. 늑대가 활개를 치고 있는데, 아무도 늑대를 막아내지 않은 거예요. 희생된 양들은 말이 없습니다.

이번엔 소년에 대해서 질문을 던져보겠습니다. 양치기 소년의 역할은 무엇인가요? 네, 양을 잘 지키고 돌보는 것입니다. 그러자면 소년은 늑대가 나타났을 때 어떻게 해야 하나요? 늑대와 맨손으로, 또는 돌이나 막대기라도 들고 싸우도록 되어 있나요?

물론 사태가 다급해서 어쩔 수 없다면 모르겠지만, 어른도 상대하기 힘든 늑대를 소년 혼자서 물리치기는 어려울 겁니다. 늑대가 양들을 노리고 나타나면 소년은 마을사람들에게 구조 요청을 하는 게 양치기로서 맡은 중요한 역할 중 하나입니다. 그렇기 때문에 이솝우화는 늑대가 나타났다고 소년이 외치자 마을사람들이 모두 나섰다고 전합니다. 소년의 긴급 구조 신호에 마을사람들이 즉각적으로 대응하면 양들의 목숨을 구할 수 있는 겁니다. 그러니 늑대와 관련해서 이 소년의 역할은 무엇일까요? 그렇지요. 양치기 소년은 일종의 경보장치입니다.

경보가 울리면 그 다음 행동은 마을사람들의 몫입니다. 그렇다면 소년이 두 번째 거짓말을 했을 때, 마을사람들은 무엇을 알게 되었을까요? 소년이 거짓말을 한다는 것, 양들은 여전히 안전하다는 것, 자기들이 속았다는 것 등등이겠지요. 그런데 아까 소년의 역할은 경보장치라고 했으니, 이 점을 주목한다면 마을사람들은 무엇을 알아차렸어야 했을까요? 당연히 경보장치가 고장났다는 사실이겠지요.

말하자면 들판의 양들에게 위험한 상황이 발생했을 때, 마을사람들이 그 상황을 인지할 수 있는 방법에 문제가 생긴 겁니다. 이건 매우 심각한 사태입니다. 늑대가 정말 나타났을 때, 경보장치가 제대로 작동하지 못하면 양들의 희생은 피할 수 없기 때문입니다. 그런데 마을사람들은 어떻게 했나요? '뭐야, 저 녀석' 하고 소년의 거짓말만 문제 삼고 다들 집으로 돌아가버리고 말았습니다. 이렇게 해서 뭐가 해결되지요? '아무 일도 안 일어났잖아? 에잇, 저 녀석, 나쁜 놈이로구나, 어디 두 번 다시 우리가 속나 봐라.' 이러면서 욕하고 끝낼 일이냐는 겁니다.

마을사람들에게는 경보장치가 작동하지 않을 때 어떻게 해야 하는가에 대한 고민이 없었던 것입니다. 소년의 거짓말이 두 번째 확인됐을 때, 무슨 일이 이루어져야 했나요? 마을의 공동 대책이 숙의되고, 구체적인 방법이 준비되어야 하는 거지요. 그래야만 양들을 지켜낼 수 있는 겁니다. '경보장치 작동+마을의 대응=양들의 안전', 이런 공식이 성립해야 하는 것이에요. 그러니 경보장치 작동에 문제가 생긴 걸 알았다면 그 다음엔 마을사람들의 판단과 대응이 더더욱 결정적으로 중요합니다. 늑대가 나타났을 때 이를 퇴치하는 것은 소년이 아니라 결국 마을사람들이기 때문이지요.

그러나 우화 속의 마을사람들은 아무런 논의도 하지 않았습니다. 경보장치 작동 이상에 대한 대응책 마련이 전혀 없었어요. 왜 그랬을까요? 양들의 생명에 최우선의 관심을 두지 않았기 때문입니다. 만일 관심이 있었다면, 모두 모여 '이거 어떻게 해야 하지?' 하고 회의를 하고 결론을 내렸을 겁니다. 따라서 양들의 비극에는 양치기 소년의 책임이 분명하게 있지만, 마을사람들도 책임에서 완전히 면제되는 것은 아닙니다. 그러니 어떻게 해야 했던 겁니까?

적어도 마을사람들은 망가진 경보장치를 고치든지 아니면 다른 것으로 바꾸든지 또는 갈아치운다고 해도 마음이 놓이지 않으니까, 만일의 경우를 생각해서 제3의 대안을 마련해야지요. 이른바 '플랜 B'라는 것 말입니다.

따라서 이 이야기에 대해 우리가 잘 알고 있는 해석에는 마을 공동체의 책임을 묻는 질문이 빠져 있습니다. 그저 양치기 소년의 거짓말만 비난하고 나면 '상황종료!'되는 식입니다. 늑대에게 죽임을 당하고 있던 양들은 피를 흘리면서 무엇을 생각하고 있었을까요? '양치기 소년만 문제냐? 그럼 마을사람들아, 당신들은 뭐했는데?' 마을 사람들이 뭔가 조처를 미리 취해놓았더라면, 양치기 소년의 입 하나에 양들의 운명이 좌우되진 않았을 거예요.

양치기 소년이 독점한 정보

양치기 소년 한 명에게 늑대의 출현에 대한 정보가 독점되는 것도 매우 취약한 구조입니다. 한 사람 또는 소수에 의존하는 체제는 위기관리에 어려움이 생길 수 있습니다. 공동체 전체의 감시, 견제, 또는 대안 마련이 없으면, 소수가 쥐고 있는 정보에 마을 전체가 휘둘릴 수 있는 겁니다. 소년이 늑대야 하고 외치니까 온 마을이 소동에 휩싸였잖아요. 정보의 정확도를 점검할 수 있는 장치가 없는 거예요. 따라서 마을 전체의 자발적이고도 주체적인 논의와 대응책 강구가 양들의 생명을 지키는 일에 근본입니다.

소년의 거짓말이 드러나고 양들의 안전에 문제가 생겼음을 알게 된 바로 그 시점은 정치사회적으로 보자면 이 마을의 참여 민주주의가 바로 서고, 마을 주민 각자가 모두 책임 있는 주체로 나설 수 있는 절호의 기회였습니다.

늑대에 의한 양들의 희생은 반드시 막아야 한다는 생각과 의지가 있는 마을과 없는 마을에서의 양들의 운명은 하늘과 땅 차이입니다. 이 차이를 제대로만 파악하면, 반복되는 기만에 맞서 대책 마련에 나서는 마을 공동체가 시작될 수 있을 겁니다. '양치기 소년과 늑대'가 바로 이 대책 마련을 촉구하는 우화로 읽힌다면, 마을사람들이 책임 있는 주인으로 나서는 민주주의를 두려워하는 권력은 이 우화를 금서 목록에 집어넣을지도 모르겠습니다.

역사는 고장 난 경보장치를 고치는 것을 개혁이라 하고, 교체하거나 제3의 대안을 실현하는 것을 혁명이라고 부릅니다. 마을 주민들의 주체적인 각성이 그런 변화를 가져오지요. 늑대로부터 힘없는 양들을 지켜내는 근본은 그로써 이루어집니다.

'목동의 거짓을 알았으니 이제 우리는 양들을 지키기 위해 무엇을 해야 하는가?' 바로 이 질문을 던질 때 이 우화는 우리에게 더 많은 것을 알려주지 않을까요?

3. 사자 가죽을 쓴 당나귀

어떤 당나귀가 사자 가죽 하나를 발견하고는 그걸 몸에 뒤집어썼습니다. 그렇게 하고 돌아다니니 사람들이나 동물들 모두가 다 사자인 줄로 알고 벌벌 떨었어요. 멀리서 나타나기만 해도 줄행랑을 치기에 바빴습니다.

이런 속임수가 번번이 성공을 거두자 당나귀는 승리감에 도취해서 큰 소리로 히히힝, 거렸습니다. 그런데 그때 옆에 있던 여우가 그 소리를 듣고는 사자 가죽 안에 있는 것이 당나귀인 줄로 금세 알아차린 거예요.

여우가 말했습니다.

"이런 이런, 이거 자네 아닌가? 당나귀 친구. 방금 그 목소리를 못

들었으면 나도 깜빡 속아 자네를 무서워했겠는걸."

남의 권위를 빌려 위세를 떨다가 정체가 탄로 나서 꼴이 우스워진 것을 비꼬는 우화입니다. 톨스토이는 이 우화를 약간 각색하여, 숲속의 동물들 앞에서 한껏 폼을 잡던 나귀가 바람이 휙, 하고 부는 바람에 사자 가죽이 벗겨져 본래 모습이 드러나자 다른 동물들에게 흠씬 두들겨 맞고 쫓겨났다고 덧붙였습니다. 그 어느 쪽이든, 강자의 힘을 자기 것처럼 내세워 교만을 부리다가 신세가 망가지는 것을 말해주고 있는 거지요.

동양에도 이와 비슷하게 호가호위狐假虎威라고 해서 여우狐가 거짓으로假 호랑이의 위세虎威를 빌어 허세를 부린다는 뜻의 고사성어가 있습니다. 전한前漢 시대의 유향劉向이 편찬한 『전국책戰國策』의 「초책楚策」편에 나오는 이야기입니다.

기원전 4세기 초, 초나라 선왕 때 왕이 신하들에게 물었습니다. "듣건 데 북방의 여러 나라들이 우리 재상 소해휼을 두렵게 여긴다는데 그게 사실이오?" 이 말에, 강을이란 자가 왕족이자 명재상으로 명망 높은 소해휼을 시기해서 이렇게 대답했다고 합니다.

"아닙니다. 북방의 여러 나라들이 일국의 재상에 불과한 소해휼을 두려워하겠습니까? 이런 이야기를 들어보셨는지요.

한번은 호랑이가 여우를 잡았는데 여우가 호랑이에게 말하기를 '나는 옥황상제의 명을 받고 내려온 하늘의 사신이다. 네가 나를 잡아먹으면 그건 상제의 명을 어기는 것이니 천벌을 받게 될 게다. 믿기 어려운가? 그렇다면 내가 앞장설 테니 내 뒤를 따라와 보라. 나를 보고 달아나지 않는 짐승은 하나도 없을 것이로다.' 라고 했습니다. 그랬더니 과연 모두 달아나기에 바빴답니다. 누구 때문입니까? 뒤에 있는 호랑이 때문이 아닙니까?

마찬가지입니다. 지금 북방의 나라들이 두려워하고 있는 것은 일개 재상 소해휼이 아니라 그 뒤에 있는 초나라의 군주, 선왕이십니다."

이 '호가호위' 이야기가 나온 동기는 명재상에 대한 시기질투와 왕을 향한 아부라고 할 수 있는데, 여기서는 소해휼이 호랑이를 속여 자기가 위세를 부리는 여우라고 하는 것이니 무서운 모함이기도 합니다. 교활한 인물이라는 것이지요. 소해휼은 졸지에 자기가 왕보다 더 대단한 존재처럼 구는 위험인물이 된 셈입니다.

이야기는 이렇게 시작되었지만 이후 '호가호위'는 자기의 이익을 채우기 위해 권력자의 위세를 자기 것처럼 써먹으려는 자들을 고발하는 의미를 담게 되었습니다. 그러나 사실 '호가호위'라는 말이 강을의 이야기대로라면 여우는 살기 위해 순간적 기지를 발휘한 것이므로 어떤 이유로도 탓할 수 없습니다. 여우가 허세를 부리려는 목적으로 그리 한 것이 아니라 목숨을 지켜내기 위해 그리 한 것이니 명민했고, 도리어 호랑이가 멍청했던 것입니다.

사실 자칫하면, 이 이야기를 한 강을이 거꾸로 위험에 처할 수도 있습니다. 결국 호랑이는 여우에게 속은 격이니 말이지요. 누군가가 이 이야기를 군주의 어리석음을 풍자한 것으로 해석해 왕에게 일러바치기라도 한다면 상황은 졸지에 뒤집어집니다. 강을은 왕을 우롱한 죄를 뒤집어 쓸 수 있는 거예요.

이와는 달리 「이솝 우화」의 당나귀는 그 목적이 분명합니다. 다른 동물에게 겁을 주면서 자기를 과시하는데 있었습니다. 그렇기에 당나귀는 자신의 기만책이 성공을 거둔 것에 우쭐해서 자기도취에 빠지고 말지요.

> 이런 속임수가 번번이 성공을 거두자 나귀는 승리감에 도취해서 큰 소리로 히히힝, 거렸습니다.

그런데 바로 이 순간이 자충수였습니다. 겉모습은 속일 수 있었을지 몰라도, 당나귀가 사자처럼 초목을 떨게 할 쩌렁쩌렁한 목소리를 낼 수는 없을 테니까요. 사자 가죽은 남의 것이지만 목소리는 당나귀 자신의 것이니, 사자 가죽을 덮어 쓴 당나귀로서는 목소리를 내서는 아니 되었던 거지요. 바로 옆에 여우가 있었는데도 이를 의식하지 못하고 소리를 낸 것은 오만이 낳은 방심이라고 할 수 있습니다.

사자가 지배하는 세상의 분배방식

당나귀는 동서고금을 막론하고 어리석고 평생 남의 부림이나 당하면서 사는 존재를 상징합니다. 못 배웠다고 이리 채이고 저리 밟히는 민중의 현실과 맞닿아 있는 동물이기도 하지요. 그런 당나귀였기에 그는 강자인 사자에게 언제나 '밥'이었습니다. 「이솝 우화」에 이런 이야기도 있습니다.

사자와 여우, 그리고 당나귀가 함께 사냥을 나갔습니다. 이들은 곧 큰 사냥감을 잡을 수 있었어요. 사자는 당나귀에게 셋으로 나누어 보라고 했지요. 그러자 당나귀는 이걸 똑같이 3등분으로 나누었습니다. 이에 사자는 머리끝까지 화를 내고는 당나귀에게 달려들어 갈기갈기 찢어버리고 말았습니다.

사자는 여우를 쳐다보고는 다시 나누어 보라고 했습니다. 그러자 여우는 사냥감의 거의 전부를 한 뭉텅이로 모아 사자 앞에 갖다 바치고 나머지 아주 조금만을 제 몫으로 남겼습니다.

사자가 말했습니다. "여, 자넨 멋진 친구로군. 어떻게 이렇게 잘 나눌 줄 아나?" 여우가 대답했습니다. "뭘요. 방금 저 당나귀한테서 배우지 않았겠습니까?"

사자는 균등하게 나누는 사회를 용납하지 않습니다. 당나귀는 그런 시도를 하려다가 살해당합니다. 민중들이 오랜 세월 겪어왔던 일들입니다. 여우는 사자와 같은 막강한 권력자 앞에서 당나귀의 희생을 목격한 뒤 자기 몫을 포기하고 굴종할 수밖에 없는 처지의 사람들이지요. 당나귀는 여우에게 반면교사가 된 것입니다. 이 우화는 '사자의 욕심과 폭력'을 보여주고 있습니다. 사자의 비위를 건드리지 말고 조심하라는 경고도 있지만, 이 사자가 악당인 것을 숨기지 않고 있기 때문이지요. 당하지 않으려거든 강자에게 굽실거려라. 사자가 지배하는 세상의 논리입니다.

그런데 이 논리가 어느 순간 깨집니다. 어느 때 그렇게 될까요? 사자가 죽어버리는 순간입니다.

사자 가죽은 누가 벗겼나

「이솝 우화」에서 사자 가죽을 발견한 당나귀는 그런 상황에 놓이게 된 겁니다.

> 어떤 당나귀가 사자 가죽 하나를 발견하고는 그걸 몸에 뒤집어썼습니다.

여기서 우린 중요한 사실 하나에 주목할 필요가 있어요. 사자의 시체가 아니라 사자의 가죽이 남았다는 것은, 그 사자보다 강한 자가 있었다는 이야기입니다. 누군가가 사자를 죽이고 그 껍데기를 벗겨냈다는 것이죠. 세상에는 사자도 이기지 못하는 존재가 있는 겁니다. 이솝은 그런 메시지를 슬쩍 끼워 놓은 셈입니다.

길을 가다가 사자 가죽을 처음 본 순간, 당나귀는 어땠을까요? 상상을 해볼까요? 처음에는 혼비백산했을 겁니다. 그러나 알고 보니 죽은 사자의 가죽에 불과했습니다. 지금껏 이 사자 앞에서 꼼짝 못하고 살아왔다니. 게다가 여차하면 죽을 목숨이 되기도 했습니다. 그렇게 죽어간 당나귀들도 하나 둘이 아닙니다. 그런데 그 사자가 당나귀 앞에서 이젠 생쥐 한 마리보다 못한 겁니다. 죽은 것으로 끝나지 않고 가죽이 고스란히 벗겨진 채, 그것도 길에 버려져 있습니다. 발로 차고 물어뜯어도, 그 무서운 눈매를 노려봐도 이건 도무지 아무것도 아닙니다.

'아, 이런 것 앞에서 내가 그렇게 벌벌 떨었단 말이지?' 속이 시원하면서도 어쩌면 허무하기조차 했을 거예요. '사자도 죽는구나.' 그런 깨우침이 새삼스러웠을 테지요. 이것은 매우 중요한 의식의 변화입니다.

제아무리 강자라도 죽게 마련이고, 거대한 영토를 다스렸던 제국도 멸망합니다.

모든 강한 권세는 끝이 있다는 것, 그걸 주도해온 세력이 무너지면 아무리 겉모양이 그럴싸해도 그건 아무것도 아니라는 것. 그 강한 권세도 이겨내지 못하는 것이 또 있다는 것. 맹수와도 같았던 군주나 최고 권력자도 죽고 나면 파리 한 마리 죽일 수 없다는 것. 모두 사자의 죽음 속에 담긴 의미들입니다.

한 시대도 그렇게 막을 내릴 수 있습니다. 이미 끝난 시대의 가죽 또는 껍데기를 가지고 그 시절의 위세를 다시 내세우려 한다면 그건 시대착오입니다. 살아 있을 때는 이 사자의 갈기와 몸집만 봐도 '날 살려라'였는데, 속이 없어지니 겉은 무용지물인 겁니다.

그러다가 당나귀 머리에 전광석화같이 생각이 하나 스쳐지나 갑니다. '이걸 한번 내가 뒤집어 써봐? 어떻게 될까?' 속은 당나귀이고, 겉은 사자. 그 사자도 살아 있는 사자가 아니라 가죽에 불과한. 무서운 것은 살아 있는 사자이지 사자 가죽 그 자체는 아니지요. 그런데 만일, 가죽의 겉만 보고 사자인 줄로 안다면?

> 그렇게 하고 돌아다니니 사람들이나 동물들 모두가 다 사자인 줄로 알고 벌벌 떨었어요. 멀리서 나타나기만 해도 줄행랑을 치기에 바빴습니다.

예상대로, 속은 당나귀인데도 사람이나 동물이나 모두 다 사자의 겉 가죽만 보고 공포에 질려 죽자 살자 도망했습니다. 살아 있을 때 사자가 준 그 정신적 충격과 상처가 이리도 큰 것입니다. 살았는지 죽었는지 분간을 못하는 거지요. 그 움직임이 사자인지 당나귀인지조차 구별하지 못하잖아요. 사자 가죽을 뒤집어썼다고 당나귀가 사자 걸음을 하기란 쉽지 않았겠지요?

그런데도 모두가 이 허위를 꿰뚫어 보지 못합니다. 사자가 통치했던 시대의 공포와 사유의 한계를 극복하는 일은 이리도 간단치 않습니다. 껍데기와 진실이 분명하게 눈에 들어오지 않는 것입니다.

폭력의 트라우마, 그 외상의 충격

사자가 죽어 그 가죽이 길에 떨어진 상황은 사자의 폭력이 모든 것을 결정했던 시대가 이제 사라졌음을 말해줍니다. 그런데도 동물들과 사람들은 여전히 그 시대의 그림자 안에 살고 있었던 것입니다. 폭력의 트라우마입니다. 걸핏하면 사자 밥이었던 자가 사자 행세를 해도 그걸 알아보지 못하는 현실이 이 우화에서 가감 없이 드러나는 거지요.

사자 가죽을 쓴 당나귀를 사자로 여기는 시대는 진실에 눈멀어 있습니다. 역사는 이미 새로운 시대로 접어들었는데도, 여전히 과거의 잔상이 현실을 지배하고 있는 것입니다. 당나귀의 정체를 대뜸 알아보고, '아니 요놈이!' 하고 통찰해내는 시대야말로 제대로 된 시대입니다. 그렇지 않았기에 당나귀는 위장술의 위력을 알게 됩니다. 어떤 기분이었을까요?

이런 속임수가 번번이 성공을 거두자 당나귀는 승리감에 도취해서 큰 소리로 '히히힝~' 거렸습니다.

사자노릇을 하다 보니 자기가 당나귀인 걸 순간 깜빡 잊고, 자기도 모르게 당나귀 소리를 내고 말지요. 가짜가 진짜로 통하는구나, 하고 착각한 결과입니다. 그런데 이 '히히힝' 하고 웃는 당나귀의 웃음은 무슨 의미일까요? 하나는 당나귀의 정체가 폭로되는 것이고, 다른 하나는 그런 당나귀를 알아보지 못하는 세상에 대한 조롱이겠지요. '야, 이런 나를 보고 사자라고 생각하다니, 참 한심하다, 껍데기를 쓴 것뿐인데 이걸 못 알아봐?'

사자 가죽에 현실 반영하기

그런데 당나귀 소리에 여우는 그 정체를 알아챘습니다. 사자는 죽었고 남은 것은 가죽뿐인 것을요. 모두가 무지했던 것은 아니었어요. 당나귀의 '히히힝'거리는 소리는 가짜가 밝혀지는 순간이지요.

중요한 건 그 다음입니다. 이 소리를 알아듣고 세상에 공개하는 자가 있어야 합니다. 여우는 그런 임무를 수행하고 있습니다. 우연이 준 기회였지만, 사자 가죽 속에 당나귀가 있다는 걸 알았으니 더는 가짜가 진짜 행세를 하지 못하게 되겠지요. 하지만 현실은 꼭 그렇지만도 않다더라고요.

혹시 이런 이야기 들어보셨나요?

"이런 이런, 이거 자네 아닌가? 당나귀 친구, 방금 그 소리를 못들었다면 나도 깜빡 속아 자네를 무서워했겠는걸?"

당나귀가 여우의 말에 흠칫 놀라서 아차! 했지만 때는 이미 늦었습니다. 당나귀는 여우를 보고 히죽 웃었습니다. 민망하고 겸연쩍었던 거지요. 눈치빠른 여우가 당나귀는 잽싸게 한 눈을 찡긋 감아 보였습니다. 그러다가 손을 내밀어 여우와 당나귀는 손뼉을 짝! 소리 나게 마주쳤습니다. 하이, 파이브!

그러자 둘이는 이내 허리를 부여잡고 함께 낄낄 거렸습니다. 그 바람에 뒤집어쓰고 있던 사자가죽이 훌렁 뒤로 벗겨지면서 당나귀 머리가 불쑥, 하고 튀어나오지 않았겠어요. 당나귀가 황급히 그걸 도로 끼워놓으려 했지만, 그 사이에 낄낄대느라 턱이 빠져 가죽과 머리가 잘 맞춰지지 않는 것이었습니다. 여우가 그걸 보고 눈물이 나게 웃음보를 터뜨렸습니다. 지나가던 다람쥐가 깜짝 놀란 눈으로 이 광경을 쳐다보다가 하도 우스워 데굴데굴 굴렀습니다. 도토리가 데굴데굴, 밤톨도 데굴데굴, 온 세상이 데굴데굴.

다음날 아침, 사자 가죽을 쓴 당나귀 등에는 여우와 다람쥐가 올라타고 숲 속으로 행차했습니다. 모든 동물들이 여우와 다람쥐에게도 머리를 조아리며 벌벌 떨었답니다. 여우가 "어험, 어험"하면 다람쥐는 "에헴, 에헴." 아직도 턱이 덜컥거리는 당나귀는 움직일 때마다 "절그덕 절그덕 어험 에헴." 그런데 그건 아직 태풍이 이 숲에 몰아치기 전의 일이었다고 하네요.

그 다음 이야기가 어찌 되었는지 누구 혹시 아시는 분 있으신가요? 사자의 권위로 젠체하는 당나귀에 대한 조소와 비난을 넘어설 때 이 이야기는 우리에게 새로운 질문을 던져줄 겁니다. 사자 가죽을 쓴 당나귀 앞에서 쩔쩔 매는 시대의 자화상을 볼 수 있다면 문제는 우리인 것을 알게 되겠지요. 이 이야기는 그런 까닭에 어리석은 당나귀를 사자인 줄로 알고 떠받드는 다른 동물들의 어리석음에 대한 통렬한 고발이기도 합니다. 오늘도 도처에서 '히히힝'대는 당나귀가 얼마나 많을까요? 우리가 못 알아보고 있을 뿐이지요.

이상 사자가죽을 쓴 당나귀 식별법 강의였습니다.

일곱 번째 이야기

헨젤과 그레텔

인생의 숲에서 실종당한
헨젤과 그레텔을 위해

자기가 굶어죽게 생겼다고, 부모가 자식을 숲속에다 갖다 버리는 이야기가 있습니다. 그리고 그 이야기는 아이들이 읽는 세계적인 고전 동화가 되었습니다.「헨젤과 그레텔」이 바로 그런 이야기입니다.

어떤 가난한 나무꾼이 아내, 그리고 헨젤과 그레텔이라는 두 아이들과 함께 살고 있었습니다. 엄마는 친엄마라고 하기도 하고 새엄마라고 하기도 하는데 무슨 까닭인지 전해오는 이야기마다 다소 다르게 말하고 있네요.

살림살이가 넉넉지 않았던 이들은 어느 날 나라에 온통 기근이 들자, 더더욱 곤란한 지경에 빠지게 되었고 결국 아이들을 숲 속에 내다 버리기로 작정합니다. 먹는 입을 그런 식으로라도 줄이지 않으면 자칫 모두가 다 굶어죽게 생겼다는 엄마의 채근에 들볶인 아빠가 그렇게 하기로 한 것이죠.

그런데 아이들은 부모의 이러한 비밀계획을 우연히 엿듣게 되고 집으로 돌아올 수 있는 방법을 따로 몰래 준비합니다. 헨젤이 조약돌을 주머니에 넣고 숲으로 가는 길에 하나씩 떨어뜨린 다음, 그 돌을 따라 집으로 돌아온 겁니다. 처음에는 귀환에 성공하지만, 두 번째는 더 깊은 숲 속에 버려지고 계획했던 방법이 통하지 않아 집으로 돌아올 수 없게 됩니다. 이번에는 조약돌 대신 빵을 길에 떨어뜨렸는데 새가 먹어버리고 만 거예요.

그렇게 길을 헤매다가 빵과 케이크로 만든 집을 발견하고 옳다구나 하며 그리로 들어갑니다. 그 집에 마녀가 살고 있는 걸 몰랐던 거죠. 마녀는 그레텔을 하녀로 삼고, 헨젤은 살찌운 뒤 먹겠다며 가두어버립니다. 헨젤은 얼마나 살쪘나를 마녀가 검사하러 올 때마다 뼈다귀 하나를 내밀어 아직 여윈 것처럼 위장했습니다. 마녀가 기다리다 참지 못하고 헨젤을 잡아먹으려 한 날, 그레텔은 기지를 발휘해서 마녀를 활활 타오르는 화로 속에 빠뜨려 잿더미로 만들고는 갇혀 있던 오빠 헨젤을 구해냅니다.

두 아이는 마녀의 집에서 보물들을 찾아 숲속을 빠져나온 뒤, 오리를 타고 강을 건너 마침내 집으로 돌아오게 되었습니다. 집에 와보니 자기들을 버렸던 (새)엄마는 그 사이에 죽고 두 아이는 아빠와 행복하게 살아갔답니다.

부모가 자식을 버리다, 이게 무슨 일인가

그림 형제의 「헨젤과 그레텔」 원본은 대강의 줄거리만으로는 속뜻을 쉽게 파악할 수 없을 만큼 풍부한 내용을 가지고 있습니다. 그건 이 이야기가 당대의 독일어 문법과 언어에 탁월한 학자였던 그림 형제의 문학적 성취이자, 애초에는 아이들보다는 성인들을 대상으로 했다는 점에서도 그렇습니다. 원본의 이야기는 다음과 같이 시작됩니다.

> 어떤 가난한 나무꾼이 아내 그리고 (전처 소생의) 두 아이들과 함께 커다란 숲 가까운 곳에서 살고 있었답니다.

'나무꾼'은 어느 나라 민담에서나 대체로 가난한 민중에 속합니다. 농사지을 땅 한 뼘 없는 신세입니다. 헨젤과 그레텔 아버지의 사정 역시 다르지 않습니다. 그는 이 이야기에서 이름조차 없는 존재이지요. 아버지는 '숲' 근처에 살면서 나무를 해다 팔아 식구들의 생계를 이어 나가고 있었어요. 그렇기에 '숲'은 그에게 소중한 생활 현장인 거지요. 헨젤과 그레텔 가족에게 생명을 공급하는 신성한 곳이기도 합니다. 유럽 중세 민담에 숲속에 사는 정령 이야기가 많은 것도 숲을 성스러운 곳으로 생각했기 때문이랍니다.

그런데 어느 날부터인가 온 나라에 엄청난 기근이 들었고, 헨젤과 그레텔 식구는 먹을 것이 부족해집니다. 앞날이 깜깜해진 가장은 밤새 뒤척이다가 아내에게 이렇게 말합니다.

"우리 이제 어떻게 하지? 우리 두 사람도 먹을 것이 부족한데 저 두 불쌍한 아이들은 어떻게 먹여 살릴 수 있겠소?"

이 아버지, 대체 무슨 말을 하는 건가요? 걱정거리의 우선순위가 어떻게 되어 있나요? "우리 두 사람도 먹을 것이 부족한데…"입니다. "우린 어떻게 돼도 괜찮아. 무슨 방법을 써서라도 아이들은 먹여 살려야 할 텐데."라고 하질 않아요. 말로는 아이들이 불쌍하다면서 먼저 염려하는 것은 자신들입니다. 기근에서 아이들을 구하겠다는 단호하고 적극적인 아버지의 의지는 보이지 않습니다. 그런 남편을 아내는 재빠르게 다그칩니다.

"어떻게 해야 할지 내가 말하죠. 내일 아침 일찍 아이들을 숲속 깊은 곳으로 데리고 가는 거예요. 나무들이 빽빽이 차 있는 곳에 말이지요. 거기서 불을 피우고 아이들에게 빵조각을 주고는, 우리가 일하러 간다면서 저 애들을 그곳에 그냥 내버려두고 오면 되지요. 아이들은 집으로 오는 길을 찾지 못하게 될 것이고 그렇게 하면 우리는 저 아이들로부터 해방되는 거랍니다."

아내가 주도적으로 결론을 내립니다. 아이들을 내버리자며 구체적인 계획까지 순식간에 내놓고 있지요? 유기遺棄의 현장도 미리 정합니다. 아이들을 속여 넘길 기만책도 준비되어 있고요. 집으로 되돌아오는 길을 잃게 하면, 아이들은 더 이상 자기들에게 짐이 되지 않을 것이라고 합니다. 완전범죄를 기획했네요. 무서운 여자죠.

그림 형제는 나무꾼의 아내를 아이들의 친엄마라고 했다가 판본을 바꾸면서 새엄마로 수정합니다. 아이들을 갖다버리는 장본인이 친엄마라는 설정에 독자들이 반발하자 바꾼 겁니다. 그 바람에 이런 식의 이야기는 새엄마가 된 이들에게 상처가 되기도 합니다. 새엄마 또는 계모는 으레 전처소생에게 잔혹하다는 이미지가 굳어지기 때문인데, 이런 이미지는 고정관념이 가져오는 정신적 폭력일 수 있습니다.

이것을 염두에 두면, 사실 친엄마냐 새엄마냐가 중요한 것은 아닙니다. 친엄마면 어찌 그럴 수 있어,가 되고 새엄마라면 그럴 수도 있겠지,가 아니지요. 둘 다 잘못된 것이죠. 제일 먼저 보호되어야 할 아이들이 제일 먼저 버려지게 생겼으니 말입니다.

기근이 들었다고 부모가 어떻게 아이를 내버리는가, 하고 생각할지 모르겠습니다. 하지만 이는 중세 유럽의 민중들이 겪었던 절박한 현실이었습니다. 친부모가 먹고 살 길이 없어 자기 아이들을 내다버리는 것은 그다지 예외적인 일은 아니었던 거지요. 전쟁과 기근, 질병과 가난이 덮쳤을 때 중세 사람들이 겪은 일이었고, 이것이 민담의 내면에 담긴 것입니다. 교회나 마을의 귀퉁이, 또는 광장이나 숲 속에 아이들을 내다버리고, 도망치듯 그 자리를 빠져나온 사람들이 적지 않았던 거예요. 헨젤과 그레텔의 부모는 바로 그런 부모들 가운데 하나였습니다.

이 여자의 말에서 주목해야 할 것이 하나 있습니다. 이들이 의존해온 숲의 성격이 변모하는 대목입니다. 숲은 이제 이들의 삶을 지탱해주는 신성한 곳이 아니라, 아이들을 내버리는 어른들의 범죄 현장이 되고 있습니다. 그뿐만 아니라 집으로 돌아올 수 없는 막막한 미로迷路로 변하고 맙니다. 숲이 아이들에게 공포와 위기의 늪이 될 판이죠. 악한 마음은 좋은 곳도 이렇게 지옥으로 만들어버리고 마네요.

애들을 숲속에 남겨두고 오자는 아내의 이야기에 남편은 반대합니다.

"안 돼. 여보. 결코 그럴 수 없소. 대체 무슨 마음을 먹고 숲속에 애들만 남겨 두고 떠나올 생각을 한단 말이요? 맹수들이 금세 와서 애들을 모두 갈가리 찢어놓고 말 거요."

얼핏 들으면 남자는, 아이들을 매우 걱정하고 아이들을 버리겠다는 발상 자체를 논란거리로 삼는 듯합니다. 그러나 조금만 따져보면 오히려 심각한 문제를 발견하게 됩니다. 맹수가 오든 안 오든 애들을 속여 숲속에 떼어놓고 빠져나오는 것은 부모로서 결코 할 일이 아닙니다. 설령 부모가 아니라도 그렇지요. 만일 맹수가 아이들을 공격할 가능성이 없는 숲속이라면, 버려두고 와도 되는 건가요? 그런데 아내는 남자에게 이내 쏘아붙입니다.

"아, 이런 바보 같으니라고. 그렇게 하지 않으면 우리 네 식구 모두 굶어죽게 된단 말이에요. 내 말대로 하지 않을 거라면, 당신은 아예 우리 모두가 들어갈 관이나 지금 준비하는 것이 낫겠어요."

여자는 남자를 몰아세웁니다. 모두가 굶어죽느냐 아니면, 부부 두 사람만이라도 살아남느냐 라는 선택 앞에 서게 한 겁니다. 여자가 남편을 향해 '바보'라고 합니다. 그러면 이럴 때 어떻게 해야 똑똑한 것인가요? 아내의 닦달은 그치지 않습니다.

여자는 남편이 자기 말에 따르겠다고 할 때까지 계속 다그쳤습니다. 남편은 그리하겠다고 하고는 "아, 아이들이 불쌍해. 이렇게 했다가는 반드시 후회하고 말 텐데."라고 탄식합니다.

아버지는 괴로워하지만 아이들을 버리는 쪽으로 마음을 먹습니다. 여자가 아무리 그렇게 하자고 해도 남자가 끝까지 아니라고 하면 사실 어쩔 수 없는 일이죠. 이 일은 공모자가 있지 않고서는 실행이 어렵기 때문입니다. 하지만 이제 그는 절반의 책임을 피할 수 없게 되었습니다. 숲속에 버리면 아이들이 맹수에게 희생당할 것이라고 자기 스스로 말해놓고도 말입니다.

맹수의 습격을 염려했던 그의 말대로라면 아이들은 단순히 숲에 버려지는 것이 아니라, 늑대나 곰의 아가리에 던져지는 겁니다. 먹을 것이 없어 어쩌지 못한 채 굶어죽는 것과는 다르지요. 이건 명백히 의도적인 살해행위입니다. 이들 두 어른이 살아남기 위해 아이들을 제거하는 것인데, 살려야 할 순서가 여기서는 거꾸로 죽여야 할 순서가 되고 말았어요.

그런데 아무도 못 들었을 것이라 여겼던 부부의 생각과 달리, 그만 아이들이 듣고 말았습니다. 너무 배가 고파 잠들지 못한 헨젤과 그레텔이 의도치 않게 엿듣게 된 겁니다.

그레텔은 몹시 슬프게 울면서 오빠인 헨젤에게 이렇게 말했습니다.

"이제 우리는 꼼짝없이 죽게 생겼어."

그러자 헨젤은 "쉿, 그레텔, 조용히 해. 그리고 걱정하지 마. 내가 얼른 좋은 방법을 찾아 볼 테니까."라고 그레텔을 안심시켰습니다.

그레텔은 어리고 마음 약한 아이라 겁에 질려 울기만 합니다. 반면에 헨젤은 신속하게 방법을 찾겠다면서 그레텔의 마음을 진정시키지요. 그레텔에게 헨젤은 믿을 수 있는 유일한 존재입니다. 헨젤은 아빠와 엄마가 잠이 들자, 밖으로 살며시 나갑니다.

밤하늘에 달이 휘영청 밝게 빛나고, 문 앞에 하얀 조약돌들이 은색으로 반짝이고 있었어요. 헨젤은 몸을 굽혀 주머니 속에 조약돌을 가득 넣은 다음 다시 안으로 들어갔습니다.

그러고는 동생 그레텔을 다시 안심시킵니다. 하나님이 자기들을 결코 저버리시지 않을 것이라는 말과 함께 말이지요. 중세 유럽이 기독교 문명 아래 교권이 지배하던 사회였음을 떠올린다면, 하나님에 대한 헨젤의 언급은 중요한 의미를 갖습니다. 세상이 버리려는 이들을 지켜주신다는 하나님에 대한, 힘없는 민중들의 간구가 담겨 있으니까요.

야단맞다 그리고 버려지다

여자는 아이들을 한시라도 속히 내쫓아 버리고 싶었던지, 아직 해도 뜨기 전인 꼭두새벽에 두 아이를 깨웁니다. 그러고는 아이들에게 욕을 퍼부으면서 윽박지릅니다.

"일어나, 이 뼛속까지 게으른 것들아, 이제 우리는 나무하러 숲에 갈 거다."

그 시간에 깨우면서 게으르다는 말도 안 되는 비난을 쏟아내는군요. 강자들의 논리입니다. 그러면서 상대의 정신을 쏙 빼놓는 겁니다. 이런 욕설과 지탄에 휘둘리면 그걸 듣고 있는 약자는 자칫 자기중심을 잃어버리게 됩니다. 상대의 비난에 자기도 모르게 세뇌당한 나머지 '어, 정말 내가 게으른가?' 이러면서 말이지요. 그런데 헨젤은 매우 침착했습니다. 그 말에 아무 대꾸도 하지 않는 거예요. 도리어 정신을 바짝 차립니다. 참 똑똑한 아이죠?

여자는 두 아이들에게 빵 조각을 주고 더는 줄 것이 없으니 점심때까지는 먹지 말라고 말합니다. 한 끼 양식밖에는 없었던 것이에요.

그런데 헨젤은 가다가 여러 차례 멈춰섭니다. 부모 몰래 조약돌을 떨어뜨려 돌아가는 길을 표시하기 위해서였지요. 그런 그를 이상하게 여긴 아버지가 이유를 묻자 집 지붕 위에 있는 하얀 고양이가 자기에게 인사하는 것을 보느라 그런다고 대답합니다. 그러자 엄마는 헨젤을 야단칩니다.

"이 바보 같은 놈, 그게 어디 고양이냐, 하얀 굴뚝을 비추는 햇살이지."

여자는 걸핏하면 '바보'라고 소리 지릅니다. 그러나 여기서 우리는 헨젤이 여자의 기만책에 맞서 거꾸로 상대를 속이는 것을 보게 됩니다. 누가 정말 바보인지 여자는 모르고 있네요.

헨젤의 품에는 부모들이 모르는 조약돌이 있고, 집 쪽을 바라보는 척하면서 그걸 길 위에 떨어뜨리며 걸어가는 겁니다. 그뿐이 아니에요. 사실 헨젤의 상상 속에 등장하는 고양이는 이 이야기의 결말에서 생각지도 못했던 대목과 맞춰지는 퍼즐이 된 겁니다. 그게 뭔지는 수수께끼로 남겨 놓겠습니다.

드디어 아이를 버리기로 계획했던 곳에 오자 아버지는 추위를 막아주겠다면서 불을 피웁니다. 그리곤 두 부부는 헨젤과 그레텔에게 일하고 난 뒤 데리러 올 때까지 그곳에서 쉬고 있으라고 하지요. 그러는 사이에 놓아두고 가버리려는 속셈인데, 위하는 척하면서 실제로는 함정에 빠뜨리는 속임수 아니겠어요?

헨젤과 그레텔은 불 곁에 앉아 점심때가 되자 빵을 꺼내 먹었습니다. 바람결에 도끼 찍는 소리가 들리기에 아빠가 근방에 계시겠거니 하고 생각했는데 사실 그것은 도끼 찍는 소리가 아니었어요. 아빠가 어느 시든 나무에 묶어 놓은 나뭇가지가 바람에 이리 저리 불려 움직였기에 나는 것일 뿐이었답니다.

아버지가 아이들을 속이는 방식이 참 교묘하지요. 아이들이 신뢰하고 또 정겨워하던 소리가 덫이 되고 있는 셈입니다. 믿는 도끼에 발등 찍히는 상황이에요. 아이들은 이제나 저제나 하고 기다리다가 지쳐 잠들고 맙니다. 깨어나니 사방은 이미 칠흑 같은 어둠에 둘러싸여 있었고 그레텔은 다시 울음을 터뜨립니다.

이때 그레텔이 헨젤에게 던진 질문은 "우리 어떻게 이 숲을 빠져나가지?"였습니다. 숲의 의미가 달라졌음을 깨달은 것입니다. 그러자 헨젤이 동생을 안심시킵니다. 집으로 돌아갈 수 있으니 염려 말라는 겁니다. 어떻게 그럴 수 있을까요?

달빛에 하얀 조약돌이 방금 새로 만들어진 은화처럼 반짝였습니다.

달이 밝기를 기다렸다가 헨젤은 떨어뜨렸던 조약돌을 따라 집으로 향합니다. 표식으로 삼은 조약돌이 한밤중에 보석처럼 빛났던 것입니다. 평소에는 그저 길바닥에 깔려 있는 하찮은 돌멩이 정도로 여겼거나 기껏해야 장난감뿐이었을 조약돌이지만, 지금은 그야말로 은빛 보물과도 같은 존재입니다. 집으로 돌아가는 길을 알려주는 든든한 표지판이 된 것이에요. 달빛도 이들에게는 최상의 조명이었습니다.

세상에 시시한 존재는 하나도 없습니다. 놓이는 위치와 감당하게 되는 역할에 따라 가치는 전혀 달라지게 마련이지요. 조약돌 하나, 달빛 한줌 그 어느 것도 이들에게 귀하지 않은 게 없었을 것입니다. 길바닥에 무심히 널린 작은 돌맹이와 햇살에 비하면 희미하기 그지없는 달빛 한줌이 위기에 처한 생명을 살려내고 있으니까요. 조약돌과 달빛, 그리고 아이들의 지혜와 용기가 하나 되어 힘을 발휘한 결과예요.

멀고 긴 밤길을 걸어 집에 당도한 아이들은 문을 두드립니다. 그러자 엄마가 문을 열고 내다보더니 소리를 꽥 지릅니다. 이들의 생각지 않았던 귀환에 화가 난 거겠지요.

"이 못된 녀석들 같으니라고. 어떻게 그렇게 숲 속에서 정신없이 오래 잠을 잔단 말이냐? 우린 너희들이 이젠 집에 영영 되돌아오지 않을 줄 알았지."

이걸 적반하장賊反荷杖이라고 하나요? 도둑이 거꾸로 매를 들고 네 놈이 도둑이지, 하며 덤벼드는 격입니다. 분명히 일을 마치면 데리러 온다고 해놓고는 내버려둔 뒤, 이제는 억지를 부리면서 아이들이 너무 오래 잠을 잔 게 문제라고 덮어씌우고 있으니 말이지요. 하지만 아빠는 아이들을 아주 반갑게 맞이합니다. 그러나 이도 잠시, 다시 기근이 닥칩니다.

남매, 두 번 버려지다

엄마는 아빠에게 아이들을 또 내쫓을 수밖에 없다면서 이번에는 좀 더 깊숙한 숲 속으로 가야겠다고 합니다. 지난번의 실패에서 교훈을 얻은 모양이에요. 도저히 귀환이 불가능한 상황을 만들겠다는 것이죠. 그리고 이렇게 말합니다.

"이게 우리가 이 상황을 탈출할 수 있는 유일한 길이에요."

역시 자기들 생각뿐이네요. 그러나 남편은 전과는 좀 다른 반응을 보입니다.

"그렇게 할 바에야 마지막 남은 빵부스러기라도 아이들과 함께 나누어 먹는 편이 낫겠소."

살아도 같이 살고 죽어도 같이 죽자는 겁니다. 그러나 결국 아내의 말에 무릎을 꿇습니다. 아무래도 역시 자기들이 우선이었던 것이지요. 이번에도 아이들은 부모들이 나눈 이야기를 엿듣게 됩니다. 헨젤은 지난번처럼 조약돌을 주우러 나가지만 여자가 문을 잠그는 바람에 나갈 수 없게 되었어요. 그래도 헨젤은 씩씩하게 그레텔을 달래며 진정시킵니다.

다음 날 이른 새벽, 이번에는 훨씬 양이 적은 빵조각을 엄마가 아이들에게 나누어주는데, 헨젤은 조약돌 대신 이 빵부스러기를 땅에 뿌리며 갑니다. 돌아올 길을 표시하기 위해서였지요. 그렇게 하려고 자꾸

멈춰서는 아들에게 아빠가 왜 그러냐고 묻자, 작은 비둘기가 자기를 보고 인사하기에 그걸 쳐다보고 있다고 말합니다. 그러자 엄마가 냅다 욕설을 내뱉습니다.

"이 어리석은 녀석아. 그게 어디 비둘기냐? 굴뚝 위에 비춘 햇살이지."

헨젤과 그레텔 이야기에서 새의 등장은 중요한 의미를 갖습니다. 이 대목 역시 복선이라 할 수 있어요. 새가 이 아이들을 위해 어떤 역할을 하게 되리라는 것을 암시하고 있기 때문입니다. 그뿐만 아니라 여자는 고양이나 새가 아니라, 지난번처럼 '햇살이 비춘 굴뚝'이라고 말합니다. 햇살이 내려앉은 행복한 집을 여자는 꿈꾸었던 것인지 그말이 자기도 모르게 튀어나왔던 모양이에요. 아이들은 그런 집과 자꾸 멀어지고 있고요.

아이들을 깊고 깊은 숲속으로 끌고 들어간 여자는 불을 피워놓고는, 지난번처럼 쉬고 있으라고 합니다.

"피곤하면 잠시 잠을 청해도 좋다. 우린 나무하러 가니까 일을 끝내고 저녁이 되면 너희들을 데리러 오마."

아이들이 돌아오자 "오랫동안 잠들어 버리더니 이제야 나타났구나." 하며 된통 야단치던 여인이 이제는 말을 싹 바꾸네요. 안심시켜 속이려는 것이지요. 그걸 알면서도 아이들은 다른 방법이 없으니, 빵을 먹고 잠들었다가 깨어납니다. 물론 온다는 부모는 오지 않았습니다.

헨젤은 그레텔을 위로하면서 지난번처럼 달이 뜨면 길을 찾을 수 있을 것이라고 말합니다. 하지만 이번에는 실패하고 맙니다. 이미 숲속의 수많은 새들이 길 위의 빵부스러기를 쪼아 먹었기 때문이에요.

이 대목은 매우 중요한 전환점입니다. 이때까지 헨젤이 알고 있던 세계가 무너지고 만 겁니다. 이제는 과거와 전혀 다른 방식으로 문제를 풀어야 하는 상황에 직면한 거죠. 이에 더해 아이들은 자신들보다 더 배고픈 존재도 이 세상에 있다는 것을 알게 되었겠지요. 땅에 떨어진 빵 부스러기를 누가 먹을 줄이야 미처 몰랐을 테니까요.

그래도 헨젤은 그걸 먹어치운 새들을 비난하지 않습니다. 그 새들은 거처 없이 유랑하는 걸인이나 가난한 나그네를 연상시킵니다. 이제 두 아이에게는 의존할 빵부스러기가 없습니다. 맨몸으로 숲의 새로운 현실과 마주해야 합니다. 어느새 이틀째 숲 속을 헤매어도 나갈 길은 발견할 수 없었고, 아이들은 지칠 대로 지치고 말지요.

그레텔, 자신의 목소리를 내다

그렇게 3일째 되는 날, 헨젤은 이대로 가다가는 둘 다 조만간에 쓰러지고 말 것이라고 생각했습니다. '3일째'라는 대목은 중요한 변화를 예감하는 성서의 표현방식입니다. 유럽의 민담과 기독교의 정신은 서로 뒤섞이는 경우가 많았습니다. 이는 당대 사람들에게는 매우 익숙한 어법이었는데요, 옛 시간의 완결과 새로운 시간의 시작이 이어지는 경계선에 서 있음을 의미합니다.

그때 이들 앞에 눈처럼 희고 예쁜 새 한 마리가 때마침 나무 위에서 아름다운 노래를 부르다가, 갑자기 날개를 퍼덕거리며 날아오르는 게 아니겠어요? 새는 미지의 곳으로 이끄는 존재를 상징합니다. 이는 마치 헨젤이 땅에 뿌려놓은 빵 부스러기에 대한 새의 보답처럼 여겨지는 장면이기도 해요.

아이들은 새의 뒤를 따라갔고, 그 새가 멈춘 곳은 빵과 케이크 그리고 설탕으로 만든 작은 집이었습니다. 배가 고팠던 이들에게는 하늘의 식탁이 아닐 수 없었겠지요. 헨젤은 지붕 조각을 먹기 시작하고, 동생인 그레텔에게 창문을 먹으라고 권합니다.

그때 어디선가 부드러운 목소리가 들립니다.

"깔짝깔짝 소리가 나네. 아니 쥐새끼인가? 누가 도대체 내 집을 갉아먹고 있는 거지?"

이 말에 아이들이 소리 모아 대답합니다.

"아니, 아니. 우린 바람소리랍니다. 천상의 아이가 불어대는 바람처럼 부드러운 소리지요."

그러자 문이 열리고 아주 늙은 노파가 지팡이를 짚고 나타납니다. 겉으로 보기에는 그저 숲속에 혼자 사는 할머니같기만 했습니다.

"아, 귀여운 아이들아. 여기에 어떻게 왔니? 이리 들어오거라. 나와 함께 있자구나. 아무도 너희를 해치지 않는단다."

노파는 아이들의 손을 잡고 집 안으로 데리고 들어가 성찬을 차려주고 아이들을 깨끗한 침대에 잠들게 해주었습니다. 모든 것이 평안하고 천국에 온 기분이었을 겁니다. 처음 보는 이 할머니는 너무나 친절했고, 그 무엇도 의심할 바가 없었지요.

그러나 사실 이 노파는 아이들을 꼬여 잡아먹는 나쁜 마녀였고 이 과자로 만든 집도 아이들을 유혹하기 위해 세운 집이었어요. 일단 아이들이 이 집에 들어서게 되면 아이들을 죽이고 요리해서 먹어치우곤 하는 마녀였습니다.

이 마녀는 빨간 눈을 가졌는데 시력이 좋지 않아 멀리 내다보지 못했고 그 대신 후각은 야생동물처럼 발달해서 아이들이 오는 기척을 멀리서도 알아차릴 수 있었습니다.

위장한 마녀인지 아닌지 알아볼 수 있는 방법은 오직 한 가지, 눈을 보면 되는 것이었습니다. 눈은 존재의 진실이 있는 곳입니다. 마녀의 눈은 왜 붉을까요? 피를 밝히기 때문이죠. 남의 생명을 노리기 위해 눈이 벌건 자들의 모습이 바로 이것입니다. 그런 눈이 결코 맑을 리 없겠지요. 당장의 탐욕에 사로잡혀 있을 테니, 멀리 내다보는 성찰의 힘은 더더욱 기대할 수 없습니다. 그래서 시력이 좋지 않다고 표현한 것이에요.

마녀는 시력 대신 욕망의 후각이 발달했습니다. 그러기에 돈 냄새, 권력의 냄새, 먹잇감의 냄새를 비롯해서 욕심을 채울 수 있는 대상은 누구보다 빨리 찾아냅니다. 이들이 베푸는 선심은 모두 상대를 덫에 걸리게 하려는 음모와 수작일 뿐이지요.

이런 계략도 모르는 채 헨젤과 그레텔은 허기진 탓에 빵, 케이크, 설탕의 유혹에 넘어갑니다. 숲에서 길을 잃고 아사할 뻔했던 아이들은 마침내 위기를 넘겼다고 생각했지만, 사실 더 큰 위기가 닥치고 있었던 거예요. 아이들의 아버지는 맹수를 걱정했지만 정작 나타난 것은 마녀였습니다. 맹수보다 더 무서운 존재입니다. 왜냐하면 상대의 정체를 알아볼 수 없어, 경계 또한 할 수가 없으니 속을 수 있기 때문입니다.

마녀는 잠자고 있던 헨젤을 깨워 가두고 그레텔에게는 일을 시킵니다. 헨젤을 살찌워 잡아 먹기 위해 식사를 마련하는 일에 그레텔을 보조로 부리는 것이지요. 이제 그레텔은 오빠 없이 혼자서 마녀와의 시간을 견뎌내야 했습니다. 오빠가 잡아먹힌다는 사실에 울음을 터뜨렸지만 소용이 없었어요.

울어도 어쩔 수 없다는 것, 그리고 그녀를 위로하고 격려해줄 이가 주위에 없다는 것. 이는 그레텔이 지금까지 단 한 번도 해본 적이 없는 경험이었지요. 그러나 이 과정에서 그레텔은 성장하게 됩니다. 지혜로워지고 강건해져 간 겁니다. 아마 마녀의 악한 기운은 이를 미처 예상하지 못하는 일입니다.

헨젤 또한 만만치 않게 상황에 잘 대처합니다. 마녀가 좁은 구멍으로 헨젤이 얼마나 살이 쪘는지 손가락을 내보이라고 하니까, 이 명민한 소년은 뼈다귀를 내밉니다. 눈이 좋지 않은 마녀는 그걸 헨젤의 손가락인 줄로 알지요. 어찌해서 그렇게 좋은 음식을 주고 몇 주나 지났는데도, 아직도 헨젤이 뼈처럼 말라 있는지 도무지 이해하지 못하는 거예요. 마녀는 헨젤에게 번번이 속아넘어갑니다.

마녀가 아이들을 해치기 위해 상냥한 할머니로 위장했다면, 헨젤은 자신을 보호하기 위해 위장합니다. 같은 위장이라도 목표가 전혀 다릅니다. 하나는 죽이기 위해서, 하나는 살아남기 위해서죠. 그런데 이는 악보다 지혜로워야 가능한 일입니다. 악에 맞서 당하지 말아야 하기 때문이지요.

그레텔의 지혜와 용기

결국 한 달이 다 되어가자 더는 참지 못한 마녀는 헨젤을 구워 먹겠다고 합니다. 사태가 급박해집니다. 그레텔은 눈물을 흘리면서 소리칩니다.

"선하신 하나님, 제발 우리를 지금 당장 도와주세요."

속으로 조용히 기도한 것이 아닙니다. 큰소리로 외친 거예요. 그레텔은 지금까지 혼자 울기만 하고 어쩌지 못한 채 오빠에게 의지하거나, 상황에 굴종하던 아이였으나 이제 악과 싸울 선의 능력을 최선을 다해 불러내고 있습니다. 외침은 운명과의 격투를 준비하는 모습입니다. 그런데 마녀는 그레텔을 비웃습니다.

"그딴 시끄러운 소리는 집어치워라. 아무리 그래도 조금도 소용이 없을 게다."

그레텔의 절규는 마녀에게 무망하고 시끄러운 잡소리에 불과했습니다. 힘은 어디까지나 마녀, 자신에게 있다고 여기고 있으니까요. 그러나 그것은 어디까지나 마녀의 착각이었고, 하늘은 그레텔의 절규를 외면하지 않았던 겁니다. 죽음의 시각은 어김없이 다가오고 있었습니다. 마녀는 그레텔에게 물을 긷고 불을 피우게 한 뒤, 화로 속에 들어가 불길이 잘 잡혔는지 보라고 하지요. 순간 마녀의 의도를 대번에 알아차립니다. 순간 지혜를 발휘합니다.

"어떻게 해야 하는지 모르겠어요. 어떻게 하면 화로 속으로 들어갈 수 있지요?"

"이런 멍청한 얼간이 같으니라고. 이 화로의 문이 충분히 크잖아. 봐, 너보다 큰 나도 이렇게 들어갈 수 있지 않니?"

그러면서 마녀는 자신의 머리를 화로 속으로 들여놓는 게 아니겠어요. 이때, 그레텔은 마녀를 뒤에서 힘껏 밀어 화로 속으로 떨어뜨렸습니다. 그러고는 쇠문을 즉각 닫아걸고 얼른 잠가버렸지요. 그레텔은 그곳을 빠져나왔고 나쁜 마녀는 불에 타서 재가 되고 말았습니다.

악마가 제 꾀에 제가 넘어가는 장면입니다. 마녀로 상징되는 일체의 악에 대한 민중의 깊은 분노가 드러나고 있는 거예요. 악이 가장 미력한 것 같은 소녀의 손에 멸망을 당하고 말았습니다. 그레텔은 정말 주도면밀하지 않나요? 마녀가 화로 속으로 떨어지는 순간, 재빨리 쇠문을 걸어 잠궜으니 말이에요.

마녀를 재로 만든 화로의 불은 역사에서 혁명의 불길입니다. 마녀가 원하는 대로 조정해온 불길이 지금은 바로 그 마녀를 태워버렸습니다. 자신의 반대자들을 감옥에 가두던 압제자가 이번에는 그 자신이 그 감옥에 갇히는 일과 다를 바 없지요.

탐욕스러운 권력자의 횡포와 폭력, 이들의 기만과 억압에 처음에는 속고 어쩔 수 없이 굴종적 삶을 살아왔던 이들이 들고 일어난 것입니다. 강한 자들에게 '바보, 멍청이'라고 불린 이들이 도리어 상황을 주도하는 주역으로 바뀌어간 겁니다. '바보'라고 욕을 먹은 그레텔이 마녀보다 현명했고 정작 바보는 마녀인 것으로 판명되었습니다.

헨젤을 구해낸 그레텔이 오빠와 뒤도 돌아보지 않고 서둘러 도망치지는 않습니다. 둘이 함께 마녀가 죽은 집 안으로 다시 들어가 보물을 찾아내 들고 나오지요. 정말 대단한 아이들이에요. 마녀는 모두가 기근이 든 상황에서 혼자 재물을 차지하고 독식하는 자들을 대표하고 있습니다. 그만한 재력이라면 가난한 이들이 기근에서 벗어날 수 있었을 텐데, 마녀는 자기 혼자 모든 것을 독차지하면서 그것도 모자라 약자들을 강탈하고 유린하고 있었던 것이지요.

기근으로 위기에 처해 있는 민중들에게 이 이야기는 강자의 폭력과 기만 그리고 탐욕을 폭로합니다. 헨젤과 그레텔이 보석을 손에 넣게 되는 사건은 그동안 민중들 자신이 무엇을 박탈당했는지 눈으로 직접 확인하며 깨우치는 계기가 되는 거지요. 거기에다가 이제 더는 가난하지 않게, 행복하게 살 수 있습니다. 빈손으로 집에 돌아가면 다시 기근이 기습해올 때, 숲에 버려지는 일이 반복될 수 있습니다. 그러나 보석을 가지고 돌아가기에, 삶의 구조적인 문제는 해결될 것입니다.

현실의 역사를 보자면, 15, 16세기 독일 농민 전쟁과 봉기의 전통이 이 이야기 속에 면면히 흐르고 있습니다. 마녀의 죽음을 통해, 단죄당할 자들은 더 이상 그 심판을 피할 수 없으리라는 것을 선언하는 이야기입니다. 누가 두려워 떨며 누가 속 시원해 했을 지 분명해지지요. 기득권을 누리며 독점해왔던 세력에게는 간담이 서늘한 민담입니다.

처음에는 부모가 아이들을 버린 이야기인줄로만 알았는데, 아이들을 위험에 빠뜨리는 보다 결정적인 존재는 마녀였습니다. 헨젤과 그레텔은 마녀를 퇴치하고 돌아가는 민중의 아들과 딸인 셈입니다. 부모 세대는 현실의 압박을 이기지 못하고 이들을 버렸지만, 헨젤과 그레텔은 그 현실을 바꿀 수 있는 힘을 가지고 집으로 돌아가는 거죠. 새로운 희망의 귀환이자, 새로운 세대의 출현입니다.

헨젤에게는 없는 그레텔의 능력

그런데, 이 남매가 집으로 돌아가는 길에는 큰 강이 가로 놓여 있었습니다. 귀가가 그리 순탄치만은 않네요. 헨젤은 이렇게 말합니다.

"이 강을 우린 건널 수 없어. 다리도 보이지 않고 배도 없잖아."

오빠 헨젤은 지금까지 어떤 상황에서도 답을 내놓던 아이였습니다. 언제나 그레텔을 안심시키면서 방법을 찾아나서는 소년이었지요. 매우 총명해서 뼈다귀로도 자신의 상태를 위장해 살아 남아 있지 않았나요?

하지만 어찌된 일일까요. 강 저편으로 가는 방법을 구하는 데에는 지금 무력합니다. 헨젤은 주변의 재료나 물체, 또는 대상을 도구로 동원하는 일에는 익숙하지만 그것이 존재하지 않을 경우 아무것도 할 수 없는 겁니다. 다리도 배도 없는 상황에서 헨젤은 어쩌지를 못하고 있어요. 그러나 그레텔은 포기하지 않습니다. 그동안 마녀 밑에서 지내면서 강인한 의지를 다져온 그레텔은 어느새 달라져 있었습니다.

"저기 하얀 오리가 물 위에 떠 있네. 내가 오리에게 우리를 도와주러 오라고 해볼게."

오리가 무슨 말을 알아듣는다고. 그런데도 그레텔은 오리를 향해 구조를 요청합니다.

"오리야, 오리야. 작고 귀여운 오리야,
여기 그레텔과 헨젤이 있단다.
강을 건너갈 쪽배도 없고 다리도 없어.
여기 와서 우리를 태워주지 않을래?"

그러자 놀랍게도 오리가 반응을 보입니다. 그레텔은 "너 이리 와!"가 아니라, 오리의 주체적 판단과 선택방식을 존중합니다. 헨젤이 대상에 대한 도구적 관점에서 사태를 풀고자 한다면, 그레텔은 정신적 교감을 우선시하면서 해결의 실마리를 찾았던 것이지요. 그렇기 때문에 오리를 타고 강을 건너는 과정에서 두 남매가 사뭇 차이를 보입니다.

헨젤은 오리 등에 올라타고는 그레텔에게 자기 뒤에 타라고 손짓

합니다.

말하자면, "야, 타!" 한 거죠. 이에 그레텔은 뭐라고 대답했을까요?

"아냐, 오빠. 그렇게 하면 오리에게는 너무 힘겨워. 오리가 우리를 한 번에 한 사람씩 태워 강을 건너게 해."

그토록 위급하고 험한 상황을 겪었는데도 그레텔의 마음은 거칠어지지 않았습니다. 상대의 처지를 먼저 생각하는 거죠. 상대를 도구화하거나 이용하는 데 익숙한 이에게는 발상 자체가 불가능한 사려 깊음입니다.

그레텔은 위기를 이겨낸 지혜와 용기만이 아니라, 공감의 능력까지 가지고 있습니다. '공감'이란 상대의 마음속에 들어가 그 마음을 함께 느끼고 나누는 정신적 광채라고 할 수 있어요.

오늘날 이 공감 능력은 새로운 주목을 받고 있습니다. 자기 잘난 척하고 똑똑한 척 하는 세상에서 다른 존재의 마음과 만날 수 있는 사람만이 세상의 희망이 되기 때문이지요. 만사에 남을 이용하려 들기만 하는 시대에 이런 공감 능력은 우리의 인간성을 회복시켜주는 바탕입니다.

기쁜 마음으로 집을 향해 달려가자 아빠가 이들을 반깁니다. 아빠는 그동안 단 하루도 마음 편할 날이 없었다고 합니다. 뒤늦은 후회의 무게 아래 짓눌려 있었던 것이겠죠. 어떤 이유에서건 아이를 저버린, 약자를 외면한 모든 이들의 자화상입니다. 생환해온 자 앞에서 그 원인을 제공한 자들은 이제 머리 숙여 사죄해야 하는 책임이 남아 있었던 겁니다. 그 사이에 아이들을 버리자고 닦달했던 (새)엄마는 죽고 없었습니다. 이 대목은 마녀의 죽음과 궤를 같이 합니다. 안과 밖의 악이 동시에 사라진 겁니다.

그레텔이 먼저 보석을 꺼내자, 헨젤이 이에 자기가 가져온 것을 더합니다. 그레텔이 상황을 주도하고 헨젤이 뒤따르는 식입니다. 집을 떠나올 때와 달라진 관계죠? 힘든 고비가 오면 우는 것밖에 몰랐던 그레텔이 성숙해졌네요.

이렇게 보면, 두 남매가 가져온 보물은 단지 진주와 진귀한 보석만이 아니라는 걸 알게 됩니다. 헨젤과 그레텔 자신이 더할 나위없는 보석이 되어 돌아온 것입니다. 혹독한 위기를 겪으면서도 결코 무너지지 않은, 존재의 혁명적 변화를 이루어낸 인간의 이야기가 여기에 있습니다.

아이들에게 들려주는 민담처럼 구전되어왔지만 「헨젤과 그레텔」은 결국, 기만적인 현실을 폭로하고 규탄하면서 민중들의 주체적인 성장을 부각시키고 있지요. 위기가 닥쳐오자 인간을 저버리는 사회에 대한 반격, 사회적 약자를 추방해버리는 이들에 대한 비판, 그렇게 버림당한 이들에게 책임을 전가하고 약탈과 유린의 대상으로 삼는 현실에 대한 도전, 그렇게 해서 숲의 생명력을 앗아가는 세력을 혁명적으로 뒤집어엎어버리는 사건을, 이 동화는 증언하고 있습니다.

수수께끼의 답

「헨젤과 그레텔」은 냉혹한 현실에 희생된 모든 인생들에게 바치는 이야기입니다. 처음에 암담하고 비극적인 상황을 예고했던 이 민담은 현실에서 버려진 존재가 낙담하거나 패배하지 않고 그 운명을 이겨내는 모습을 보여줍니다. 자신을 작고 약하다고 여기지 말며 두려움에 떨지 말고 지혜와 용기를 갖고 위기를 돌파하라고 일깨우고 있습니다. 그러면서도 격투를 벌여야 살아남는 각박한 현실에서 끝까지 따뜻한 마음을 잃지 말라고 당부하고 있지요.

그런 점에서 「헨젤과 그레텔」은 인생이라는 숲에서 실종당할 위기에 처한 모든 이들에게 위로와 힘이 되는 극적인 성장 드라마입니다.

이제 결말을 맺어야 할 때입니다. 헨젤이 처음 집을 나올 때 조약돌을 떨어뜨리면서 자기 집 지붕 위에 있는 고양이를 보고 있다는 이야기 기억하시나요? 그 고양이가 노리던 것은 무엇이었을까요?

마녀의 집에 도착해서 빵과 케이크로 만든 지붕조각을 먹자 마녀가 밖으로 나오면서 이게 무슨 쥐가 갉아먹는가, 하던 말도 생각나시지요? 아이들은 자기들이 쥐가 아니라 하늘의 바람이라고 대답합니다. 세상을 바꾸는 바람이라고요. 그러면 기근에 처한 이들에게 먹일 양식을 갉아먹는 쥐는 어디에 있을까요? 그림 형제의 「헨젤과 그레텔」은 이렇게 마무리 짓습니다.

> 제 이야기는 이로써 끝이 났습니다. 아. 저기 쥐 한 마리가 도망가고 있네요. 누구든 저 쥐를 잡으면 그 가죽을 벗겨 아주 커다란 모자 하나는 만들 수 있을 겁니다.

유럽은 14세기 중엽, 쥐가 퍼트리는 페스트로 엄청난 사망자가 생겨났습니다. 한 시대를 멸절시키다시피 한 이 페스트는 그 이후 두고두고 깊은 정신적 외상과 공포의 기억이 되었지요. 이 시기에 농가에서 고양이를 갑자기 많이 기르게 된 것도 그런 이유가 있었던 것입니다.

피리를 불어 쥐를 몰아 강물에 빠져죽게 하는 「하멜른의 피리 부는 사나이」 이야기도 바로 이러한 맥락에서 나온 것이랍니다. 그럴 정도로 쥐는 사람들에게 생명을 위협하는 존재를 상징하게 되었습니다. 기근의 시대에 출몰하는 쥐는 더더욱 그렇지요.

그림 형제는 쥐를 잡아 모자를 만들라고 합니다. 요즘은 누가 쥐가죽으로 만든 모자를 쓰겠습니까마는 그 시절에는 그랬던가 봅니다. 쥐 한 마리의 가죽으로 어떻게 그렇게 만들 수 있을까 싶은데 말이에요.

중세 유럽에는 그 사람의 출신과 사회적 위상에 따라 쓰는 모자가 달랐으니 여기서 새로운 모자를 만들어 쓴다는 것은 역할과 신분의 변화를 의미합니다. 그건 생명을 갉아먹고 짓밟는 기존의 질서를 바꾸는 일이기도 합니다. 낡고 억압적인 체제를 무너뜨리고 그 위에 새로운 세상을 이루라, 그래서 그 변화의 열매를 자신의 것으로 만들라는 이야기지요.

게다가 시작할 때에는 별 볼일 없는 일인 것 같지만 아주 큰 성과를 거두게 된다는 것 아닙니까? 쥐 가죽 하나로 커다란 모자를 만들 수 있는 것처럼. 그러자면 쥐부터 잡으라네요. 아, 쥐가 어떻게 생겼는지 먼저 정확히 아는 일도 필요하겠죠?

여덟 번째 이야기

바보 이반

땀 흘려 일한 자,

손에 물집 잡힌 자의 우선적 권리

욕심 많은 형과 바보가 확실해 보이는 동생의 이야기

바보는 사람들에게 놀림감이 되곤 합니다. 그러나 바보가 민담에서는 세상을 바꾸는 주인공이 되기도 하지요. 세상의 논리를 뒤집는 역설입니다. 바보취급당하며 사는 민중들이 자기 이야기를 통해 새로운 미래를 꿈꾼 결과라고 할 수 있습니다.

「바보 이반」도 그렇습니다. 이 이야기는 오랜 러시아 민담을 톨스토이가 새롭게 정리하면서, 그의 대표적인 단편 가운데 하나가 된 작품입니다. 『전쟁과 평화』라는 거대한 장편을 쓴 대문호다운 민담의 문학적 복원이라 할 수 있습니다. 이 이야기는 원래는 '바보 이반과 그의 두 형인 무사 세묜, 배불뚝이 타라스 그리고 벙어리 누이 말라니야, 그리고 늙은 악마와 세 새끼 마귀 이야기'라는 제목을 가지고 있는데요. 긴 제목만큼 내용도 전개도 복잡합니다.

첫 대목은 이반의 집안 이야기로부터 시작됩니다.

> 옛날 어느 왕국에 부유한 농부가 살고 있었는데 그에게는 세 아들과 딸 하나가 있었습니다.

이반의 아버지는 '부유한 농부'였습니다. 재산 많은 아버지를 둘러싼 형제들 간에 유산 싸움이 예견됩니다. 이 아버지에게는 군대의 힘을 믿는 무사 세묜, 돈의 힘을 믿는 욕심쟁이 타라스라는 첫째와 둘째 아들, 그리고 이런 현실과는 동떨어진 인생을 사는 셋째 아들 바보 이반과 그의 누이인 벙어리 딸 말라니야가 있었습니다.

무사 세묜은 황제에 충성하러 전쟁에 나갔고 배불뚝이 타라스는 장사하러 도시로 상인을 찾아갔습니다. 바보 이반은 누이와 함께 집에 남아 허리가 휘도록 일하고 있었지요.

아버지가 부유한 농부이니 종이나 부리면서 느긋하게 부귀를 누리면 될 텐데, 이반과 누이는 자신들이 직접 일을 했답니다. 그것도 허리가 휘어지도록 말이지요. 딸인 말라니야가 벙어리인 것은 당대 현실에서 발언권이 없었던 여성의 현실을 상징합니다. 입이 있어도 자기 생각과 감정을 제대로 말하지 못하는, 벙어리 신세였던 여성상을 보여주는 거지요.

이반과 말라니야가 집에서 힘겹도록 농사를 짓고 있을 때, 밖에서 세묜과 타라스는 성공합니다. 세묜은 신분도 달라집니다. 귀족 출신의 아내를 얻고 작위도 받고 영지도 생긴 것입니다. 그만 하면 이제 부족할 것이 없어 보입니다. 하지만 현실은 그 반대였습니다.

봉급이 많았고 영지 또한 넓었으나 지출이 많았던 탓에 항상 돈 가뭄에 시달렸습니다. 아무리 많은 돈을 남편이 벌어들여도 귀족 출신인 아내가 손바람을 한 번 일으키면 그것으로 끝이었으니 말이지요.

신분은 상승해서 귀족이 되었지만, 그 현실은 세묜에게 무거운 짐이 되어버렸습니다. 귀족 신분을 유지하기 위해, 엄청난 지출을 감수해야 했던 거죠. 그러다가 아내의 사치를 감당할 수 없는 상태에 이릅니다. 그러자 세묜은 아버지에게 갑니다. 그러고는 자기에게 준 것이 아무것도 없다고 투덜거리며 손을 벌립니다. 재산의 3분의 1을 떼어달라는 것입니다. 이런 아들에 대한 아버지의 태도는 단호했습니다.

"너는 재산에 보탠 게 하나도 없다."

달라고 할 자격이 없다는 것입니다. 아버지는 재산형성의 공을 모두 이반과 말라니아에게 돌립니다. 재산이 늘어난 것은 그걸 위해 직접 노동한 존재가 있었기 때문이며, 그 재산의 주인은 바로 이들이라는 겁니다. 세묜이 반박하고 나섭니다.

"그 애는 바보이고 여동생은 벙어리인데 뭐가 문제입니까?"

아버지는 이반과 말라니아의 기여를 강조하고 있는데, 세묜은 바보와 벙어리의 재산은 함부로 뺏어도 된다고 주장하는 셈입니다. 군대의 힘을 믿는 강자의 논리가 여기에 적나라하게 폭로되고 있지요. 그러자 늙은 아버지는 세묜이 전혀 상상하지 못했을 대답을 하십니다.

"이반의 말을 들어보자."

맏형 세묜은 동생 이반이 바보니까 그의 의견을 물을 것도 없이 자기 마음대로 해도 된다고 생각하고 있었는데, 아버지는 이반의 판단을 존중하고 있습니다. 그런데 이반은 선뜻 형에게 재산을 나누어 줍니다. 가지고 싶은 대로 가지라는 것입니다. 이런 바보가 어디 있습니까. 세몬은 재산을 그렇게 늘린 다음 다시 '황제에게 충성하러' 떠납니다. 그가 사는 방식은 이렇게 최고 권력자의 눈에 드는 일 외에는 없는가 봅니다.

둘째 형 타라스는 거부가 되어 부잣집 딸과 혼인합니다. 그런데도 돈이 아직도 부족하다고 여깁니다. 아무리 돈이 많다 해도 자기 욕심의 크기에 비해서는 언제나 적다고 생각하는 거겠지요. 부족하다고 여기는 것만큼 그는 불행한 겁니다. 타라스 역시 세몬처럼 아버지에게 제몫의 재산을 달라고 조릅니다. 아버지는 그런 아들에게 재산을 줄 마음이 눈꼽 만큼도 없었습니다.

"너야말로 우리 집 재산에 보탠 게 있느냐? 전부 이반이 이룩한 것 아니냐? 그 아이랑 네 여동생 말라니야를 욕보이지 마라."

아버지의 대답은 세몬에게나 타라스에게나 다 마찬가지였습니다. 직접 땀을 흘려 노동을 한 사람이 그 재산의 주인이라는 것입니다. 타라스도 세몬과 똑같이 반박하고 나섭니다.

"이반은 바보 아닙니까? 절대 결혼 못할 겁니다. 벙어리 여동생도 필요한 게 없습니다."

타라스는 자기가 이반도, 말라니야도 아니면서 이들의 인생에 대해서 함부로 말하고 있지요? 부잣집 딸과 결혼한 건 자기고, 필요한 게 계속 많아지는 것도 자기일 뿐입니다. 이반과 말라니야는 타라스 자신의 필요를 충족시키는 수단으로서의 존재가치만 있는 겁니다. 결국 타라스는 이반이 거둬들인 곡식의 절반을 달라고 하고 종마도 가져가버립니다. 농사일을 해야 하는 이반에게 늙은 암말 하나만 덩그라니 남겨놓은 채 말이지요. 그런데도 이반은 웃으면서 선선히 타라스의 요구에 응합니다. 역시 이반은 세상에 둘도 없는 바보인가 봅니다.

속이 뒤틀린 악마, 계략을 꾸미다

이렇게 모든 것이 평화적으로 해결되자 이를 지켜보던 늙은 악마는 속이 비틀립니다. 이런 일이 일어나면 한바탕 난리가 나야 하고 형제끼리 서로 싸움박질을 하다가 원수가 되어야 하는데 말이죠. 악마가 분통을 터뜨립니다.

"바보 녀석이 일을 다 망치고 말았어."

악마는 자기 부하들인 새끼 마귀 세 마리를 집합시켜 이반의 형제들이 서로 싸우게 만들라고 다그칩니다.

"너희들 셋은 각자 형제 세 놈을 맡아 서로 눈알을 뽑도록 만들어 놔."

마귀들이 자기 계획을 발표합니다.

"먼저 먹을 게 없도록 쫄딱 망하게 한 다음 한데 모아 서로 싸우도록 할 겁니다."

재산이 많으면 그걸 놓고 다투기 십상인데 이 가족은 싸우지를 않으니, 아예 줄 것도 받을 것도 없게 해서 싸움을 붙여보겠다는 것입니다. 그런데 이반의 형제들을 다투게 하겠다는 마귀 세 마리가, 정작은 자기들끼리 누가 더 쉬운 상대를 고르느냐를 가지고 오랫동안 서로 싸움질합니다. 결국 제비뽑기로 선택을 한 다음, 누구든지 자기 일이 끝나면 동료를 돕기로 합의하지요. 얼핏 마귀들 서로 간에 갑자기 의리가 생긴 것처럼 보이지만 그래봐야 공범이 되자는 약속에 불과한 것 아니겠어요. 이제 각자 일을 마치고 난 뒤 모였습니다.

세묜을 맡은 마귀가 보고합니다.

"맨 먼저 용기를 불어 넣었지. 그랬더니 황제에게 온 세상을 정복할 수 있다고 장담하더군. 그러자 황제가 그를 사령관으로 임명하고 인도 황제를 무찌르고 오라며 보냈어."

남을 침략하고 점령하려는 의지는 악마에게서 온 것임을 이 대목은 말해주고 있습니다. 이는 용기가 아니라 다른 사람들의 목숨을 빼앗고 누리려는 지배욕에 지나지 않는 거지요. 그런데 이 지배욕에 따른 행동은 파멸을 가져옵니다.

마귀가 세묜의 화약을 젖게 만들었고, 상대방인 인도 황제에게 짚으로 만든 진짜처럼 보이는 대병력을 공급해주었기 때문이었습니다. 화력이 무너진 세묜의 군대는 어마어마한 규모의 인도 황제 군사들이 몰려들자 도망치기 바빴습니다. 결국 패전의 책임으로 세묜은 처형당할 신세가 되고 말았어요. 그러나 마귀는 그를 옥에서 도망치게 해 이반에게 보내고는, 서로 싸우게 할 모략을 꾸밉니다.

타라스에게 갔던 두 번째 마귀가 보고를 합니다.

"내가 제일 먼저 한 일은 그의 배를 빵빵하게 부풀리고 시기심을 심은 것이었어. 어떤 시기심이냐 하면 남이 가진 물건을 보기만 하면 자기도 사지 않고는 못 배기는 그런 시기심이지."

타라스에게 심겨진 시기심은 다름 아닌 욕심이었고, 통제할 길이 없는 것이었습니다. 타라스는 자신의 소유욕에 충실한 대신 인간성을 버리는 선택을 하게 됩니다. 마귀는 타라스가 욕심을 부린 결과에 대해 이렇게 표현합니다.

"뭐든지 사들이느라고 가지고 있던 돈을 다 썼어. 그런데도 계속 사는 거야. 지금은 돈을 빌려가면서 사고 있어. 너무 많이 사서 빚더미에 앉게 되었고…… 그 사이 난 그가 가지고 있는 물건을 죄다 거름으로 만들어버릴 거야."

빚더미에 올라앉힌 것으로도 모자라 가지고 있는 것을 모두 거름더미가 되게 하겠답니다. 그렇다면 지금 타라스가 사들여서 소유하고 있는 것은 도대체 무엇인가요?

이반의 경우는 전혀 다른 상황이 펼쳐집니다. 세 번째 마귀는 자신이 얼마나 힘들었는지 다른 두 마귀에게 하소연합니다.

"먼저 먹고 탈이 나라고 그의 잔에 침을 뱉은 후 밭에 가 땅을 갈기 어렵도록 바위처럼 단단히 만들었어. 웬걸 이 바보가 쟁기를 들고 나타나 땅을 파헤치는 것이 아니겠어. 배가 아파 죽는 소리를 하면서도 계속 파헤치는 거야. 나는 땅 속에 파고들어 쟁기의 머리 부분을 붙잡았다 다시 놓아야 했어. 이 미친놈이 힘을 주어 미는 바람에 날카로운 쟁기 날에 두 손이 잘려나갔어."

마귀가 어떤 수를 써도 이반은 자기 일에 충실했다고 합니다. 한치의 흔들림도 없이 자기 힘으로 노동하고 땀을 흘리는 거지요. 이런 이반을 마귀는 무너뜨릴 수 없었다면서 다른 마귀들에게 도움을 요청합니다.

그러나 이반을 담당했던 마귀는 그 뒤에 거꾸로, 이반에게 파멸당합니다. 이반을 다시 방해할 목적으로 이번에는 그의 쟁기를 꽉 밟고 서 있다가 이반에게 잡히고 말았던 거예요. 그러자 마귀는 이반에게 병을 낫게 하는 세 갈래로 갈라진 약 뿌리를 주면서 풀어달라고 했습니다. 마침 배가 아팠던 이반은 세 뿌리 가운데 하나를 먹었고 언제 그랬냐 싶게 나았습니다.

마귀를 놓아주면서 이반은 "하나님이 너와 함께 하시기를"하고 축복해주는데요, 그 소리에 마귀는 그만 땅속으로 꺼져버리고 맙니다. 이반의 축복이 마귀에게는 재앙이 된 셈이죠. 선으로 악을 이긴 모습입니다.

안팎으로 공격당하는 이반

한편, 집으로 도망치듯 돌아온 세묜과 타라스는 이반의 신세를 지게 됩니다. 그러나 이들은 신세지는 자들의 모습이 아니었습니다. 세묜의 부인이 이런 말을 합니다.

"냄새나는 농부와는 함께 밥 못 먹겠어요."

그러자 무사 세묜이 이반에게 말했습니다.

"내 여왕님이 네게서 나는 냄새가 안 좋다고 하시니 너는 헛간에 가서 밥 먹는 것이 좋을 것 같다."

타라스의 아내도 똑같이 말합니다.

"바보하고는 같이 밥 못 먹겠어요. 땀 냄새가 진동해요."

그러자 배불뚝이 타라스가 말했습니다.

"이반, 너 안 좋은 냄새가 나니 헛간에 가서 먹어라."

이들은 노동의 가치를 멸시하고 농부와 노동자의 땀 냄새를 천하게 여깁니다. 그 땀으로 이루어진 결실을 먹고 누리면서 말이지요. 일하는 사람들을 멸시하고 헛간으로 내쫓아버립니다. 냄새가 나네, 더럽네 하면서 신분적 차별을 강조하고 경계선을 만드는 것입니다.

이런 상황에서 마귀들은 무엇을 하고 있었을까요? 가만히 있지 않았겠죠. 이반을 처치하려 했던 세 번째 마귀가 퇴치당하자 세묜과 타라스를 망하게 한 마귀 두 마리가 이반을 차례차례 공략할 준비를 합니다.

첫 번째 마귀가 목초지에 홍수를 일으켜 진흙탕을 만들고, 귀리밭과 호밀밭을 난장판으로 만들어놓지만 이반은 물러서지 않았어요. 도리어 마귀는 이반에게 붙잡혀 죽을 위기에 처하게 됩니다.

"날 놔줘. 네가 원하는 건 뭐든지 해줄게."
"뭘 할 수 있는데?"
"뭐든지 병사로 만들 수 있어."

이반이 그렇게 만들어질 병사에 대해 다그쳐 묻습니다.

"그 애들로 뭐해?"
"명령을 내리면 뭐든지 해."
"노래도 부를 줄 알아?"

이반의 관심은 병사들의 군사력이 아니라 이 젊은이들이 함께 노래하고 춤추는 세상입니다.

마귀는 짚으로 병사 만드는 방법을 이반에게 가르쳐 줍니다. 사실 마귀는 병사를 그의 손에 남겨 전쟁을 획책해보려 했던 것이지만 그 계략은 실패할 수밖에 없었습니다. 이반이 병사를 전쟁에 동원할 까닭이 없으니까요. 이 마귀도 세 번째 마귀처럼, "하나님과 함께 하기를!"이라는 이반의 축복에 흔적도 없이 사라집니다.

이제 남은 것은 두 번째 마귀입니다. 이 마귀는 형들 때문에 집이 좁아져서 이반이 새로 집을 지으려고 나무를 베는데, 이를 훼방놓습니다. 하지만 이 역시 먹혀들지 않아요. 이반은 마귀의 계략에 넘어가지 않고 지치지 않는 힘으로 일을 마칩니다. 이 마귀도 이반에게 잡혀 죽게 생기자 살기 위해 참나무 잎으로 황금을 만드는 마술을 가르쳐 줍니다.

이반이 그렇게 하니 정말 황금이 쏟아졌습니다.

"이건 명절에 애들이랑 놀 때 쓰면 좋겠다."

황금이 그의 손에서는 아이들이 가지고 노는 장난감일 뿐입니다. 물질을 서로 차지하겠다는 다툼은 이렇게 해서는 일어날 수가 없지요. 마귀는 황금으로 분란의 씨앗을 만들려 했지만 이 계략 역시 통하지 않았습니다. 두 번째 마귀도 첫 번째 마귀와 같이, "하나님과 함께 하기를!"이라는 이반의 축복에 흔적도 없이 사라지고 맙니다.

이렇게 세 마리의 마귀가 모두 퇴치된 이후, 이반은 추수를 끝내고 마을에서 잔치를 벌입니다. 형들은 농부의 잔치가 자신들과 격이 맞지 않는다고 이반의 초대에 응하지 않습니다. 이반의 수고에 얹혀살면서도 민중을 멸시하는 상류계급 의식은 조금도 변하지 않은 거죠.

마을 잔치가 한참 흥이 오르자 이반은 참나무 잎으로 만든 황금을 마을사람들에게 선물로 나누어 주고, 짚으로 만든 병사들의 노래로 축제를 더욱 즐겁게 만들었어요. 이반은 '축제의 사람'이었습니다. 그는 마을 사람들에게 말합니다.

"이제 다 같이 춤추고 노래하자."

"춤추지 못하는 혁명은 혁명이 아니다."라는 말이 있지요. 세상을 새롭게 변화시키는 혁명은 이처럼 축제가 되어야 하지 않겠어요?

세묜과 타라스의 동맹

그런데, 잔치가 끝나고 나서야 형들은 소문을 듣고 이반에게 찾아옵니다. 그들의 관심은 축제가 얼마나 흥겨웠는가에 있지 않았습니다. 이반이 만든 황금과 병사가 그들의 목표물이었던 것이지요. 이반은 형들이 그걸 가지고 무엇을 하려는지 알지 못한 채 이들의 요구를 들어줍니다. 그 결과 세묜과 타라스는 다시 재기해서 큰 왕국과 부를 얻게 됩니다만, 이들의 탐욕은 끝을 몰랐습니다. 세묜과 타라스는 각기 푸념합니다.

"난 왕국을 얻어 잘 살고 있다. 다만 문제는 병사들을 먹일 돈이 부족하다는 것이다."

"나는 돈은 산더미처럼 벌어요. 걱정거리 하나는 돈을 지킬 사람이 없다는 거예요."

사실 이들은 부족한 것이 아니라 넘쳐나서 문제였던 것이지요. 그 넘쳐나는 것을 감당하려면 더 많은 군사와 더 많은 자본이 필요했던 것입니다. 국가는 이런 과정을 거쳐 군사력과 재력을 자신에게 집중시킵니다. 약한 나라를 짓밟는 부국강병富國强兵의 논리가 이렇게 만들어지는 것입니다. 그런데 이반은 더 많은 병사와 돈을 만들어 달라는 형들의 요구를 단호하게 거절합니다.

"형의 병사들이 사람을 죽였기 때문이야. 얼마 전 길 가장자리 밭을 갈고 있었는데 한 여자가 울면서 관을 끌고 갔어. 누가 죽었냐고 물었더니 남편이래. 그래서 어쩌다 죽었냐고 했더니, 세묜의 병사들이 남편을 전쟁터에서 죽였다고 그러는 거야. 나는 병사들이 노래를 연주할 거라고만 생각했지 사람을 죽이리라고는 상상도 못했어. 그러니 더 이상 만들어줄 수 없어.

미하일로브나에게 암소 한 마리가 있었어. 애들이 많아 우유가 필요했던 거지. 근데 얼마 전에 그 여자 애들이 나에게 와서 우유를 좀 달라고 했어. 너희 암소는 어디에 있느냐고 물었더니 배불뚝이 타라스의 관리인이 와서 엄마에게 금화 세 닢을 주고 암소를 끌고 가버리는 바람에 자기네는 먹을 게 없다는 거야. 나는 형이 금화를 가지고 놀 줄 알았지 애들에게서 암소를 빼어 가리라고는 꿈에도 생각 못했어. 그래서 더 이상은 못 만들어줘."

군대는 전쟁을 위해 존재하는 것이며 황금은 더 많은 소유를 위해 필요한 수단입니다. 이게 보통의 상식입니다. 그러나 이반은 이럴 줄 몰랐다면서 세묜과 타라스와 대립합니다. 이제 이반은 권력과 재력의 실체를 알게 되었고, 그 요구에 대한 '불복종 운동'을 선언한 셈입니다. '바보 이반의 각성'이지요.

이반이 거부하면 세몬과 타라스는 어떻게 할 도리가 없습니다. 이 점이 매우 중요합니다. 병사와 황금의 원천은 민중인 이반입니다. 그래도 세몬과 타라스는 물러서지 않고 계속 윽박질러댔습니다. 이반이 어떻게 했을까요?

> 이반은 거듭되는 요구에도 뜻을 굽히지 않았습니다.

세몬과 타라스는 이반의 것을 빼앗아 이루려던 계획이 수포로 돌아가자, 결국 자신들끼리 동맹을 맺어 해결하려 합니다. 아직까지 자신들의 힘이 남아 있는 상황에서 선택할 수 있는 방법이지요.

세몬이 입을 열었습니다.

> "우리 이렇게 하자. 넌 내게 병사들을 먹일 돈을 줘. 그러면 네게 왕국의 반과 네 돈을 지킬 병사들을 줄게."

타라스가 동의했습니다. 그리하여 둘은 왕국과 돈, 병사를 나눠 갖고 둘 다 부유한 황제가 되었답니다.

한낱 무사였던 세몬과 배불뚝이 장사꾼이었던 타라스는 모두 황제의 자리에 올랐습니다. 권력과 재력이 동맹을 맺고 거대한 제국이 된 거죠. 인류의 역사에서는 바로 이러한 제국들이 전쟁을 일으키고 약한 나라들을 식민지로 삼았습니다. 톨스토이는 이런 제국의 폭력과 탐욕에 평생 반대했던 것입니다.

이반의 마음이 닿는 곳

한편 이반의 '바보 행적'은 멈추지 않았습니다. 이반의 집에서 기르는 늙은 개가 병들어 죽어가는 일이 생깁니다. 이반은 개에게 빵을 주었는데 우연히 모자에 넣어두었던 두 갈래 남은 약 뿌리 가운데 하나가 빵에 섞여 들어갔습니다. 그러자 개는 어느새 건강해져 깡충깡충 뛰면서 꼬리를 흔드는 것이었어요. 하지만 귀중한 약이 늙고 병든 개에게 쓰이고 만 것이니, 여느 사람 같으면 약 뿌리가 아까워 괜히 개한테 화풀이하며 발로 걷어찼을 지도 모릅니다.

개가 살아난 바로 뒤의 일입니다. 이때 공교롭게도 황제의 딸이 병들어 눕는 일이 생겼습니다. 황제는 온 도시와 마을에 딸을 낫게 하는 이에게는 큰 상을 내리겠고 만일 장가를 가지 않았으면 딸을 아내로 주겠다고 알렸지요. 부모는 이반을 불러 말했습니다.

"너도 황제가 하신 말씀을 들었니? 뿌리가 하나 남아 있다고 했지? 가서 황제의 딸을 낫게 해주어라."

이반은 그러겠노라고 말하고 집을 나섭니다. 그가 옷을 입고 밖으로 나가니 손이 굽은 여자 거지가 그에게 말을 걸었습니다.

"듣자니 병을 낫게 해준다며? 내 손을 좀 고쳐다오. 신발을 신을 수가 없어."

신발을 신을 수 없는 처지는 자유가 극도로 제한된 존재의 고통입니다. 이반은 그 호소에 적극적으로 반응합니다.

"그러지요, 뭐!"

이반은 뿌리를 꺼내 거지에게 주며 삼키라고 합니다. 삼키자마자 병은 씻은 듯이 나았고 거지는 손을 흔들 수 있게 되었습니다.

마귀가 혼자 독차지하고 있던 명약이 이반의 손에 들어가자 병든 거지가 복을 받은 겁니다. 하지만 황제의 딸에게 돌아갈 약은 없어졌군요. 아니, 그 귀한 약을 거지에게 주다니… 바보 같은 선택으로 보이지 않나요? 부모들은 이반을 나무랐습니다.

"거렁뱅이 여자는 불쌍하고 황제 딸은 안 불쌍하냐?"

이 말이 옳다 여겨 이반은 아무 대책도 없이 황궁으로 갑니다. 이반은 병에 걸려 아픈 사람을 신분이나 계급으로 분류하거나 따지지 않습니다. 걸인의 병고에 먼저 관심을 두었다고 해서 황제의 딸을 아무렇지도 않게 여긴 것도 아니지요. 이반은 아픈 현실 그 자체에 마음을 쏟았던 것이고, 그가 황궁을 향해 떠나면서 가진 것도 그 마음 하나뿐이었습니다.

그런데 놀랍게도 그가 현관에 들어서자마자 황제의 딸은 낫게 됩니다. 얼핏 기적인 것 같지만 곰곰이 생각해보면 이것은 당연합니다. 병을 낫게 하려는 마음이 가득한 사람의 기운은 사람을 고치고 살려내는 힘을 뿜게 마련이니까요. 그게 바로 약 중의 약이지요. 세상에 존재하는 모든 생명의 기운이 그에게 모여들어 그를 돕게 되어 있습니다. '하늘은 스스로 돕는 자를 돕는다.'라는 말이 이런 뜻입니다.

이반은 황제의 딸과 혼인하고, 이후 황제가 죽자 그 뒤를 이었습니다. 그건 그가 황제의 딸 하나를 잘 고쳐서 얻은 출세의 행운이 아니라, 모든 죽어가는 것들을 사랑하고 일으켜 세우려 한 마음에서 뿌리가 내리고 줄기가 뻗어나간 결과입니다.

이제 세 형제 모두 황제가 되었습니다.

강자의 나라 부자의 나라 그리고 이반의 나라

농부의 자식이었던 세묜, 타라스, 이반이 다스리는 나라는 서로 다른 세 가지 삶의 모형을 보여줍니다. 세묜의 나라는 어떻게 되었을까요?

> 그는 자기 왕국 전체에 명을 내려 열 집당 병사 한 명을 내라고 했습니다. 그는 자신에게 저항하는 사람이 있으면 병사들을 보냈고 뭐든지 자기 마음대로 했어요. 사람들은 그를 무서워하기 시작했고, 그가 마음먹으면 눈길이 닿는 모든 게 그의 것이 되었답니다. 그는 병사들을 보내 그걸 빼앗아 오게 했고 필요한 건 뭐든지 가져오게 했다는군요.

세묜의 나라는 폭력적인 국가입니다. 권력자 마음대로 하는 전제정치가 펼쳐졌습니다. 부국강병의 논리가 도달한 현실이지요. 타라스의 나라에는 어떤 일들이 벌어졌을까요?

그는 자신의 왕국에 근사한 법질서를 도입했습니다. 자신의 돈은 궤짝에 넣어두고 백성들로부터 돈을 뜯어낸 것이었어요. 그는 인두세를 거둬들이고 보드카, 맥주에 세금을 부과했고 혼인세, 장례세를 도입했으며 걷든 타고 가든 상관없이 통행세를 징수했고 나무껍질로 만든 신, 각반, 신발끈에까지 세금을 먹였습니다. 그러니 그가 마음먹은 대로 뭐든지 그의 것이 되었겠지요. 사람들은 돈이 필요해졌기에 돈만 준다면 뭐든지 가져다주었고 일해주러 갔습니다.

타라스의 왕국은 자본이 모든 것을 지배하는 나라입니다. 자본의 독점체제를 유지하고 온갖 부담을 민중에게 전가하는 구조이지요. '내 것은 내 것, 네 것도 내 것'이라는 놀부의 욕망이 권력화된 것입니다. 법은 이런 현실을 위해 만들어지고 유지됩니다.

그러니 돈이 있으면 범법행위도 문제가 되지 않고 돈이 없으면 사소한 범법 행위도 처벌받는 '유전무죄 무전유죄有錢無罪 無錢有罪'의 현실이 생겨나는 거지요. 더군다나 돈을 위해서라면 무엇이든 하는 무서운 나라입니다.

그렇다면 이반의 나라는요?

그는 장인의 장례가 끝나자 황제의 옷을 벗어 궤짝에 숨기라며 아내에게 주고 다시 거친 대마로 짠 바지를 입고 각반을 두른 후에 일을 시작했습니다. 그러자 대신들이 그에게 아뢰기를, "폐하는 황제이십니다!"라고 했더니 이반은 "그래서? 황제도 먹고 살아야 해."라고 딱 부러지게 말했더랍니다.

세묜이나 타라스 같은 방식으로 살지 않겠다는 것입니다. 이반의 나라는 자신이 먹을 것을 자신이 일해서 만들어내는 노동의 가치가 존귀하게 여겨지는 사회입니다. 황제라도 특권에 의지해서 살지 않는 나라입니다. 그러자 똑똑한 이들이 모두 이반의 왕국을 떠났다고 합니다. 한마디로 바보들만 남았다는 것입니다. 그렇다면 여기서 똑똑한 자들이란 대체 누구인가요?

세 형제의 세 나라가 각기 다른 모습으로 운영되는 동안, 늙은 악마는 부하 마귀들의 실패를 알고는 자신이 직접 나섭니다. 군사력에 의존하는 세묜의 나라에 가서는 군사력 강화책을 내어놓고 전쟁을 부추기죠.

"가장 먼저 할 일은 병사 수를 늘리는 일입니다. 젊은이들을 닥치는 대로 모두 잡아들이면 군대는 지금의 다섯 배로 커질 것입니다. 두 번째 할 일은 새로운 총과 대포를 마련하는 일입니다."

군대를 늘이고 신무기를 제작해 전쟁을 했지만, 상대방은 더욱 강력한 군사력을 준비해서 세묜의 나라는 패망하고 맙니다. 폭력의 악순환을 부추기는 악마의 간계에 넘어간 나라의 비극이지요. 악마는 이번엔 타라스의 나라로 가서 자본의 독점 체제를 구축합니다.

그(악마)는 상인으로 변신하여 공장을 짓고 돈을 쓰기 시작했습니다. 타라스는 경제형편이 나아졌다고 여기고 새 궁전을 짓기로 했는데, 그러는 중에 타라스가 임금을 올리자 상인은 더 올렸지요. 결국 새 궁전은 지어지지 못했습니다. 황제는 화가 나 상인을 나라 밖으로 내쫓았어요. 그러자 상인은 나라 밖에 머물면서 나라 안의 것을 죄다 사들여 자기에게 가져오게 했더니 황제의 상황은 더욱 악화되어 며칠째 아무것도 못 먹는 일이 벌어지고 말았습니다.

타라스의 나라에 더욱 강하고 거대한 독점자본이 출현하면 지금까지의 기득권은 물거품이 됩니다. 자기가 짓밟았던 사회적 약자들과 다를 바 없는 신세가 되고 마는 것이지요.

이제 마지막으로 남은 것은 이반의 나라입니다. 악마는 군대가 없는 황제는 살아 있을 수 없다면서 병사 모집에 나서자고 합니다. 세묜에게 했던 방식을 적용해보는 것이지요. 이반은 악마의 의도를 모르는 채 좋은 노래를 연주하도록 해보라며 허락합니다. 그러나 악마는, 군대에 가면 술과 모자를 주겠다는 등 그 어떤 꼬임에도 사람들이 지원병 모집에 넘어가지 않는 것을 알게 됩니다.

"술은 우리도 있어요. 직접 빚어요. 그리고 모자는 말만 하면 우리 여자들이 만들어줘요. 울긋불긋한 것도 되고, 술 달린 것도 돼요."

여의치 않자 악마는 군에 가지 않으면 황제가 죽인다고 위협합니다. 사람들이 뭐라고 했을까요?

"군대 안 가. 어차피 죽을 거라면 집에서 죽는 게 훨씬 나아."

그래서 이번에는 다른 나라가 쳐들어오도록 만들자, 이반의 나라 사람들은 저항하지 않고 눈물만 흘립니다. 그러고는 적군에게 울면서 말합니다.

"무엇 때문에 우리에게 이렇게 심하게 구는 거요? 필요하면 차라리 가져가시오."

병사들은 자신들이 한 짓이 혐오스러워졌습니다. 그래서 걸음을 멈추고 뿔뿔이 흩어졌고 대군은 와해되고 말았답니다.

현실에서 이런 일이 생길 리야 있겠습니까만, 이반의 나라 사람들은 침략자들과는 비교할 수 없는 도덕적 우월성을 가지고 있었습니다. 간디가 전개했던 비폭력 저항운동도 그런 면에서 성공한 것입니다. 침략자들의 폭력과 잔혹성이 점점 더 심해지면서, 그 잔혹한 폭력이 거꾸로 가해자들의 양심을 찌르는 사태가 벌어진 것이지요. 결국 악마는 실패합니다.

그러자 이번에는 돈으로 파멸시키려 듭니다. 타라스에게 했던 방식을 써보는 것입니다. 그러나 이 역시 통하지 않았습니다. 이반의 나라 사람들은 처음에는 금화를 보고 현혹되었으나 이걸 가지고 거래를 한 것이 아니라 그저 장난감이나 장식물 정도로 썼습니다. 이들에게 더 중요했던 것은 닭, 곡식, 빵 등이었던 거지요. 이들은 금화가 사람들의 배를 부르게 할 수 없다는 것을 잘 알고 있었습니다. 악마는 이제 금화로 빵조각 하나도 얻지 못하게 되고 말았어요. 돈을 주고 뭔가를 달라고 하면 이반의 나라 사람들의 대답은 한결같았습니다.

"뭔가 다른 것을 가져와요. 아니면 일을 하든가. 그것도 싫으면 하나님의 이름으로 받아요."

일을 하거나, 하나님의 이름으로 뭔가 받는다거나 하는 것들은 모두 악마로서는 할 수 없는 선택이었지요. 결국 악마는 이집 저집 구걸하면서 돌아다닐 수밖에 없었습니다.

악마가 이반의 집에 이르렀을 때 마침 이반의 벙어리 누이 말라니야가 식사를 준비하고 있었습니다. 그 식사는 '일하는 사람들에게만 제공되는 식사'였지만 게으른 사람들은 그녀를 자주 속이곤 했다고 해요. 그래도 이 벙어리 처녀는 손을 보고 게으름뱅이를 추려냈습니다. 아무소리 못하고 지내는 줄 알았던 말라니야도 노동하는 이들의 가치를 소중히 여기는 목소리로 등장하는 거지요. 악마가 식탁에 앉자 말라니야는 그의 손바닥을 보고 식탁에서 쫓아냅니다. 이에 이반의 아내가 말하지요.

"죄송해요. 신사 양반, 우리 시누이는 손에 물집이 없는 사람을 식탁에 못 앉게 해요. 조금만 기다려 주세요. 다른 사람들 식사가 끝나면 그때 남은 것을 드세요."

아예 먹을 것을 안 주겠다는 것은 아닙니다. 순서가 뒤로 처지고 남은 것이 있으면 그걸로 끼니를 때우라는 겁니다. 자기 정도 수준이면 우선 대접해줄 것이라고 기대했는데, 기다리라고 하질 않나, 먹다 남은 것이나 주겠다질 않나, 악마는 화가 납니다.

손으로 일하는 이반 머리로 일하는 악마

이제 이야기가 슬슬 결말을 향해 갑니다. 격분한 악마가 이반의 아내가 한 말에 대해 불평을 내뱉습니다.

"이 나라에서는 모든 사람이 두 손을 써서 일해야 한다니 무슨 이런 바보 같은 법이 다 있습니까? 어디 사람들이 손만 가지고 일합니까? 똑똑한 사람들은 뭘 가지고 일한다고 생각하십니까?

'똑똑한 악마'에게 '바보 이반'이 대답합니다.

"우리 같은 바보들이 어찌 알겠어. 우리는 모두 손과 허리를 갖고 일하는 데 길들여져 있어."

"바보니까 그렇지요. 머리를 써서 일하는 방법을 가르쳐 드리겠습니다. 그러면 머리를 써서 일하는 게 손을 써서 일하는 것보다 유리하다는 것을 알게 될 겁니다."

아, 그렇구나! 이반은 지금껏 몰랐던 것을 알게 된 사람처럼 고개를 끄덕입니다.

이반은 놀라워하며 말했습니다.
"그래, 사람들이 우리를 바보라고 하는 데는 다 이유가 있어."

악마가 옳다구나 하고 말을 이어나갑니다.

"머리를 써서 일하는 것도 쉽지만은 않습니다. 머리가 터질 때도 있어요."

잘난 척 하고 있군요. 머리를 쓰는 일이 얼마나 어려운 것인지 과시합니다. 그러자 이반이 잠시 생각에 잠겼다가 묻습니다.

"이봐, 좋은 양반. 근데 당신은 왜 자신을 그렇게 힘들게 하는 거야? 머리가 터지는 게 그렇게 좋아? 차라리 쉬운 일을 하는 게 안 낫겠어? 손과 허리를 써서 말이야."

악마가 대답합니다.

"제 자신을 힘들게 하는 이유는 당신들 바보들이 불쌍해서입니다."

악마는 계속 우쭐대면서 상대를 경멸합니다. 이반을 설득했다고 생각한 악마는 높은 망루에 서서 일장 연설을 시작했습니다. 사람들은 그가 손을 쓰지 않고 머리로 일하는 방법을 직접 보여줄 것이라 기대했지만 말로만 가르치고 있는 겁니다. 도무지 무슨 말인지 알아들을 수 없는 말로 말이지요.

다음 날도 악마는 망루에 서서 연설을 멈추지 않았지만 사람들은 잠시 그를 보다가 이내 흩어졌습니다. 머리로 일하는 모습을 볼 수가 없었기 때문이었어요. 그러자 이반이 사람들에게 물었습니다.

"그래, 신사 양반이 머리로 일하기 시작했어?"

"아뇨, 아직도 여전히 웅얼거리고만 있어요."

기대가 어그러지고 있습니다. 그런데 다시 하루가 지나자 상황변화가 관찰되는 거예요.

또 하루를 더 망대에 서 있자 늙은 악마는 쇠약해져 휘청대다가 머리를 기둥에 부딪혔습니다. 한 바보가 그걸 보고 이반의 아내에게 이야기하자 그녀는 밭을 갈던 남편에게 달려가서 말했어요.

"어서 가봐요. 신사 양반이 머리를 흔들며 일하기 시작했대요."

이반은 그 말에 놀란 표정을 지었습니다.

"그래?"

이반이 현장을 확인하러 뛰어 갑니다. 가서 보니 늙은 악마는 허기가 져 쇠약해졌고 심하게 휘청거렸으며 머리를 기둥에 들이박고 있는 것이었어요. 이반이 다가가자 악마는 발을 헛디뎌 앞으로 넘어졌고 머리를 쿵쿵 부딪치며 소리도 요란하게 계단을 내려왔습니다.

드디어 바보 이반이 깨우침을 얻게 됩니다.

"머리가 터질 때가 있다던 신사 양반의 말이 맞네, 이건 물집과는 비교도 안 돼. 저렇게 일하니까 머리에 혹이 생기지."

악마는 다른 마귀들처럼 결국 땅 속으로 꺼져버리고 말았고, 이반의 나라에 세묜과 타라스가 다시 찾아왔습니다. 이반은 누구든 "우릴 먹여 살려주세요." 하면 따뜻하고 너그럽게 돌보아주었답니다. 이야기는 이제 막을 내립니다.

아직도 하나의 규칙이 이 나라에 남아 있으니 그것은 '손에 물집이 있는 자는 식탁에 앉히지만 그렇지 않은 자에게는 남은 음식을 준다.'는 것이었습니다.

누구든 음식을 준다고 했으니 일하지 않은 자에게도 식탁의 음식은 제공됩니다. 하지만 그것은 어디까지나 남은 음식입니다. 누구에게나 관대하지만, 노동하는 이의 권리가 우선으로 보장되는 나라인 거지요. 이 작품을 쓴 톨스토이는 성서에서 많은 영향을 받습니다. 성서에 기록된 사도 바울의 고백에는 이런 대목이 있습니다.

하나님께서는 지혜 있는 자들을 부끄럽게 하시려고 세상의 어리석은 것을 택하셨으며, 강한 자들을 부끄럽게 하시려고 세상의 약한 것을 택하셨습니다. 하나님께서는 세상에서 비천한 것과 멸시받는 것을 택하셨으니, 곧 잘났다고 하는 것들을 없애시려고 아무것도 아닌 것들을 택하셨습니다. _「고린도 전서」 1장 27절에서 28장

민담의 전통 속에 전해져 내려오는 '거룩한 바보'라는 사상의 뿌리가 이 고백에 들어 있습니다. 바보 이반 이야기는 그런 뜻에서 '거룩한 바보에 대한 예찬'이라 할 수 있지요. 우직하고 미천해 보이는 바보가 도리어 새로운 세상의 문을 여는 주인공임을 일깨우고 있는 겁니다.

긴 이야기 들으시느라 애썼습니다. 그래도 머리로 일하는 악마 이야기, 재미있지 않으셨는나요? 괜히 잘난 척 하다가 머리에 혹이 생기는 것보다는 손으로 일해 물집이 생기는 편이 아무래도 훨씬 나은 것 같아요.

아홉 번째 이야기

바보들의 나라 켈름

내 안의 어리석은 현자를
경계하라

켈름 나라의 역사와 만나다

1978년 노벨 문학상 수상자인 아이작 B. 싱어Isaac Bashevis Singer, 1907-91의 단편「바보들의 나라 켈름」은 1973년 어린이들을 위한 동화로 출간되었습니다. 원래 제목은 '켈름의 바보들과 그 역사The Fools of Chelm and Their History'라고 되어 있습니다. 켈름이라는 곳에 살고 있는 바보들은 자기들 스스로는 현자賢者라고 여기고 있지만 사실은 멍청이라는 건데, 과연 이들이 무슨 일을 벌이게 되는지 보기로 하지요.

켈름이라는 마을이 있었습니다. 이곳에는 황소라는 별명을 가진 그로남이라는 현자이자 동시에 통치자가, 다섯 명의 또 다른 현자로 이루어진 위원회와 함께 마을을 다스리고 있었습니다. 그 다섯 명은 얼뜨기 레키슈, 얼간이 자인벨, 바보 트라이텔, 빙충이 센더, 멍청이 슈멘드릭이었는데, 그로남의 비서인 슐레밀이 이들을 도왔지요.

어느 날, 그로남이 위원회를 소집했습니다. 켈름이 기근과 질병의 위기에 처했다고 보고 그 대책을 논의하기 위해서였습니다. 7일 동안 생각할 시간을 준 다음, 모두 모인 자리에서 각기 제안을 내놓도록 했습니다. 얼뜨기 레키슈는 아예 '위기'라는 단어를 없애면 아무도 위기가 있다는 것을 모르게 될 것이라고 했고, 얼간이 자인벨은 금식하는 날을 만들어 절약정책을 펴자고 합니다.

그러면 의복이나 신발 부족은 어떻게 해결하느냐고 그로남이 묻자, 바보 트라이텔은 세금을 올려 부자들만 의복과 구두 같은 것을 살 수 있도록 하자고 하고, 빙충이 센더는 그보다는 가난한 이들이 부자들의 재산을 갖도록 하자고 합니다. 멍청이 슈멘드릭이 의복을 없애면 옷 부족 문제는 근본적으로 해결된다고 우기자, 마침내 레키슈가 회의를 연기하자고 제안합니다. 결국 그로남이 레키슈의 제안을 받아들일 듯하다가 자신의 생각을 털어놓습니다.

그로남의 제안은 전쟁이었습니다. 그는 인근의 고르슈코프 부족이 자신들을 바보라고 부르는 것을 전쟁의 명분으로 삼자고 합니다. 인근 부족은 켈름보다 작고 가난한 부족이기에 전쟁에서 이기면 이들을 노예로 삼을 수 있다고 주장했습니다.

이런 그로남의 말에 모두 찬동합니다. 고르슈코프에게 승리하면 켈름은 제국이 되고, 그로남은 황제가 될 것이라고 떠들어댑니다. 이 전쟁에 도둑 파이텔을 동원해서 고르슈코프 성문의 자물쇠를 열면 승리는 켈름의 것이라고 확신하지요. 모두에게 국가기밀이라 일렀건만, 전쟁 계획은 대외비라는 이름을 달고 켈름 전역에 즉시 퍼져갑니다.

그로남의 아내 엔테 페샤는 전쟁을 반대하지만 소용이 없었습니다. 켈름의 젊은이들은 총동원되어 전선에 나갔는데 준비가 시원치 않아 애를 먹습니다. 이런 이들을 위해 시인 제켈이 군가용 노래를 지어 바치지요. 그런데 이들이 길을 잘못 들어 고르슈코프가 아니라 마젤보르슈트라는 마을에 들어서고 말았습니다. 그렇다고 전쟁을 중단할 수 없어서 그대로 이곳에 진격합니다.

그러나 어쩌지요? 하필이면 이날 고르슈코프의 푸줏간 청년과 마젤보르슈트에 사는 한 마부 딸의 결혼식이 있었습니다. 그 바람에 하객으로 도축업자와 마부들이 잔뜩 모인 거예요. 켈름의 부대는 이들과 싸우게 되었지만, 이미 행군에서 지쳐 있었고 비에 젖은 상태라, 패주하고 말았습니다. 승전보를 기다리던 켈름의 주민들은 패잔병을 맞이하게 되었고, 그로남은 "앞으로 전쟁을 벌일 때에는 미리 첩자를 보내

도축업자와 마부들이 그날 저녁 결혼식에 참석하는지 안 하는지를 확인한다."는 등의 내용을 담은 포고령을 내립니다.

전쟁에서 지자 반란이 일어났습니다. 혁명당 부넴 포크라카는 그로남을 축출하고 빈부격차를 없애기 위해 돈을 폐지하며 선거는 40년마다 하는 것으로 규정하는 등의 혁명 공약을 내세웠습니다. 켈름의 가난한 사람들은 혁명당을 열렬히 지지했고, 시인 제켈은 그동안 그로남을 찬양하다가 이번에는 부넴 포크라카에 대한 찬양시를 지어바칩니다. 이런 상황이 벌어지자 그로남 일당은 국고의 돈을 가지고 피신하기로 합니다. 도주한 이후 돈이 들었다고 믿은 궤를 열어보니 이미 도둑 파이텔이 훔쳐가고 텅 비어 있었습니다.

그로남이 도망갔다는 소식이 전해지자 켈름에는 혁명 만세 소리가 울려 퍼졌습니다. 하지만 돈이 폐지된 현실에서 켈름의 상황은 더욱 나빠졌답니다. 결국 혁명당은 시장에서 물물교환을 하도록 했는데 이렇게 해서는 켈름의 경제가 제대로 돌아갈 리가 없었지요. 이때 도둑 파이텔이 민중의 적인 부넴 포크라카를 몰아내자고 선동하며 권력을 탈취하는 데 성공합니다. 시인 제켈은 이번에는 파이텔을 위해 시를 짓기 시작했습니다.

파이텔 정권이 맨 처음 한 일은 자신을 감옥에 보낸 판사를 체포, 구금시킨 것이었습니다. 그러고 나서 파이텔 정권은 여기저기서 정복전쟁을 벌였고 승리에 의기양양해졌지만, 시간이 지나면서 주변에 연합군 세력이 형성되어 켈름을 포위했고 파이텔의 군대는 무너져갔습니다.

파이텔 세력이 붕괴되는 것을 보면서 시인 제켈은 자신이 파이텔을 위해 썼던 글을 재빠르게 손보아 애초의 목적과는 달리 '폭군 파이텔의 치욕과 몰락'이라는 제목을 붙였습니다. 켈름이 파이텔의 손에서 풀려났다는 소식을 듣고 그로남과 다섯 현자 일당이 귀국합니다.

이들은 다시 켈름을 통치하게 되는데, 켈름 사람들은 이전과 달라졌습니다. 모두 열심히 일하고 군사적 야망을 더는 품지 않게 된 겁니다. 그러나 통치과정에서 복잡한 문제가 불거져 나오자, 켈름 주민 백 명으로 구성된 특별 위원회를 만들어 토론하게 되었는데, 단 한 번도 문제를 차분하게 풀지 못하고 매번 서로 싸우기만 했습니다.

이런 사태를 예의주시하던 그로남의 부인 엔테 페샤는 켈름의 남자들이 구제불가능이라고 결론짓고, 여성당을 창당해서 켈름의 주도권은 여자들에게 서서히 넘어가게 되었더랍니다. 이것이 다름 아닌 켈름의 역사였다고 하네요.

아이작 싱어의 유대인식 농담을 이해하는 길

아이작 싱어는 대단히 많은 단편과 장편소설, 그리고 동화를 쓴 다작의 작가로, 폴란드계 출신의 유대인이며 또한 미국인으로서 특히 동유럽 유대인들의 언어인 이디쉬어로 글을 써서 주목을 받았습니다.

이디쉬어는 히브리어, 아람어와 함께 전 세계에 퍼져 유랑자처럼 살던 유대인들의 3대 언어 가운데 하나입니다. 오늘날에는 더이상 쓰는 사람이 없어 사어死語가 된 언어지만 그 안에는 멸시받고 추방당하면서도 유머와 희망, 의지를 잃지 않은 유대인들의 삶과 정신사가 고스란히 담겨 있습니다. 그런 까닭에 아이작 싱어의 작품 세계를 만나는 것은 이디쉬어의 역사 그리고 정신세계와 만나 그 깊이를 이해하는 작업이기도 합니다.

「바보들의 나라 켈름」은 줄거리를 통해 보았듯이 어린이를 위한 동화치고는 매우 분명하게 현실 권력자들을 신랄하게 비판하고 풍자합니다. 권력의 교체와 정부의 형태, 그 본질까지 짚고 있지 않습니까? 아직 세상이 어떻게 돌아가는지 잘 알지 못하는 아이들이 읽고 이야기를 나누기에는 어려워 보입니다. 하지만 이 동화는 아이들에게 어떤 나라가 과연 인간다운 삶을 사는데 가장 가까운지 생각하게 합니다.

어린이들을 위한 동화에 이런 질문을 던져 넣는 작가 싱어의 철학은 오늘날 동화작가들에게도 교훈이 되리라 생각합니다. "애들이 뭘 알아?"가 아니라 어린 시절부터 현실의 비극과 어리석음을 꿰뚫어보고 현명한 선택을 할 수 있도록 하는 게 작가의 임무이기도 하니까요. 그렇지 않아도 노벨 문학상 수상식에서 아이작 싱어는 이렇게 말합니다.

> "내용이 재미없고 따분한 책이 독자들에게 무슨 낙원이 되겠습니까. 독자를 흥미롭게 이끌고 그 정신을 드높이며, 진정한 예술이라면 언제나 주고 있는 기쁨과 피신처를 제공하지 못하는 지루한 문학은 달리 변명할 도리가 없을 겁니다. 그럼에도 불구하고, 진지한 자세를 지닌 이 시대의 작가라면 그는 그가 사는 세대의 문제에 대해 반드시 깊이 관심을 가지고 마주하는 것이 옳습니다."

그래서 싱어는 당대의 현실을 동화 속에 담아, 아이들의 시선으로도 생각할 수 있도록 애를 썼습니다. 더군다나 그의 작품에는 세계적으로 유명한 유대인의 유머정신이 그 밑바닥에 풍부하게 스며 있습니다. 그래서 읽는 즐거움을 더해 준답니다.

유대인의 유머나 농담은 그저 가볍게 웃고 넘어가자는 게 아니지요. 유대인 대학살과 같은 생존의 절박한 위기를 넘어온 이들의 삶에서 나온 자기성찰의 소산이기도 하니까요. 때로는 자신을 조롱하고 때로는 남도 그렇게 비웃는 듯 하지만, 본질적으로는 인간의 어리석음과 위선을 폭로하고, 자신을 멸시하는 상대에게 교묘한 반격을 가하기도 합니다. 세상을 뒤집어 보는 인식의 전환 같은 것이 그 안에 있는 거죠.

가령 이런 식입니다.

> "어느 마을에 기독교인 처녀 하나가 살해된 사건이 일어났습니다. 당장에 유대인들이 살인 혐의자로 지목되자 유대인들은 그 보복으로 유대인 대학살이 일어날 것을 두려워했지요. 유대인 회당에 사람들이 잔뜩 모여 대책을 논의하고 있던 중에 누군가 들어와 큰 소리로 기쁘게 외쳤습니다. '여러분, 걱정하지 마십시오. 죽은 여자는 유대인임이 밝혀졌답니다.'"

이 농담은, 잠시 안심하게 되었다고 마냥 기뻐할 수 없는 지독한 딜레마에 처한 이들의 비애를 보여줍니다. 그러나 이들이 비극 앞에서 아무것도 못하고 일방적으로 당하지만은 않습니다. 절묘하게 되받아치기도 하지요.

> "어느 도시에 커다란 화재가 발생했습니다. 유대인들이 범인이라는 혐의를 받게 되자 유대인들에 대한 대대적인 탄압이 일어날 기세였

어요. 검찰이 유대교의 지도자 랍비를 취조하였습니다. 범인이 누구인지 털어놓으라는 것입니다. 거듭되는 윽박지름에도 불구하고 원하는 답변이 나오지 않자 검찰은 랍비를 구속시키겠다고 말했습니다. 그러자 랍비가 이렇게 말합니다. '당신들은 문제만 생기면 우리 유대인들과 굴뚝 소제부들을 의심하지요.' 검찰이 이게 무슨 황당한 소린가 하고 '굴뚝 소제부라니? 그들이 무엇을 했기에?'라고 반문하니까 랍비가 대답합니다. '그러게 말이죠. 굴뚝 소제부나 유대인이나.'"

이런 것도 있습니다.

"아버지가 거의 돌아가시게 되어 자식들이 주변에 모여 임종을 지키고 있었습니다. 그때 아버지는 어머니가 아래층 부엌에서 맛있는 과자를 굽고 있는 것 같다면서 그걸 죽기 전에 마지막으로 맛보고 싶다고 합니다. 한 아들이 내려가서 어머니에게 아버지의 뜻을 전했습니다. 그러자 어머니가 하시는 말씀이, '안 돼. 이 과자는 장례식 끝나고 쓸 거야.'"

한때는 모든 권위의 상징이고 가부장적 권력을 쥐고 있던 아버지였건만 죽을 날이 가까워지자 모든 것이 소멸하고 맙니다. 아버지의 권위에 눌려 평생을 살아온 어머니는, 이제 남편의 죽음보다는 장례식 후 손님 대접에 더 신경을 씁니다. 가부장적 권위가 얼마나 허상인지, 그리고 그 권위가 무너지는 순간 어떤 사태가 벌어지는지 보여주고 있지요. 아, 이제 집안의 중심이 된 이 엄마는 또 얼마나 냉정하고 인정머리 없게 돌변하려나요.

얼핏 잔혹 동화의 느낌을 주는 농담이지만, 유대인의 유머에는 권위를 가진 존재들에 대한 조롱과 풍자, 해학이 넘칩니다. 이는 유대인 자신들에게도 그대로 쏟아집니다. 남들이 이런 유머를 한다면 유대인에 대한 적대감과 멸시의 표현이라고 자칫 오해를 받을 수 있겠지요. 하지만 스스로를 겨냥해서 만든 농담이기에, 유대인들의 비판적인 자기성찰의 의지를 볼 수 있습니다.

유대인들은 돼지고기를 먹지 않습니다. 한편, 이들은 이재에 밝지요. 조금이라도 가격이 싸면 그걸 어떻게든 선취하려는 경쟁이 이들의 경제생활을 이루어왔습니다. 그런 이들에게 곤혹스러운 딜레마가 생겨납니다. 이런 경우입니다.

"50퍼센트 할인 판매, 돼지고기!"

종교 지도자인 랍비에 대한 농담도 있습니다.

"종교 지도자에 대해 깊은 경의를 표하는 어느 이발사가 있었습니다. 어느 날 개신교 목사가 그에게 와서 머리를 깎자 이발사는 아무것도 받지 않았습니다. 다음날 그 목사는 빵을 감사의 표시로 보내왔어요. 가톨릭 신부가 손님으로 왔을 때도 마찬가지로 공짜 이발을 시켜주었습니다. 다음 날 신부는 포도주 한 병을 답례로 보내왔답니다. 유대교의 랍비가 이 이발관에 왔습니다. 이발사는 물론 그에게도 무료봉사를 했지요. 다음 날, 이발관에 그 랍비가 찾아왔습니다. 다른 랍비들을 대동하고….”

망명과 유배자들의 언어, 이디쉬어

이런 유머 정신이 아이작 싱어 동화의 핵심입니다. 그러면서도 우스꽝스런 발언이나 사건들 속에 들어 있는 진상이 무엇인지 깊이 생각하도록 이끕니다. 「바보들의 나라 켈름」의 이른바 현자들이 저지르는 바보 같은 짓들이 얼마나 많은 사람들을 희생시키고 비극을 가져오는지 냉철하게 보도록 하는 것입니다. 이는 유대인들이 겪어온 숱한 고난과 핍박 그리고 학살의 경험이 응집된 결과입니다. 유대인들이 잔혹한 현실에 대항하는 방법의 하나는 유머였습니다. 잘 포장된 역공인 셈이지요.

그래서 유대인들이 어떤 혹독한 처지에 놓여 있는지를 소재로 삼는 유머도 있습니다. 나치스가 지배하고 있던 독일이 무대입니다.

> "유대인 친구 넷이 베를린의 한 카페에 앉아 있었습니다. 시간이 오래 흘렀지만 아무도 입을 열지 않는 거예요. 마침내 한 친구가 불평하듯 '내 참, 그러니까……' 라고 하자 다른 친구 하나가 '그러게 말이야.' 라고 맞장구쳤습니다. 세 번째 친구가 '무슨, 그건 아니지.' 하자 네 번째 친구가 자리에서 벌떡 일어나더니 '너희들, 자꾸 정치이야기 할래? 그럼 나, 그냥 간다.' 하고 화를 벌컥 내면서 카페를 나가버리고 말았습니다."

유대인들을 핍박하던 나치스 치하에서 무슨 말을 해도 유대인의 말은 모두 범죄가 되고 탄압의 빌미가 되는 걸 조소적으로 풍자한 것이지요. 이런 일을 겪으면서도 희망을 결코 잃지 않은 이들의 마음을 주시하는 유머도 있습니다.

"유대인 학살을 피해 겨우 독일을 빠져나온 아시모프가 모로코의 카사블랑카에 있는 미국 대사관에서 입국 비자를 받으려고 석 달째 기다리고 있었습니다. 이제나 저제나 하고 눈 빠지게 있었지만 영사와의 면담 일자조차도 아직 받을 수가 없었어요. 그런 그를 안됐다고 여긴 직원 하나가 그에게 말했습니다. '음, 벌써 비자발급 할당량이 차서 당신 차례가 오려면 적어도 10년은 걸릴 겁니다. 그때 다시 오세요.' 그러자 아시모프는 이렇게 물어봅니다. '그럼 오전에 올까요, 오후에 올까요?'"

현실이 어떻게 대하더라도 불굴의 의지로 움쩍도 하지 않는 거죠. 오히려 농담으로 맞섭니다. 이런 유대인의 기질을 이어받은 싱어 역시 이디쉬어를 통해 현실을 날카롭게 통찰하면서 더 나은 세상을 끊임없이 꿈꿉니다. 오랜 세월 추방과 망명, 가난과 핍박을 겪고 그것을 이겨낸 유대인들의 정신적 전통이 그 언어에 표현되었던 것입니다. 그의 노벨문학상 시상식 연설에는 이 이디쉬어의 역사와 의미가 잘 그려져 있습니다.

"스웨덴 아카데미가 저에게 이 영광스러운 상을 수여한 것은 또한 이디쉬어에 대한 인정이라고 할 수 있을 것입니다. 이디쉬어는 망명의 언어입니다. 그것은 그 어떤 영토도 없으며 국경도 없고 어떤 정부로부터도 보살핌을 받지 못한 말입니다. 이 언어는 무기, 탄약, 군사훈련, 전술 같은 단어는 아예 갖고 있지도 않습니다. 이디쉬어는 유대교도가 아닌 사람들과 해방된 유대인들 모두에게 멸시받아왔습니다."

군사 용어가 존재하지 않는 언어 이디쉬어에 대한 자부심이 넘칩니다. 또한 참담한 역사를 거쳐온 이디쉬어는 도리어 그 비참했던 역사로 말미암아 그 안에 놀라운 힘을 가지게 되었다고 밝힙니다.

"이디쉬어를 사용하는 게토에 살고 있던 유대인들은 위대한 종교들이 말로 설교해온 것을 몸소 매일 실천해왔습니다. 이것은 진실입니다. 이들은 그야말로 말 그대로 위대한 책, 성서의 사람들입니다.

사실 유대인의 특별 거주지이자 빈민가라고 할 수 있는 게토는 핍박받은 소수자들의 피난처만이 아니라, 평화와 자제력, 그리고 인도주의의 위대한 실험이 이루어진 현장이었습니다. 다른 나라와 민족들이 바로 이 유대인들로부터 그들의 사유방식, 아이들을 기르는 자세, 그리고 남들은 오직 비참하고 모멸스러울 뿐이라고 여길 현실에서 도리어 행복을 찾아내는 모습을 배울 수 있다고 믿습니다.

이들이 써온 이디쉬어에는 유머가 풍부하며 매일 매일의 삶에 감사가 넘치고 오만하지 않은 마음이 담겨 있지요. 현명하고 겸손한 언어입니다. 또한 두려움에 처해 있으나 동시에 희망을 품은 인류를 위한 말이라고 할 수 있습니다."

변방 언어처럼 생존해온 이디쉬어이지만, 그 안에는 비극을 이겨내는 희망의 힘이 유머에 싸여 존재한다는 겁니다. 인간사의 어두운 면을 피하지 않고 대면하며, 그것을 뒤집어볼 수 있는 능력으로 현실을 유쾌하게 변화시킬 줄 아는 사람, 그런 사람은 희망 그 자체일 것입니다. 「바보들의 나라 켈름」은 바로 이 역설적인 희망 찾기의 여정입니다.

켈름의 기원을 진화론에서 찾는다면

이야기는 켈름의 기원 논란에서 시작됩니다.

> 켈름이라는 마을이 어떻게 생겨나게 되었는지에 대해선 학자들 사이에서 의견이 일치하지 않았다. 신앙심 깊은 사람들은 하나님이 '켈름이여, 있으라.'라고 말씀하시자 켈름이 생겨났다고 믿었다. 하지만 많은 학자들은 화산이 폭발해서 마을이 생겨났다고 계속 주장했다.

진화론과 창조론의 대립을 보여주는 대목입니다. 아이작 싱어는 진화론이 당대의 지배적인 시각으로 자리 잡는 것에 대해 비판적이었습니다. 미국의 60년대와 70년대는 인간과 우주 창조에 대한 종교적 해석이 진화론자들로부터 일대 공격을 받던 시기였습니다.

> 학자들이 하는 이야기에 따르면, 처음 켈름에 살았던 생명체들은 사람이 아니라 미생물과 아메바 그리고 여타 다른 생물이었다고 한다. 그러다 나중에야 비로소 켈름에 강이 생겨났는데, 여기에 물고기가 많

왔고 이들 물고기가 바로 켈름 주민들의 조상이었다. 켈름 주민들이 물고기, 그중에서도 송어, 잉어 등을 섞어 만든 게필테 피쉬 요리를 좋아하는 것도 다 이런 까닭이 있어서일 수도 있다.

미생물에서 어류, 어류에서 양서류나 파충류 그리고 마침내 포유류에서 영장류로 이어지는 진화의 고리를 압축적으로 잘 설명하는 것 같지만, 싱어의 의도는 진화론을 해설하는 데 있지 않습니다. 진화론대로라면 켈름 사람들은 자기들의 조상인 물고기를 잡아먹고 있는 셈이니, 이야말로 웃기는 일 아니냐고 슬쩍 비꼬면서 진화론을 조롱하고 있는 것이지요. 그는 노벨상 수상 연설에서 창조의 의미를 강하게 표현합니다.

"날이 갈수록 아이들은 점점 더 인간 정신과 영혼의 불멸성, 그리고 윤리의 가치를 믿지 않은 채 자라나고 있습니다. 진정한 작가라면 이렇게 우리의 가정이 그 정신적 기초를 잃어버리고 있다는 사실을 그냥 넘겨버릴 수는 없을 겁니다. 아무리 기술적 발전이 대단하다 할지라도 그것으로 오늘날 현대인들이 겪고 있는 절망과 고독, 열등감과 전쟁, 혁명, 폭력에 대한 공포를 누그러뜨려 주지 못합니다.

이 세대는 절대자에 대한 믿음을 상실했을 뿐만 아니라, 인간 자체와 인간이 만든 제도 그리고 바로 자신에게 가장 가까운 사람들마저도 마음을 열고 신뢰를 하지 못하게 되고 말지 않았습니까? 나는 우주가 아무런 목적의식도 없는 채로 이루어진 진화의 결과, 다시 말해서 물리-화학적 우연으로 생겨난 것이라는 생각을 도저히 받아들일 수가 없습니다."

그는 "화산이 폭발해서 켈름 마을이 생겼다는 학자들의 주장"에는 그 어떤 정신적 요소를 찾아볼 수 없으며, 켈름의 의미나 가치를 생각할 수 있는 근거도 없다고 본 것입니다. 우주가 물리-화학적 우연으로 만들어진 것이라는 생각이 인간의 사유를 주도하게 되면, 그 우주와 그 속에 살고 있는 인간의 의미를 묻는 힘은 약해지거나 사라질 수 있다고 여긴 것이지요.

얼핏 우연처럼 보이지만 그 안에는 인간의 생명과 영혼을 태어나게 한 절대자의 의지가 작용하고 있고, 그것을 깊이 성찰하는 인간만이 미래를 밝고 힘차게 만드는 정신적 능력과 불멸의 가치를 지닐 수 있다고 믿은 것입니다.

'켈름의 현자'들이 바보인 까닭은 문제가 생기거나 위기가 닥쳤을 때, 정신적 가치에 대한 성찰보다는 기술적인 해답만을 구하려 하고, 그것을 자기들 편한 대로 이용하려 했기 때문이지요. 이는 인간의 삶을 도리어 위협하고 위험에 빠뜨리고 맙니다.

위기는 진짜 위기인가?

켈름의 역사 초기를 지나 켈름 사람들이 문명화되어가면서 그들의 생각에도 변화가 일어납니다.

> 한참, 그것도 정말 한참 세월이 지난 후에 켈름 사람들은 문명을 알아가게 되었다. 이들은 읽고 쓰는 것을 배웠으며, '문제'와 '위기'라는 말이 만들어졌다. '위기'라는 단어가 이들 켈름 주민들의 언어생활에

등장하자 그 순간부터 이곳 사람들은 켈름에 위기가 있다는 것을 깨닫게 되었다. 사람들은 켈름 마을의 상황이 별로라는 것을 알게 된 것이었다. 이 '문제'와 '위기'라는 단어의 발명자는 그로남이라고 불리는 사나이였다.

철학자 하이데거가 "언어는 존재의 집"이라고 설파했지만, 위기라는 현실이 있는데도 그것을 표현할 단어가 없다고 해서 그 현실을 인식하지 못하는 것은 아니지요. 그런데 싱어는 말이 현실에 대한 인간의 인식과 판단을 얼마든지 조정하고 조작할 수 있다는 것을 독자들이 내다보도록 합니다.

언론과 방송, 그리고 교육을 통한 정치선전인 프로파간다의 문제점을 제기하는 거지요. 나치스의 괴벨스가 바로 이 작업을 고도로 발전시켰고, 이후 미국을 비롯한 다른 나라들이 모두 괴벨스 연구를 하면서 언론과 여론조작을 통한 정치를 하게 됩니다.

더군다나 켈름 마을은 지혜로운 자, 즉 현자는 마을을 통치할 권한을 갖는다는 생각을 하고 있었어요. 따라서 그로남을 비롯한 마을의 다섯 현자들은 모두 켈름의 최고 통치 집단이었습니다.

그리스의 철학자 플라톤은 그의 저서 『공화국』에서 철학자가 곧 통치자가 되는 지배체제를 주장했습니다. 민주주의라는 이름으로 지혜가 부족한 민중이 앞에 나서서 정치를 쥐고 흔드는 것은 결국 세상을 혼란에 빠트릴 뿐이라는 비판의식에서 나온 플라톤의 정치철학입니다.

그래서 그의 공화국은 이른바 철인왕哲人王이라고 하는, 철학자이면서 동시에 통치자인 인물의 생각과 계획에 따라 엄격한 질서가 유지되고 군사국가 스파르타에서나 볼 수 있는 강도 높은 규율로 그 사회를 조직화해나갑니다. 지혜와 이상이 존중되는 사회라는 점에서는 이 공화국이 갖는 의미와 가치가 있으나, 보통 사람들이 가진 경험과 이성 그리고 의지와 철학을 경시했다는 점은 비판받고 있습니다.

아이작 싱어는 바로 이러한 플라톤의 이상향을 탐탁치 않게 여겼습니다. 철학자이자 통치자인 한 개인의 생각에 의해 사상통제가 이루어지면, 인간의 자유가 말살되고 예술이 죽는다고 본 것입니다. 싱어는 동화의 시작부터 현자라 불리는 자들이 지배하는 세상을 비판하지요. 현자 위원회를 소집한 그로남이 켈름의 위기에 대해 어떻게 설명하는지 볼까요?

> "친애하는 현자 여러분, 켈름에 위기가 생겨났습니다. 우리 주민들 대부분이 충분히 먹을 빵도 없고, 옷도 누더기로 입고 다닙니다. 게다가 많은 사람들이 콧물과 기침까지 하면서 고통을 당하고 있어요. 이 위기를 우리, 어떻게 하면 해결할 수 있겠소?"
>
> 현자들은 이들의 관례대로 7일 밤낮 동안 생각하고 또 생각했다.

식량부족과 의류사정이 좋지 않은 것은 물론이고 감기까지도 모두 위기라고 규정하고 있습니다. 당장에 무슨 기근이 들었거나 감당하기 어려운 빈곤이 엄습해왔다든가, 아니면 페스트 같은 질병이 대대적으로 돌면서 사람들이 목숨을 잃었거나 한 것도 아닙니다. 위기가 과장되고 있습니다. 즉각적인 대응을 마련해야 하는 위기가 아니었다는 건 이들이 7일 동안 각자 생각할 시간을 갖고 다시 위원회에 나온 것만 봐도 알 수 있지요.

현자들이 내놓은 이 대책들을 보라!

현자 위원회에서 대책이라고 내놓은 첫 발언자는 얼뜨기 레키쉬였습니다.

"'위기'라는 단어가 나쁜 상황을 뜻한다는 것을 알 정도로 교육을 받은 사람들은 켈름에서 얼마 되지 않습니다. 그러니 이 단어 사용을 금지하는 법을 만듭시다.

그러면 사람들은 위기에 대해 곧 망각해버릴 겁니다. 그때가 되면 어느 누구도 위기가 있다는 것을 알지 못할 것이며, 우리 현자들도 이렇게 머리를 싸매며 해결방안을 짜낼 필요가 없게 되는 것 아니겠습니까?"

괴벨스의 프로파간다 논리에 충실한 인물입니다. 언론과 방송, 교육에서 어떤 현실을 일깨우는 단어와 말을 사라지게 하면 사태는 진정된다는 식이지요. 분명 이러한 방식은 한동안 먹혀들어갈 수 있습니다. 그래서 대부분의 권력은 언론과 방송을 장악하려 하고, 현실과 역사에 대한 교육을 통제하려 듭니다. '말'이란 그래서 권력투쟁의 현장이 되기도 합니다. 그런 의미에서 진정한 지식인은 그 말을 통해 현실의 진면목을 일깨우는 사람입니다.

그로남이 위기를 과장하고 있다면, 레키쉬는 그 위기에 대한 인식을 자신들의 뜻에 맞게 조작할 수 있는 방법을 제출한 셈입니다. 언론정책을 먼저 수립하자는 것이나 다를 바 없으니까요. 그러자 얼간이 자인벨이 반론을 폅니다.

"그렇게 하기에는 이미 때가 늦었어요. 나이 많은 세대들이야 그 말을 잘 모른다고 해도 요즘 젊은 세대는 다 배워서 이걸 모르지 않소. 게다가 이들 젊은 세대는 켈름의 미래가 아닙니까?"

프로파간다 정략을 작동시키려면 적절한 때가 있게 마련인데, 지금은 그럴 때가 아니라는 겁니다. 게다가 상대적으로 교육수준이 낮은 구세대는 어떻게 속여먹을 수 있다고 해도 똑똑한 젊은 세대는 그런 방식이 통하지 않는다는 것이지요. 그에 덧붙여 켈름의 미래세대라면서 젊은이들을 꽤나 생각해주는 듯 보입니다.

이렇게 레키쉬와 자인벨이 서로 논박하자, 가만히 듣고 있던 그로남이 미래지향적 사고를 가진 듯 말하는 자인벨에게 대안을 내놓으라고 합니다.

"제가 드리고 싶은 제안은, 가령 매주 월요일과 목요일 이틀 동안을 금식일로 정하자는 거예요. 그러면 우리는 상당량의 빵을 먹지 않아도 되서 식량부족 사태는 더 이상 없게 될 겁니다."

그 대안이라는 것이 기껏 밥을 굶자고 하는 거네요. 빵이 부족해서 문제가 된다는데 해결 방법이라고 내놓은 게, 먹지 않고 굶으면 빵 부족할 일이 없다는 거죠. 먹는 문제에 있어 각 사람의 필요를 최대한 채우는 방식이 아니라, 그 필요를 도리어 짓누르는 방식입니다.

이는 그리스 신화에 나오는 '프로크루스테스Procrustes의 침대'와 같은 이야기입니다. 프로크루스테스는 철제 침대를 만들어 지나가는 사람들을 그의 집에 초대한 뒤, 그 침대에 뉘여 침대보다 작으면 그 몸을 늘여서 죽이고, 반대로 크면 침대의 크기를 기준으로 사람의 몸을 잘라 죽이는 악행을 저질렀지요. 결국 그는 아테네를 세운 것으로 알려진 테세우스의 손에 죽임을 당합니다만, 이 '프로크루스테스의 침대'는 자신이 세운 기준으로 상대를 난도질하고 희생시키는 상황을 잘 보여주는 이야기입니다.

유대교나 기독교에서 금식은 종교적 의미가 있습니다. 몸과 영혼을 정화淨化하는 것이 목표이지요. 그런데 자인벨은 이를 식량해결이라는 물질적 차원으로 전락시킨 것입니다. 게다가 그는 프로크루스테스처럼 몸의 필요보다는 철제 침대를 기준으로 그 몸을 더 고통 속에 빠뜨리려 합니다. 이런 식이면 식량부족이 위기가 아니라, 이런 대책이 바로 위기입니다. 그런데 자인벨의 이야기를 듣던 그로남의 대답이 또한 기가 막힙니다.

> "그렇게 되면 식량문제는 해결할 수 있겠지만, 옷과 신발이 부족한 것은 어떻게 할 건가?"

그로남은 금식을 해결책이라 받아들이고는 자인벨보다 한 수 위라는 듯 자인벨이 언급하지 않은 대목을 날카롭게 짚습니다. 역시 일인

자답게 전체적인 상황을 조망하는 능력이 있다고 해야 하나요? 자인벨은 이 질문에 즉각 대답하지 못합니다. 이제 이들 현자 위원회의 경제정책 논쟁은 갈수록 점입가경이 되어갑니다. 바보 트라이텔은 자기도 할 말이 있다는 몸짓과 표정으로 기다리다가 그로남의 발언권 허락이 떨어지자 입을 곧장 엽니다.

"제 생각으로는, 신발, 장화, 조끼, 바지, 윗저고리, 치마, 속옷 등 의류 일체에 높은 세금을 매기는 겁니다. 그러면 가난한 사람들은 비싼 세금 때문에 옷을 살 형편이 되지 못할 것이고, 부자들을 위해서는 더 많은 것들이 돌아가게 될 겁니다. 우리가 무엇 때문에 가난한 자들을 걱정해준단 말입니까?"

서민들을 위한 세금정책이 아니라, 부자들을 위한 세금정책을 펴자는 주장이 나옵니다. 이건 위기를 해결하자는 것이 아니라 위기를 더욱 심화시켜 켈름의 대다수 주민들에게 더 큰 고통을 안겨주자는 말입니다.

트라이텔은 사치품도 아닌 일상 필수품의 세금을 인상함으로써 소비억제책을 내놓고 있습니다. 정책을 펼 때 1차적으로 고려되어야 할 사람들을 1차적 배제 대상으로 정해놓고 있는 것이지요. 그러자 빙충이 센더가 트라이텔을 비판합니다.

"트라이텔의 제안이 나쁘다는 것은 가난한 사람들이야말로 들판과 가게에서 일하는 사람들이기 때문입니다. 이 사람들이 옷도 제대로 입지 못하고 신발도 없이 다닌다면, 늘상 감기로 기침과 콧물이 그치지 않을 것이며 그러다가 결국 일하지 못하게 되고 말 겁니다. 그렇게 되고 나면, 이들이 부자들을 위해 필요한 만큼 충분히 빵과 옷을 만들어 내지 못하게 됩니다."

처음에 들을 때는 마치 가난한 사람들의 형편을 생각해주는 것 같지만, 사실은 이들을 부자들을 위한 노동력으로만 보고 그 노동력에 문제가 생겨 생산차질이 발생할 것을 우려하고 있을 뿐입니다. 가난한 사람들의 건강을 진심으로 챙기고 이들의 고통을 덜어주려는 것이 아니었습니다.

그런데 센더의 발언에 매우 중요한 점이 하나 있습니다. 센더는 자기도 모르게 부자들의 삶은 가난한 이들의 노동에 의존하고 있다고 말한 것입니다. 노동자가 생산을 거부하면, 부자들의 부는 축적될 수 없습니다. 가난한 노동자들을 보호해야 부자들을 위한 생산력이 유지된다고 하는 센더에게 그로남은 구체적인 대안을 촉구합니다. 센더의 대답입니다.

"제 생각에는 말입니다. 부자들이 잠든 한밤중에 가난한 사람들이 이들의 집에 몰래 들어가서 부자들의 장화, 슬리퍼, 조끼, 드레스와 그 밖에 부자들이 가지고 있는 것이라면 뭐든지 가지고 나오도록 하는 겁니다. 그렇게 되면 가난한 사람들이 제대로 옷도 입고 감기도 걸리지 않고 들판이나 가게에서 일할 수 있게 되지 않겠습니까? 우리가 뭘 하러 부자들 걱정까지 해야 합니까?"

참, 대책 안 서는 현자들입니다. 가난한 이들이 부자들을 털면 된다고 말하는군요. 어떻게 보면, 부자들의 부는 가난한 이들을 착취해서 이루어진 것이니 그 부의 권리는 가난한 이들에게 있다고 말하는 것 같습니다. 트라이텔과는 달리, "우리가 뭣 하러 부자들 걱정까지 하냐?"면서 마치 가난한 사람들 편에 서 있는 듯 보입니다.

그런데 부의 공정한 분배라는 정책을 통해 빈부의 격차를 조절하면 될 것을 무엇하러 이렇게까지 해야 하나요? 그뿐만 아니라 센더는 결국 이들이 다시 들판과 가게로 돌아가 부자들을 위한 노동자로 살아가는 것을 결론으로 삼고 있습니다. 도대체 누구를 위한다는 것인지 앞뒤가 엉망진창인 논리입니다. 갑론을박이 여기까지 오자 멍청이 슈멘드릭이 센더의 제안은 잘못되었다고 공격하면서 다른 논리를 폅니다.

> "켈름에는 부자 한 명당 가난한 사람들이 백 명 있습니다. 그러니 부자들의 옷을 가난한 사람들이 훔쳐가지고 온다고 해도 수량으로 따져볼 때 넉넉하지 않습니다. 게다가 부자들은 배불뚝이인데 가난한 사람들은 말라깽이들입니다. 그러니 어디 그 부자들 옷이 맞겠습니까?"

이른바 계량주의자의 논지입니다. 숫자로 따지고 지표로 분석하면서 정책의 오류를 짚어내는 것입니다. 하지만 이러한 계량적 접근에는 근본적인 오류가 있습니다. 부자들에게만 옷이 집중되는 부의 편재 현상의 원인을 설명하지 못합니다. 왜 부자들에게만 부가 집중되는지 그 구조적 본질에 대해 답이 없는 것이지요. 단지 가난한 사람들이 압도적으로 많다는 현재의 상태를 말해줄 뿐입니다. 오늘날 수학으로 모든 것을 따지는 계량주의 경제학이 빠져 있는 함정이기도 합니다.

그런데 여기서 재미있는 것은 부자들의 몸이 뚱뚱해서 옷이 큰데 몸이 마른 가난한 이들에게 그 옷이 맞겠느냐고 하는 대목입니다. 옷의 질이나 스타일은 일단 논외로 하고, 슈멘드릭의 이 이야기는 엉터리지요. 말라깽이가 입는 옷을 뚱뚱보가 입을 수는 없어도 그 반대는 충분히 가능한 것 아니겠습니까? 줄여서 입거나 기술적으로는 좀 무리일 순 있어도 잘라서 새로 만들어 두 사람이 입을 수도 있을 테니까요. 작가는 이렇게 자기가 잘났다고 발언하는 인물의 말도 되지 않는 논리를 조롱하는 신랄한 유머로 독자들에게 웃음을 선사합니다. 이제 슈멘드릭이 대안을 내놓을 차례입니다.

> "의복을 전부 없애버리지요. 켈름의 위대한 역사학자들이 말하기를 우리 조상들은 벌거벗은 채 동굴에서 살았다고 하네요. 먹을 것은 사냥으로 해결하고 말입니다. 우리도 꼭 그렇게 해보는 거죠. 그러면 우리 문제는 해결될 겁니다."

옷이 부족한 게 문제라면 그 옷 자체를 소멸시키자는 건데, 해결해야 할 목표를 문제의 원인으로 만드는 괴상한 논리입니다. 배고파? 그러면 그 고픈 배를 없애자! 이런 식 아닙니까? 게다가 문명 이전으로 돌아가자고 외칩니다. 결국 내놓은 게 현실과는 동떨어진 대안입니다. 이렇게 켈름의 현자 위원회 인물들은 하나같이 일관성도 없고 좌충우돌입니다. 이 어이없는 슈멘드릭의 주장에 얼뜨기 레키쉬가 또 막상막하의 어이없는 반론을 폅니다.

"거 참, 말도 안 되는 소리 마시오. 우리 학자들에 따르면, 아주 옛적에 켈름에는 겨울이 없었다고 하더군요. 그러니까 당시 우리 조상들은 그렇게 다 벗고 다니고 했던 겁니다."

이렇게 토론이랍시고 하는 이야기가 끝이 나지 않자 레키쉬가 제안을 합니다.

"여러분, 회의를 연기하도록 합시다. 7일 동안의 시간은 이 문제를 풀 만큼 충분하지 않았던 것 같습니다."

애초부터 논쟁의 초점은, 어떻게 하면 식량사정을 좀 더 낫게 하고 켈름 주민들의 삶을 향상시킬 수 있을까, 건강을 잘 돌볼 수 있는 복지 정책과 사회적 안전망은 어떻게 하면 효과적으로 만들어낼 수 있을까, 라고 할 수 있는데 그런 논의는 어디에도 없습니다.

결국 이런 식으로 해봐야 아무런 결론이 나지 않을 듯하니까 시간을 더 달라고 합니다. 하지만 발상이 바뀌지 않는데 아무리 시간을 주고 아무리 회의를 연기한다 한들 결과는 뻔하지 않을까요?

그로남이 그 말에 회의를 연기할 듯하더니, 자신의 결정적인 비책秘策을 비로소 꺼내놓습니다. 사실 돌아보면 다섯 명의 현자들은 모두 현실을 분석하고 각기 나름대로 대안을 제시했는데, 정작 일인자인 그로남만이 아무런 대안제시가 없었지요. 현자 중의 현자로 불리는 그로남으로서는 체면이 서지 않는 일입니다.

그로남의 위기 탈출 계획

그로남의 대안이 나옵니다.

"내 생각에는, 오로지 전쟁만이 켈름을 구할 수 있소."

전쟁도 하나의 방편이다, 가 아니라 유일한 해결책이랍니다. 그러면서 그로남은 그 대상을 고르슈코프 족으로 못 박습니다. 그러자 여기저기서 고르슈코프는 켈름보다 가난하고 작은 마을인 데다가 켈름에게 아무런 해코지도 않았다, 켈름에는 아무런 전쟁무기도 없는데 뭘 가지고 전쟁을 할 거냐, 이 전쟁의 승리를 보장할 수 있는 것이냐, 등등의 질문이 쏟아집니다. 그로남은 나름 치밀하게 준비된 대답을 합니다.

"좋은 질문들을 해주셨소. 자, 제가 답해드리리다. 고르슈코프 족은 우리를 바보라고 불렀소. 그게 우리가 그들과 전쟁을 하는 이유요. 정작은 자기들이 바보고 우리가 똑똑하다는 것을 그들에게 확신시키는 방법은 전쟁에서 이들을 이기는 것밖에 없소.

우리에게 지금 창과 칼이 없다는 것도 사실이오. 그러나 우리에게는 대장장이 잘만이 있지 않소이까? 잘만이 필요한 창과 칼을 만들어 줄 것이요. 그런데 그러기 위해서는 루불린에서 철을 사와야 하는데 그게 꽤나 비싸단 말이오. 하지만 우리 여자들에게는 쇠솥과 냄비가 있지 않소? 그렇지 않아도 별로 해먹는 것도 없는 판국에 이걸 다 녹여 무기로 만들면 되오.

또한 고르슈코프가 우리보다 작고 가난한 것도 맞지만 우리가 이 전쟁에서 이기면 이들을 우리를 위해 일하는 노예로 부릴 수가 있소이다. 그리 되면 우리는 일하는 대신 남는 시간을 켈름의 현자들에게 똑 알맞는 총명한 생각을 하는데 온통 다 쓸 수 있게 되오. 우리에게는 일없이 빈둥거리는 젊은이들도 많은데 이들을 모두 군에 소집해서 군대를 만들면 됩니다. 승리는 확실하오. 한밤중에 고르슈코프를 공격하면 그들이 도대체 무슨 일이 일어났는지 알아차리고 깨어나기도 전에 모두 죽거나 잡혀서 우리의 노예가 될 것이요."

우선 상대는 켈름보다 작고 가난한 마을입니다. 그런데 핑계거리가 없어 자기들을 바보라 했다고 전쟁을 벌이려 듭니다. 명분은 켈름이 고르슈코프보다 똑똑하다는 것을 입증하기 위한 것이라고 하지만, 정작 목적은 다른 데 있는 거죠. 바로 켈름의 위기 해결입니다. 그 해결 방법으로 고르슈코프 주민들을 노예로 삼아 자기들의 노동력으로 부리겠다고 하는 것입니다.

한마디로 식민지 전쟁이지요. 내부의 위기를 외부와의 전쟁을 통해 해결하겠다는 것뿐만 아니라, 상대를 노예로 만들고 자기들은 노동의 부담에서 벗어난 채 '철학'이나 하는 생활을 누리겠다 합니다. 겉으로는 멋지고 대단해 보이는 고대 그리스의 철학이나 제국이 만들어낸 문명의 밑바닥에는 이렇게 자기보다 작고 가난한 상대를 침략해서 식민지로 삼고 그 주민들을 노예 노동력으로 부렸다는 역사 고발이기도 합니다.

그로남의 이야기에서 우리는 전쟁을 위한 국민 총동원 체제와 군수산업의 등장을 목격하게 됩니다. 집 안에서 쓰는 식기조차 전쟁물자로 가져가고 젊은이들을 전투에 동원하며 대장장이 잘만으로 대표되는 군수산업의 육성 과정을 봅니다.

1930년대 미국이 겪은 대공황은 루즈벨트 정부가 뉴딜 정책을 내놓았음에도 불구하고 제2차 세계대전 참전을 통한 전쟁 경제의 발동으로 비로소 고비를 넘었었지요. 그러나 그게 어디 진정한 해결책이었나요?

그로남이 획책하는 전쟁 방식을 볼까요? 기습전입니다. 나치 독일의 히틀러가 전개했던, 선전포고도 없는 이른바 '전격 기습전Blizkrieg'을 계획하고 있는 거예요. 상대방은 자신이 침략당했다는 것을 알기도 전에 학살당하고 노예로 끌려가게 생긴 거지요. 매우 야만적인 전쟁 정책을 켈름의 현자 위원회 밀실에서 공모하고 있는 겁니다.

이 전쟁은 당연히 '제국을 향한 전쟁'입니다. 아이작 싱어는 제국의 영광을 내세우며 무고한 사람들을 숱하게 희생시키는 모든 전쟁을 혐오했습니다. 그러나 켈름의 현자 위원회는 그로남의 전쟁계획을 듣고는 탄성을 지르며 흥분합니다.

얼뜨기 레키쉬가 그로남을 "황소 그로남"이라 부르며 아부합니다. 황소는 유대인의 경전에 나오는 우상숭배의 상징물입니다. 그로남은 숭배의 대상이 된다는 의미이면서도 사실은 우상에 불과하기에 교묘하게 비꼬는 작가의 표현입니다. 이에 질세라 얼간이 자인벨은 켈름이 제국이 될 것이라고 기뻐하고, 바보 트라이텔은 "그로남 황제 폐하"라며 용비어천가龍飛御天歌를 부릅니다. 빙충이 센더는 고르슈코프 주민들을 노예로 만든 다음, 이들에게 가장 먼저 그로남을 위한 성을 짓게 하고 그 성의 한 방을 그로남이 사색할 수 있는 장소로 하자고 합니다. 그리고 부엌도 잘 만들어 그로남의 부인이자 이제 곧 황후가 될 엔테 페샤가 그로남을 잔소리로 방해하지 못하게 하겠다고 말합니다.

이렇게 다들 신이 나서 떠드는데 그로남의 비서 슐레밀이 중요한 이야기를 꺼냅니다. 슐레밀은 유대어로 '바보'라는 의미라고 합니다. 고르슈코프가 켈름에서 꽤 멀리 떨어져 있는데(실은 고작 13킬로미터밖에 안 된다고 되어 있음), 그리로 가는 도로가 없기 때문에 행군이 어렵고, 밤중이면 성문이 닫혀 있으니 어쩌겠는가, 하고 문제를 제기하는 겁니다.

사실 슐레밀은 켈름에서 가장 바보로 취급받고 있었습니다. 그로남의 비서 역할만 하면 되는 것이었고, 당연히 현자 위원회에서는 발언권이 없었습니다. 그런 그가 이렇게 말을 하니 현자라는 사람들이 어떤 반응을 보였을까요.

> 슐레밀의 질문에 아무도 입을 열지 않았다. 그 바보 중의 바보 슐레밀이 그렇게 어려운 질문을 할 줄은 누구도 예상하지 못했던 것이다.

그러다가 갑자기 좋은 분위기에 찬물을 끼얹었다고 여겼는지, 화가 난 현자들은 슐레밀을 공격하기 시작했습니다. 누구는 그를 "제국의 반역자"라고 부르고 또 누구는 감옥에 가둬 중노동을 시켜야 한다고 말하고 다른 누구는 교수형에 처해야 한다고 하면서요. 평소에 바보라고 생각했던 슐레밀이 자기들도 미처 생각하지 못했던 문제점을 발견하자 자존심이 상했을 것이고, 제국의 영광을 위한 전쟁이 난관에 부딪혔다는 느낌에 불쾌해졌겠지요.

그러자 그로남이 슐레밀을 죽이면 켈름에는 슐레밀이 하나도 남지 않게 된다는 농담을 하면서 좌중의 분노를 가라앉힙니다. 슐레밀이 사라지면 그 다음 슐레밀을 구하기 어려워 비서도 없어지고, 자신들의 우월감을 확인시켜줄 존재도 없어서 곤란해진다고 하니, 다들 조용해졌어요.

그러더니 그로남은 "내 머리는 시간을 허비하는 법이 없소."라고 으스대며, 고르슈코프 출신으로 켈름 여자와 결혼한 하스켈이 고르슈코프로 가는 길을 안내할 것이며, 식료품 가게 자물쇠를 부수고 양파 세 개를 훔친 죄로 300년 형을 받고 감옥에 갇힌 도둑 파이텔이 성문의 자물쇠도 열어줄 것이라고 단숨에 말합니다. 현자 위원회는 그로남의 지혜에 탄복합니다. 전쟁은 실행에 옮기기만 하면 되는 것이었습니다. 그로남은 어느새 황제의 자리에 올랐다고 스스로 느꼈는지 이렇게 말을 하고 회의를 마칩니다.

"황제의 명령으로 말하거니와, 이 위원회에서 토론한 것은 모두 국가기밀인 것을 명심하시오. 모두들 나가도 좋소이다."

지엄하신 황제의 말씀이니 제대로 지켜지긴 했을까요?

황소 그로남이 고르슈코프와의 전쟁을 준비하고 있으며 이는 고도로 비밀이 엄수되는 국가기밀이라는 소식은 순식간에 켈름 전체에 퍼져나갔다.

국가 기밀이 공개되었을 뿐만 아니라, 그게 국가기밀이라는 것까지도 켈름 사람들 전부가 알게 되었으니 그건 더 이상 기밀도 뭐도 아니게 되었고, "황제의 명령"이라는 둥 "국가기밀"이라는 둥 하는 말들은 '어이구, 꿈도 야무지셔라.'처럼 조롱거리가 되어버리고 말았습니다.

1971년, 베트남 전쟁에 대한 미국의 비밀 개입을 기록한 국가기밀 문서인 '펜타곤 페이퍼Pentagon Papers'가 하버드 경제학 박사 출신이자 국무부 소속으로 있던 다니엘 엘즈버그Daniel Ellsberg에 의해 폭로되었을 때 미국 사회는 충격을 받게 됩니다.

베트남의 자유와 민주주의를 위한 전쟁이라는 미국 정부의 선전과는 달리 이 전쟁은 미국보다 훨씬 작고 가난하며 약한 베트남에 대한 식민지 전쟁이었고, 그 전쟁의 방식은 초토화 전략으로서 대단히 야만적이라는 것이 밝혀졌기 때문이었습니다.

그 전쟁을 수행하기 위해 앞세운 세력은 미국의 말을 듣는 베트남의 정치가와 군인, 기득권자들이었고, 이 전쟁의 과정에서 특전사들이 양민학살을 하는 등 전쟁범죄를 저지른 것이 모두 드러난 겁니다. 더 이상 국가기밀이 아니게 된 이 기밀의 공개는 미국의 반전운동을 더욱 들불처럼 번지게 하는 동력이 되었습니다.

패전한 남편에게 구정물을 쏟다

이제 켈름은 전쟁의 수렁 속으로 빠져들게 되었어요. 대장장이 잘만이 만든 무기는 그다지 성능이 좋지 못했고, 그로남의 아내 옌테 페샤는 부엌 용기가 무기생산을 위해 바쳐져야 한다는 사실에 분노했으며, 젊은이들은 군에 소집되어 가는 바람에 노동력이 부족해져서 경제사정은 더더욱 나빠졌습니다. 전쟁이 켈름의 위기를 구한다기보다는 켈름 내부를 분열시키고 경제적 곤경을 더욱 심화시켜 위기의 확산이 오고 있는 격이었지요.

계속 전쟁준비만 하고 있을 수는 없으니까 마침내 그로남은 신도 제대로 신지 못하고 비를 맞아 감기에 걸려 빌빌대는 군대를 이끌고 진창에 빠져가면서 고르슈코프로 향합니다. 미국은 베트남 전쟁이 장기화되면서 출구전략을 제대로 세우지 못하자 "베트남 전쟁의 늪swamp"이라는 표현을 썼는데, 켈름의 군대가 빠진 진창이 바로 그걸 떠올리게 합니다.

이 비틀거리는 군대의 사기진작을 위해 켈름의 시인 제켈은 시를 써서 바칩니다. 켈름의 군대는 영웅이고, 고르슈코프를 해방시키기 위한 전쟁이라는 둥 전쟁 찬양기를 쓴 것입니다. 시인 제켈은 이후 정권이 바뀔 때마다 권력의 편에 붙어 아부하는 비루한 지식인의 전형으로 등장합니다. 플라톤이 추방했다고 하는 창조적 예술성이 넘치는 시인의 모습과는 전혀 반대의 경우지요. 제켈은 기회주의적인 어용 지식인일 뿐입니다.

이렇게 시인의 격려도 받고, 하스켈의 안내도 받아가면서 고르슈코프로 가던 켈름의 군대는 그만 길을 잘못 들고 맙니다. 하스켈이 방향을 잘못 잡아 고르슈코프가 아니라 마젤보르슈트로 들어선 것입니다. 그래도 뭐 어쩝니까? 중요한 것은 상대가 누구냐가 아니라 이유가 어떻든 전쟁을 하는 일이었으니 말이지요.

그로남은 고르슈코프보다 약한 마젤보르슈트도 켈름을 보고 바보라고 했다면서 이들을 공격을 하는 것이 마땅하다고 주장합니다. 다들 이런 그로남의 말에 박수를 치고 좋다고 난리를 피우지요.

그런데 문제가 생깁니다. 모두들 곤히 자고 있고 자물쇠도 없는 마젤보르슈트를 정복하는 일은 대단히 쉬운 작업이었는데, 이날따라 하필이면 고르슈코프 출신의 푸줏간 청년과 마젤보르슈트 출신 마부의 딸이 결혼식을 올리고 있던 것입니다. 관례에 따라 신부가 있는 마을인 마젤보르슈트에 두 마을 사람들이 모여 축하연을 벌이고 있다가 이들 켈름 군대와 마주치면서 육박전이 벌어집니다.

결과는 켈름 군대의 대패로 끝났습니다. 오랜 행군으로 기진맥진한 데다가 몸은 비에 젖어 있었고 추위로 손도 곱는 바람에 무기를 쓸 수도 없는 처지였던 겁니다. 켈름 주민들은 승전보를 기대하며 기다리고 있다가 초라한 패잔병들이 되어 돌아온 이들을 보자 경악하고 슬퍼합니다. 이 대목에서도 작가는 여전히 유머를 잃지 않습니다.

> 옌테 페샤는 구정물을 버리려고 막 집을 나서던 참에 남편 그로남을 보게 되었다. 어찌나 놀랐던지 그녀는 그 구정물을 그로남의 발에 자기도 모르게 쏟아버리고 말았다.

전쟁의 주동자 가운데 주동자를 부인의 구정물 세례를 받게 한 것입니다. 옌테 페샤가 그로남의 발에 엎지른 구정물은 전쟁을 대하는 민심이자, 역사의 평가를 보여주고 있는 거죠. 이런 현실 앞에서도 켈름의 현자 위원회는 여전히 반성하거나 자신을 깊이 성찰하지 않습니다. 대신 이런 포고령을 내립니다.

1. 황소 그로남은 여전히 현자 가운데 최고현자이며, 켈름의 통치자요, 마젤보르슈트의 승리의 위엄에 넘치는 황제다.

2. 장래에 적을 공격하기 전에는, 반드시 첩자를 보내 그날 저녁 푸줏간 도축업자들과 마부들이 결혼식에 참여하는지 여부를 확실히 알도록 한다.

3. 켈름의 군대가 전투를 마치고 귀환하면, 황후 옌테 페샤는 황제를 반긴다고 나와서는 그의 발에 구정물을 쏟아서는 안 된다.

켈름은 이제 한심한 나라가 되고 말았습니다. 이 포고령을 내리고 나서 그로남은 자화자찬을 합니다.

"이 전쟁으로 우리가 부자는 되지 못했으나, 현명해지기는 했다."

혁명당, 돈을 폐지하다

패전국이 된 켈름이 그대로 안정될 리가 없습니다. 패전에 대한 책임 논쟁이 불거지면서 반란이 일어납니다. 반란의 주모자는 혁명당 지도자 부넴 포크라카라는 인물입니다. 그는 이번 전쟁의 패배로 켈름이 도처에서 웃음거리가 되었다면서 다음과 같은 혁명공약을 내겁니다.

1. 황소 그로남은 권좌에서 반드시 물러나라. 그것도 타의에 의해서가

아니라 자신의 자유로운 의지에 의해 하라.

2. 돈은 폐지한다. 돈이 존재하는 한, 빈부의 문제가 있다. 돈이 없으면 다 같이 가난해질 것이 아닌가. 그러면 도둑도 없게 되고, 경찰과 교도소에 시가 재정을 쓸 필요도 없어진다.

3. 켈름은 현자 중의 현자 하나가 아니라, 현자 가운데 최고의 현자인 부넴 포크라카의 지도 아래 세 명의 현자가 다스린다.

4. 선거는 페르시아 제국으로부터 유대인들이 구출된 푸림절을 택해 매 40년마다 치른다. 단 이 선거에는 혁명당 당원만이 투표할 수 있다.

5. 켈름의 여자들은 자신들이 가지고 있는 귀금속을 모두 부넴 포크라카의 동상 만드는 데 사용할 수 있도록 녹이는 작업에 바쳐라.

6. 시인 제켈은 부넴 포크라카를 찬양하는 시를 지어 바쳐야 한다. 시의 길이는 1만 2천 줄이어야 하며, 모든 학생들은 이 시를 암송하도록 한다.

7. 슐레밀은 전쟁을 반대했으므로, 부넴 포크라카의 비서로 임명한다.

8. 그로남과 그의 현자 위원들은 평생 감옥에 갇히며, 수요일 하루를 더 추가한다.

9. 옌테 페샤는 그로남의 발에 구정물을 부었으므로 남편을 따라 감옥에 갈 필요가 없다. 대신 그로남과 이혼하고 슐레밀과 재혼하라.

작가 싱어는 혁명이 과연 답인가를 묻고 있습니다. 특히 돈을 폐지하는 방식을 통해, 소련식 사회주의가 한 것처럼 시장의 기능을 정지시킨다는 것이 자본주의의 모순을 해결하는 것인지 묻습니다.

게다가 이 체제는 일인 독재를 더욱 강화했고, 개인 우상화 정책에다 일당지배로 민주주의는 완전히 소멸시키고 있습니다. 작가는 이 이야기를 통해 볼셰비키 혁명이 가져온 현실적 결과, 다시 말해서 스탈린의 전체주의에 대해 치열하게 비판하고 있는 거지요. 그런데 이는 단지 스탈린주의에 대한 비판으로만 그치지 않습니다. 역사에 숱하게 등장한 혁명이 인간을 속이고 결국 소수 권력자의 영광을 위해 낭비되고 무너져 간 것을 정면에서 꿰뚫어보도록 합니다.

그렇지만 혁명당의 이러한 발표에 켈름 사람들은 환호합니다. 특히 켈름의 가난한 사람들이 혁명당의 공약을 환영했습니다. 돈을 폐지해서 그 결과로 누구나 다 가난해지는 이른바 '가난의 보편화'로 빈부의 격차가 시정된다는 논리가 이들의 지지를 이끌어낸 셈이었어요. 전쟁으로 부자가 되지 못한 켈름 사람들이 혁명당의 구호에 기뻐하는 것은 어찌할 수가 없는 일이 된 거지요.

그로남과 그의 현자 위원회는 이제 궁지에 몰렸습니다. 어떻게 할 것인지를 놓고 또다시 장시간의 회의가 진행되었어요. 수염을 깎아 변장을 하자, 부넴 포크라카에게 슐레밀의 자리를 주겠다는 제안으로 그를 매수하자, 남은 무기로 이 반란자들을 몰아내자, 돈을 없애 교도소에 재정지출이 되지 않는데 무슨 수로 자기들을 감옥에 가둘 수 있겠느냐, 수요일 하루만이라도 감옥살이를 줄여달라고 애걸해보자, 등등 다양한 의견이 속출했습니다.

모두의 이야기를 다 듣고 나서 그로남은 켈름에서 도망가자고 합니다. 그러고는 도망가 있는 동안 생활을 위해서 다음과 같은 대책을 제시합니다.

> "나라의 재정을 보관하고 있는 금궤를 가져가도록 합시다. 켈름의 반란자들은 돈의 가치를 믿지 않고 있소. 그러나 루불린에 가면 돈은 여전히 돈이요. 누가 또 알겠소? 우리가 이 켈름의 지혜를 다른 곳에 퍼뜨리도록 하늘이 우리의 운명을 정해놓으셨는지 말이오."

슐레밀도 이들과 동행하려 하자, 현자들은 혁명당의 눈에 들었는데 왜 그러는지 묻습니다. 그러자 그는 괜히 가만히 있다가 옌테 페샤와 강제 재혼하게 되어 바가지라도 긁힐까 두렵다는 것입니다. 바가지라면 소크라테스의 부인 크산티페가 단연 이름이 높은데 옌테 페샤도 만만치 않았던 모양이에요. 바보 중에 바보라는 슐레밀조차 무서워 할 정도니 말이지요. 그러나 이 대목은 남성들이 두려워할 정도로 남성의 권위주의에 지속적으로 도전하는 옌테 페샤의 존재에 주목하게 합니다.

이렇게 해서 그로남과 다섯 명의 현자, 그리고 그로남의 비서 슐레밀이 국가재정을 온통 챙겨 들고 켈름을 떠나게 됩니다. 이들은 이런 식으로 추방되다시피 도망가면서도 자기들의 사명 운운합니다. 이렇게 켈름에서 도망나온 그로남 일행이 후에 금궤를 열어보니 도둑 파이텔이 이미 돈을 몰래 훔쳐간 뒤라 그 안은 텅텅 비어 있었습니다.

모두 낙담하고 있는 상황에서 그로남은 다시 권좌에 복귀하여 고르슈코프를 공격하게 될 때에는 두 번 다시 도둑 파이텔을 옥에서 풀어내 고르슈코프의 성문 자물쇠를 열도록 하지 않겠다고 합니다. 이에 멍청이 슈멘드릭이 묻습니다.

"그럼 누구더러 성문을 열라고 하실 작정입니까?"

그로남이 대답합니다.

"성문이 열려 있는 낮에 공격하면 되오."

반성하지 않고 어리석은 허풍만 늘어놓는 켈름의 현자들입니다. 전쟁의 논리에서 여전히 벗어나지를 못하는군요. 한편, 한심하기 그지없는 이들의 도주 소식이 알려지자 이제 부넴 포크라카 혁명당이 권력을 완전히 쥐게 됩니다. 사람들은 환호했지만 상황은 이내 나빠집니다.

돈이 사라지자 상거래가 제대로 이루어지지 않게 되고, 결국 가게들을 국가가 몰수해서 시장을 정부가 관리하게 됩니다. 하지만 관리들은 권력을 이용해 자기 친구들에게만 상품을 나누어주었고 새로운 물건은 구할 수 없게 되었습니다.

볼셰비키 혁명 이후 시장의 기능이 혼란에 빠졌던 상황을 떠올리게 합니다. 결국 물물교환이라는 방식으로 시장의 기능은 전근대적으로 후퇴하고 만 거예요. 시인 제켈은 자기 시를 팔고 음악 연주자들은 음악과 닭고기를 교환하려 하고, 어릿광대는 재치 있는 농담을 달걀과 바꾸려 합니다.

그러나 어디 이런 것들이 제대로 팔리겠습니까? 더군다나 돈이라는 보편적 기준이 사라지면서 염소 한 마리와 구두의 교환방식을 놓고서도 다툼이 벌어지고, 임금을 받지 못해 식료품을 사지 못하자 굶는 사람들이 생겨났습니다. 부넴 포크라카의 혁명은 아주 빠르게 실패하고 있었던 것이지요. 군중들은 성이 나서 부넴 포크라카의 집을 공격하기 시작했습니다.

도둑의 금권 정치가 시작되다

바로 이때 국가의 재정을 훔쳐간 도둑 파이텔이 사람들 앞에 나타납니다.

> "켈름의 형제자매 여러분, 부넴 포크라카는 혁명을 배신했습니다. 그자는 민중의 적이며, 그로남보다 더 어리석은 놈입니다. 나, 이 도둑 파이텔이 켈름의 정부를 인수할 것입니다. 새로운 돈을 신속하게 발행할 거구요. 혁명이여, 만세! 부넴 포크라카를 몰아내자! 나 파이텔이야 말로 이 켈름의 제일가는 현자임을 선포하는 바입니다."

이른바 '플루토크라시Plutocracy'라는 금권정치의 등장입니다. 돈이 많은 부자들이 정치를 쥐락펴락 하는 체제를 말하는 건데, 가난한 자들을 위한 혁명이라는 부넴 포크라카의 정치가 붕괴하면서, 돈으로 뭐든 다

할 수 있게 해준다는 식의 금권정치가 득세하는 상황이 된 것입니다.

사람들은 모두 돈, 돈, 돈 하면서 파이텔에게 몰려듭니다. 그가 자신들이 낸 세금을 도둑질해간 장본인이라는 것, 그래서 혼자 부자가 된 자라는 것을 알지 못한 채 파이텔이 자신들을 곤궁한 현실에서 구해줄 구세주나 되는 것으로 알고 열광하는 거지요.

히틀러도 빈곤과 위기감에 몰리던 민중의 구세주처럼 정치의 무대에 나왔고, 돈을 가진 재력가들의 이익을 국민의 이익에 앞서서 관철시키려는 금권정치도 이런 식으로 민심을 기만하고 권력을 소수 특권세력에게 넘겨주었습니다.

부넴 포크라카는 반역죄로 체포되었고, 시인 제켈이 이번에는 도둑 파이텔을 위한 시작詩作에 몰두합니다. 그런데 도둑 파이텔은 훔친 금고 안에 있던 돈으로 금화를 발행하는 것이 아니라 지폐를 찍습니다. 일단 켈름의 경제는 안정되었습니다. 파이텔이 권력을 잡고 지폐를 발행한 뒤 첫 번째 한 공적 조처는 그로남이 통치하던 시절 자신을 절도죄로 선고한 판사를 감옥에 집어넣는 일이었어요. 보복조처를 한 거죠. 그 다음에 내놓은 새로운 법은 기상천외했습니다.

1. 도둑질은 더 이상 범죄가 아니다. 단 도둑의 물건을 훔쳤을 경우만 범죄로 인정한다.

2. 켈름 시민들은 자신의 소득에서 4분의 3을 세금으로 내야 한다. 덧붙여 켈름의 여자들은 매주 목요일마다 정부에 당근 스튜, 안식일 푸딩 등등을 바쳐야 한다.

3. 고르슈코프와 마젤보르슈트를 상대로 다시 전쟁을 선포한다.

4. 고기 써는 칼, 포크, 연필깎기 칼 등의 모든 칼 종류와, 도끼, 머리핀 등은 군대용으로 징발한다.

5. 열한 살에서 여든 살까지의 모든 남자들은 다가올 전투준비를 위해 매일 반나절은 군사훈련을 한다.

6. 켈름은 산[San] 강과 버그[Bug] 강 사이의 영토 전부를 종국적으로 차지하게 될 제국임을 선언한다.

7. 모든 외국인들은 켈름 출신 사람들을 만나면, "파이텔이여 만수무강하시라!"하고 일곱 번 절한다.

8. 만일 켈름 주민이 외국인을 때리고 그의 이를 하나 부러뜨렸다면, 켈름 주민이 그 보상을 하는 것이 아니라 거꾸로 그 외국인이 보상책임을 져야 한다. 그 외국인은 치과에 가서 자기 부러진 이를 뽑는 데 필요한 만큼의 돈을 자신을 공격한 켈름 주민에게 지불해야 한다.

9. 구시대의 국가 공휴일과 명절은 모두 폐지한다. 오늘부터, 파이텔이 소매치기에 성공한 날을 기념해 국가 공휴일로 정한다. 모든 다른 공휴일은 파이텔이 자물쇠를 따는 데 성공한 날과 처음 길거리에서 강도질을 한 날을 추가한다. 따라서 이제부터 안식일은 없다.

파이텔이 돈을 뿌렸을 때의 환호는 온데간데 없고, 그의 금권이 모든 것을 지배하게 되었으며, 파이텔의 군대가 주둔할 막사를 위해 가난한 사람들과 병자들은 자신들을 위한 시설에서 쫓겨났습니다. 그의 군대는 점점 더 막강해졌고, 고르슈코크와 마젤보르슈트도 정복당했으며 다른 지역도 모두 이 휘하에 들어갑니다. 시인 제켈은 파이텔을 칭송하는 시를 쓰기에 여전히 여념이 없었습니다. 이제 파이텔은 계속 승승장구하는 것인가요?

아니었습니다. 도둑질이 범죄가 아니라는 사회가 어찌 되겠습니까? 모든 젊은이들이 군대에 끌려가는 판에 경제가 제대로 돌아가겠습니까? 전쟁으로 노예를 끌고 왔지만 경제가 엉망인 상태이니 식량부족으로 이들 노예를 먹일 방법도 없었습니다. 도둑끼리 서로 도둑질을 하는 세상이 되면서, 켈름은 내부적으로 붕괴하기 시작했지요. 파이텔 세력 내부에서도 분란이 일어났습니다. 마침내 주변 지역이 동맹을 맺기 시작했습니다. 파이텔은 총동원령을 내려 군대를 보강했지만, 연합군에게 그의 군대는 무너져갔어요. 포위공격이 시작되면서 상황은 종료됩니다.

> 연합군의 포위공격이 시작된 지 일주일 만에 켈름의 군대는 마치 죽은 시체의 집단처럼 되고 말았다.

이제 모든 것이 끝났다고 여긴 파이텔은 공중 목욕탕에 숨었으나 곧 발견되어 시장 한복판에 끌려 나갔습니다. 모든 독재자들이 가야 할 운명의 길이었지요. 이때 시인 제켈은 파이텔을 위해 이미 1만 6천 줄이나 시를 쓴 상황이었습니다. 그러나 제켈은 재빨랐습니다. 상황이 변한 것을 알고 그는 이 시를 여기 저기 손 본 뒤 제목을 이렇게 붙였습니다.

'폭군 파이텔의 치욕과 몰락.'

세상이 끝난 게 아니라 당신이 끝났어!

켈름은 해방되었고, 이 소식을 들은 그로남 일파는 빈 금고를 가지고 귀환했습니다. 피신해 있던 루불린에서 거지생활을 하던 이들이 다시 켈름의 통치자가 된 것이지요. 돌아온 그로남의 발 위에, 남편을 보고 놀란 옌테 페샤가 이번에도 구정물을 쏟았습니다. 돌고 돌아 온 그 역사의 우여곡절 뒤, 이들 현자 위원회는 뭔가 깨닫고 배우고 새로운 변화를 보여줄까요? 변화가 오긴 왔습니다.

> 켈름은 더 이상 군사적 야망을 품지 않았고 주민들은 모두 열심히 일했다. 일만이 그들을 구해줄 수 있다는 것이 확실해진 것이다.

켈름 사람들은 망상과 허풍 그리고 헛된 욕심에서 자유로워지려 노력했습니다. 그러나 아직 상황이 확고하게 안정된 것은 아니었어요.

켈름 주민들의 생산력이 향상되면서 무역거래에 대한 관심이 덩달아 높아졌지만 고르슈코프나 마젤보르슈트 주민들은 가난해서 교역할 돈이 없었습니다. 그로남과 다섯 현자들은 이들에게 돈을 줘서 교역이 이루어지도록 하자고 했지만, 상인들은 찬성하는 데 가난한 이들은 자기들도 힘든 판에 뭐하는 거냐고 반발했습니다.

국제교역을 위한 통화체제를 만드는 것도 자본가에게만 이익이 돌아가도록 해서는 안 된다는 것이지요. 시장의 확대는 내부의 빈부격차, 또는 사회적 양극화를 극복하는 과정을 통해 기초를 만들어 가야 한다는 작가의 생각이 반영된 것입니다.

한편, 파이텔에게 쫓겨나간 혁명당 부넴 포크라카는 여전히 국외에서 그로남 체제를 비판하고 공격합니다. 이렇게 되자 그로남은 정치 안정을 위해 켈름 주민 1백 명으로 위원회를 하나 더 만들어 "현명함이 현자들보다 조금은 떨어지는 1백 명의 위원회the Council of the Hundred Undersages"라고 이름을 붙입니다.

이 위원회는 그들에게 올라온 문제를 1년 내내 밤낮으로 해결하는 일을 하게 되었습니다. 최종 결정은 여전히 그로남과 다섯 현자 위원회의 몫이었지요. 이 새로 만들어진 1백 명의 위원회 위원장은 비주스라는 인물인데 그는 닭이 먼저냐, 알이 먼저냐에 대한 책을 열 권이나 낸 유명한 철학자였다나요. 이 위원회가 어떻게 돌아갈 지는 안 봐도 빤하죠? 위원들은 단 한 번도 제대로 결정을 내려본 적이 없고, 끊임없는 의견충돌과 주먹다툼, 욕설, 잉크병 던지기로 날을 새곤 했답니다.

켈름의 주민들은 정신을 차리고 열심히 사는데 정작 통치자들은 계속 엉망인 겁니다. 기회를 줘도 서로 죽을 쑤고 앉아 있으니 말이에요. 이제 어떻게 해야 할까요? 켈름에는 더 이상 희망이 없는 것일까요?

그로남의 부인 옌테 페샤는 이 위원회와 정부의 움직임을 예의 주시하고 있었다. 그러고는 마침내, 켈름의 남자들이란 도대체가 바보들이어서 켈름의 위기를 결코 해결할 수 없다고 결론지었다. 그래서 그녀는 드디어 여성당을 세웠다. 여성당의 강령은, 켈름의 남자들이 집 안일을 넘겨받고 마루 쓸기, 아이들 기저귀 빨기, 요리와 빵 굽기, 아이들 돌보기를 맡아야 한다고 했다. 남자들이 그러는 동안에 켈름의 여자들이 정부를 운영하겠다는 것이었다.

그로남과 엔테 페샤 사이에 언쟁이 벌어지고 다른 현자들 부부사이에도 논쟁이 붙은 건 당연했겠죠? 엔테 페샤가 남편 그로남에게 설거지를 하라고 하자 그로남이 "세상 말세로군."하며 툴툴거립니다. 그러자 그녀는 이렇게 말합니다.

"세상이 끝난 게 아니라 당신의 폭정이 종 친 거야."

그래서 어떻게 되었을까요? 그로남은 설거지를 하는 게 최고 통치자의 체면을 구기는 일이라 여겼지만, 결국 부인이 시키는 대로 합니다. 남성들의 독선적인 권위주의가 붕괴되고 새로운 시대가 온 것입니다.

이제 켈름에서는 남자들이 부엌에서 설거지를 하는 것이 하나의 유행으로 자리잡았는데, 켈름에서는 유행이 법보다 강했기 때문이다.

세상은 영웅의 출현이나 제도의 변경만이 아니라, 좀 더 본질적으로는 일상의 생각이 바뀌고 그것이 하나의 사회적 행동으로 평소의 삶에 뿌리내려야 바뀝니다. 그로남도 이렇게 해서 달라져갔던 것이지요.

「바보들의 나라 켈름」은 그로남의 다음과 같은 발언으로 끝납니다.

"우리는 세상을 정복하기를 바라지 않습니다. 다만 우리의 지혜가 온 세상에 퍼져나가기를 바랄 뿐입니다. 미래는 밝습니다. 언젠가 온 세상이 하나의 지혜로운 켈름이 될 날이 꼭 올 겁니다."

아이작 싱어는 이 모든 과정이 켈름의 지금까지의 역사라고 말하고 있습니다. 그건 인류의 어리석음과 지혜가 우여곡절을 지나면서 도달한 지점이라고 할 수 있겠지요. 인류 보편의 문제를 담고 있는 겁니다. 그래서 전쟁과 빈곤, 폭정과 기만, 어리석음을 지혜로 착각하는 현실을 모두 극복하고 세상을 힘으로 정복하는 것이 아니라, 지혜로 새롭게 태어나게 하는 것, 그것이 인류의 미래를 밝게 하는 힘이라는 것입니다.

「바보들의 나라 켈름」은 인간을 위기로 몰아가는 어리석음을 현명함으로 착각하는 진짜 바보들을 폭로하고 있습니다. 유대인들이 오랜 유랑의 세월을 거치며 고통과 핍박 속에서 생명과 자유, 평화와 인간의 존엄성에 대해 길러온 생각을 동화로 표현해낸 작가는 진정한 지혜로 세상이 새롭게 하나가 되기를 바랍니다.

그 염원이 실체가 될 때, 좌충우돌을 통해 변화의 길에 들어선 '켈름'은 더는 바보들의 나라가 아니라 깨우친 자들의 나라가 되겠지요. 너와 내 안에 있을지 모를 헛똑똑이 켈름이 이렇게 변모할 때, 그것은 점차 여기저기에 씨앗처럼 퍼지고 뿌리를 내려 마침내 '온 세상이 하나의 지혜로운 켈름'이 될 것입니다.

우리는 알고 보니 모두 켈름의 주민이군요. 어리석은 현자에서 현명한 바보가 되어가는 그런 즐거움을 나누는 사람들로서 말이지요. 그러자면 아무래도 남자들이 설거지부터 잘해야 할 것 같아요.

열 번째 이야기

심청전

인당수에 빠진 심청이를 돌려보내노라

무릉도원의 이야기?

우리나라 사람 중에 심청이 이야기를 모르는 이는 없을 겁니다. 아버지를 위해 자기를 제물로 바친 심청이의 효심이 자신의 신분 상승뿐만 아니라 아버지의 눈을 뜨게 만들었다는 이야기. 한마디로 '희생적 효심'을 강조한 이야기인 것이죠. 그 교훈이 너무 분명해보입니다. 그런데 과연 그런지 한번 볼까요?

심청이 이야기는 봄기운이 만발한 시절을 노래하면서 황주黃州 도화동桃花洞에 사는 봉사 심학규를 소개하는 것으로 시작합니다. 그가 사는 곳을 '도화동'이라고 하고, 인근 마을은 '무릉동武陵洞'이라고 합니다. 그러니 이 두 마을의 이름은 짝으로 보면, 신선이 산다는 이상향 '무릉도원武陵桃源'을 떠올리게 하지요. 그러나 이와 같은 지명이 주는 인상과 달리 현실은 고단하기 짝이 없다는 것이 차차 드러납니다. 무릉도원처럼 아무 염려 없이 잘 살고 싶은 인간의 갈망과, 실제 현실 사이의 격차를 예고하고 있는 겁니다.

심청의 아버지, 봉사 심학규는 누구인가요?

> 본래는 대대로 높은 벼슬을 지낸 집안 '잠영거족簪纓巨族' 출신으로……

'잠영거족'이란 여자는 머리에 단정하게 비녀를 꽂고비녀 잠簪 남자는 갓을 쓴갓끈 영纓 그럴 듯한 양반집을 말합니다. '클 거巨'자를 써서 거족巨族이라고까지 할 정도로 대단한 가문이지요. 그렇지 않아도 학규鶴奎라는 이름은 '두루미 학鶴'에 '별 이름 또는 걷는 모양 규奎'자를 써서, 학처럼 기품 있고 별처럼 빛난다 또는 그 걸음걸이가 학처럼 우아하다는 의미로 해석되어 그의 귀한 출생을 은근히 과시해보이는 듯 합니다. 그에 더해 이 '규奎'자는 '규장각奎章閣'에 쓰인 것처럼 책을 뜻하기도 해, 심학규의 집안이 글 읽는 집안이 되라는 기원까지 담아낸 것이지요. 그러나 세월이 지나면서 가운이 기울고 심학규 자신은 눈까지 멀어 곤고한 신세가 되었다고 합니다. 뼈대 있는 집안이기는 하나 살림살이 형편이 어려워져 몰락한 처지가 된 거죠.

여기서 '봉사奉事'라는 말에 대한 설명이 조금 필요합니다. 조선 초기에 조정은 시각장애인인 장님들에게 침술을 가르쳐 우수한 사람들을 뽑아 봉사라는 종 8품의 의원醫員직 벼슬을 주었습니다. 그런 관습이 생긴 이후 장님들을 대접해서 봉사라 부르게 되었답니다. 심학규를 심봉사라고 하는 것은 그가 맹인이라는 뜻이기도 하지만 그를 동네에서 어떻게 대하고 있는가를 보여주는 대목이기도 합니다.

> 눈까지 멀어 뉘라서 대접할까마는 본디 양반의 후예로서 행실이 청렴정직하고 뜻이 고상하여 행동거지에 조금도 경솔함이 없으니 그 마을 눈뜬 사람들은 모두 그를 칭찬하는 터라.

인품이 괜찮았다는 이야기입니다. 그러나 그의 경제생활이 그로써 해결되는 것은 아니었습니다. 인품이 밥 먹여 주는 것이 아님은 그때나 지금이나 마찬가지였던 거지요. 살림살이는 그의 부인 곽씨의 피나는 노력이 없었다면 불가능한 일이었습니다.

가련한 곽씨 부인 몸을 아끼지 않고 품을 팔제, 삯바느질, 삯빨래, 삯 길쌈, 염색하기, 혼상대사婚喪大事 음식 만들기, 술 빚기, 떡 찧기 하며 1년 360일을 잠시라도 놀지 않고 품을 팔아 모으는데, 푼을 모아 돈이 되면 냥兩을 만들고 냥을 모아 관貫이 되면…… 봄과 가을에 조상에게 올리는 제사는 물론이고 가장 공경 시중이 한결 같았으니, 가난과 병신은 조금도 허물될 것이 없고, 위 아랫마을 사람들이 부러워하고 칭찬하는 소리에 재미나게 세월을 보내더라.

부인 곽씨의 성씨 '곽'은 무슨 뜻일까요? 이는 성城 또는 둘레를 뜻하는 곽郭이니 봉사 심학규의 인생에 부는 풍파를 막아주고 든든한 울타리가 되어주는 존재라 할 것입니다. 더군다나 「심청전」은 곽씨가 덕이 높고 학문에도 밝으며 시문에도 모르는 것이 없었다고 치켜세우고 있습니다. 그에 더해 남편 봉양이 지극합니다.

사실 남들은 부러워하고 칭찬한다고 하지만 당사자로서는 참으로 혹독한 노동이지요. 자기 좋아 그런다고 할지라도 너무 고됩니다. 곽씨는 이름도 없습니다. 그저 곽씨일 따름입니다. 게다가 이토록 열심히 애를 쓰는데도 이 부부는 가난에서 벗어나지를 못합니다.

사십의 심봉사, 자식을 바라다

그런 즈음, 심봉사가 어느 날 부인에게 말합니다.

여보 마누라, 거기 앉아 내 말씀 들어보오. 사람이 세상에 나서 부부야 뉘 없을까마는, 이목구비 성한 사람도 불측한 계집을 얻어 부부 불화 많거니와 마누라는 전생에 나와 무슨 은혜 있어 이생에 부부되어 앞 못 보는 나를 한시 반 때 놀지 않고 불철주야 벌어들여, 어린아이 받들듯이 행여나 추워할까 배고파할까, 의복 음식 때를 맞춰 지성으로 봉양하니, 나는 편하다 하려니와 마누라의 고생살이 도리어 불안하니 괴로운 일일랑 너무 하지 말고 사는 대로 삽시다.

좋은 남편입니다. 부인에게 감사하는 마음이 녹아 있습니다. 그런데 가만히 따지고 보면 심봉사도 놀지만 말고 뭔가 일을 할 순 없었던 걸까요? 물론 앞이 보이지 않는 사람이니 뭘 특별히 할 수 있겠는가 하겠지만, 가령 침술을 배워 본래의 봉사라는 이름에 걸맞는 일을 해서 부인의 고생을 덜어주든지 할 수는 없었냐는 말이에요. 이렇게 부인에게 치하를 하고 나서 자신이 정작 꺼내고 싶었던 본론을 이야기합니다.

내 마음에 지극히 원통한 일이 있소. 우리가 이제 나이 40이나 슬하에 혈육 하나 없어 죽어 황천에 들어간들 무슨 면목으로 조상을 대하며 우리 두 사람 죽은 후 매년 오는 제사에 밥 한 그릇 물 한 모금 뉘라서 떠놓겠소? 병신자식일망정 남녀 간 낳아보면 평생 한을 풀듯하니 어찌하면 좋을는지 명산대천名山大川에 치성이나 드려보오.

자식을 얻지 못하는 것이 원통한 까닭은 첫째, 조상 볼 면목이 없고 둘째, 자기들 제사상이 걱정이라는 겁니다. 이런 마음은 유교가 지배했던 시대의 보편적인 의식이라고 십분 이해한다 해도, 이 한을 풀기 위해 부인에게 하는 말이 좀 기가 막힙니다. '명산대천에 치성'을 드리라?

그거 참, 결국 부인 곽씨에게 더 열심히 품을 팔아 재물을 바치라는 말 아닙니까? 그저 마당가에 정한수 한 사발 떠놓고, 비나이다 비나이다 하면서 앉아 있으라는 이야기가 아닙니다. "마누라의 고생살이 도리어 불안하니 괴로운 일일랑 너무 하지 말고 사는 대로 삽시다."라고 해놓고, 기껏 한다는 말이 이거라니? 더구나 심봉사 자신과 마찬가지로 나이 40에 이른 부인이 아이를 낳는다면 그것은 당시로서 엄청난 노산老産입니다.

남편 심학규의 말에 곽씨 부인이 이렇게 대답합니다.

> 옛글에 이르기를 자식으로서 불효하는 일이 3천 가지라 하지만 그 가운데 자식이 없어 조상의 뒤를 잇지 못하는 것이 가장 크다고 하지요. 자식을 두고 싶은 마음이 뉘 없겠사옵니까? 소첩의 죄가 응당 밖으로 내침이 마땅하오나 당신의 넓은 덕으로 지금까지 보존하였으니 몸을 팔아 뼈를 간들 무슨 일을 못하리까…… 지성껏 하오리다.

지성껏 하겠답니다. 옛글이 곽씨의 정신을 꽉 붙들고 있습니다. 곽씨는 그 글의 일깨움대로 자식이 없는 것을 자기 죄라고 토로하며, 그로 인해 집에서 내쫓겨나야 할 판이었는데 남편 덕에 이렇게 부인 자리를 유지한다고 말합니다. 옛글이라는 게 대체 뭐길래. 무서운 봉건윤리입니다. 심봉사는 그 윤리의 힘을 이용하고 있는 겁니다.

그날부터 곽씨는 품을 팔아 모은 재물로 온갖 정성을 다 들이게 됩니다. 가지가지 제사와 불공을 드리고 있는 굿 없는 굿을 다 벌입니다.

가난한 살림에 자식 하나 얻겠다고 지독한 고생을 하는 거죠. 심봉사가 곽씨를 더욱 고단한 일상으로 내몬 것이나 다를 바 없습니다.

그런 즈음에 곽씨는 기묘한 꿈을 꿉니다. 하늘의 선녀가 천상의 궁으로 돌아가는 때가 늦는 바람에 그 벌로 인간세계에 오게 되었다는 내용인데, 심봉사 내외는 즉시 태몽이라 여기고 기뻐합니다. 꿈을 보건데, 이제 생길 아기가 딸이기도 하고, 그 마음과 용모가 착하고 예쁠 것임을 짐작할 수 있습니다. 이윽고 정말 딸이 태어나니 곽씨 부인이 애써 얻은 자식인데 딸이라며 서러워하지만 심봉사는 기쁘기만 합니다.

> 마누라, 그런 말 마오. 딸이 아들만 못하다 해도 아들도 잘못 두면 욕급조선辱及祖先(조상에게 욕이 돌아간다는 뜻)할 것이요, 딸자식도 잘 두면 못된 아들과 바꾸겠소? 우리 딸 고이 길러 예절 먼저 가르치고, 좋은 배필 만나 자손 많이 두고 행복하여 외손봉사外孫奉祀(외손이 제사를 지내는 일)는 못하리까?

아들 딸 차별이 심했던 시절에 딸이라도 좋다 하니 그건 괜찮은 일인데, 그 좋다는 동기가 좀 거시기 합니다. 딸을 얻게 된 가장 큰 기쁨은 결국 자기 제사지낼 사람이 생겼다는 것이니 말이에요. 심봉사는 자기의 처지와 운명이 우선적인 관심사인 거죠.

그런데 이렇게 딸을 얻고 기뻐했지만 곽씨 부인은 산후의 병고로 세상을 뜹니다. 왜 그랬겠어요? 온갖 품팔이로 골병이 들었고, 가지가지 치성을 드린다고 더욱 고생을 한 데다가 노산이었으니 어찌 몸이 성할 수 있었겠습니까? 그런데, 숨이 넘어가게 생긴 부인 앞에서 심봉사가 하는 말 좀 들어봅시다.

여보 마누라, 만일 불행히 죽게 되면 눈 어둔 이놈 팔자 일가친척도 없는 혈혈단신 이내 몸이 올 데 갈 데 없어지니 그도 또한 원통한데 강보襁褓에 쌓인 여식女息을 어찌하란 말이오.

부인이 그 고생을 하면서 살다가 죽게 된 판국에 부인의 원통함을 나누며 아파하는 것이 아니라 자기 운명이 비참해질 것을 가장 먼저 원통해합니다. 그 다음에 딸 키울 걱정이 태산입니다. 그 처지가 이해는 가나 참 심하다 싶지요? 이에 부인이 애달픈 말을 남깁니다.

여보시오, 서방님. 죽는 나는 서럽지 않으나 가군의 신세 어이하리오. 남촌 북촌 가리지 않고 품을 팔아 밥도 얻고 반찬도 얻어 식은 밥은 내가 먹고 더운 밥은 가군 드려 주리지 않고 춥지 않게 극진공경하였는데, 문전마다 다니면서 밥 좀 주오, 슬픈 소리가 귀에 쟁쟁 들리는 듯하니 죽은 혼인들 차마 어찌 듣고 보며 40후에 낳은 자식 젖 한 번도 못 먹이고 죽는단 말이 무슨 일인고?

곽씨는 자기가 죽는 것보다 남편 신세 처량해지는 것과 아이에게 젖 한번 제대로 물려보지 못하는 것을 아파합니다. 이 여인은 철저하게 자기희생적입니다. 이렇게 말하고 난 곽씨는 빌려 준 돈과 농 안에 든 의복, 그리고 젖동냥할 곳을 다 이야기해주고, 딸아이의 이름까지 짓습니다. 이름을 '맑을 청淸'자를 써서 '청'이라고 해달라며 눈을 감습니다.

탁하고 어두운 세상에 맑은 기운을 뿜어내는 존재를 갈망했던 거지요. 곽씨 부인의 처음이자 마지막 자기 발언인 거지요. 아버지 심학규의 성까지 붙여 부르면 심청이가 되니 '가라앉을 심沈'에 '맑을 청淸', 딸의 운명을 어머니 곽씨는 이미 내다보기라도 한 것일까요? 게다가 자식의 이름은 아버지가 짓는 게 관습이건만 어머니가 지었으니, 이는 심청이가 어머니 곽씨의 정신적 혈통을 계승하게 되리라는 것을 말해주는 대목이기도 합니다.

동냥젖으로 사랑으로, 예쁘게 자란 아이

곽씨 부인의 애통한 죽음에 마을 사람들이 모두 십시일반으로 돈을 모아 진심으로 장사를 지내주었습니다. 그런데 마을 인심이 얼마나 좋은지 엄마 잃은 청이는 근방 부인네들 동냥젖을 먹으며 자라나게 됩니다.

여보시오, 봉사님. 어렵게 생각 말고 내일도 안고 오고 모레도 안고 오면 이 애를 설마 굶기리까?

심청이가 굶어 죽지 않고 잔병 없이 자란 데에는, 아버지 심학규가 나름 열심히 젖동냥을 다녀서이기도 하지만 무엇보다 동냥젖에 인심 좋았던 마을 여인들이 커다란 일조를 한 것입니다.

태어나기를 곽씨 부인의 마음씨를 빼다 박았고, 게다가 이렇게 마을 공동체의 젖 사랑을 온통 받아 컸다는 것은 심청이의 성장기에 있어서 대단히 주목할 부분입니다. 심청이는 비록 엄마 없이 봉사 아버지 손에서 크게 되지만, 세상의 멸시를 받거나 버려지지 않았던 겁니다. 인정 많은 곳에 착한 심청이가 존재하는 것이지요. 세상인심이 각박했다면, 비리비리 마르고 병치레 하면서 심성이 평안치 못한 아이가 되었을지도 모를 일이에요. 죽게 생긴 인간이 살아갈 수 있는 길이 무엇인지 두고두고 생각하게 하는 젖동냥 이야기입니다.

그렇게 자란 심청이는 얼굴도 예쁜 데다가 효성도 지극해 날로 동네 칭찬이 자자해집니다. 어릴 적에는 이집 저집 밥 빌러 다녔으나, 나중에는 삯바느질로 아버지 공양을 극진히 합니다. 심청이가 열다섯이 되니 뛰어난 미모에 문필도 유려하고 갖출 것을 다 갖춘지라, 건넛마을 무릉촌의 장승상 부인이 그녀를 수양딸로 삼고 싶어 이리 말합니다.

> 네 과연 심청이냐? 듣던 말과 다름없구나. 전생의 일을 네가 모를 것이나 분명한 선녀로다. 무릉촌에 내가 있고 도화동에 네가 나니 무릉촌에 봄이 들고 도화동에 꽃이 피었구나. 내 수양딸이 되면 살림살이도 가르치고 글공부도 시켜 친딸같이 길러내어 말년 재미를 보고자 하는데 너의 뜻이 어떠하냐?

심청이에게 완전히 반해버린 겁니다. 일이 이렇게만 되면 빈곤한 처지에 있던 심청이의 신분상승이 이루어집니다. 장승상 부인의 말이 고맙기도 하고 그대로 따르면 팔자가 달라지는 거예요. 거절하기 어려운 제안입니다.

이에 심청이가 대답합니다.

오늘 승상 부인 존귀한 처지로서 미천함을 불구하고 딸을 삼으려 하오시니 어미를 다시 본 듯 반갑고 황송하나, 부인 은혜로 몸은 영화롭고 부귀하겠지만 앞 못 보는 우리 부친 사철 의복, 조석공양 뉘라서 하오리까?

심청이로서는 제 일신의 편안함이 아니라 맹인 심봉사의 안위를 걱정합니다. 자기 인생이 새롭게 달라지는 것은 뒷전입니다. 곽씨 부인과 그 딸 심청이, 이 모녀와 심학규가 계속 뚜렷하게 대조되고 있지요.

심청이로서는 살림살이 괜찮은 승상 부인 집에 들어가 별도의 방식으로 아버지를 도울 수도 분명 있었으련만, 그리하지 않습니다. 그건 어디까지나 다른 사람의 손을 빌리는 것이고 아버지 봉양은 자기가 직접 해야 할 일이라고 여기는 것입니다. "뉘라서 하오리까?"라는 말을 봐도 알 수 있듯이 효는 재물이 아니라 사람이 하는 것이라 합니다. 대충 돈으로 때우는 식은 거절하는 것이에요.

승상 부인은 심청이의 말이 옳다고 여겨 비단과 패물, 양식 등을 들려 보내면서 모녀의 연을 맺자고 합니다.

공양미 삼백 석, 어이하리오?

이런 와중에 심봉사는 승상댁에 간 딸을 마중 나가다가 개천물에 그만 풍덩, 하고 빠지게 됩니다. 아찔했을 겁니다. 심봉사가 "나 죽소."하자 마침 그곳을 지나던 몽운사夢雲寺 화주승이 그를 구해줍니다. 집까지 함께 돌아온 심봉사는 화주승에게 크게 감사한 뒤, 앞 못 보고 사는 자기 신세를 한탄하다가, 귀가 번쩍 뜨일 말을 듣게 됩니다.

> 우리 절 부처님이 영험이 많으셔서 빌어서 아니 되는 일 없고 구하면 응하시나니 부처님 전에 공양미 삼백 석을 시주로 올리옵고 지성으로 불공을 드리면 생전에 눈을 떠서 천지만물 좋은 구경 성한 사람이 되오리다.

공양미를 바치고 지성으로 불공을 드리면 눈을 뜬다니 심봉사에게 이보다 더 기쁜 일이 있겠나요. 화주승이란 인가를 다니면서 사람들과 절의 인연을 맺게 하고 시주를 받아오는 스님입니다. 그런데 이 화주승은 부처님이 어디서든 영험이 많다고 한 게 아니라 몽운사 부처님이 영험이 많다고 합니다.

그 말의 내용이 아무래도 좀 이상합니다. 절마다 능력을 차별적으로 보이시는 부처님이 계실 리 있겠습니까? 절 이름도 몽운사이니 그 말대로 하자면 '꿈속에서 본 구름 한 자락'이란 말처럼 덧없기 그지없는 사찰이라는 건가요? 「심청전」을 전하는 이는 몽운사라는 절 이름으로 이 화주승의 말을 슬쩍 비꼬고 있는 셈이기도 합니다.

자기 절에 영험이 있다고 자랑한 이 화주승, 처지가 빤한 심봉사에게 공양미 삼백석이라는 감당할 수 없는 목표치를 제시합니다. 벼룩의 간을 먹지 가난한 심봉사더러 쌀 삼백 석을 바치면 된다니 웬 말입니까? 더군다나 부처님에게 공양미를 갖다 바치고 그 대가로 바라던 바를 얻으라는 것인데 그건 부처님의 자비를 모독하는 일입니다. 부처님을 등에 업고 제 욕심을 채우던 타락한 무리들을 이 대목에서 「심청전」은 여실히 고발하고 있습니다. 그러나 당장에 절박한 사람의 입장에서는 이것저것 따질 겨를이 없지요. 역시 심봉사는 그 제안을 옳다구나 하고 덥석 잡습니다.

심봉사가 그 말을 듣고 처지는 생각하지 않고 눈을 뜬다는 말만 반가워서, "여보시오, 대사! 공양미 삼백 석을 권선문에 적어가소." 합니다.

그러자 그 화주승이 허허 웃고, "적기는 적사오나 댁 가세를 둘러보니 삼백 석을 주선할 길 없을 듯하오이다."

이에 심봉사가 벌컥 화를 내어, "여보시오, 대사가 사람을 몰라보네, 어떤 실없는 사람이 영험하신 부처님 전에 빈말을 하겠소? 눈도 못 뜨고 앉은뱅이마저 되게. 사람을 너무 업신여기지 말고 당장 적으시오. 그렇지 않으면 칼부림이 날 터이니!"

심봉사는 눈 뜬다는 말에 앞뒤 가리지 않습니다. 상대에게 자기가 어떻게 보이는가가 더 중요해서, 자기 말대로 하지 않으면 칼부림까지 난다고 하니 그 기세가 또한 등등합니다. 가세가 별로다, 라는 말에 내세울 것이 뭐가 있다고 이렇게 오기를 부리는 걸까요? 물론 평생 맹인으로 지내는 것에 비해, 효력만 있다면야 삼백 석은 아무것도 아닐 수 있겠지요. 하지만 "뉘라서 이를 감당할 수 있을까?"라는 생각이 그에게는 없습니다.

화주승은 심봉사의 말에 따라 "심학규 쌀 삼백 석"이라고 크게 써놓고 일어나 절로 훌훌 떠나버립니다. 일이 그렇게 되고 나자 그만 덜컥

겁도 나고 근심도 불같이 일어 심봉사 어찌할 바를 모르게 됩니다. 집으로 돌아온 청이가 이런 아버지를 보고 걱정하자 심봉사는 전후사정을 털어놓게 되지요.

그런데 이 말을 듣고 청이는 "아니 어떻게 그러실 수가 있어요, 우리 집 형편은 생각하지도 않고."라고 화를 내거나 "이를 어찌할꼬?" 하며 한숨을 쉬거나 하지 않습니다.

> 심청이 그 말을 듣고 반겨 웃으며 대답하되, "후회를 하시면 정성이 못 되오니 아버지 어두우신 눈 정녕 밝아 보일 양이면 삼백 석을 아무쪼록 준비하여 보리다."

후회하지 말라는 거예요. 자기가 알아서 다 준비하겠답니다. 곽씨 부인에게 자손을 보자며 치성을 드리자던 심봉사, 이번에는 자기 눈 뜨겠다고 공양미 삼백 석을 아무런 대책도 없이 무책임하게 약조해버리다니. 이런 남편과 이런 아버지에게 곽씨나 청이는 모두 과분한 부인과 딸 아닙니까? 청이는 하늘에 이런 기도를 드립니다.

> 소녀 아비 허물일랑 제 몸으로 대신하고 아비 눈을 밝게 하려니 천생연분 짝에다 오복을 갖춘 남자 하나 점지하여 주소서.

시집도 몸 파는 셈치고 가겠다는 건데 그래도 이왕이면 천생연분을 바라는 청이에게 하루는 귀덕 어미가 동네에 떠도는 말을 전해줍니다.

어떤 사람들인지 십여 명씩 다니면서 값은 고하간에 15세 처녀를 사겠다니 그런 미친놈들이 있소?

이에 청이가 도리어 속마음으로 반가워 조용히 사람을 넣어 상인들의 이야기를 들어봅니다.

우리는 본디 황성 사람으로 배를 타고 만 리 밖으로 다니더니 배 갈 길에 인당수印塘水라는 물이 있어 변화를 예측할 수 없고 자칫하면 몰살하게 되는데 15세 된 처녀를 그 물에 빠뜨리고 제사를 지내면 뱃길 만 리를 무사히 왕래하고 장사도 괜찮게 되기에 사람으로 할 짓은 아니나 사람을 사러 다니오니 몸을 팔 처녀가 있으면 값을 관계치 않고 주겠나이다.

남들이 들으면 이런 기막힐 일이 있나 싶겠지만 청이로서는 생각지도 않게 길이 열린 겁니다. 이미 몸을 팔기로 작정한 마당에 머뭇거릴 이유가 없고, 나이도 적당히 15세이니 더는 따질 바도 없습니다.

생각이야 갸륵하지만 실로 극단적인 선택입니다. 뱃사람들의 이야기를 들어보면 인당수는 변화를 미리 알아볼 수 없어 자칫하면 모두 죽게 된다는데, 거기에 빠져야 한다니 심청이는 이미 살 목숨이 아닙니다.

죽음에 직면한 딸, 심봉사를 각성시키다

상황은 이제 되돌릴 수 없게 되어 갑니다. 심청이는 인당수에 자기 몸을 주기로 했고, 상인들은 대신 몽운사에 공양미 삼백 석을 보낸 것입니다. 그러고 나서 심청이는 몽운사 공양미 문제가 해결되었노라고 아버지에게 알립니다. 이에 놀란 심봉사에게 청이는 승상 부인의 덕이라고 둘러대지요.

> 일전에 무릉촌 장승상댁 부인께서 소녀 보고 말씀하시기를 수양딸 노릇하라고 하되 아버지 계시기로 허락 아니 하였는데 형편이 어쩔 수 없어 말씀을 드렸더니 부인이 반겨듣고 쌀 삼백석을 주시기에 몽운사로 보내옵고 수양녀로 팔렸나이다.

심청이로서는 처음이자 마지막으로 아버지에게 거짓말을 한 셈이었습니다. 그러나 심봉사는 그 말을 곧이듣고 좋은 집에 간다하니 잘 되었다고 기뻐합니다. 심봉사로서는 공양미도 해결되고 딸도 승상집 수양딸이 된다 하니 일거양득이라고 여겼겠지요. 그러나 막상 배에 올라야 하는 때가 되자 청이는 아버지 홀로 두고 떠나는 마음이 너무 서러워 진상을 밝힙니다. 그제야 사태파악이 된 심봉사가 절규합니다.

> 애고 이게 웬 말이냐. 네가 살고 내 눈 뜨면 그는 응당 좋으려니와 네가 죽고 내 눈 뜨면 그게 무슨 말이 되랴. 눈을 팔아 너를 살지언정 너를 팔아 눈을 산들 그 눈 해서 무엇 하랴. 네 이놈 선인놈들아, 장사도 좋거니와 사람 사다 제사하는 걸 어디서 보았느냐? 눈 먼 놈의 무남독녀 철모르는 어린 것을 나 모르게 유인하여 산단 말이 웬 말이냐? 쌀도 싫고 돈도 싫고 눈 뜨기 내 다 싫다. 무지한 강도 놈들아, 이리 생

사람 죽이느냐?

이 말에 도화동 사람들 모두 울고 선인船人들도 함께 울어, 배가 바다로 나가기도 전에 이미 동네는 눈물바다가 됩니다. 그러던 차에 선인들 가운데 하나가 나서서 심봉사의 평생을 보장해줄 대가를 모아 내놓자고 합니다.

모두들 그 말이 옳다 하고 돈 삼백 냥, 백미 삼백 석, 백목白木, 마포麻布 각 한 바리 마을에 들여놓으며……

심청이의 인당수 행은 공양미 삼백 석으로 그치지 않고 그 이상의 재물로 아버지 심봉사의 팔자를 고쳐주게 된 셈이었습니다. 그렇다고 이게 어디 심봉사 마음이 풀릴 수 있는 일입니까? 그런데 여기서 심봉사가 딸 앞에서 폭포수처럼 터뜨렸던 말들을 다시 곱씹어볼 필요가 있습니다.

"눈을 팔아 너를 살지언정 너를 팔아 눈을 산들 그 눈 해서 무엇 하랴?" 지금까지 자기 위주로 살아왔던 심봉사가 딸의 죽음이 예감되는 자리에서 비로소 정신을 차린 겁니다. 뭐가 우선이고 뭐가 진정 중요한지 깨닫고 있습니다. 그뿐만이 아닙니다. "장사도 좋거니와 사람 사다 제사하는 걸 어디서 보았느냐?" 그는 이 뱃길을 떠나는 상인들이 장사를 위해 사람을 희생시키는 문제를 정면으로 거론하고 나온 겁니다.

그리고 그들을 '생사람 죽이는 강도'라고 규탄합니다. 물론 그들로서도 어쩔 수 없다는 변명이 있고, 심청이와 그 아버지가 이별하는 대목에서 눈물까지 흘리니 냉혈한도 아닌 것 같습니다. 게다가 약조한 것 이상으로 충분한 대가를 치루기까지 했으니 말이지요.

하지만 심봉사의 이 질타는 자기들의 이익을 위해 누군가를 희생시키는 일체의 현실에 대한 처절한 고발이자 도전입니다. 지금까지의 인생에서 자기를 위해 다른 사람이 희생한다는 일에 대해 깊이 생각하지 않았던 그가 '희생'이라는 것이 무엇을 의미하는지 통절하게 깨닫고 그 진상을 폭로하는 것입니다.

중대한 전환점이 생겨나는 찰나죠. 물론 이는 심봉사 자신의 잘못에서 비롯된 일을 원상으로 복구하기 위한 몸부림이기도 합니다. 딸의 목숨이 걸린 일이니 당연하다고 할 수 있지요. 하지만 그간 심학규의 행동과는 다른, 의미심장한 변화입니다.

그런데 이를 알게 된 승상 부인이 자기가 쌀 삼백 석을 대신 내놓을 테니 마음을 바꾸라고 타이릅니다. 이제 사람들은 '아, 심청이가 살 길이 생겼구나.' 하고 여길 법하지요. 그러나 심청이의 뜻은 이미 굳어 있었습니다.

그렇게 되면 삼백 석 공양미는 해결될지 모르나 선인들이 인당수를 지나기 어렵게 되고, 이미 값을 받고 판 몸인데 도로 물린 후에 어찌 얼굴을 들고 다닐 수 있겠냐는 겁니다. 죽을 지경에 처해도 여전히 남 생각이 먼저입니다. 누가 나서도 사태를 돌이키기는 어렵게 되었습니다. 그러자 승상 부인이 심청이의 모습을 그림으로 남겨놓게 하고, 심청이는 시 한 수를 써서 승상 부인에게 바칩니다.

그 시는 "사람이 살고 죽는 것이 한낮 꿈과 꿈 사이"라면서 "세상에 가장 애끓는 일은 새봄이 찾아와 강남에 풀은 푸르렀으나 사람은 돌아오지 않는 일이로구나."라는 깊은 탄식을 표현한 것이었습니다. 인생이 일장춘몽이라도 인당수로 향하는 그 발길에 삶에 대한 애착과 슬픔이 배어 있습니다. 어찌 아니겠습니까? 꽃다운 이팔청춘을 바로 목전에 둔 나이인데 말입니다.

다시 심봉사와 마지막 인사를 나누며 심청이는 아버지가 눈뜨고 재혼해서 아들 딸 낳아 잘 사시라고 축원합니다. 심봉사 통절하기 그지없이 우는데 청이는 마을 사람들에게 아버지를 붙들게 하고는 배에 오릅니다. 매정하게도 포구를 기필코 떠나는 저 배여. 청이와 심봉사의 인연이 이게 진정 마지막이란 말인가? 아, 돈 없는 게 웬수로고, 고칠 길 없는 팔자인가! 보는 이 듣는 이 안타깝고 애통해서 눈물을 그칠 수가 없었을 것입니다.

마침내 배가 인당수에 이르게 됩니다.

한 곳에 당도하여 닻을 주고 돛을 지우니, 이곳이 인당수라. 광풍이 크게 일고 바다가 두 어룡魚龍이 싸우는 듯 대양大洋바다 한 가운데 돛도 잃고 닻도 끊겨 노도 잃고 키도 빠져 바람 불고 물결치고 산 같은 파도가 뱃전을 땅땅 쳐 경각에 위태하니, 빛깔 좋은 눈을 감고 치마폭을 뒤집어쓰고 이리 저리 저리 이리 뱃머리로 와락 나가 물에 풍덩 빠지니……

무심한 인당수는 드디어 심청이를 삼켜버렸습니다. 이팔청춘 심청이, 그 아리따운 몸이 사랑 한번 못해보고 한 많던 세상을 하직하는 순간, 이야기는 이로써 끝이 나야 했을까요? 자신을 희생한 지극한 효심이 널리 알려져 사람들이 효심의 절정이라는 게 무엇인지 깨우칠 수 있게 말이에요. 그러면 인당수는 효심 지극한 심청이의 이름이 길이길이 떠오르는 상징적인 장소가 되겠지요.

옥황상제, 이야기에 반전을 꾀하다

그러나 예상치 못한 반전이 생깁니다. 하늘의 옥황상제가 아니 된다, 하고 심청이의 목숨이 경각에 달린 순간 상황을 신속하게 바꾸어버립니다. 하늘의 뜻은 세상과 달랐던 것입니다. 옥황상제는 동서남북 바다 용왕에게 분부를 내려 심청이를 수정궁水晶宮에 데려다 놓은 후 다시 인간 세상에 내보내라고 합니다. 이를 어기면 죄를 면치 못하리라 엄명을 내린 겁니다. 옥황상제의 이 엄명이 떨어지기 전, 「심청전」에는 이런 대목이 나옵니다.

> 이욕利慾에 눈이 먼 어두운 세상 사람들과 말 못하는 부처는 심청이를 돕지 못하였으나……

재물을 위해 인간을 희생시키고, 가난한 사람들에게서 공양미 삼백 석을 착복하다시피한 당대의 종교적 부패와 타락을 신랄하게 비꼬는 것입니다. 남의 희생을 발판으로 자기 욕망을 채우는 세상에 대한 반격이라고 할 수 있습니다.

그런데 옥황상제는 어찌해서 심청이의 생명을 구했을까요? 심청이가 죽어 자기를 희생시킨 효녀의 미담으로 남으면, 효녀문이라도 하나 더 세우고 그녀가 살았던 도화동의 명예도 기려지게 되었겠지요. 그러면 도화동 사또의 위신 또한 덩달아 높아졌을 텐데. 그러나 옥황상제는 이런 각본을 철저하게 바꿔버립니다. 효성을 위해 자기를 희생시키는 것을 마땅히 여긴 당대의 생각에 일침을 가하고 있는 셈이지요. 「심청전」은 그런 까닭에 자기 목숨을 던져 아버지의 눈을 뜨게 한 심청이 이야기가 아니게 되어 갑니다.

옥황상제의 엄명으로 살아난 심청이는 수정궁에서 오래전 돌아가셨던 어머니를 만나게 되고, 지난 세월의 인생사가 서로 간에 줄줄이 나누어집니다. 태어나자 어머니를 곧 여읜 심청이의 한이 풀리는 겁니다. 그러고 나서는 연꽃 봉오리에 싸여 인당수로 되돌려 보내집니다. 파도가 거칠고 소용돌이치던 인당수에 커다란 연꽃 하나가 둥실 떠오릅니다.

물속에 몸을 던질 때에는 치마폭으로 몸을 감쌌던 심청이가 이제는 옥정연화玉井蓮花라고 불리는 연꽃에 싸여 세상으로 다시 나오게 되었습니다. 연꽃이 진흙에서 피어나는 꽃이라는 점을 떠올리면, 지난 세월 고단한 삶을 살았던 심청이가 물속에 가라앉았다가 그야말로 이름대로 맑은 기운의 꽃이 되어 돌아온 것입니다.

인당수는 이로써 죽음의 자리가 아니라 환생의 길목이 되었습니다. 심청이를 삼켜버린 줄로만 알았던 인당수는 하늘이 환생시킨 자가 세상에 자신을 새로이 드러내는 자리가 된 겁니다.

그런데 지난 번 청이를 재촉하며 물속에 빠뜨리고 갔던 배가 장사로 이득을 크게 본 후 다시 그곳을 지나면서 연꽃을 발견하게 되지요. 때마침 하늘에서 연꽃을 임금님에게 진상하라는 소리가 들립니다.

> 해상에 떠 있는 선인들아, 그 꽃은 천상화天上花니라. 각별 조심 곱게 뫼셔 천자 전에 진상하라. 그러지 않으면 생벼락을 내리리라.

그렇게 왕궁에 진상된 연꽃 속의 심청이는 당시 황후가 죽은 후 홀로 있던 임금의 부인이 됩니다. 새황후가 들어선 뒤, 세상은 어찌 되었을까요?

> 심황후의 어진 덕이 천하에 가득하니 조정 문무백관과 억조창생 인민들이 복지 축원하되

그녀의 어진 덕이 세상에 가득찼다고 합니다. 「심청전」은 임금의 부인이 된 심청이의 신분상승에 주목하는 것이 아니라 그녀의 덕을 강조하고 있습니다. 시골구석의 미천한 한 소녀가 황후가 되었다는 것을 대서특필하는 것이 아닌 겁니다. 심청이의 환생과 귀환은 그녀의 목숨을 살린 것에서 그친 게 아니라, 나라 전체의 분위기를 변화시켰답니다.

그러나 이런 그녀에게도 여전히 한으로 맺힌 것이 있었으니, 맹인 아버지를 다시 보는 일이었습니다. 그래서 그녀는 아버지를 만나기 위해 전국의 맹인들을 모두 불러 잔치를 베풀어 달라고 임금에게 부탁합니다.

그런데 의아한 것이 하나 있습니다. 사실 심청이가 인당수에 빠진 까닭은 공양미 삼백 석으로 아버지의 눈을 뜨게 하려는 것이었지 않았나요? 그런데 그녀는 아버지를 만나기 위해 전국의 맹인들을 모두 불러들이는 잔치를 임금에게 베풀어 달라고 부탁하고 있습니다. 이치적으로 따지면 과거에 맹인이었다가 이제 눈을 뜨게 된 사람들을 모아 그

가운데서 아버지를 찾아야 할 것 같은데 말이지요. 이건 뭘 말하는 것일까요? 이는 심청이가 몽은사에 바친 공양미 삼백 석의 효험을 스스로도 믿지 않았다는 얘기지요. 그렇지 않아도 심봉사는 여전히 소경 신세였습니다.

> 이 때 심학규는 몽운사 부처가 영험이 없었는지 딸 잃고 쌀 잃고 눈도 뜨지 못하여 지금껏 심봉사는 봉사 그대로 있는지라. 그 중에 눈만 못 떴을 뿐만 아니라 생애의 고생이 세월을 따라 더욱 깊어간다.

그간 심봉사에게 뺑덕 어미라고 하는 행실 나쁜 여자가 재산을 노리고 붙어 살면서 온갖 악행을 다부리며 심봉사를 속입니다. 이 뺑덕 어미의 소행을 좀 볼까요?

> 쌀을 주고 엿 사먹기, 벼를 주고 고기 사기, 잡곡으로 돈을 사서 술집에서 술 먹기, 동네 남자 유인하기……

그러니 살림살이는 온통 거덜나버린 거예요. 그 재산이 어떤 재산입니까? 이렇게 홀랑홀랑 까먹을 수 있는 재산이 아니지 않습니까? 살살 애교 피우며 교활하게 구는 뺑덕 어미에게 넘어간 심봉사는 결국 신세가 우습게 됩니다.

이런 여자인지라 나라에서 맹인 잔치가 열린다는 이야기에 심봉사가 길을 나서려 하니 그 노잣돈까지 도적질하여 "그녀가 잡것인 줄 알고" 탐한 인근 황봉사의 유혹에 넘어가 도망을 가버립니다. 그래도 이 어리석은 심봉사가 뺑덕 어미에게 미련을 버리지 못하는 대목이 나옵니다. 아직도 정신을 덜 차린 게지요. 그는 육신의 눈도 멀고 마음의 눈도 먼 남자입니다.

> 아서라, 그년 생각하니 내가 잡놈이다…… 그 망할 년을 다시 생각하면 내가 또 잡놈일 것이다. 다시는 그년을 생각하여 말도 아니 하리라 하더니 그래도 또 못 잊어 "애고 뺑덕어미" 부르며 그곳에서 떠나더라.

그렇게 별 수 없이 혼자 길을 떠난 심봉사는 더운 참에 시냇가에서 목욕하다가 옷까지 도둑맞고 마침 지나던 관리의 도움으로 간신히 의복을 차려 입게 됩니다. 그렇게 다시 발길을 옮기던 중에 안씨 성을 가진 소경 여인의 환대를 받고, 그 밤에 함께 잠자리에 들어 백년가약의 시간을 보냅니다. 어허, 이것 좀 보세. 심봉사 능력 있습니다, 그려.

25세의 처녀였던 안씨 여인은 점 복술에 능하고 꿈 풀이를 잘하여 자기 배필이 바로 심봉사라고 이야기하는데, 이는 다소 난데없는 대목이긴 하나 뺑덕 어미에 속아 버림받은 심봉사에게는 천운이 아닐 수 없지요. 게다가 눈도 보이지 않는 여인이 자기 평생의 배필로 상대를 알아보았다는 이야기는 육신의 눈 아닌 다른 눈의 힘을 일깨웁니다. 그런데 심봉사는 그날 밤 꿈자리가 사납습니다.

"내가 간밤에 꿈을 꾸니 내 가죽을 벗겨 북을 매어 처 보이고, 낙엽이 떨어져 뿌리를 다 덮어 보이고 화염충천에 벌떼가 왕래하였으니 반드시 죽을 꿈이오."

하지만 안씨 여인은 심봉사가 꾼 꿈도 남다르게 해석합니다.

안씨 맹인이 한참 생각을 하더니 해몽을 하여 말하되,

"그 꿈인즉 대몽이요. 가죽을 벗겨 북을 치니 그 북소리는 궁에서 나는 소리인지라 궁 안에 들 것이요, 낙엽이 떨어져 뿌리에 닿으니 부자상봉父子相逢이라 자식을 만나볼 것이며, 화염이 충천한데 벌떼가 왕래하기는 몸을 운동하여 펄펄 뛰었으니 기꺼움을 보고 춤출 일이 있겠소."

사람들은 같은 걸 봐도, 저마다 시각이 다릅니다. 안씨 여인은 죽을 일로 여길 것에서도 살 길을 찾아내는군요. 비록 소경이나 마음의 눈이 밝은 여자입니다. 성도 안씨라 함께 있으면 편안할 '안安'이기도 하고, 발음이 같은 눈 '안眼'을 중첩해서 떠올리게 하는 성씨라 할 만합니다. 그러나 심봉사는 이런 희망적인 말에도 여전히 탄식합니다. 지금까지 지내온 것을 돌이켜볼 때 그 꿈 해석은 자기에게 해당사항이 없다고 단정하는 것이지요.

내 딸 청이가 인당수에 죽은 후에 어느 자식이 있어 상봉할꼬.

이런 연후 결국 심봉사는 궁성에 도착하여 소경 잔치에 드는데, 심청이가 모여든 소경을 보다가 아버지인 듯한 인물을 발견합니다.

> 말석에 앉은 소경을 가만히 바라보니 머리는 반백인데 귀밑에 검은 때가 부친이 분명하다. 심황후 시녀를 불러 분부하되,
>
> "저 소경 이리로 와 거주성명을 고하게 하라."

마주하여 확인절차를 밟자는 겁니다. 나오는 첫 마디가 청이의 아버지 심봉사 맞습니다. 도화동 심학규라 성명을 밝히고 딸 심청이가 어떻게 인당수에 빠져 죽었는지 낱낱이 사정을 말한 뒤, 마음이 복받쳤던지 땅을 치고 통곡합니다.

> "애고, 내 딸 청아."

아직 자기 앞에 있는 사람이 누구인지 모르는 심봉사 두 눈에서 피눈물이 나고 이 사연과 통곡소리를 듣는 심청이도 눈에 피가 뻗치고 뼈가 녹아들 듯합니다. 심청이는 아버지를 일으켜 울부짖습니다.

> "애고 아버지, 살아 왔소. 내 과연 물에 빠진 청이오. 청이 살았으니 어서 눈을 뜨시고 딸의 얼굴을 보옵소서."

"아버지, 저 청이에요." "어, 어이쿠, 청이로구나!" 하면서 반가워 심봉사가 눈을 번쩍 뜨는 게 아닙니다. 심청이가 자신의 생환을 알리고

살아 돌아온 딸의 얼굴을 보기 위해 눈을 뜨라고 합니다. 다름아닌 바로 이 말에 심봉사가 반응합니다.

> 이 말을 들은 심봉사가 어떻게 반가웠던지 두 눈 번쩍 뜨이니 심봉사 두 손으로 눈을 썩썩 비비며
> "으으, 이게 웬 말이냐? 내 딸 심청이가 살았단 말이냐? 내 딸 심청이 살았단 말이 웬 말이냐? 내 딸이면 어디 보자!"

이렇게 눈뜬 심봉사 딸을 보며 기뻐하는데, 「심청전」을 읽고 듣는 이에게 웃음을 선사하는 대목이 나옵니다.

> "이게 누구냐? 음성은 같다마는 얼굴은 초면일세."

그토록 그리웠던 딸이지만 눈을 뜨고 보니 처음 대면인 상황, 그럴수밖에 없지만 아버지와 딸 사이에서는 어울리지 않은 '초면'이라는 단어 하나가 통곡을 쏟던 분위기를 일시에 바꿉니다.

인당수에서 눈을 뜨라

그런데 심봉사가 말한 '초면'의 진실은 무엇일까요? 그가 처음으로 눈뜨고 본 건 무엇이었나요? 당연히 자신의 딸 심청이지요. 하지만 심봉사는 딸의 목소리 하나 듣고 기뻐서 눈을 번쩍 뜬 것이 아닙니다. 심청이가 한 말을 다시 주목해봅시다.

"내 과연 물에 빠진 청이오. 청이 살았으니 어서 눈을 뜨시고 딸의 얼굴을 보옵소서."

심청이는 자기가 다름 아닌 심봉사의 딸이라는 것만 알린 것이 아닙니다. 물에 빠졌던 자기가 살아 있으니 어서 눈을 뜨라고 한 겁니다. 그래서 그 얼굴을 보라 합니다. 오랜 세월 감겨 있던, 또는 감고 있던 눈을 똑똑히 뜨고 마주하라는 것입니다.

뭘 마주하라는 거지요? 자기 이득을 위해 누군가를 희생시키는 현실, 그리고 그 현실에 얽혀 희생당했던 목숨, 그 목숨이 이렇게 생생하게 살아났음을 똑똑히 보라는 것 아닙니까? 누군가의 희생을 바탕으로 한 세상은 결코 하늘의 뜻이 아님을 보라는 것입니다. 그렇지 않다면 자기는 지금 아버지 앞에 있을 수 없다는 것이지요. 희생의 악순환이 멈춘 놀라운 현실에 눈뜨라는 겁니다.

심봉사의 눈을 뜨게 한 힘은 공양미 삼백 석도 아니요, 생각지도 못했던 요행도 아니며, 힘없고 무고한 이들이 더는 희생되지 않는 현실의 감격이었습니다. 그런데 이를 초면으로는 보았으되, 그게 무엇을 뜻하는지 모른다면 그가 눈 뜬 진정한 의미는 없습니다. 그저 생물학적 개안開眼에 그칠 뿐이지요.

죽은 자가 생환한 현실의 의미에 눈을 떠야 제대로 눈 뜬 겁니다. 죽음으로 가는 길이었던 인당수에서 살아 돌아온 심청이를 대하는 아버지 심봉사는 이제 인생과 역사에 새롭게 눈뜬 인간이 되어야 합니다. 그런 의미에서 우리는 인당수의 의미를 새삼 짚어보지 않을 수 없습니다.

인당수印塘水라는 한자를 보면, '도장 인印'과 '연못 당塘'자, 그리고

'물 수水'자를 쓰고 있습니다. 여기서 '인당'은 한자만 다를 뿐 두 눈썹 사이의 '혈穴'자리를 의미하는 '인당印堂'이라는 단어를 떠올리게 합니다. 인당이라는 혈 자리는 제3의 눈, 마음의 눈이라는 뜻을 가지고 있습니다.

또한, 그 지점은 우리가 생각을 모으면 양 미간眉間이 찌푸려지면서 힘이 모이는 곳이기도 합니다. 그렇게 양 미간을 찌푸려 좌우 양쪽에서 나오는 기운이 서로 마주할 때, 그 중간에서 하나가 되는 곳이라고 할 수 있어요. 그래서 각기 다른 방향을 가진 두 조류가 만나 소용돌이 치는 자리라는 이미지를 갖는 거지요. 삶과 죽음의 기운이 교차하고 이 길이냐 저 길이냐, 라는 선택이 엉켜 변화를 예측할 수 없는 지점이 바로 '인당'이라는 단어 속에 담긴 뜻이라고 할 수 있습니다.

그러니 소용돌이라는 이미지와 마음의 눈이라는 의미를 하나로 합쳐보면 무엇이 될까요? 앞날의 운명을 알 수 없는 이 격렬한 소용돌이의 자리를 통과하면서 비로소 마음의 눈을 뜨게 된다는 뜻이 아니겠습니까? 생사의 기로를 지나면서 인간은 육신의 두 눈을 넘어서는 제3의 눈을 가지게 되리라는 메시지가 이 인당수라는 말 속에 압축적으로 담겨져 있습니다.

그러고 보면 「심청전」은 이 '인당수 철학'이 관철되는 과정을 보여주는 셈입니다. 인당수는 풍랑이 일고 격류가 흐르는 죽음 자리가 아니라, 현세를 뛰어넘는 세상을 경험한 이가 다시 살아 돌아온 생명의 현장이 되는 겁니다. 더는 무고한 인간을 희생시키지 말라는 하늘의 뜻을 온 몸으로 증명하는 존재가 살아돌아온 지점으로, 인당수의 의미는 달라지는 거죠.

심봉사는 바로 그 인당수에서 환생해온 자신의 딸을 눈을 뜨고 바라보게 된 겁니다. "음성은 같다마는"이라고 한 것처럼 그런 세상이 있다는 소리는 많이 들었겠지요. 하지만 막상 딸을 보고 "얼굴은 초면"이라 했듯이, 그런 세상을 실제로 보기는 처음인 거예요.

심청전의 결말은 뺑덕 어미와 황봉사가 벌을 받고, 도화동 사람들은 상을 받게 되며, 장승상 부인도 심청과 만나고 심학규가 안씨 맹인과 결합하여 행복하게 사는 것으로 끝납니다. 심황후의 어진 덕이 기려지는 것은 물론이지요.

「심청전」은 단지 심청이의 효성에만 주목하지 않습니다. 부모를 위해 자기 삶을 헌신했던 효자 효녀도 많고 그 효심을 부각시키는 이야기 또한 적지 않습니다. 그러나 「심청전」은 심청이 치르는 희생을 당연한 것으로 받아들이려 하지 않습니다. 도리어 그런 희생을 만들어내는 인간의 모습과 현실을 폭로하고 또 고발합니다. 그리고 그런 현실을 하늘이 결코 용납하지 않는다는 것을 심청이의 귀환으로 밝히고 있습니다. 거기에 눈을 뜨게 하는 것이 「심청전」의 핵심입니다.

평생 자기 중심적으로 살아온 맹인 심학규가 비로소 눈을 뜨게 된 것도 이것이요, 우리 모두에게 눈뜨고 보라는 것도 바로 이겁니다.

지금도 어떤 이들은 힘없고 가진 것 없어 누군가의 이익을 위해, 누군가의 욕망을 위해 죽음의 인당수에 뛰어듭니다. 재촉당하며 등 떠밀려 뱃머리에서 떨어집니다. 「심청전」은 그런 격류의 기로에 서 있는 사람들의 애통함과 절규에 눈 감은 우리에게 눈을 뜨라고 말합니다. 사람들의 목숨을 빼앗던 인당수에 생명의 연꽃이 피어오르는 세상을 만들라고 촉구하고 있습니다.

우리는 때로 겉으로 눈 떴다고는 하나, 정작 속에서부터 눈멀어 있는 것은 아닐까요? 탁한 세상을 맑은 기운으로 채우느라 누군가가 지금도 인당수에 빠져 가라앉고 있지 않나 살펴봐야 하지 않을까요? 더는 공양미 삼백 석에 몸을 팔고, 저 깊고 깊은 물속에 목숨을 던져야 하는 이들이 없게 하기 위해서 말이지요.

'심청이'는 알고 보니 우리 안에 살아 숨쉬는 새로운 역사의식이로군요. 세월의 급류에 휩싸여 가라앉은 줄로만 알았던 희망이 꼭 다시 떠오를 것임을 알려주는 하늘의 약속입니다. 거친 바람도 잠재우는 능력이요, 눈감은 세상에 빛을 일깨우는 햇살입니다. 역사에서도, 현실에서도 그 생환이 우리의 눈을 새롭게 뜨게 할 겁니다. 우리 모두 이런 힘을 가진 사람들이 되어 이 세상이 행복하고 감사하게 살 수 있는 축복의 현장이 될 수 있기를 기원합니다. 부디 진정한 인당印堂의 힘이 솟구치는 세상이 되었으면 합니다.

열한 번째 이야기

모모타로

그들은 오합지졸이 아니었다!

고단한 삶을 살아가는 민중들을 돕는, 난세의 소년 영웅담

"모~모타로 상, 모모타로 상~"

이렇게 시작하는 노래가 있습니다. 일본 아이들이 자라나면서 수없이 듣고 부르는 동요입니다. 그럴 정도로 「모모타로桃太郎」는 일본의 가장 대표적인 민담 가운데 하나입니다. 모모타로를 말 그대로 풀자면, '복숭아桃 도련님太郎'이지요. 그는 복숭아에서 태어난 소년으로, 도깨비를 물리치는 영웅입니다. 난세를 이겨내려는 민중의 염원이 담긴 인물이라고 할 수 있습니다.

「모모타로」는 언제부터 사람들의 입에서 입으로 전해지기 시작했을까요? 그건 8~12세기, 일본의 이른바 헤이안平安 시대 후반이었습니다. 이 시기는 '헤이안' 그러니까 '평안'이라는 이름과 달리, 부패한 권력 때문에 도처에서 반란이 일어나고, 도적떼들이 들끓었던 상황이었다고 합니다. 그러니 「모모타로」는 그냥 설화 속의 도깨비 퇴치 이야기가 아니라 현실감 넘치는 민담이 되는 셈입니다.

그러나 헤이안 시대는 이미 오래전의 과거입니다. 그럼에도 어찌해서 이 이야기가 거의 1천 년이나 넘은 오늘날까지도 일본의 대표적 민담으로 전해져 오는 걸까요? 그리고 이 「모모타로」는 흔히 듣게 되는 영웅 이야기들과는 어떤 차이가 있는 것일까요? 이 두 가지 질문을 마음에 담고 이야기 안에 들어가 보기로 하겠습니다.

이야기의 첫 시작은 이렇게 됩니다.

할아버지는 산에 나무하러 가시고, 할머니는 냇가에 빨래를 하러 가셨습니다.

'옛날이야기란 대부분 이렇게 말문을 열지'라고 여기면 이야기 속 현실을 잘 느낄 수 없습니다. 할아버지, 할머니들에게 힘든 노동은 어려운 법입니다. 그런데 이야기에 등장하는 두 노인네는 그 나이가 되어서도 산에 나무를 하러 가고, 빨래를 하러 가야 하는 처지입니다. 등에 나뭇짐을 지고 산에서 내려오거나, 물먹은 빨랫감을 이고 집으로 돌아오는 것 모두 힘에 겨운 일입니다. 나이가 그만큼 들었으면 일을 그만두고 노후를 편히 사는 것이 노년의 응당한 권리이기도 한데 이 노부부는 그렇게 살지 못하고 있는 거군요. 두 사람 이야기만 나오는 것으로 보아 슬하에 자식이 없다는 걸 짐작할 수 있습니다. 「모모타로」의 할아버지, 할머니는 당대의 민초들이 살았던 노년의 고단한 모습을 압축하고 있습니다.

그런 이들에게 어느 날 예기치 않은 사건이 일어납니다. 냇가에서 빨래를 하고 있는 할머니 앞으로 커다란 복숭아가 떠내려 오는 것 아니겠습니까? 할머니는 복숭아를 향해 노래를 부릅니다.

> 그쪽 물은 짜고, 이쪽 물은 달단다.

할머니는 노래로 복숭아에게 말을 걸고 있습니다. 자기 쪽으로 오라고 복숭아를 유도하는 셈입니다. 단물을 내는 복숭아와 단 물이 잘 어울린다는 듯 말하면서, 할머니는 복숭아를 살살 달래듯 불러들입니다. 물이 달다고 복숭아가 움직일 리 없을 텐데요. 그런데 이게 웬일입니까. 복숭아가 반응을 보입니다. 참 신기한 장면이죠?

성격이 좀 급한 사람이었다면 이런 경우 어땠을까요. 아마 근처에서 막대기를 찾아와 복숭아를 툭툭 치면서 자기 쪽으로 오게 하려고 했을 겁니다. 그런데 할머니는 노래를 부릅니다. 접근하는 방식이 무척 다르지요? 폭력적이거나 강제적이지 않다는 걸 보여주고 있습니다.

복숭아 소년의 출생

고대 동양의 신화나 전설의 눈으로 볼 때 '복숭아'는 신선神仙의 세계와 관련이 있습니다. 「서유기」에서 손오공이 옥황상제가 특별히 관리하는 불로장생의 천도天桃복숭아를 훔쳐 먹는 대목이 나옵니다. 여기에서 복숭아는 강력한 생명력을 암시하고 있습니다. 그런 맥락으로 생각해보면 「모모타로」에 등장하는 커다란 복숭아는 범상치 않은 기운이 세속에 등장하는 것을 의미한다고 볼 수 있습니다.

복숭아는 성적 생명력을 뜻하기도 합니다. '신선도'에서 복숭아를 영험한 과실로 치는 까닭도 이와 무관하지 않을 겁니다. 복숭아가 성과 관련이 있는 것은 그 생김새가 여성의 엉덩이를 닮았기 때문입니다. 복숭아뿐만 아니라 과일은 오래전부터 성을 떠올리는 상징으로 거론되어 온 것이 인류학적 보고입니다. 성서의 「애가」에서도 포도와 석류 등은 여성의 성, 육체적 매력 등을 뜻하는 걸로 등장합니다.

「모모타로」의 복숭아를 프로이트적 해석을 빌려 설명한다면 흐르는 냇물 위로 떠내려 오는 장면은 오르가슴에 달한 여성의 성과 그 이후의 출산을 떠올리게 하는 상징적 설정이라고 할 수도 있어요. 그렇지 않아도 「모모타로」의 또 다른 판본에서는 할머니가 할아버지와 함께 이 복숭아를 먹고 젊어진 뒤 그 기운으로 낳은 아이의 이름을 '모모타로'라고 했다고 하기도 합니다.

어느 쪽 판본의 이야기가 되었든 간에, '냇물 위로 흘러내려오는 커다란 복숭아'는 성적 생명력이 끊어진 지 오래되었을 할머니에게 여성으로서 기쁜 일이 생기는 게 아닐까 하는 예상을 하게 합니다. 그 복숭아가 물 위로 떠내려 오다가 할머니에게 와서 멈추었다는 이야기를 듣고 있던 사람들은 월경이 이미 그치고 성적 기력이 사라져가는 늙은 여인에게 뭔가 흥분할 만한 일이 생길 거라고 짐작하게 됩니다.

할머니는 산에서 돌아온 할아버지에게 낮에 냇가에서 있었던 일을 이야기하고, 복숭아를 보여줍니다. 그런데 그 큰 복숭아를 칼로 가르려는 순간, 그 속에서 갓난아이가 울음을 터뜨리고 나옵니다. 여인이 아이를 쑥, 하고 쉽게 낳는 장면과 다를 바 없기도 합니다. 할아버지는 하늘의 뜻이라며 기뻐합니다.

> 할멈, 이건 하늘이 우리에게 점지해주신 것이 틀림없소. 우리에게 아이가 없고 오랫동안 아이를 갖고 싶어 한 것을 하늘이 들어주신 것이오.

할아버지의 선언은 새로운 미래에 대한 희망이 탄생했다는 것을 뜻하지요. 오랜 세월 자식이 없다가 아이를 얻게 된 것은 이 노부부에게 뭔가 지금과는 다른 내일을 꿈꿀 수 있는 감격이 주어진 거라고 할 수 있습니다.

이들 노부부의 일상은 고생스럽고 단조로우며, 그렇게 살다가 어느 날 무기력하게 세상을 뜨는 것으로 정해져 있다시피 했을 겁니다. 어디 기댈 곳 없는 노년의 운명으로 말이죠. 권력의 부패와 도적떼의 출몰로 어지럽던 헤이안 시대는 바로 그렇게 노쇠해가는, 희망을 품을 수 없는 상황이었습니다. 그런데 이제 모모타로의 탄생으로 사태가 달라질 기미를 보이는 것입니다. 그것도 어느 마을의 이름도 없는 촌로의 삶에서 새로운 기운이 꿈틀거리기 시작한 것이에요.

복숭아에서 태어난 모모타로는 튼튼하게 잘 자랍니다. 기운이 셀뿐만 아니라 마음씨까지 착합니다.

> 모모타로는 할아버지의 나무 심부름도 하고 아무 불평 없이 몇 통이고 물을 긷기도 하면서 종일 일손을 도왔습니다.

할아버지와 할머니의 힘겨운 일상이 이로써 바뀌어 나가기 시작했습니다. 아이가 무럭무럭 자라날 뿐만 아니라, 어느새 어른 한 사람 몫을 거뜬히 하는 것입니다. 온 동네가 모모타로를 칭찬하고, 할아버지와 할머니를 부러워했습니다. 쓸쓸하고 고단했던 노후가 행복해진 거지요. 이제 이 두 노부부는 걱정할 것도 없고, 더는 여한이 없어 보입니다.

도깨비들의 습격과 약탈

모모타로가 그렇게 힘차게 성장하고 있을 때였습니다.

> 그 무렵 마을에서는 무서운 일이 벌어지고 있었습니다. 바다 저편

섬에 살고 있는 도깨비가 마을을 습격하고 사람들의 보물을 빼앗거나 젊은 여인들과 아이들을 납치해간 것입니다.

도깨비들은 현실에서 탐관오리일 수도 있고 도적떼일 수도 있으며 어느 성주(城主)의 군대일 수도 있습니다. 또는 나라 바깥의 해적이나 외적일 수도 있습니다. 그 어느 쪽이든 마을의 평화와 생명을 위협하고 앗아가는 세력들입니다. 마을은 깊은 슬픔과 혼란, 그리고 절망을 겪게 됩니다. 어느 누구도 이 사태를 앞장서서 해결할 사람이 없었습니다.

도깨비는 워낙 힘이 세고 난폭해서 누구도 대적하기 어렵고 더군다나 그러려면 바다 건너 도깨비 섬까지 가서 이들을 물리쳐야 합니다. 도깨비들이 마을에 왔을 때 격퇴하는 것도 불가능한 일이었는데, 도깨비들의 근거지까지 가서 이들을 소탕한다는 것은 꿈도 꾸지 못할 일 아닙니까?

바로 이때 사태의 전말을 듣고 소년 모모타로가 나섭니다.

모모타로가 할아버지와 할머니에게 말했습니다.
"얼마간 다녀올 데가 있습니다."

할아버지와 할머니는 이게 무슨 소리인가 하셨겠지요.

"도깨비 섬으로 가서 도깨비를 정벌하고 돌아오겠습니다. 먼 섬이지만 걱정 마시고 기다려 주십시오."

할아버지와 할머니가 깜짝 놀라 말렸습니다. 이럴 때 "누군가 이 일을 해야 한다면 네가 하는 것이 좋겠다"라고 말할 사람이 몇이나 있겠습니까? 자기 개인의 생활만 하면 되었던 그가 마을 모두의 운명을 감당하는 선택을 한 겁니다. 할아버지와 할머니는 결국 그 뜻을 받아들였습니다. 모모타로의 결심을 계속 반대하기 어려웠던 거지요. 공적 인물의 출현입니다.

도깨비의 출몰과 습격은 마을 전체의 위기였지만, 그래도 모모타로가 있는 한 할아버지와 할머니의 평화로운 삶은 나름으로 지켜질 수 있었을 텐데 이마저 깨지게 생긴 것입니다. 모모타로가 집을 떠나면 두 노부부가 다시 어렵게 일상을 꾸려야 하고 더군다나 모모타로가 과연 안전하게 살아 돌아올 수 있을까 하고 깊은 염려로 잠도 편히 잘 수 없게 되지 않겠어요? 그런 점에서 보면 모모타로의 결심은 쉽지 않은 선택이지요.

더군다나 모모타로의 이런 모습은 그가 아무리 힘이 세고 총명하다 해도 무모해 보입니다. 혈혈단신으로 나서는 것이 마치 하룻강아지 범 무서운 줄 모르고 덤벼드는 격으로 비쳐질 만합니다. 도깨비 정벌 여행은 뜻은 가상하지만 세상 물정 모르는 철없는 아이의 만용蠻勇처럼 여겨질 수도 있는 거지요.

그럼에도 불구하고 모모타로의 결심을 받아들인 노부부는 그에게 필요한 것들을 준비해줍니다. 무명의 촌로 부부 두 사람이 도깨비들의 습격과 이들에 대한 퇴치라는 격동의 시대를 마주하는 작업의 뒷받침이 되어준 겁니다. 이 대목은 역사가 어떤 힘에 의해 변화하는지를 일깨워주는 장면이기도 합니다. 보잘것없어 보이는 민초의 지원과 협력이 모모타로의 새로운 면모를 만드는 데 결정적인 기초가 된 것입니다.

> 할아버지는 갑옷과 무기, 그리고 "일본제일日本第一"이라는 글을 쓴 깃발을 마련해주었고, 할머니는 수수경단을 만들어주었습니다.

무사로서의 무장과 여정에 필요한 식량이었습니다. 모모타로가 "일본제일"이라는 깃발을 들고 나서는 것은 뭐 일본이 제일이다 이런 이야기를 하려는 것은 당연히 아니고, 그의 정벌여행이 모두에게 공개된 사건이자 누구에게나 주목할 일이 된다는 것을 알리는 신호라고 할 수 있습니다. 모모타로는 아무도 모르게 도깨비를 치러 간 것이 아니라 세상이 다 알게 선포하고 나선 겁니다.

또한 이 깃발에는 정규군의 무장과 위세에 비하면 초라하게 보이는 행색이지만 도리어 최고의 자부심이 담겨 있습니다. 이름 없는 시골 마을 출신의 용사가 일본 전국의 운명을 좌우할 수 있다는 것이니 말이지요. 가난한 할아버지가 마련해준 갑옷과 무기라고 해봐야 대단할 것도 없을 텐데, 무사 모모타로의 기세는 이렇게 해서 하늘을 찌릅니다. 과연 이래가지고서 저 포악하고 강력한 도깨비 집단을 이길 수 있을까 싶은 우려가 하나도 없는 거죠. 듣는 이들은 이런 모모타로를 응원하기 시작할 겁니다. 시골촌놈의 행색이라고 깔보기 어려운 모습입니다.

할머니가 만들어주신 수수경단은 또 뭘까요? 그건 길을 떠나는 민초들의 소박한 이동식입니다. 그뿐만 아니라 수수경단은 우리나라와 마찬가지로 일본에서도 아이들에게 액운을 쫓고 좋은 일이 생기라고 먹이는 떡 종류이기도 합니다. 할머니의 수수경단에는 모모타로의 도깨비 정벌 여정에 길운吉運이 있기를 바라는 뜻이 담겨 있기도 한 거지요.

그래도 할머니가 여전히 근심스러워 하자, 모모타로는 이렇게 대답합니다.

"걱정 마세요. 여기 일본제일의 수수경단이 있으니 말이에요."

모모타로는 허리에 찬 자루를 두드리며 밝게 웃었습니다.

푸짐한 고기 그리고 풍성한 군량미에 비할 수 없는, 그저 수수경단일 뿐인데 모모타로는 이를 일본제일이라고 자랑스레 말하고 있습니다. '도깨비를 치러 먼 길을 가는데 겨우 수수경단이 뭐야' 이렇게 하지 않았던 거지요. '아무리 살림살이가 없어도 그렇지 적어도 고기는 실컷 먹고 가게 해야 하는 거 아닌가' 하는 불만을 터뜨리면서 거드름을 피우지도 않았습니다. '이왕이면 온 마을 사람들에게 좀 알려서 근사하게 길 떠나게 해주지'라고 하지도 않았던 겁니다. 적군을 치러 가겠다고 온 나라를 떠들썩하게 만드는 현실의 모습과는 너무도 대조되는 모습이라고 할 수 있지요. 초라한 듯하지만, 자존감이 넘칩니다.

게다가 할머니가 수수경단을 듬뿍 만들어주었다 하더라도 허리에 차고 갈 정도라면 그리 얼마 되지 않았을 것이고 또 오래 되면 쉬어버리니 너무 많이 만들어줄 수도 없습니다. 그러나 모모타로는 할머니가 자신에게 준 것이 얼마나 귀중한 기력이 되는지를 강조하면서 이제 아무런 염려가 없다고 안심시키고 있습니다. 보내는 이나 떠나는 이나 서로 마음이 든든해지는 매우 훌륭한 인사라 할 수 있습니다.

모모타로의 친구들

그렇게 집을 떠나온 모모타로가 바다 쪽을 향해 힘차게 걷고 있는데, 개 한 마리가 풀숲에서 폴짝 튀어나와 모모타로에게 행선지를 묻습니다.

"멍멍, 모모타로 상, 모모타로 상, 어디를 가십니까?"

"도깨비 섬의 도깨비들을 정벌하러 간다."

개는 코를 킁킁거리며 또 물었습니다.

"허리에 찬 자루에 무엇이 들어 있나요?"

"일본제일의 수수경단"

"모모타로 상, 그거 하나 주시겠어요? 그러면 저도 도깨비 정벌에 함께 따라가겠습니다."

"그래. 좋다. 줄 테니 함께 가자."

개는 수수경단을 하나 얻고 모모타로와 함께 길을 떠났습니다.

이 대목은 「모모타로」를 하면서 "모~모타로 상 모모타로 상~, 허리에 찬 수수경단 하나를 나에게도 주시렵니까?" 하는 노래를 부르는 유명한 장면이기도 합니다. 원숭이와 꿩도 개와 같은 과정을 거쳐 모모타로와 함께 합니다. 이들은 모모타로의 목적이 도깨비 퇴치라는 것을 먼저 확인하고, 그 다음엔 수수경단만 주면 같이 가겠다고 하지요. 이로써 "모모타로 군단"이 형성되는 셈인데, 이들 사이의 연대가 이루어지면서 모모타로는 혼자가 아닌, 동지가 있는 무리가 되어가는 것입니다.

도깨비 정벌을 위한 모모타로 부대가 만들어지는 이 과정은 자기세력 하나 없던 모모타로가 어떻게 민심을 모아 하나의 단일한 대오를 이루어내는지를 보여주는 동시에, 그 부대에 속한 이들이 누구인지를 생각하게 합니다.

일본사람들은 고양이를 꽤나 좋아하는 걸로 알려져 있지요. 그건 일상의 풍경이라고 할 수 있는데, 일본의 국민작가 나쓰메 소세키가 그의 대표작 제목을 '나는 고양이로소이다'라고 지은 것만 봐도 짐작할 수 있습니다. 고양이는 겉으로는 그냥 가만히 웅크리고 앉아 있는 것 같지만 속으로는 자기대로의 생각을 하고 있는 일본인 스스로의 모습을 상징하고 있기도 합니다. 그래서인지 일본의 민담에는 고양이가 개보다 훨씬 더 많이 나옵니다. 어쩌다 등장하는 개들은 고양이와의 경쟁에서 지거나, 궁지에 빠져 있는데 고양이의 지혜로 구조를 받는 대상으로 나옵니다. 개의 신세가 말이 아니죠.

개는 인류에게 가장 친근한 동물이지만, 때로 주인의 마음에 들지 않으면 발로 채이고 밥그릇도 걷어차이는 천대를 받기도 합니다. '개 취급당한다'는 것은 인간으로서 최악의 능멸을 의미합니다. '누구의 개'라는 말은 또한 자기 줏대 없이 아부하고 남에게 고역을 가하는 앞잡이를 뜻하기도 하지요. 개로 시작하는 욕도 적지 않게 존재하지 않습니까?

그런 미천한 대우를 받는 개가 가장 먼저 나서서 모모타로와 함께 동행하겠다고 하니, 일본인의 의식에 있어서나 일본 민담의 구조적 전통에 있어서나 이는 예외적인 데다가 파격적이기까지 합니다. 지배자들의 권세를 상징하는 도깨비 등쌀에 시달리는 민초 출신의 어린 소년이, 민초 중에도 천민, 천민 중에도 천민으로 하찮게 여겨지는 개와 함께 도깨비 세상을 뒤엎는 일에 나선 거니까 말이지요. 그렇게 낮고 천하며, 도깨비 퇴치에 무슨 도움이 될까 싶은 개가 단지 시골 할머니가 만든 수수경단 하나로 만족하면서 의를 위해 자기를 던지는 용기를 보이고 있는 겁니다.

뒤따라 등장하는 원숭이와 꿩도 크게 다를 바 없습니다. 원숭이는 일본설화에서 가장 많이 등장하는 동물 가운데 하나인데, 재주와 꾀는 많지만 놀림감이 되는 존재를 상징합니다. 일본의 전국시대를 주도한 도요토미 히데요시를 가리켜 사람들은 '원숭이처럼 생겼다'고 했는데, 지략은 그럴 듯하나 그 몰골이 별 볼 일없고 왜소한 것을 빗댄 것이지요. 원숭이는 꾀는 있으나 그 출신이 비천하고, 재주는 남다르나 시대와 제도가 그의 등용을 허용하지 않아 이 나무 저 나무 사이로 옮겨 다니면서 인정받지 못하는 존재라고 할 수 있습니다. 게다가 외모에서마저도 그럴 듯한 품격이나 존엄을 발견하기 어려운 처지에 있는 거지요. 도깨비 정벌이라는 과업에 누구 하나 거들떠 볼만한 자가 아닌 원숭이가 자청해서 출전하겠다고 합니다. 원숭이의 입장에서는 세상이 알아주지 않는 자신의 지혜와 재주를 써먹을 무대가 비로소 마련된 셈입니다.

꿩은 또 어떻습니까? 꿩은 사냥감입니다. 사냥꾼의 화살이나 총에 겨냥당하는 신세에 불과하지요. 그런 그가 도깨비를 잡는 일에 동행하겠다니 누가 들어도 우습다고 여길 만합니다. 도깨비 잡으려다 제가 도리어 잡히겠다고 조롱당할 만합니다. 그러나 힘이 센 자들에게 언제나 잡히는 운명을 가진 꿩이 이제 도깨비를 잡는 일에 합류하려고 하니 놀라운 일이라 할 수 있어요. 늘 당하기만 했던 존재가 이제는 그런 처지에서 벗어나기 시작한 것입니다.

모모타로 부대의 힘

이 세 마리의 동물이 모모타로와 함께 하는데 내건 조건은 단 한 가지뿐이었습니다. 그것은 모모타로의 허리에 찬 자루 속에 들어 있는 수수경단이었지요.

수수경단은 모모타로가 일본제일이라고 빼기고 있는 식량입니다. 또한 그의 여정을 이어가게 할 일종의 군량미인데, 모모타로는 이걸 세 마리의 동물에게 나누어 줍니다. 최고의 가치를 가진 것을 혼자 독점하는 것이 아니라 함께 길을 가는 동지들과 공유하는 것이지요. 먹는 것으로 서로 간의 차이를 두거나 위계질서를 만들어내지 않았던 겁니다.

도깨비 정벌에 나서는 영웅과 그를 따르는 동지들이 수수경단을 같이 먹는다는 것은 뭘 뜻하는 것일까요? 그건 이들 사이에 식탁 공동체적 연대가 형성되는 것을 말해줍니다. 대장은 최고의 음식을 먹는 대신 나머지 부대 구성원은 그보다 못한 식탁으로 만족하라는 것이 아닙니다. 이들은 함께 먹고 함께 지내는 동고동락의 동지적 결속으로 뭉치게 된 것이지요. 서로 간에 차별과 위계질서의 차등이 없습니다. 동지 사이에서 가장 중요한 원칙입니다. 여기에서 진정한 힘이 나오게 되어 있습니다.

개와 원숭이, 그리고 꿩이 모모타로에게 요구하는 것은 이 도깨비 정벌전에서 자신들을 존엄하게 대해달라는 거예요. 함께 먹고 나누며 동고동락을 하는 겁니다. 그동안 세상으로부터 능멸과 희생의 대상이 되었던 이들로서는 당연히 갈망하는 바입니다. 모모타로는 이 갈망에 답한 겁니다.

보잘것없다고 업신여기거나 부하라고 깔보거나 대장이라고 자기만 좋은 것을 독차지하는 그런 세상은 모모타로 부대에는 존재하지 않습니다. 역할이 다를 뿐이지 서로에 대한 존엄성을 지켜내는 것, 이것이 도깨비를 치러 가는 모모타로 부대의 정신적 원칙과 도덕적 능력입니다. 전쟁이 나면 권력에 의해 징발당하고 노역에 고통을 받고 음식은 먹을 수 없는 지경의 모래 씹는 주먹밥이며 걸핏하면 이리 차이고 저리 짓밟히게 되는 경험과는 완전히 다른 공동체가 만들어진 거지요. 그러기에, 겉으로만 보면 정규군과는 하늘과 땅 차이라고 할, 오합지졸에 불과할 이 모모타로 부대가 도깨비와 정면으로 맞서는 주역으로 변해가게 됩니다.

또한 배를 타고 바다를 건너 도깨비 섬에 이르는 과정과, 도깨비들의 소굴에 접근하는 방식은 모두 이들 세 마리의 동물이 서로 연합해서 협력하는 것을 보여줍니다.

사실, 견원지간犬猿之間이라는 말도 있듯이 개와 원숭이는 서로 친해질 까닭이 없고 개와 꿩은 적대관계이며 원숭이와 꿩은 서로 사는 방식이 너무 달라 낯선 사이 아닙니까? 그런 이 세 마리의 동물들이 서로가 가진 능력을 최대한 발휘해서 목적지에 이르는 걸 보면, 차이가 차별이 되지 않고 서로 가진 장점을 모두를 위해 내놓으면 새로운 변화가 펼쳐지는 걸 의미합니다. 모두가 똑같아야 힘을 모을 수 있는 것이 아니지요. 서로 다른 점들이 도리어 모두를 위한 장점이 될 수 있도록 관계를 만들어 가는 것이 훨씬 중요한 지혜입니다. 이게 모모타로 부대의 힘이었던 겁니다.

모두들 열심히 노를 저었고, 꿩은 망을 보았습니다. 이윽고 도깨비 섬이 보였어요.

> 꿩은 도깨비 섬이 가까워오자 사정이 어떤지 보고 오겠다고 했습니다.
>
> "적의 동정을 살피고 올게요."
>
> 바위섬 위에 단단한 성채를 지어놓은 도깨비들의 소굴에는 훔쳐온 보물을 잔뜩 쌓아놓고 도깨비들이 주연에 취해 있었습니다. 모모타로 일행은 꿩이 전한 이야기를 듣고 몰래 섬에 상륙합니다. 개는 코를 킁킁거리며 지름길을 찾아내어 문을 발견했고, 원숭이는 담을 넘어 열쇠를 풀어 문을 활짝 열었습니다.

꿩은 척후병이 되어 도깨비들이 주연을 베풀고 술이 취해 있는 현장을 목격하고 돌아옵니다. 만취한 도깨비들이니 이쪽에서는 공격할 수 있는 좋은 기회가 온 거지요. 개와 원숭이도 각기 한 몫을 합니다. 꿩은 정보를 가져왔고, 개는 낯선 곳에 대한 지형지물 지식을, 원숭이는 공략의 구조적 조건을 이루어낸 것입니다. 이만하면 상황 장악이 눈앞에 보이죠?

문을 열고 들어간 모모타로 부대는 도깨비들과 격전을 벌입니다. 모모타로가 무서운 기세로 이들 도깨비들을 무찌르는 동안에 모모타로 부대의 세 전투병들도 가만히 있지 않았어요.

꿩은 하늘에서 쏜살처럼 내려와 도깨비들을 쪼았고, 개는 도깨비들의 다리를 물었으며 원숭이는 이리 저리 몸을 피해가며 도깨비들을 할퀴고 다녔습니다. 작전은 대 성공이었고, 마침내 도깨비 대장은 무릎을 꿇었습니다. 모모타로는 항복한 이들에게 다시는 마을을 약탈하지 않겠다는 약속을 다짐받고 목숨을 살려주었답니다.

수로는 열세였던 모모타로 부대의 대단한 활약이었고, 관대한 승자의 모습입니다. 이렇게 해서 이들 일행은 도깨비들이 약탈해간 보물들과 납치해간 사람들을 전부 되찾아 집으로 돌아오게 되었어요. 개선부대의 귀향입니다. 마을은 온통 축제 분위기였습니다.

이 이야기는 독일 민담 〈브레멘 음악대〉와 비슷합니다. 농장에서 주인에게 학대당하고 고역에 시달리다가 이제는 늙고 쓸모가 없다고 버려진 당나귀, 개, 고양이, 그리고 수탉이 한데 모여 음악가가 되겠다고 브레멘으로 떠납니다. 그러다가 각기의 능력을 발휘해서 도둑들을 물리치고 평화롭게 살아가게 된다는 이야기지요. 이들의 음악은 그래서 낡은 시대를 추방하고 새로운 시대가 왔다는 신호이기도 합니다. 세상으로부터 천시당해온 존재들이 빼앗겼던 자신들의 권리를 되찾고 역사의 주역으로 등장하는 겁니다.

이는 동과 서를 막론하고 민중의 가슴 속에 깊이 흘러온 염원을 압축하고 있습니다. 서로 어울릴 것 같지 않았던 이들이 하나의 마음이 되어 손을 잡고 앞으로 나간다면 새로운 미래는 이루어진다는 희망이 모모타로나 브레멘 음악대 두 이야기 모두에 담겨 있는 거지요. 민담 내면에 존재하는 인류적 보편성입니다.

새로운 공동체

그런데 모모타로의 귀향은 이로써 마무리 된 것은 아닙니다. 한 가지 일이 더 남아 있었어요.

돌아온 모모타로는 할아버지와 할머니에게 청을 했습니다.

"이 개와 원숭이, 그리고 꿩은 도깨비를 무찌르는 데 저를 도와 공을 세웠습니다. 오늘부터 이 집에 있게 해주세요."

"아, 좋고말고."

할아버지와 할머니는 선뜻 허락했습니다. 모모타로는 이들과 같이 마을에서 평화롭게 살았답니다.

영웅이 된 모모타로는 마을에서 권력자로 군림하지 않았습니다. "날 좀 떠받들어야 하는 거 아냐? 내가 너희들을 위해 이렇게 애를 썼는데 말이지."라고 윽박지르지 않은 거지요. 영웅적 존재가 가진 권력의 욕망을 모모타로는 보이지 않습니다. 모모타로는 이전과 마찬가지로 살았던 거예요. 그뿐만 아니라 도깨비 섬에서 가져온 보물들을 마을 전체에 나누어주었습니다. 공을 세웠다고 그 공의 열매를 독차지하지 않았던 거지요.

그리고 무엇보다도, 함께 했던 개와 원숭이, 꿩을 집안 식구 또는 마을의 일원으로 받아들였습니다. 누구도 천대받지 않고 누구도 약탈당하지 않으며 누구도 소외되지 않는 세상, 그것이 모모타로의 이야기를 통해 세상의 작은 자들인 민초들이 꿈꾸었던 이상향이었습니다. 새로운 공동체의 모습입니다. 도깨비를 물리치는 것에서 그치지 않고, 그 다음의 미래를 보여준 겁니다. 대부분의 영웅담과 다른 점이라고 할 수 있어요. 진정한 영웅은 민초들과 끝까지 함께 하는 존재입니다.

따라서 도깨비들을 물리친 승리의 진정한 의미는 모모타로가 사는 마을이 어떻게 변했는가에 있습니다. 아무도 차별받지 않고, 서로가 서로를 존엄하게 대하며 각자의 능력이 모두를 위해 기여하는 그런 행복하고 평화로운 세상이 그곳에 있습니다. 수수경단을 나누어 먹으면서 함께 즐거워하는 인생과 역사가 그렇게 해서 만들어지는 것입니다.

그런 마을에 사노라면 홍얼홍얼 장단 맞추어 어깨를 들썩거리며 신나는 노랫가락이 절로 흘러나오겠지요?

복숭아는 달콤해. 달콤한 건 맛있어. 맛있는 건 수수경단. 나도 먹고 너도 먹세. 도깨비는 어디있나 썩억써억 물러가라, 우리 모두 하나 되어 너나없이 잘 지내자, 덩더쿵 덩덩~ 덩더쿵 덩덩~.

「미운 오리 새끼」로 시작해서 「모모타로」로 마친 이 긴 여정은 우리가 가장 잘 알고 있는 이야기를 통해 새로운 생각의 실마리를 풀어보고자 한 것입니다. 현실을 바라보는 시선에 담겨 있을지 모를 고정관념을 교정해보는 작업이라고도 할 수 있겠지요. 우리가 받아온 교육이나, 매일 우리의 일상에 정보를 제공해주는 매스 미디어, 그리고 우리들 사이에 나누어지는 이야기들이 진실에 대해서 분명하게 눈 뜨도록 하기보다는 그걸 가리고 보지 못하게 만든다면? 이런 질문이 저에게는 늘 중요한 문제가 되어 왔습니다. 고정관념은 때로 폭력이 되어, 세상을 공평하고 따뜻하게 만드는 일을 가로막는 장애가 되기 쉽기 때문입니다.

오래 전 함석헌 선생님은 "생각하는 백성이라야 나라가 산다"고 하셨는데, 그 말씀은 언제나 옳다고 여겨집니다. 스스로 생각하는 힘을 갖지 못하면 그런 사회와 나라는 편견과 선입견 또는 세뇌된 지식으로 가득 차, 자신의 진정한 발전을 위한 길을 모색하고 선택하는 일이 어려워질 수 있습니다. 우리에게 친숙하고 모두가 잘 알고 있는 이야기들 속에서도 새로운 생각의 단서를 발견하는 것은 내 안에 존재하고 있는 "사유의 촛대"에 불을 켜는 일입니다. 그 순간, 우리는 산모퉁이를 살포시 스쳐 도는 바람의 소리와, 바닷가를 거닐면서 목격하게 되는 태양의 신화, 그리고 들판에 펼쳐지는 초원의 전설을 만나게 될 겁니다. 그 안에서 우리는 달리는 말이 되고, 창공을 솟아오르는 노고지리가 되는 거지요. 어쩌면 이슬에 젖은 별빛이 되거나 비온 뒤 흙냄새로 새로워진 풀잎이 되기도 할 것입니다. 자유롭고 아름다워지는 겁니다.

이 책에 실린 이야기들이 우리에게 행복과 웃음을 선사해 주었기를 바랍니다. 인생을 살아가는 희망과 기력이 될 수 있기를 또한 기도합니다. 무엇보다도, 어떤 일을 만나든 좋은 결과가 생겨나도록 만드는 능력의 문을 여는 열쇠를 찾으실 수 있기를 빕니다. 인생사가 그렇게 해서 감사가 될 수 있기를 기원합니다.

동화독법

1판 1쇄 발행 2012년 5월 10일
1판 11쇄 발행 2016년 3월 31일
개정판 1쇄 발행 2017년 6월 5일
개정판 3쇄 발행 2020년 10월 5일

지은이 김민웅

기획 이현화
편집 고미영 이채연
일러스트 노준구
디자인 김이정
마케팅 백윤진 이지민 송승헌
홍보 김희숙 김상만 지문희 우상희 김현지
제작 강신은 김동욱 임현식
제작처 한영문화사

펴낸이 고미영
펴낸곳 (주)이봄
출판등록 2014년 7월 6일 제406-2014-000064호
주소 10881 경기도 파주시 회동길 455-3
전자우편 yibom@yibombook.com
팩스 031-955-8855
문의전화 031-955-9981

ISBN 979-11-86195-98-7 03810

• 이 도서의 국립중앙도서관 출판시도서목록(CIP)은 서지정보유통지원시스템 홈페이지(http://seoji.nl.go.kr)와 국가자료공동목록시스템(http://www.nl.go.kr/kolisnet)에서 이용하실 수 있습니다.
(CIP제어번호: CIP2017012235)

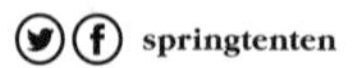

yibom_publishers